Ronso Kaigai
MYSTERY
223

大いなる過失

M.R.Rinehart
The Great Mistake

M・R・ラインハート
服部寿美子［訳］

論創社

The Great Mistake
1940
by M.R.Rinehart

目次

主要登場人物

パトリシア（パット）・アボット……モードの私設秘書
モード・ウェインライト……回廊邸《クロイスターズ》の女主人
トニー・ウェインライト……モードの一人息子
ベッシー・ウェインライト……トニーの妻
ドワイト・エリオット……ウェインライト社の顧問弁護士
ドン・モーガン……リディアのかつての夫
リディア・モーガン……ドンのかつての妻
オードリー・モーガン……リディアの娘
マージェリー・ストダード……ストダードの妻
ジュリアン・ストダード……マージェリーの夫
ビル・スターリング……医師
エヴァン・エヴァンズ……回廊邸《クロイスターズ》の夜間警備員
ジム・コンウェイ……警察署長

大いなる過失

第1章

モード・ウェインライトと初めて言葉を交わしたのは、回廊邸《クロイスターズ》の夫人の私室だった。夫人は席札の束を手に、いつもの伸長式テーブル——夫人がディナーパーティーの席決めに使用するテーブル——に座って困り果てた顔をしていた。

「さあ、入っておかけなさい、ミス・アボット」と夫人が言った。「わたし、立ち上がれないのよ。動くと、ほら、このお粗末なテーブルが倒れてしまうの。倒れてもう三度も席決めをやり直したんだから」

テーブルが倒れたとしても何の不思議もない。天板が目いっぱい引き出されているし、その天板の縁には百本ほどの溝が刻まれているはず。つまりこうだ。天板の大きさを自在に変えて、名前を書いた席札を溝に真っすぐ差し込む。そうやってディナーパーティーの席次を鳥瞰的に見る。それから気の合う者たちをしかるべく隣合わせにする。ところが噂によると、夫人はただ単に席札をシャッフルして並べるだけらしい。いつだったか、ジョゼフ・ベリーをセオドア・アール夫人の隣に配したことがあった。アール夫人はもう何年も彼と口をきいていないというのに。

そのとき夫人がちょっと体を動かしたのだろう。その瞬間を狙ったかのようにまたもやテーブルが中央で分かれて倒れ、溝に差した席札が白いベルベットの敷物の上にぱっと飛び散った。同時に夫人が天を仰いで目を閉じた。

「片づけてちょうだい」夫人が言った。「もう我慢できないわ。階下《した》の者に修理させて、二度と倒れなくなるまで持ってこないで」

ふと見ると部屋の隅に気遣わしげな表情の家政婦長がいて、そばで夫人付きのメイドがおろおろしている。わたしが席札を拾い集めているあいだに二人はテーブルを部屋から運び出した。ウェインライト夫人は座り直して安堵の声を漏らした。

モード・ウェインライトを初めて間近に見た。大柄で、はっとするほど凛とした女性。五十歳くらいだろうか、年齢を気にするでもなく、古風な部屋着を着て、寝室用の室内履きを履いている。大きな頭には生来豊かな金髪。その日はその髪を長い三つ編みにして背中に垂らしていた。三つ編み姿を目にするのは寄宿学校以来だ。わたしが三つ編みを見ているのに気づいて、夫人がにっこり微笑んだ。

「この三つ編みは気にしないで。亡くなった主人のジョンがわたしの髪を好きだったの、だからずっと切らずにいるのよ。ヒルダは嫌がってるけど」

ヒルダというのはおそらく先ほどのメイドだろう。

いつのまにかわたしはそんな夫人に好意を抱いていた。とても気さくで親しみを感じさせる人だ。なんて不思議なんだろう。何年も噂を耳にしていて頭では嫌っていた。それなのに会った途端、たちまち好きになるとは。わたしはその日、いっぺんでモード・ウェインライトが好きになった――三つ編みも室内履きも、何もかも。

夫人はわたしに煙草を勧め、自分でも一本手にして笑みを浮かべてわたしを見た。

「さてとミス・アボット、この惨状をどう思って？」

「わかりません」わたしはおそるおそる答えた。「惨状なのでしょうか？」

「普通そう思うんじゃない。ねえ、ファーストネームは何とおっしゃるの？　お尋ねしてもいいかしら？　そのほうがもっと打ち解けられるでしょ」

「みんなからはパットと呼ばれています」

「パット」おうむ返しに夫人が言った。「すてきだわ。パトリシアだからそう呼ばれているのね」

「はい」

「いい名前ね。わたしの名はモード。ほら、Come into the garden, Maud（イギリス詩人、アルフレッド・テニスンの詩集「モード」の一節。「園生に入っておいで、モード」西前美己訳）って詩の。やな感じでしょ？」

軽くて明るい口調だが、その実わたしをじっくり観察している。さりげなくではない。夫人は策を弄したりしない。開けっ広げで、子どもが見知らぬ人をじろじろ見るような、そんな目で見ている。夫人にしてみればわたしは見知らぬ人間だ。そのわたしがなんと、この広い館《やかた》の夫人の私室に座っているのだ。後ろ盾も何もなく世間に放り出され、自力でどうにかするしかない若い女の格好の見本。あの日、ポンコツ車で丘を登って途轍もなく壮大な回廊邸を目の当たりにしたとき、すぐに引き返そうと思った。私道のずっと先に、ワシントンの国会議事堂と新築のビバリー高校を合わせ、裁判所の雰囲気を添えたような館がそびえていて、正直言って恐怖を覚えた。

だがいまはもう怖くない。どちらかといえば面白い。夫人は煙草を消すと背筋を伸ばした。

「あなたのことを教えてちょうだい、パット。それでおあいこでしょ。ずっといてくださるのならね。ぜひそうしてほしいと思ってるのよ、そうすればわたしのことはすぐにわかるでしょうから。スターリング先生のお話だと、あなたは——その、お一人だとか。ご家族はいないの？」

「父も母も二人とも亡くなりました」そう答えた途端、喉がきゅっと締めつけられるように感じた。

「いいのよ。悪かったわ。お二人ともお亡くなりになって、さぞかしご苦労なさったんでしょうね」

「ええ大変でした」包み隠さずに話した。「少しばかり不動産があるのですが、ほとんど空き家か、抵当に入っています。他に大した物はありません。わたしがここでお仕事ができるのなら――」

「もちろんできるわ。あとは、あなたがここ、わたしたちを気に入ってくれるかどうかよ。こちらは最善を尽くしてあなたを幸せにするわ」

そう、夫人はそう言ってくれた。わたしを幸せにすると。何もかもが五月の朝のように明るくなる。その日はそれがすんなりと信じられた。窓から吹き込む六月のそよ風、夫人の親しげな笑顔、開け放したフランス窓の外に張り出した夫人専用の屋上庭園、色鮮やかな早咲きの花々、日向で昼寝をしている大きなマスティフ犬。幸せで贅沢。室内にはふかふかの白い敷物、淡いグレーの壁、そして水色やローズ色、黄色が混じった布張りの椅子や寝椅子。外には一部が植栽に隠れているあのおぞましい遊戯場。これらすべてが、わたしたちにとってのちに大きな意味を持つことになる。

話はそれで決まり、ではさっそく仕事をとばかりに夫人はいきなり姿勢を正した。

「それでね、わたしが主催する今度のディナーパーティーだけど、どう思って、パット？　間違っているかしら、それとも？」

内心わたしは間違っていると思った。その理由を、いや、この物語を理解してもらうためにも、まずはビバリーでわたしたちが丘《ヒル》の手と呼ぶ地域と、丘《ヒル》の手が村と呼ぶ谷あいの地域との奇妙な関係について説明しておこう。ビバリーでは自分たちの村を郊外だとは考えていない。ビバリーは一通りのものが揃っている共同体で、自分たちのクラブがあり、昔から続く独自の社交生活がある。住民は十マイル先の市内で収入を得られたし——実際に得てきた。ただそのためには、朝の八時半から夕方五時半までは市内にいなければならない。だがビバリーは住民の心のふるさとだ。流れる川は住民の川だし、美しい古い家並みも庭園もすべて住民のものだ。渓谷の向こうには二十年前まで丘陵地が広がっていた。

わたしは生まれてからずっとビバリーに住んでいる。川でカヌー漕ぎを覚え、寄宿学校に入るまでは自転車で通学し、ビバリークラブの舞踏室で最初のダンスレッスンを受けた。ミス・マッティが丈の長いゆったりした黒いタフタのスカートをつまみ、形のよいつま先を突き出す。と、二列に並んだ小さな紳士淑女たちがぎこちなくぴょんぴょん跳ねる。「ワン・ツー・スリー、ワン・ツー・スリー」ピアノが響き、舞踏室の床はピカピカ光り、将来の村民たちはくすくす笑いながらダンスを習う。

だがある日、ヒルの何かが変わり始めた。それまでヒルはみんなのものだった——ピクニック、緑に囲まれた小道のハイキング、おとなしい飼い馬での乗馬。子どもたちは馬丁——大抵は廏務員——に見守られて馬に乗った。ときには馬術教官のミスター・ジェントリーからジャンプを教わった。低い柵越え、そして大きな馬にさっそうとまたがるジェントリー教官。

「ようしパトリシア。きみの番だ」

みぞおちが凍りつき、小さな手に汗がにじむ。チャーリーやジョーが次々とエベレスト並みの高いジャンプをする。ある日のこと、ジェントリー教官の馬が急に頭をのけぞらせたので鼻——もちろんジェントリー教官の鼻だ——を骨折し、つぶれてひどく出血した。

そのときわたしは七歳で、家に帰るまで大声でわんわん泣き続けた。

ヒルに起きたことはどこにでも見られることだ。ただこれは、わたしたちだけが抱える悔しさであり、怒りだ。ある日、ジョン・C・ウェインライトが市内から車でやってきてヒルに登り、ちょうどいい具合に村が隠れて川が一望できる土地を見つけた。それから二年間、ヨーロッパを旅しては、建築家が発狂せんばかりに、石や大理石、モザイクやタイル、その他もろもろが入った木箱を大量に送りつけてきた。そうした品物の中に古い修道院の石の回廊一式があった。天をも恐れぬその行為に建築家は自殺してやるとまで言って抗議したが、ジョン・Cは頑として譲らなかった。設計が何度も変更されて、館《やかた》の中央に中庭が設けられ、周囲に屋根付きの歩道、円柱、敷石などが配された。それが回廊邸《クロイスターズ》という名前の由来だ。

当然、ジョン・Cに続いて他の人たちもやってきた。市内からの脱出が始まっていた。それから十年――わたしが十七歳になるころには、みんなが大好きだった小道はセメントの道路に変わり、谷あいの住民が大きな容器を持って車で飲み水を汲みに出かけた〈ジョージ・ワシントンの泉〉には土管が敷設され、水は下水に流された。古いコールマン農園は、十八ホールのゴルフ場を備えたカントリークラブに変わり、やがて猟犬を何匹も抱える狩猟クラブが結成された。

だからといってこの二つのコミュニティー間に確執があるわけではない。ビバリーはそのままビバリーであり続け、ヒルは依然としてヒルだ。カントリークラブなどで双方が顔を合わせても、挨拶もそこそこにさっと別れてしまう。モード・ウェインライトはその双方を一堂に会させようというのだ。

「なぜそうしてはいけないの?」夫人はわたしを見つめながら言った。「わたしはここに十八年も住んでいるのよ。なのにビバリーには、ファーストネームで呼び合える女性が一人もいないわ」

思わず笑みがこぼれた。夫人ならきっと誰とでも親しくなれる。

「母が名刺を持ってここをお訪ねするのに十年かかりました。それもただ名刺を置いて帰るだけでした」

「でも、どうして？」と夫人が尋ねた。「そんなの馬鹿げてるわ」

「みなさんはもともと市内にお住まいでした。当然、お友だちも市内からお見えになりました」

「じゃビバリーの人は、わたしたちにいてほしくなかったの？」

「ビバリーにもそれなりの暮らしがありました。ビバリーは村内だけで充分満ち足りた社会でした。いまもそうです。忘れないでいただきたいのは、村の人たちはみなさんを、とりわけ奥様方をめったにお見かけしないということです。社交の場を作るのは女性です。みなさんはお車で市内と行き来されます。男性方がお顔を合わされるのは列車内や市内のクラブです。たまたまそんなふうになったのです。考えればおかしなことです。わたしは生まれてからずっとビバリーに住んでいます。奥様もここに十八年お住まいです。ですがわたしが奥様をお見かけしたのはたったの二回です」

わたしの話を夫人は面白がった。少し笑って形のいい大きな手で席札をシャッフルした。

「わかったわ。女王は執務室にいてお札を勘定していたってことね。このおぞましい館ときたら！馬鹿げてない、パット？　それなのにわたしったら、このパーティーでいったい何をしようというのかしら？　スターリング先生は病気だと偽ってキャンセルしろっておっしゃるのよ」

「やりましょうよ」反射的にわたしは言った。「みんな来てくれますし、それにみんな気に入りますよ。若い人たちも招いてディナーのあとでダンスを楽しんでもらってもいいですし。よろしければわたしが招待客リストを作って電話をかけます」

わたしの提案を夫人は気に入ってくれた。夫人は若い人たちが大好きだ。すぐさまわたしは市内で最高のバンドを電話予約し、二人ではしゃぎながらリストを作った。つい先日、偶然そのリストを見つけた。オードリー・モーガンの名前が載っている。ラリー・ハミルトンのも。昨秋の朝、オードリーと車に乗っていたときのことをふと思い出した。拳銃のことを話してくれたときだ。オードリーは黒い縁取りのハンカチを出してヒステリックに叫んでいたっけ。「母さんは父さんを憎んでいたのよ。死ねばいいいと思ってたんだわ」

　オードリーの言葉に、あの日、わたしは危うく殺人を犯しそうになった。

　そのとき、きちんと修理されてテーブルが戻ってきた。そこで二人でパーティーの席を決めていった。パーティーは中庭で開く予定だ。中央に睡蓮の池、その周りに長いテーブルを並べる。水面に月の光が揺れる。

「きれいでしょうね。気に入ってもらえるといいけど」どこか切なげに夫人が言った。

　少々芝居がかっていると思ったが、口にはしなかった。二人でせっせと作業を続け、席の配置を決めていった。五時にお茶が運ばれてきて、一休みしてお茶を飲んだ。夫人は自分や息子のトニーのことを少し話してくれた。言うまでもないが夫人は息子を深く愛している。この何年か、この息子をときおり見かけてはいたが実際に顔を合わせたことはない。それから未亡人になったことや、ジョン・C・ウェインライトのことも話してくれた。

「あの人はとてもよくしてくれたわ」夫人はそう言って吐息を漏らした。

　ますます夫人が好きになった。夫が亡くなったことを夫人は心から悲しんでいるようだ。が、わたしの記憶にある彼は、のっぽのはげ頭で、白髪まじりの口ひげをたくわえていて、どうみても胸がときめくような人物ではなかった。壮麗なものに囲まれていながら、夫人には少しも飾ったところがなく、再び作業を始めたとき、夫人とはもう何年来の知り合いのような気がした。

席札の名前を見て夫人はときどき質問した。確かリディアのことも訊いた。

「このモーガン夫人というのは未亡人なの？」

「まあ、そんなところです。何年も前にご主人が職場の若い娘と駆け落ちしてしまって。当時はとんでもない醜聞でした。もちろんご主人とは離婚しました」

「お気の毒ね。ご家族はいるの？」

「娘が一人います。娘はまだまだ世間知らずですが、ある意味、子どものころから世間に揉まれているとも言えます。きれいな子ですよ。オードリーという名前で、もうすぐ十八歳になります」

「でも、あなたはその娘があまり好きじゃないのね？」夫人が探るように訊いた。

「とりたてて好きというわけでもないですね。娘の母親のことが好きすぎるからでしょうか」

夫人はそこで話を打ち切り、二人でさらに作業を続けた。作業中、夫人はわたしの座席札も作るようにと言ってくれた。だからもうそれからは、少なくとも頭の隅では何を着ればいいのか、そうした場で私設秘書はどう振る舞えばいいのかと、そんなことばかり考えていた。ともあれ作業が終わった。夫人は立ち上がって均整のとれた体を伸ばした。ワグナーのオペラから抜け出たみたいだと思ったのを憶えている。豊かで形のいい胸、それに一本の白髪もない長くて太い金髪の三つ編み。

「館の中を案内するわ。少なくとも中で迷わないようにしないと」それから言い添えた。「気押されるのだけれども、ジョンは楽しんでいたわ。だから変えてないの」

五分後、部屋着はそのままで、三つ編みを冠のように整えた夫人と一緒に、回廊邸の中を見て回った。まさに気押される感じだ。ルイ十四世時代から帝政時代にかけての素晴らしいタペストリーや絵画、どうということもない彫像、サボンヌリーの絨毯、そしてビリヤード室や銃器室、パイプオルガンの演奏台、中国風の喫煙室と見て回り、広々した舞踏室にも入った。ここの天井は高いビザンチン様式で、気が向いたらいつでも踊れるようにと、扉を開いて換気している。部屋のほとんどは重要な行事にしか使われない。あとでわかったのだが、館内には使用人が二十人ほどいるのに、トニーと夫人が使うのはわずか六室かそこらだ。

「トニーがパーティーを開くときはいつも遊戯場を使うの。若い人たちはあそこが好きなのよ」

その日、遊戯場は見なかった。遊戯場についてはのちに詳しく知ることになる。知って、その影すらも見たくなくなる。帰るころにはすっかり日が暮れていた。夫人はテラスに立って、わたしがポンコツ車に乗り込んで、すり切れたギアをギーギー言わせて発進させる様子を見守り、笑みを浮かべて手を振っておやすみの挨拶をしてくれた。高くて白い円柱のそばにぽつんと立っている夫人はどこか寂しげだった。夫人のことを思い出すたびにその姿が目に浮かぶ。有り余る富がありながら孤独で、親切で、全世界を敵に回してもまったくの無防備。おそらくはそれが、夫人が大きな過ちを犯した理由、過ちを犯して悲惨な結果を招いた理由だろう。

殺人は大きな過失、人が犯し得る取り返しのつかない過ちだと人は言う。果たして殺人事件が起きた。だがこれらの犯罪の背景には、モード・ウェインライトのあのどうしようもない無力感と、男であれ女であれ、人の心に潜む悪を見抜けなかったことがある。

この物語を書き始める一日か二日前、わたしはジム・コンウェイに会いに行った。ジムは警察署長に再選されたばかりで、花でいっぱいの机の向こうでニヤリとした。地元団体から贈られた馬蹄をかたどった馬鹿でかい白いカーネーションの花束もある。

「ギャングの葬式みたいに見えるとしたらすまん」とジムが言った。「お祝いを言いに来てくれたのか、それとも、おれに会いに来るのが単に習慣になっちまったのかい?」

「手を貸してほしいんだけど、ジム」

ジムが鼻を鳴らした。

「もう勘弁してくれよ、パット!」ジムが続けた。「あのなあ、もういい加減お役御免にしてくれよ。ずいぶんと手伝ってやったろ。一生分くらい手を貸してやったじゃないか。いまのおれの望みはここに静かに座って、時たま盗まれたニワトリや行方不明の車を探すことだ。おいおい、そんな目で見るなよ。断固拒否する、この言葉の意味、知ってるだろ」

ところがわたしが用件を話すと、ジムは態度を和らげたばかりか大いに興味を示した。煙草に火をつけると椅子に深々と座った。

「書くつもりなんだろ」ジムが訊いた。「まあ、ちょっとした読み物にはなるだろうよ。読者が先を読みたくなるものから書き始めるんだ。エヴァンズのズボンとか。それとも、夜に素っ裸で逃げ回っていたヘインズはどうだ? 一糸まとわぬ警官なんて、そうそう見られるもんじゃないぞ」

だが、わたしはそんなのんきなことを言ってる気分ではなかった。その日、ジムにメモ用紙をもらい、彼の記録から日付を書き留めた。それから表に出て、車――去年の誕生日に夫人が贈ってくれた車――に戻り、起きた順に事件を語ろうと心に決めた。まずは初めてモード・ウェインライトに会ったとき、初めて回廊邸に足を踏み入れたとき、そして、トニーに会ったときから。

第2章

その夜、二人の女性に会ったが、二人ともわたしの新しい仕事を手放しでは喜んでくれなかった。この六年間、わたしはミス・マッティと暮らしていた。彼女はもっぱら、下宿人たちが心地よく住めるようにと心をくだいている。彼女は古い意味での貴族で、わたしがこの仕事に就くと言うとぞっとしたような表情を浮かべた。

「考え直してくれない、パトリシア。お母様だったらなんとおっしゃるか、いやでも考えてしまうわ」

「どちらかというと、母さんはわたしが三度の食事をきちんと摂ることを望んでいたわ」

「あらまあ！　できればここには住みたくないって言わんばかりね。いいことパトリシア、あの館《やかた》で上級使用人のような職に就くってことは――」

「ウェインライト夫人のことを知らないからよ」わたしは弾むような声で言うと、ミス・マッティに軽くキスをして二階の自分の部屋に上がった。

もう一人の女性、リディア・モーガンにも似たようなことを言われた。リディアは家の裏手のレンガ敷きの小さなテラスにいた。オードリーは例によって出かけているようだ。一人分の食器がまだテーブルに載っている。リディアはコーヒーカップを手に、庭を下ったずっと先を流れる川を眺めていた。わたしを見ると顔を上げてにっこりと微笑んだ。

「こんばんは、パット。コーヒーはいかが。今夜は川がきれいよ」

「あなたもきれいよ。ありがとう、コーヒーをいただくわ。一晩中だって起きていられそうよ」

「何があったの？　なんだかうきうきしてるわね」

「そう、うきうきなの」思わず声が弾んだ。

だがわたしが仕事の話をすると、リディアはなにやら考え込むような顔をした。

「悪くはないと思うけど」リディアが言った。「でも、どちらかといえばビジネスの場のほうがいいと思うわ」

「それって、前にも聞いた気がするわ。どういうこと、ビジネスの場って？」

リディアはちらりと笑みを浮かべた。

「いいわ、わかったわ。わたし、あそこへ行くとなんだか落ち着かなくて。だけどあなたは若いんだし、何があっても笑ってやり過ごせるわ。で、お給料はいくらなの？」

「訊かなかったわ」わたしは急にそのことを思い出し、二人で女学生みたいにくすくす笑った。

あのときリディアは何歳だったのだろう？　いまリディアが三十八歳で、わたしが二十五歳だから。リディアとドン・モーガンがわたしの家の隣の、あの川沿いの家に引っ越してきたときのことは憶えている。当時わたしは子どもで、一目でリディアが大好きになった。リディアは明るくてきれいで、一年ほどしてオードリーが生まれたときは、ねたましくて無性に腹が立った。

いまでもリディアはきれいだ。ささやかな遺産を相続して、それでわずかな収入を得てどうにか家計をやりくりし、オードリーにきれいな服を着せている。いつだってリディアは、わたしの知っている他のどの女性よりもきれいだ。すらりとして、つややかな黒髪にごくわずかに白いものが混じっている。それに、これまでに見たこともない優雅な手をしている。しかもよく働く手だ。リディアは片時だってじっとしていない。

その夜、二人で少し話をした。回廊邸《クロイスターズ》のこと、オードリーがダンスに着るドレスのこと、それから、そうした場で私設秘書はどう装えばいいのかも。仕事は忘れて、自分が一番すてきに見えるものを着ればいい、リディアはそう言ってくれた。わたしに似合いそうな、スカート丈の長い青いタフタを市内で見かけたとも。だがそのあと二人ともしばらく黙り込んでしまった。リディアは物思いに沈み、わたしはそのテラスに行くといつもそうだが、両親が生きていたころや、日曜日の朝に大きな馬に乗っているドン――村のドン・ファン――をよく見かけたことを思い出していた。ドンは馬上からわたしを見下ろしてよく言った。「やあパット。ジャンプはどうだい？」

「昨日、落馬したわ」

「それも乗馬のうちだよ、お嬢さん。くじけないで」

ドンが姿を消したとき、わたしは十一歳だった。ある日ハンサムで粋な身なりのドンがいた。それが次の日には姿が見えなくなり、ドンの話をすることすら禁じられた。

「どうしてなの、母さん？　ドンは病気なの？」

「その話はしちゃ駄目なのよ、パトリシア」

「リディアも行っちゃうの？」

「行かないと思うけど」

それを聞いてほっとした。リディアはどこにも行かなかった。隣の家にそのまま住み続けた。明るさにやや翳りがさしたものの、まだまだきれいだった。が、黒髪に白いものが目立つようになり、リディアの中で何かが変わったことを物語っていた。何があったのか知ったのは大きくなってからだが、わたしの生活の一部を占めていたのはドンではなくリディアだった。父が死んだとき、スイスの学校に電報を打ってくれたのも、うろたえて帰ってきたわたしをニューヨークで迎えてくれたのもリディアだった。

「大丈夫よ、パット。お父様はご自分が何をなさっているのかわかってなかったのよ。お医者さんのお話だと――」

いいや、わたしにはわかっていた。前の年、父は乗馬をやめ、記憶にある限りずっと一緒だった執事兼下男のウィーヴァーを解雇した。どうにかわたしを海外の学校に入れてくれたが、前年の冬、父は静かなる絶望の日々を送っていたに違いない。夕方によく車で駅に迎えに行ったが、列車から降りてくる父の顔は青白く、疲労の色がにじんでいた。

「今日は大変だったの、お父様?」

「あまりよくなかったな」

父はある夜、自分の身に何かあっても、親子二人がやっていけるだけの充分な保険をかけているからと言った。わたしは父の話をさほど真剣に受け止めなかった。小柄で快活、きりっとしてすてきな父。そんな父がわたしの生活をいつも支えてくれていた。六か月後、父はニューヨークのホテルの一室で死んだ。偽名でチェックインしていたため、身元が判明したのは数日後だった。

あの夜、リディアと並んでテラスに座ってわたしはそんなことを思い出していた。川の向こう、丘の上空に浮かぶ三日月、膝の上で両手を重ねた静かなリディア、隣の家で過ごした無邪気な子ども時代、父の死後くる夜もくる夜も、母が一人で静かに座っていた庭のはずれのベンチ。

父の死後、母は長くは耐えられなかった。一年ほど経って、母はまがりなりにもわたしの社交界へのデビューとして、ささやかなお茶会を開いてくれた。母は黒の、わたしは白のオーガンジーのドレス。わたしはバラの花束を手にした。ドレスはリディアが作ってくれたもので、わたしはいまもそのドレスを持っている。だが母が元気を取り戻すことはなかった。途方に暮れたような、たよりなげな面持ちで、それから数か月どうにか持ちこたえていたものの、状況がかなり逼迫《ひっぱく》してきた。ある日家が売りに出された。家で過ごす最後の日、母は部屋から部屋をふらふらと見て回ったあと庭に出た。母が丹精込めて手入れしてきた庭だ。そんな母をわたしは窓からはらはらしながら見ていた。

母は大丈夫そうだった。川岸まで行ってしばらく立っていた。ほどなくして夏の宵に父とよく並んで座ったベンチに腰を下ろすと、長いあいだじっと座っていた。わたしは自分の荷造りに戻った。再び外を見たとき、リディアが母のそばに立っていた。

あの日のリディアを決して忘れない。リディアはそっと家に来て台所に入ってきた。そこではメイドたちが家を出る準備をしていた。それからわたしのところに来た。

「ちょっとオードリーの様子を見てきてくれない？　具合がよくなくてベッドで休ませているの」

「母さんを待ってないと」

「お母様はわたしが連れてくるわ」リディアは続けた。「いままで、お母様はずっと辛かったと思うの。だけどお母様は幸せな人生を送ってきたわ。そのことは忘れないでね、パット」

お隣から戻ってくると、リディアは言葉どおり母を連れ戻していて、わたしを抱きしめて言った。

「少しも苦しまなかったわ、パット。とても安らかに旅立たれたわ。お父様と一緒にいたかったんだと思う」

それきり家には戻らなかった。母が死んだ後のどん底の数週間、わたしはリディアの家で過ごした。リディアはずっとわたしを預かるつもりだったが、リディアの家は狭かったし、オードリーがわたしのことを快く思っていないような気がした。オードリーはそのころからわがままで嫉妬深かった。だがこれまでに会ったどの娘よりもきれいだ。最終的にミス・マッティのところに下宿して世間と向き合うことにした。テニスは上々、ゴルフはからっきし、フランス語はそこそこ、機会があれば乗馬を楽しむ、そんな十九歳の娘など求めてはいない世間と。

ビジネス講座の受講を勧めてくれたのもリディアだ。速記とタイプライターは夜、付きっきりで教えてくれ、みっちり鍛えられた。弱音を吐くのを決して許さなかった。

「いまは景気がよくないわ、パット。それはわかってる。だけどいろいろと手は打たれている。間違いない。時間と勇気がいるけど、なんと言ってもあなたは若いんだから。いつか結婚だってするだろうし」

リディアは感情を抑えていて、自分が抱える悩みを口にすることはなかったが、ときどきオードリーをじっと見ていることがあった。ドン・モーガンの魅力だけでなくあの移り気な気質を、幾分でも娘が受け継いではいまいかと案じて。ドンには愛すべき点がたくさんあった。ビバリーで語り草になっていることがある。アンダーソン夫人の馬鹿なオウムが逃げ出して高い木に止まったとき、ドン・モーガンが下からちょいと話しかけると、なんとそのオウムが木から下りてきた。さらにはズボンをはいたドンの脚を登って肩に止まり、甘えた声でクークー鳴いたのだ。

ドンがいなくなってもう何年にもなる。オードリーのことをわたしがもう少しよくわかってやれば、あの娘は感情のままに動かず、冷静な判断をするだろう。

やっとのことで市内に仕事を見つけたが、景気が落ち込み、ほどなく会社が倒産した。しばらくは父が遺してくれた不動産でほんのわずかな収入を得ていたが、税金を払うために一部を売却した。残りはかろうじて手放さずに済んだが、父の保険金は借金の返済に消え、わたしは文無しも同然だった。あのころのことは思い出したくもない。市内では昼食代を切り詰め、常に着るものに苦労し、会社から会社へと仕事を移った。そのあいだどうにかミス・マッティに部屋代を払い、まがりなりにも流行のものを身につけた。もちろん、そうした初めのころには恋もした。

いまとなれば笑って話せる思い出だ。ビル・スターリングは地元出身の青年で、みんなが信頼する医師だ。十九歳のわたしより十四歳も年上で、大柄で肩幅が広く、美男子とは言い難いが、わたしはその恋をあきれるほど真剣に受け止めていた。あれこれ症状をでっち上げては診察室を訪ね、もしかしたら車に乗り降りするビルに会えるかもと、夜にビルの家の前を通ったりもした。

いまなぜその恋を思い出すかというと、ビルがこの物語に関わってくるからだ。その恋は、ある日ビルがいかにも彼らしい方法で終わらせた。ビルはわたしの口に体温計を突っ込み、取り出すと真面目な顔で体温計に目をやり、診察室の椅子に深くもたれて微笑んだ。

「もう終わりにしよう、パット」とビルは言った。「何の治療もしていないのにもうこれ以上きみには請求書を送れない。きみのような健康な患者は診たことないよ」

わたしの顔色が変わったのだろう。ビルは身を乗り出してわたしの手を軽く叩いた。「大丈夫だよ。わたしたちは親友だ、そうだろ。わたしはきみが好きだし、きみはわたしが好きだ。だが次にわたしがきみの口に体温計を突っ込むのは、熱があるときにしておくれよ。お湯の入った器に入れたりするのはなしだからな！」

顔を赤らめずにビルに会えるようになるまで一年かかったが、いい経験だった。ビルはリディアをずっと愛していた。あのまま二人は結婚していただろうに、オードリーがビルを嫌がった。ビル・スターリングに対するオードリーのこの嫌悪が、恐ろしい波紋を呼ぶことになる。

その夜、わたしがリディアの家を出る少し前にビルがやってきた。彼はさりげなくリディアにキスをし、わたしの肩をぽんと叩いた。

「やあ、モードの印象はどうだい？」

「好きです、ビル。わたしのことを推薦してくれてありがとう」

「きみは能力と気配りと交渉上手の鏡だってモードに言ったんだ」ビルは穏やかに言った。「それに、きみが行くことになればトニーにかまう必要もなくなるし、気持ちは独身でいられるってね。きみのことを首を長くして待っていたよ。パーティーの準備は進んでるかい？」

リディアの家を出たあと、すぐにはミス・マッティの下宿に帰らなかった。ゆっくり車を走らせて通りを行ったり来たりして、家々を眺め、そこの住民たちがモード・ウェインライトに対してどのようなイメージを抱いているのか、あれこれ思いを巡らせた。真実とはまるで違う。さらにディナーパーティーとダンスが間近に迫っていることもあり、頭の中で招待客リストを確認した。

その夜、ビバリークラブではダンスが開かれていた。クラブの前を通りかかったちょうどそのとき、オードリーが出てきてポーチに立った。さながら天国の門に佇む美しい妖精ペリといったところか。

もちろんオードリーはいつまでも一人ではなかった。周りにはいつも男性がいる。それはオードリーのような女性がこの世で背負う宿命だ。いまのお相手はラリー・ハミルトン。急いで頭の中のリストをチェックした。よかった、ラリーはリストに載っている。ほっとして自分の部屋に戻ったがなかなか寝つけなかった。市内から届く座面が錦織の金メッキを施した百脚の椅子、胸元が開きすぎない丈の長いゆったりした青いタフタのドレス、できればマニキュアとシャンプー。座席札、花、燭台、そしてダンスのスタッグライン。これらが頭の中で渦巻いていた。

次の三日間はまさにこれらに忙殺された。トニー・ウェインライトは留守で、ディナーパーティー当日の午後まで姿を見せなかった。わたしはそのころ、顔には出さなかったが、もう気も狂わんばかりになっていた。秘書室の革張りのソファの下に万年筆が転がり、拾おうとしてソファの下に潜りこんだ。ちょうど床に腹ばいになった状態になり、疲れていたせいもあって、昔よくウィーヴァーにたしなめられた、若きレディーにあるまじき下品な言葉がついつい口をついて出た。

後ろの上のほうで冷ややかな声がした。

「なんとまあきれいな脚なんだ」どことなく咎めるような口ぶりだ。「それに、なんとまあ下品な言葉遣いなんだ。いやはや！」

わたしはソファの下から這い出て、むっとして起き上がった。

「わたしの脚のことならご心配なく」わたしは語気を荒らげた。「もしお気にかけてくださるのなら、その脚がひどく痛むのですけど」

「心配なんかしてないよ。ひょっとして、ミス・アボット？」

初めてトニー・ウェインライトと直に顔を合わせた。背が高く、瞳は涼やかな灰色で、愉快そうに笑みを浮かべた屈託のない青年だ。

「いいかい、きみは働きすぎていまにも癇癪を起こしそうになってる。外に出て風に当たったらどうだい？　たったいまモードを寝室に連れていったところだ。人生の大半をパーティーに費やしてきた女性にしてはひどく疲れているよ。おやおや、どうかしたのかい？」

トニーにあれこれ言う気はなかった。ただ、どこかに行こうかと思っていたと言った。できればバートンにでもと。そこは心を病む人のための地元の施設だ。ともあれ外に出ることにした。トニーがディナーパーティーのことに少しでも触れたら、途端にわたしは金切り声を上げていただろう。秘書室を出て洗面所で顔と手を洗った。その様子をトニーはしげしげと眺めていた。

「女の子はもう誰も石鹸で顔を洗わないと思ってたよ」トニーは感想を述べた。「宣伝の影響だな、きっと。きれいな肌をしているね」

「わたしの魅力の一つよ」わたしはそう言って、トニーについて外に出た。

初めて遊戯場の中に入った。回廊邸のすべてと同様、思っていたよりもずっと広い。狭い渓谷に沿って建てられていて、屋内テニスコートの屋根が他の部屋と比べるとわずかに高い。プールやコートばかりではない。長い居間にはコートに張り出したバルコニーがあって、客たちが試合を見物できるようになっている。バーのある娯楽室、小さな厨房、それに浴室付きの寝室も数室ある。

「むさくるしい独り者には」トニーがわたしをじっと見て言った。「二日酔いにはもってこいの場所だろ？　ベッド、朝食、それにひと泳ぎ。どの部屋にも頭痛薬が常備してある。置いたのはぼくだけどね」

「思っていた遊戯場とは違うわ」

「うーん、遊戯というのは何でしょうか、パトリシア様？」

「知るもんですか」わたしはそう言うと館へと戻りかけた。

帰り道では二人ともほとんど言葉を交わさなかった。わたしをからかってわざと嫌な顔をしている。そう思ってわたしがいらついているのをトニーは見て取った。

「ぼくのこと、あまり好きじゃないんだね?」トニーはニヤッとして言った。「ソファや家具の下から救い出して、こうして散歩にも連れ出してあげたのに、お礼の気持ちがこれかい?」

「犬も連れてくればよかったのに」わたしは優しい口調で言った。「そうすれば、わたしと一緒に犬も少し散歩させられたのに」

第3章

ディナーパーティーは大成功だった。まさに狙いどおり、ヒルと村との不協和音を見事に消し去った。

全員が揃って席についた。どんな大パーティーも悪夢と化す食べ残しもないとわかり、わたしはようやく安堵の胸をなでおろした。料理もとびきりだった。この二日間、料理長のピエールは近寄りがたい雰囲気を漂わせていた。モードは——夫人はわたしにそう呼ぶように言った——実に晴れやかだった。水色の正装で、見事な金髪を高く結い上げ、若々しく、いかにも幸せそうだった。

ディナーパーティーはどれも似たりよったりだろう。しかしこのパーティーにわたしがこれほど感動したのは、この六年間というもの、優雅さとは無縁の生活を送っていたせいかもしれない。

このパーティーで何よりも大事なことは、一、二名の例外があるものの、この悲劇に登場する人たちが一堂に会したことだ。ビル・スターリングとリディア、狩猟クラブ会長のジュリアン・ストダードと妻のマージェリー、モードの顧問弁護士のドワイト・エリオット、ビバリー一の人気者の独身男性で、向こう見ずにも警察署長に立候補してみごと当選したジム・コンウェイ、そしてオードリーとラリー・ハミルトン。

今夜のオードリーは輝くばかりにきれいで、本人もそれを意識している。クリノリンの上に白いレースのドレスを着た姿は、まるで「ゴーディズ・レディズ・ブック」誌（十九世紀にアメリカで人気を博した女性誌）から抜け出たみたいだ。トニーは機会を見つけてはオードリーと踊っている。ふと見るとそんな二人をモードがじっと見ていた。でもわたしは忙しくてあまり気が回らなかった。中国の間と図書室にはブリッジの準備が整っている。舞踏室には、ふんだんに用意されたシャンパンを避けて、パートナーを待つスタッグラインができている。一度マスティフ犬のロジャーが外に出ようとしてきかず、しかたなく外に出してやった。

ただオードリーは癪にさわった。トニーと踊っていたオードリーはわたしを見るなりそばに来て、さも見下したように手を差し出した。

「ご機嫌いかが、パット？」オードリーが冷ややかに言った。「いいパーティーね。でも、シャンパンがちゃんと冷えているかどうかチェックしてくれなくちゃ。生ぬるいと飲めたものじゃないわ」

口調がいかにもわざとらしい。いまだに青臭いオードリーがわたしに立場をわきまえさせようとしている。もとよりシャンパンはちゃんと冷えている。

「シャンパンを飲むのはまだ少し早いんじゃなくて、オードリー？」わたしはやんわりと問い返した。

「ホールにポンチがあるわ。それにはお酒はあまり入ってないわよ」

トニーはどうやら割って入る頃合いと見たようだ。それを証拠に、手を差し出してにやにやしながら近づいてくる。

「ミス・アボットですね」トニーが訊いた。「ミセス・ウェインライトの息子です。以前にお会いしませんでしたか？」

「お会いしたかもしれません。すみません、思い出せなくて。だって、若い殿方がこんなに大勢いらっしゃるんですもの」わたしはそう言って、あいまいな、それでいて愛想のいい笑みを浮かべた。

しばらくしてふと気がつくとモードがすぐそばにいた。踊っていた人たちは、舞踏会用の軽食がふるまわれている遊戯場へ行き、バンドも客たちについていった。面食らうほど急に静かになった。

「本当に大成功だったわね、パット。モーガンの娘は本当にかわいいわ。わたしが男だったらたちまち好きになるでしょうね。トニーは気に入ったみたいよ」モードはふうっと息をついて何やら考え込んでいるようだ。「遊戯場に行ってくれない？　正装のまま泳ぐ人がいるといけないから」

あとでわかったのだが、わたしはすんでのところで間に合ったらしい。わたしが着いたまさにそのとき、面白いとでも思ったのか、市内からきた若者が燕尾服のままプールの飛び板に立って、いままさに飛び込もうとしていた。しかも遊戯場に向かう途中、不可解なことに出くわした。

遊戯場に通じる道は「く」の字に曲がっている。建屋は母屋の裏手にあって、直線距離にして二百ヤードほど離れている。遊戯場に行くには、噴水に突き当たるまで木立のあいだの芝生の小道を真っすぐ進み、植栽のところで右に曲がる。そこから遊戯場まではほんの数ヤードだ。

その夜、白大理石の噴水には上の木々から投光照明が当たっていた。遊戯場にはこうこうと明かりが灯り、笑い声や音楽があふれ、甲高い声が響いてとてもにぎやかだ。その遊戯場の外に男が立って中を覗いていた。

男は夜会服を着ておらず、最初、記者かカメラマンが写真を撮ろうとしてるのかと思った。だが、門には門衛を配置して侵入者を入れないようにしている。だからひどく驚いた。

男は中の何かを見ているようだ。窓の敷居に両手をかけ、体を強張らせて食い入るように見つめている。わたしは芝生の上を歩いていたので、かなり近くに行くまで足音が男の耳に入らなかったようだ。と、次の瞬間、男が驚くべき行動に出た。くるりと向きを変えるや走り出したのだ。回廊邸《クロイスターズ》の敷地に隣接するカントリークラブのゴルフ場のほうから、下草を踏みしだく音がしばらく聞こえていた。驚くには驚いたがわたしはあまり深く考えなかった。とにかくそのときはもう手一杯だったのだ。プールに飛び込もうとする若者やら、客用寝室に忍び込んでベッドで高いびきの市内からきた給仕やら。そばには空の酒瓶が転がっていた。あれやこれやで、そのときもそのあとも侵入者のことをモードに話しそびれた。たぶん話すべきだったのだろう。だが話したところで何の役に立っただろうか。わたし以上にモードには何もわからなかっただろう。

翌日、モードからミス・マッティの下宿を引き払って、回廊邸で暮らすように勧められた。モードは一晩ぐっすり眠ったようなさわやかな顔をしている。すべての客に戸外でスクランブルエッグとソーセージの朝食をふるまい、朝の六時にベッドに入ったというのに。

「ぜひそうしてほしいの」とモードは言った。「トニーは昼間はずっと市内だし、夜も大抵は出かけているわ。パーティーを開くか、パーティーに出かけない限り、わたしはほとんど一人きりなの。オルガンをよく聴いていたけど、オルガンの音色は物憂げで、人の声の代わりにはならないわ」

最終的にモードの申し出を受けることにした。その日モードは敷地内を案内してくれた。初めてその広大さを目の当たりにした。館《やかた》には五十いくつもの部屋があり、二十人以上の使用人がいる。それだけではない。敷地は百エーカーを超えている。その両方を四十人以上の使用人が管理している。温室やラン園、さらには厩舎まであって、トニーの狩猟馬の他に乗用馬も一、二頭いる。敷地の管理責任者で年配のスコットランド人のアンディ・マクドナルドと、運転手主任のガスにも会った。そこかしこに使用人がいるようだが、モードはそれでも館内も館外も使用人を減らしたという。西棟から館内に戻った。館に入ると、モードは遊戯場の鍵の保管場所を教えてくれた。ホールのドア近くにあるテーブルの引き出しの中だ。

「もちろん、好きなときに泳いでいいわよ。だけど、出るときはちゃんと鍵をかけてね。これまでは夜間警備員のエヴァンズが出勤してくるまで開けたままにしていたけど、ゴルフ場のキャディたちがこっそり入っているのがわかったの」

数週間後、その鍵がきわめて重大な意味を持つことになり、遊戯場そのものがおぞましくなる。その両方についてわたしは山のような質問に答える羽目になる。

「鍵はいつもこの引き出しに入れていたのか？」

「遊戯場が使われていないときは入れていました」

「では誰でも遊戯場に入れたのかね？」

「屋敷の者なら誰でも」

「というと――？」

「掃除をするときに使用人が入りますし、それに、当然ですが、ご家族も。わたしもときどきあそこで泳ぎました。週に二回、館外の使用人が水を抜いてプールを掃除します。それだけです。お招きしたお客様は別ですが」

その日、館に戻ったとき、館内にはもういつもの落ち着きが戻っていた。業者のバンに金色とローズ色のダマスク織の椅子が積み込まれ、中庭のテーブルもなくなり、舞踏室が閉じられるところだった。トニーが昼食に姿を見せた。少し疲れているようだが、機嫌はよさそうだ。

「すごい夜だったね」トニーはそう言って母親にキスをした。「いやあ、まったくすごい夜だった。

すばらしかった。それに、このぼくもまんざら捨てたものじゃないって気がするよ。どう思います、ミス・アボット？」

「そうそうないことですものね」

トニーがモードのほうに顔を向けた。

「この人はぼくのことが嫌いなんだ」トニーがこぼした。「ぼくは好かれたいと思っているのに。この人をそばに置かなくちゃいけないのかい？」

モードは笑みを浮かべるばかりだ。

「これからここで一緒に暮らしてくださるのよ」モードが嬉しそうな顔で言った。「だからお願い、この人のことはパットと呼んで、そしてあなたのことはトニーと呼んでもらってちょうだい。いいお嬢さんだからきっと気に入るわ」

「それが悩みどころなんだ。もうとっくに気に入ってるのに昨夜はつれなかったんだよ、モード。化粧室に行って声を上げて泣いたんだから」

トニーのこうした軽口にモードは慣れっこのようだ。トニーの話には取り合わず、わたしには気にするなと言ってくれた。

「トニーの言うことは気にしないで。平日は真面目なビジネスマンよ。トニーがいなくなったら製鋼所はどうなるのかしら。それにわたしがいなくなったら」と付け加えた。

最初に気づいたのはそれだ。母と息子はまさに以心伝心、見事なまでに心が通じ合っている。トニーが母親をファーストネームで呼ぶのはあくまでも愛情からで、のちにモードが大変なことになったときには「母さん」に戻った。いま思えば、トニーがああした軽口を叩いたのは、わたしをリラックスさせるための気配りでもあったのだ。

「わかったよ」三人で昼食の席につくとトニーはわたしに言った。「きみはパットで、ぼくはトニーだ。きみはときどき別の呼び名でぼくを呼ぶだろうけど、トニーが名前だ。年齢は三十歳、体重百八十ポンド。ゴルフはへたくそ、テニスは得意、乗馬はまあまあ。人当たりがよくて、生まれつきの赤あざはない」

こんな屈託のない冗談を耳にするのは本当に久しぶりだ。疲れて気持ちが張りつめていた昨日だったら、こんなことを聞くと腹が立っただろうが、いまは素直に受け入れられる。

「パトリシア・アボットです。体重は百十五ポンド、年齢二十五歳、フランス語はそこそこ、ゴルフはへたくそ、テニスは得意、乗馬の腕前はピカイチ」

「赤あざは?」トニーがおずおずと訊いた。

「赤あざはなし」

モードはその日の午後、浴室と居間付きの客用続き部屋を八室見せてくれ、好きな部屋を選ぶようにと言った。わたしは一番質素な部屋を選んだ。夢の世界にいるようだった。外国製の石鹼、セロファンに包まれた新しい歯ブラシ、サテンのようなタオル、そしてふかふかの豪華なベッド。それらが当然のように備わっているそんな世界に。

その夜、トランクに荷物を詰めたあと、ヒルに戻る途中、リディアの家に寄ってその話をした。リディアは逆に不安そうだった。

「甘やかされないでね、パット」リディアが言った。「お金が有り過ぎるというのも、思いのほか苦労が多いものよ。トニーはどう?」

「まあまあよ」わたしは言葉を濁した。

「オードリーは一日中、とりつかれたようにトニーのことを話してるわ」そう言うとリディアはふっと息を漏らした。

第4章

それが昨年の六月。館《やかた》での暮らしにも慣れてきた。六人いるメイドの一人、ノーラが八時に朝食の盆を運んできて一日が始まり、夜はモードと二人でトランプゲームをするか、三十人のディナーパーティーで終わる。

わたしは徐々にこの屋敷の日常に馴染んでいった。真夜中にエヴァンズが一回目の巡回を行い、重く確かな足音が部屋の前を通りすぎても、敷地内で懐中電灯の光を見ても、もう飛び上がらなくなった。富と財産を所有する者の責任をひしひしと感じたのは、ほかならぬエヴァンズのこうした巡回だ。午前九時になると秘書室に行って郵便物を開封し、モードの私信を従僕に持って上がらせる。十時にはモードの私室、ときには隣接する屋上庭園でその日の予定を立てる。モードは計画性に富んでいた。家政婦長のパートリッジとはすでに打ち合わせを済ませていて、わたしとのこの時間を利用してヒルダに髪をブラッシングさせた。

十一時にはすべてが片づく。モードは着替えて外に出る。単に敷地内を一回りし、気心の知れたアンディを従えて庭まで行くこともあれば、小径をほんの半マイル行った先のストダード家までぶらぶら歩くこともある。そこは農園《ファーム》と呼ばれていて、モードに親しい友人がいるとすれば、それはマージエリー・ストダードだ。

二人はどこか不思議な関係だ。マージェリーは三十五歳くらい、どちらかというと物静かで、二人の幼い娘がいる。魅力的な女性で、歳の割に白髪が多いが、それがまたなんともいい感じだ。言うまでもなく夫をこよなく愛している。なぜか乗馬はしない。

「馬が怖いの」いつか、気恥ずかしそうな笑みを浮かべてマージェリーが言った。「おかしいでしょう、ジュリアンはあんなに狩猟クラブに夢中なのに。結婚して一、二か月ほど、あの人はとても優しく教えてくれたわ。だけど、わたしが落馬するのを見てあきらめたの」

モードはいつもマージェリーに対して姉のように接していた。マージェリーが時に寂しい思いをしているのに気づいていたのだろう。マージェリーはヒルの暮らしにほとんど関わらなかった。だが数か月後、わたしはそんな二人に思いを馳せることになる。モードは大柄で快活、自信に満ちあふれ、心底楽しげに笑う。マージェリーは小柄で恥ずかしがりやで頼りなげだ。二人とも、やがては互いを密接に結びつけるこの物語のことなど何も知らなかった。

こうした始めの数週間はずっと忙しかった。ディナーパーティーだけではない。午後遅くにふらりとやってきて、テラスでハイボールやカクテルを飲む人もいれば、天気が悪い日には遊戯場で屋内テニスをする人もいる。ヒルもビバリーも、夏はいつも大勢の人で賑わう。冬になると人々はフロリダやカリフォルニア、ヨーロッパへと出かける。夏は家にいて仕事にいそしみ、庭仕事に余念がなく、ゴルフやテニスを楽しむ。

昨年の夏は格別にぎやかだった。ひっきりなしに人をもてなしていたように思う。六月の下旬に開かれたガーデンパーティーを思い出す。芝生に大テントを張り、オードリーはトニーと踊り、額縁のように美しさを際立たせるつばの広い帽子をかぶってトニーを見上げていた。乗馬をする人たちのために何度も日曜日の朝食を用意した。七月には、子どもが大好きなモードが、ヒルと村の子どもたち全員を招いて遊戯場を解放した。パンチとジュディの人形劇を上演し、手品師も招いた。が、成功を手放しでは喜べなかった。おチビさんたちは、クリーム煮のチキンに添えられた豆を投げ合い、挙げ句の果てに五歳児がプールに落ちて、わたしはやむなく一番お気に入りのサマードレスを着たままプールに飛び込んだ。

こうした最初の二か月かそこら、トニーの姿はまるで見かけなかった。製鋼所での残業が続いていた。ようやくトニーを見かけたかと思えば、周りに人がいるか外出するところだった。そうしたときでもトニーは愛想がよく、笑顔で挨拶してくれた。

「まだ家具の下を這い回って、下品な言葉を遣っているのかい?」

「いいえ。二階へ行ってベッドで枕を嚙んでるわ。そのほうがずっと簡単だし」

トニーは大笑いして行ってしまう。

トニーが頻繁にオードリーに会っているという噂を耳にしたが、リディアに会う暇もないまま何週間も過ぎた。服を買いに時に大急ぎで市内へ行くこともあった――モードがやっと給料について話してくれた。それもかなりの高額を――が、時間がまるでなかった。

ひっきりなしに来客があり、モードとはめったに二人きりになれなかった。朝食を運んできたノーラからよく、誰がここで夜を過ごしたのか家政婦長のパートリッジに知らせてやってくれと頼まれた。トニーの友人たちだけではない。中でも足しげく訪ねてきたのはモードの顧問弁護士、ドワイト・エリオットだ。エリオットは市内に一人で住んでいて、暑い夜には、彼いわく、涼を取りにちょくちょく車でやってきた。

エリオットはモードに心を寄せているのかしら、そう思うことがよくあった。五十代で長身、ハンサムではないが、洗練された着こなしと立ち居ふるまいには気品が感じられる。あとで知ったのだが、彼はモードの遠縁にあたるらしい。トニーがジョン・C・ウェインライトの息子ではないと教えてくれたのも彼だ。

「彼女は二十歳にもならないうちに家を飛び出して、ろくでもない男と結婚した。そいつが死んで暮らしが立ちゆかなくなり、幼いトニーを連れて生まれ故郷に戻ってきた。だがわたしはモードを助けてやれなかった。弁護士になったばかりで、事務所の家賃を払うのがやっとだった」

ところが、モードとジョン・C・ウェインライトを引き合わせたのはエリオットだった。どことなく満足そうに彼は言った。

「ジョン・Cは初めからモードと気が合った。それにモードはジョン・Cを幸せにした。あの人は素晴らしい女性だよ、ミス・アボット。最高にお似合いの二人だった」

そんなエリオットにわたしは好感を覚えた。年上だといってもモードとはほんの二、三歳しか違わないし、ゆくゆくはモードはエリオットと結婚するのではないか。確かにモードはエリオットを頼りにしている。何か事があると真っ先にエリオットを呼ぶ。だがその夜、エリオットは思いもよらないことを口にした。こじんまりしたディナーパーティーだったのでわたしは特に用もなく、一人でテラスに出ていた。足元に犬のロジャーが寝そべっていた。エリオットが出てきて、こいつは図体ばかりのでくの坊だと言って、煙草に火をつけるとわたしの隣に腰を下ろした。

「きみに気をつけてほしいのだが、ミス・アボット」何かを提案するようにエリオットが言った。

「こんなことは言いたくないが、だが言っておかないと。モードは金を使いすぎている」

「ここを維持してゆくには相当な費用がかかるんです、ミスター・エリオット」

「ジョン・Cの遺産は莫大だ、だからといって無尽蔵というわけじゃない。たまたま知ったのだが、モードはベッシーに大金を渡している、で――」

「ベッシーって?」

訊き返したが、そのときエリオットはブリッジのゲームに呼び戻され、ベッシーが何者なのかわからずじまいになった。わたしはてっきり、ベッシーは親戚で、町の片隅でふらふらしている文無しのウェインライト一族の一人だろうと勝手に決めつけ、それ以上深くは考えなかった。だが、翌日モードにお金を使いすぎているのではと言うと、モードはこれまでになくいらいらした様子を見せた。

「もちろん大金を使っているわ。使用人を首にはできないし、それに庭師だって」

「それにしてもずいぶんな額です」わたしはなおも続けた。「先月の肉屋の支払いにしたって――」

「もう、よして」モードが遮った。「人をもてなすのをやめられたらって思うわ。もううんざりだし、どのみち費用なんて気にもしていないし。ただ、人が楽しそうにしているのを見るのが好きなの、それだけよ。これまで慈善事業にはずいぶんと寄付してきたわ。天国への道を買っているのかもね!どうしたらいい?」

「ここは天国にとても近い場所ですわ」

モードは首を横に振った。

「この屋敷なんか、ちっともほしくなかった。ここはジョンの思いつきなの。何だって最高の品を揃えてくれた。でもわたしの物になったのだし、どうすればいいの? いつか悲しき大富豪の話を書いてちょうだい。使用人と屋敷と慈善事業を遺されて、その一方でほとんどのお金を政府に吸い上げられてしまう人たちについて」

タイプライターを使うというだけで、わたしには文才があると、モードはいつだって無邪気にそう思っている。

「わたしを解雇したらどうでしょう」とわたしは提案した。「どのみち夏もそろそろ終わりです。クリスマスが終わったらパームビーチに行かれるのでしょうし」

だがモードは身振りで否定した。「それだけはしたくないの」そう言うとモードは立ち上がってわたしに腕を回した。「あなたが来てくれて本当にうれしいわ。このままそばにいてちょうだい、パット。あなたが必要なの」

それが八月の月曜日。翌日、モードはピカピカのリムジンで市内へ向かった。にこやかに楽しそうに、何一つ思い悩むこともなく、あったところですべて忘れたとでもいうふうに出かけていった。マージェリー・ストダードと一緒だった。彼女を市内で降ろしてジュリアンと楽しめるようにとの計らいだ。そのためマージェリーが小径を歩いてやってきた。二人の幼い娘とイギリス人の乳母も一緒だ。

「ジュリアンがプールを修理させているの。遊戯場で娘たちを泳がせてくれない?」

わたしが鍵を取ってきて渡すと、娘たちはプールに向かった。マージェリーはテラスに座って扇子で風を送っていたが、どこか不安げだった。あたりを見回してから口を開いた。

「ねえ、パット」マージェリーが言った。「エヴァンズは夜、誰かが敷地内をうろついているのを見たことがあって?」

「そんなことは言ってなかったわ」

マージェリーは声を潜めた。

「昨夜、農園《ファーム》に男がいたのよ。わたし、暑くて眠れなくて外に出たの。わたしを見るといなくなったわ。使用人たちに訊いてみたけど、農園の人間じゃなかった。気がかりなのは娘たちのことなの、パットｏあの子たちに何かあったら――」

しばらくしてモードが姿を見せ、わたしは二人に手を振って秘書室に戻った。わたしの回廊邸《クロイスターズ》での暮らしの、最初の幸せな一幕が終わったとは夢にも知らずに。

その日トニーは早く帰ってきた。トニーが入ってきたとき、わたしは机に向かって忙しくしていた。トニーは珍しく所在なげにデスクの端に腰かけ、たったいま届いたばかりのモード宛の手紙を手にとった。青い封筒の手紙を食い入るように見ている。

「これはいつ届いたんだい？」

「午後の便です」

「母さんはもう見たのか？」

「いいえ。まだご覧になっていません」

「じゃ、見せることはない」トニーはそう言うと、手紙をポケットに突っ込んだ。

取り返そうとしたが、彼は有無を言わせなかった。

「いいかい、きみに関わりのないことには口を出さないこと。これは私的なことだ。それからもう一つ。このことをモードに話したら、きみのそのかわいい耳を片方、噛み切っちゃうからね。絶対に言うんじゃないぞ。本気だよ」

そう言ってトニーは出ていき、ほどなく車に乗って出かける音がした。トニーはいつも高速で車を走らせるが、その日は何か恐ろしいものに追い立てられるように、発射された銃弾さながら、猛スピードで走り去った。

モードが戻ったとき、トニーはまだ出かけていた。階下のホールでオルガン用のミュージッククロールを仕分けていると、モードの車が入ってくる音がした。二人いる従僕の一人、トーマスがドアの脇にいて、わたしが顔を上げると、お抱え運転手のガスが車から降りるモードに手を貸していた。モードの顔がちらっと見えた。一瞬、モードが死んでしまうと思った。顔が真っ青で、一人で歩けないのか、ガスが腕を支えている。わたしはホールを飛び出してもう片方の腕を支えた。

「具合がお悪いのですか」わたしは尋ねた。

モードは返事をせず、かすかに頭《カブリ》を振った。

「中に連れていって」消え入るような声で言った。「それからヒルダを呼んでちょうだい」

モードをホールに連れて入ったとき、トニーがガレージから出てきてモードを見た。茫然としている。

「何があったんだ?」トニーが訊いた。「ねえ、どうしたんだい?」

トニーはモードの傍らに膝をついて、モードの形のいい大きな手をさすった。男たちはどういうわけか、手をさすると気分がよくなると思っている。だが、モードを見上げたトニーの顔は献身的な愛情に満ちあふれ、同時にひどく怯えてもいて、これまで以上にトニーのことが好ましく思えた。ガスも入ってきていたので、トニーがガスに強い口調で訊いた。

「車で誰かをはねたのか?」

「とんでもない。一時間くらい前まではお元気でした。市内を出たあたりでたまたまミラーで後ろを見たんです。奥様が座席で屈み込むようにされておいででした。それで車を停めて、お医者様のところへお連れしましょうかとお尋ねしました。ですが、医者は必要ない、屋敷に戻るようにとおっしゃいました」

こうしているあいだも、モードはじっと座っていた。楽しげな笑い声の好きなあのモードが、そばに誰もいないかのように、何も聞かず、何も聞こえないかのように静かに座っている。ヒルダが持ってきた気つけ用のアンモニアを素直に嗅いだ。わたしはモードの脈を取った。弱くて細いが安定している。そのころには大勢の人がホールに集まってきていた。レノルズ、従僕のトーマスとスティーブンズ、ヒルダ、両手をもみ合わせている家政婦長のパートリッジ、そしてトニーにわたし。

わたしはできる限り状況を把握し、ヒルダをモードの部屋にやってベッドを準備させ、レノルズをエレベーターに待機させて、トニーにビル・スターリングを呼ぶよう頼んだ。すると、モードが少し元気を取り戻し、しゃんとして帽子を整えた。

「医者は呼ばなくてもいいわ」モードが言った。「暑さのせいよ。もう大丈夫だから」

そのあと、ちょっとしたどたばた劇が始まった。モードをエレベーターに乗せたものの、階の途中でかごが停まってしまったのだ。幸い中に椅子が備えてあったのでモードを座らせた。そのあいだ声の届くところにいる者に向かって、トニーが大声で命令やら罵声を浴びせかけていた。地元の電気工が到着するのにまるまる一時間かかり、それからさらに一時間、ビル・スターリングが指示を出そうと下から大声を張り上げた。トニーはボタンを押しては母親を見て、母親を見てはボタンを押していた。

やっとのことでホールに下りたとき、モードの具合はいくらかよくなっていた。わたしたちが周りに立っているのに初めて気づいたようだ。

「まあ、なんて騒ぎなの！　そんな心配そうな顔をしないで、トニー」モードは帽子を脱ぎ、手で髪をなでつけた。「さぞかしみっともない姿を見せたのでしょうね。ちょっと横になるわ。ヒルダはどこ？」

　今度はエレベーターを使わず、片側をビル、反対側をトニーが支えてゆっくりと階段を上った。半分ほど上ったところで、モードは二人の手を振りほどこうとした。「自分で上がれるわ」モードがいらだたしげに言った。「頭を冷やす湿布を用意して、それから一人にしてちょうだい」

　その両方をモードは手に入れた。モードはその気になればどこまでも頑固になれる。それから十五分もしないうちに、ビル・スターリングがむっとした顔で階段を下りてきた。トニーも一緒に下りてきて、わたしたち三人は次に何をすればいいのかわからないままその場に立ちつくした。まずはガスを呼んで事情を聞こう、ビルがそう提案した。

　ガスはいつものように、しみ一つない明るい茶色の制服を着て入ってきた。ズボンにピカピカに磨いた革ゲートルをつけている。ガレージには六名の運転手がいるが、モードのお抱え運転手はガスだ。もう何年もモードの車を運転してきた。そのガスがいま動揺の色を隠せないでいる。

　ガスの話はどこまでも不可解だった。ガスの話はこうだ。奥様とマージェリー様はご一緒に買い物をされました。お二人とも楽しそうにはしゃいでおられました。五時にマージェリー様をジュリアン様のオフィスで降ろし、それから奥様のご指示でお屋敷に向かいました。

　六ブロックほど走ったあたりで、突然、奥様からお声がかかりました。後ろの仕切り窓が開いていたので電話はお使いになりませんでした。いま思えば、そのときの奥様のお声が少し変でした。

「どういうことだ、変というのは？」

「奥様のお声のようではありませんでした。喉が詰まったような感じでした」

「まったくもう、どうして様子を見なかったんだ？　母さんは何て言ったんだ？」

「エリオット様の事務所に行くように言われました」ガスは生真面目に続けた。「で、そういたしました。そのときは具合はお悪くなかったのですが、いくぶんお顔の色がさえませんでした」

そのあとの話も大して役に立たなかった。事務所の入居する建物で奥様は車を降りられましたが、五時に退社する人がどっと出てくるのを見て腕時計をご覧になって。一、二分ほど不安げに舗道に立っておられましたが、やがて車に戻って家に戻るようにとおっしゃいました。

それだけだった。半分ほど戻ったところでミラーを見ると、モードが後部座席に倒れ込んでいた。ガスは車を停めて気分が悪いのかと尋ねたが、モードは運転を続けるようにと手で合図した。

「なぜエリオットに会わなかったのか、知らないんだな？」

「はい、存じません。ただ、もう時間が遅うございました。エリオット様はもうお帰りになられたと思われたのかもしれません」

他に何もできず、やむなく暑さのせいということになったが、ビルもトニーも素直に受け入れたとは思えない。その日、市内でモードに何かがあった。モードが話したくない何かが。それがこの不可解な事件の始まりだ。

ビル・スターリングがその夜に一名、翌朝にもう一名、看護婦を寄こした。それは大富豪につきまとう気の毒な宿命で、まずもって一人静かに寝させてはもらえない。氷嚢と薄めのスープ、そして糊のきいた白衣姿の人たちが館内を行き交った。金メッキのベッドクラウンからピーチ色のタフタのカーテンが下がる帝政様式のベッドで、三日間モードは横になっていた。じっと横になって、されるがままに、ビルが処方した睡眠剤を飲んでときどき眠り、ゆっくりと回復に向かいながら、一人静かに自分の人生と対峙していた。

第5章

つらい日が続いた。いつもどこか砕けた調子で母親に接していたトニーはいつになく心配そうだ。数日はほとんど館《やかた》を離れなかった。朝夕には母親の部屋へ行ってしばらく付き添っていた。モードが手を伸ばし、その手をトニーが取る。そうやって触れ合うことで安心するのか、モードはよくそのまま眠りに落ちた。が、口を開くことはなかった。

トニーは途方に暮れて浮かぬ顔をしている。まさかオードリー・モーガンを訪ねてはいないと思うが、オードリーはさぞかし気を悪くしているに違いない。実のところ、こうしたあいだにトニーは人間的に一回り大きくなったように思う。いつものふざけた軽口も叩かなくなった。たまに食事を一緒にしても、あまり喋らずむっつりしていた。だが母親に接するときはいつもの男らしい表情に戻った。「夏のあいだ、あれこれやりすぎたんだよ」ある日トニーが言った。「あんな馬鹿げたパーティーや何やかや。そもそも誰が開きたがったんだ？　きみか？」

むっとしたが気持ちを抑えた。「おかげでずいぶんと忙しい思いをしました」わたしはトニーにそう言った。「いいえ、わたしではありません。モードが開きたがったんです。周りに人がいるのがお好きなんです。それに、パーティーのせいだとは思いません。第一、ほとんどの作業はわたしがここでこなしておりましたから」

トニーは久しく会っていなかったような目でわたしを見た。実際、会ってはいなかった。

「きみもいろいろ大変だったみたいだね。一日か二日休みを取ってゆっくりしたらどうだい？　それとも外に出てゴルフでもするとか？」

思わず涙がこぼれた。その日のわたしは気分が落ち込んでいて、そのうえ神経も過敏になっていた。なんやかや言いながらも、自分の状況を少し軽く見ていた。夏中ずっとがむしゃらに働いた。それだけではない。ヒルではモードの友人たちに、谷では自分の友人たちに振り回され続けていた。ディナーパーティーでは、直前にキャンセルした女性客の穴を何度も埋めた。部屋に駆け上がって大急ぎで着替えをし、パーティーが終わるまでずっと何時間も愛想よくふるまうように努めた。同じ理由でブリッジの穴も埋め、自分には不相応な額を賭け、かなりのお金を失っていた。

「代わりに入ってくれるでしょ、ミス・アボット？　ジャミソンたら、どうしても早めに帰ると言ってきかないのよ」

ともあれ、その日わたしは泣いてしまい、まるで喉を詰まらせたときのように、トニーがぎこちなくわたしの背中を軽く叩いてくれた。「さあさあ」トニーが言った。「とにかく、きみはぶっ倒れないでくれよ。母さんが倒れただけでも大変なんだから。誰かが指揮をとってくれないと」

同じ日だったと思うが、モードに電話がかかってきた。もちろん電話はしょっちゅうかかってくる。が、この電話は様子が違った。くぐもった感じの男の声で、少し無作法な感じだった。「ウェインライトさんをお願いします」

「申し訳ありません。ウェインライト様はただいまご病気でお電話には出られません」

一瞬、沈黙があり、回線が切れたのかなと思ったそのとき「では、伝えてくれないか――あ、いや、伝えなくてもいい。そのうち会えるだろうから」そう言って男は電話を切った。少しむっとしながらわたしも受話器を置いた。

具合が悪くなって四日目、モードは、薬や、何であれショックを受けたせいでもうろうとしていた状態から抜け出た。過分に払って看護婦を二人とも解雇し、ヒルダに髪を結い上げさせ、寝込んで以来初めてわたしを呼んだ。モードのあまりの変わり様にわたしは愕然とした。

第一にモードはげっそり痩せていた。顔と首の皮膚がたるんで、大きくて楽しそうな声が消えていた。だが何よりも変わったのはその顔つきだ。険しい表情でレース飾りの付いた枕に頭を埋めている。

「お入りなさい、パット」モードが言った。「話があるのよ。ドアを閉めて、それからヒルダに言って、誰も来させないようにしてちょうだい。トニーはどこなの?」

「外でロジャーを散歩させています」

口を開くだけでも疲れるのかモードは目を閉じた。わたしは座って待った。ややあってモードが手を差し出した。わたしはその手を取った。「あなたはいい人だわ、パット。すてきな夏だったわ。楽しかった」

「これからだってすてきな夏がまだまだ楽しめますわ」

「さあ、それはどうかしら。どうかしらね」モードが繰り返した。「何事もいつまでも続くわけじゃないわ。ねえパット、できるだけ早くドワイト・エリオットに会いたいの、それもトニーに知られずに。どうにかできて?」

「いつお会いになりたいのですか?」

「できれば明日」熱に浮かされたようにモードが言った。「明日は土曜日。トニーは市内には行かないはずよ」

わたしはしばらく考えた。「トニーはわたしに外に出るべきだっておっしゃいました。ゴルフをするといいと。もしかするとトニーがお情けで連れていってくださるかもしれません。ただ、わたし、ゴルフはへたくそだから、トニーは楽しくないかもしれませんが」

モードは頷いた。「名案ね。だけど、ちゃんとお膳立てしないと使用人たちに知られてしまうわ。たぶんドワイトは道路に車を停めて館まで歩いてくるはず。そうすると西側の入口が使えるわ。あなたがあそこのドアを開けておいてくれたらね。ヒルダはここに引き留めておきましょう」

あまりにも段取りがよすぎる。そのつもりですでに案を練っていたのだ。わたしの顔を見て察したのだろう。モードがかすかな笑みを浮かべた。

「勘がいいわね、パット。この方法を思いつくのに、わたし、二日もかかったのよ。なのに、あなたはもうわかってる、でしょ？　それほど深刻なことではないけれど、トニーには知られたくないの。ドワイトに遺言書を作成してほしいのよ。もっと前にやっておくべきだったわ」

どこか館の近くでロジャーを呼ぶトニーの口笛が聞こえた。わたしはできるだけ早い機会にエリオットに電話をかけると約束し、急いで部屋を出ようとした。だが、ドアに行くとモードがわたしを呼び止めた。

「宝石箱を取ってくれない、パット。まだ足元がふらふらするの」

化粧台から宝石箱を取って渡すと、モードは蓋を開けて中から小さな鍵を取り出した。宝石箱は革製の大きな箱で、毎日使う宝石が入っている。それ以外の宝石――エメラルド、長いダイヤモンドのチェーン、二本の真珠のロープ、その他の何十もの宝石――は、寝室の羽目板に埋め込まれた壁金庫に保管されている。金庫の場所は知る者にしかわからない。いや、盗みがどうのこうのという話ではない。すべて片づいたときも、宝石はまだちゃんと金庫内にあったのだから。だが警察はいつだってその話を蒸し返す。

「鍵のことを知っていたのは何人だね、ミス・アボット？」

「わかりません。お付きのメイドは知っていたと思います。わたしも知っていました。でもその鍵は壁の羽目板のです。壁金庫にはダイヤル錠がついています」

それが金曜日。わたしは図書室の電話でなんとかエリオットに連絡し、翌日の午後に訪ねてくれるよう約束をとりつけた。エリオットはモードを心配して毎日電話をかけてきていたが、モードが会いたい理由を話すと驚いたようだ。

「遺言書だって？」エリオットが訊いた。「前のを変更したいというのか？」

今度はわたしが驚く番だ。「わかりません。このことはトニーには知られたくないそうです」

「トニーを相続人から外そうというのではないだろうな？」歯に衣着せずにエリオットが尋ねた。

だが、訪問を内密にするための周到な手順を話すと、エリオットは一分ほど黙っていた。

「どうもわからないな」ようやくエリオットが言った。「もちろんそのとおりにするが、なぜそんな馬鹿げたことをするんだ？　彼女らしくもない」

モードは面会謝絶なのだと言うと、エリオットは鼻で笑った。だが最後には同意してくれた。電話を切ると同時に、トニーがぶらぶらと図書室に入ってきた。

ここで回廊邸《クロイスターズ》の複雑な電話の仕組みについて説明しておくべきだろう。もちろん館内電話はあちこちにある。旧式の装置で、ラベルを貼ったボタンが並んでいる。ミセス・ウェインライト、ミスター・ウェインライト、家政婦長、青色の客用続き部屋、ローズ色の客用続き部屋、食器室など。館のほとんどすべての部屋に外線電話がある。これらの電話は同じ回線を使っているため、どの受話器を上げても、その日の食材を注文しながらくどくど文句を言っている家政婦長のパートリッジの甲高い声が聞こえる。「この前のロースト肉は量が足りなかったよ、キーラーさん。あたしがはかりに載せて確かめたんだからね。本当にこんな――」

図書室にだけは別の回線が通じている。私的な電話はすべて図書室でかける。これがのちに重要になってくる。

その日のトニーはいつもより楽しそうだった。口笛を吹きながら入ってきて、いま恋人に電話をかけていたねと言ってなじり、呼び鈴を鳴らしてハイボールを頼んだ。それから訝るような目でわたしを見た。「何かやましいことをしていたみたいだぞ」

わたしは浮かない顔をして困っているふりをした。「本当に運動しなきゃって思うの。外の空気と運動。明日の午後ゴルフをしようかと思って。テニスって気分じゃないし」

「そうか、いいねえ。ぜひやりたまえ」

「でも誰か相手を探さなくっちゃ。でないと、一人で回らないといけないもの」

少しばかり悲哀感を強調しすぎたようだ。トニーが軽く笑ってこう言った。「それはまた哀れな話だね。よし、ぼくが連れてってやるよ。明日の午後二時半でどうだい？　いいところを見せてくれよ」

秘書室に戻りながら考えた。モードはなぜわたしに嘘をついたのか。遺言書はすでに作成していた。それはトニーも知っているはずだ。当然ドワイト・エリオットも。それに遺言書になど、わたしには何の利害関係もないというのに。なのに、なぜ？

わたしには荷が重すぎた。翌日の午後のゴルフはさんざんで、これまでで最悪の成績だった。反対にトニーはうきうきしてる。挙げ句、わたしはトップしてしまい、ボールが二十ヤードほど転がったときには、それこそトニーに食ってかかりそうになった。が、トニーは笑わなかった。

「何か心配事があるんだろ？」トニーが訊いた。「さあ、パパに話してごらん、気持ちが楽になるよ」

「何もないわ」カリカリしながらわたしは答えた。「これがわたしのゴルフなの。気に入らないんなら、やめてもいいのよ」

腹立ちまぎれで後半はうまくプレーしたが、面白くない午後だった。一つだけ愉快だったのは——他愛もないことだが——ラウンドを終えてクラブに行ったとき、オードリー・モーガンがふてくされた顔でクラブのベランダにいたことだ。トニーはいやに取り澄ましている。

「どうした、テニスをしないのか？」トニーが笑みを浮かべて尋ねた。

「暑すぎてテニスなんかできないわ」オードリーがつんつんして答えた。

ラリー・ハミルトンが一緒だったが、それ以上のやり取りはなかった。見るとオードリーの目からいまにも涙がこぼれそうになっている。トニーはオードリーとの約束を破ってわたしとゴルフをしたのだ。その場は、夜にクラブで開かれるディナーとダンスにトニーがオードリーを誘って落ち着き、わたしは館に、というより本来の持ち場に戻った。

館に着いたとき、例の企てが首尾よくいったらしいと知ってほっとした。レノルズの報告では、見舞い客が六名訪れ、花が八箱届いたそうだ。それにモード宛の電報が一通。電報はトニーが険しい顔をして開封し、すぐさま取り上げてしまった。どうやらエリオットは使用人に知られずに館に入り、こっそり出ていったようだ。部屋に上がってシャワーを浴び、夕食用に着替えた。

たとえ天が落ちてこようとも、大きな館では決まった習慣に従わなければならない。確かその夜からだ。そうした習慣――この館――のせいで、気が滅入り始めた。その週までは、食事はモードかトニーと一緒だった。一人のときは食堂ではなく、いつも小さな朝食室を使った。食堂はだだっ広くて、無気味で、壁にはタペストリーがかかっていて、燭台がテーブルや壁のそこかしこに小さな明かり溜まりを作る。わたしは一人で夕食を摂った。朝食室は床がタイル張りで明るく、温室の果物や花がふんだんにある。それでも気分は晴れなかった。できるものなら、椅子の背後にレノルズが控えて従僕たちにあれこれ指示するこのご大層な給仕を、頭上でシャンデリアがまばゆいばかりに輝くミス・マッティの食堂と喜んで交換するのに。ミス・マッティの使用人のサラが、ソースをかき混ぜればジブレットが見つかるよ、と言ってくれるあの食堂と。

夕食後もいっこうに気分は晴れなかった。中庭の明かりが消えると、庭がぽっかりと黒い穴のように見える。フランス窓が薄手の白いドレスを着たわたしの姿を鏡のように映している。サービス棟は表から見えない。そこに行けば明かりが灯り、人の声があるのはわかっている。広い使用人専用のホールがあり、アップライトピアノとビリヤードテーブルが備わっている。だがその夜は、そのホールが何マイルも離れているように思えた。

オードリーとクラブに行くため、白い晩餐用の服に着替えたトニーが口笛を吹きながら階段を下りてきた。一縷の希みを抱いたが、ほんの二言三言玄関で言葉を交わしただけだ。「母さんはどうかしたのか?」心配そうにトニーが尋ねた。「熱っぽいみたいだけど」

「奥様にはお会いしていないんです。ヒルダが言うには、お休みになりたいとかで」

「くそっ、ダンスなんかなけりゃな。スターリング先生の診察を受けさせてやってくれないか」ヒルダを介して尋ねたが、モードはビルの往診をきっぱり拒んだ。わたしも心配になってきたが何もできなかった。一人でトランプゲームをし、あきらめてロジャーの相手をしていた。九時半に、ロジャーがしきりにせがむので外に出してやった。ロジャーは十時に戻ってきて、わたしに体をこすりつけて感謝の意を表し、足元に堂々たる体を横たえた。十一時、もう寝ようと思い、たっぷりしたスカートのひだをたくし上げたとき、やがて次々と襲ってくるその最初の衝撃に見舞われた。ロジャーがわたしに触れた箇所、ドレスの前と裾に血が付いていた。

最初、ロジャーが怪我をしていると思って体を調べようとすると、ロジャーは何か新しい遊びと勘違いしたのか、じゃれて仰向けになって大きな足を宙に突き上げた。ロジャーの体には血が付いていた。それも鮮血が。血は足と鼻先に付いている。

ロジャーの上に屈み込んでいるとき、レノルズが夜の戸締りをしに入ってきた。彼は引き下がろうとしたがわたしが呼び止めた。

「こっちに来て。犬に付いた血を見て」

「どこかでニワトリでも見つけたんでしょう」とレノルズが言った。「それとも怪我をしているのかもしれません」そう言い添えると屈み込んだ。「近頃の車ときたらとんでもなく危なっかしい運転で走りますからね」

だがロジャーは怪我などしていなかった。かすり傷一つなかった。ニワトリを見つけたとも思えない。一つだけ確かなのは、なんとも恐ろしいことだが、ロジャーは血溜まりの中を歩いていたということだ。

とっさにトニーのことが頭に浮かんだ。トニーはいつもとんでもないスピードで運転する。それに、回廊邸の私道が幹線道路に合流する地点は実に危険だ。たちまちわたしはパニックに陥った。何年も前に家が火事になったときと同じだ。あのときは三ブロックも離れた場所で寝間着姿で発見され、そのときもまだ走っていた。反射的にわたしは館を飛び出して門へと走った。だが門に着くとそこはとても静かで、ぶつかった車もなく、負傷したトニーもいない。結局、わたしを遊戯場に導いてくれたのはロジャーだった。

ロジャーは芝生を横切って進み、わたしはあとをついていった。驚いたことに、遊戯場のドアが開いていて明かりがついている。ロジャーについて中に入ると、プールのそばで夜間警備員のエヴァンズがうつ伏せに倒れていた。意識がなく、後頭部から血を流している。おまけにズボンをはいていない。

数週間経っても、エヴァンズに何があったのかは推量するしかなかった。襲撃者の姿は見ていない、ドアを開けたときにあとについて入ってきたに違いない、エヴァンズはそう言い続けた。

「プールのそばに立っていたんです。どうしてプールに突き落とされなかったのかいまだにわかりません」

ところが、現にエヴァンズはプールに落とされていた。わたしが彼を見つけたとき、彼はずぶぬれだった。何者かがエヴァンズを殴ってプールに落としたあと、引き揚げたとしか考えられない。理屈に合わないのだが、そのあとに起きた出来事のほとんどすべてにも合理的な説明はつかなかった。中でも一番腑に落ちないのはズボンがなくなっていたことだ。もっとも、その夜急いで戻ってきたトニーは、ズボンが重要だとは考えなかった。「簡単なことさ」とトニーは言った。「襲った奴はプールで濡れたからエヴァンズのズボンと履き替えたんだ。上着は飛び込むときに脱いだ。ズボンを脱ぐ暇がなかったんだ」

「でもエヴァンズのも濡れていたはずよ」

トニーは笑ったものの、きまり悪そうだった。

「そうだな。いまのじゃ筋が通らないな。それにしても、いったいどうしてあいつのズボンがほしかったんだ？　あいつは案山子みたいに痩せっぽちなんだぞ」

答えが見つからないまま、ほどなく救急車が到着した。トニーは負傷したエヴァンズに付き添って病院へ行った。ずっとあとになるまでモードには本当のことを話さなかった。話したほうがよかったのだろうか。もちろんモードは知らなかったが、察していたかもしれない。いや、察しただろうか。

第6章

あれこれ考えても楽しい夜とは言えなかった。一、二年前に強盗事件が何件か起きたあと、ビバリー周辺の川沿いの住民が協力して、パトカーを無線通信で支援する体制を整え、地元の男性グラハム・ブラウン――グラハム・(クラッカー)をもじって呼び名はもちろんクラッカー――が、警察署兼留置場の屋上に備えた小型だが高性能の無線装置の操作を担当していた。

ミス・マッティ家の裏通りに、ほぼ毎晩そうしたパトカーが停まっているのに気づいてはいたが、どうせ警官が二人、交代で仮眠をとっているのだろうと思い、わたしはその体制をあまり評価していなかった。トニーと意識を失ったエヴァンズを見送ったあと警察に通報したときも、パトカーはあの裏通りで待機していたに違いない。パトカーよりも先に到着したのはもちろんジム・コンウェイで、車寄せに横滑りして停車し、エンジンも切らずに車から飛び降りた。わたしはテラスでジムを待っていた。

「何があったんだ、パット？　殺人事件でも起きたみたいな口ぶりだったぞ」

「何があったのかわからないの」そう言った途端、わなわな震え始めた。

ジムがわたしの腕を摑んで「落ち着け」と言った。「おい、おまえ」ジムは後ろでおろおろしているレノルズを呼んだ。「ウィスキーを持ってきてくれ。さあパット、いますれ違ったあの救急車には誰が乗っているんだ？」

「エヴァン・エヴァンズよ、夜間警備員の」

「死んでないんだな？」

「ええ。でも頭を殴られてたわ。エヴァンズは――」

そのときパトカーが到着した。ジムはわたしから離れて、パトカーに近づくと警官たちに二言三言、罵声を浴びせた。ジムが戻ってきたとき、ウィスキーを飲み終えてわたしは少し気持ちがしゃんとしてきた。

「よし」ジムが言った。「頭を殴られたとき、エヴァンズはどこにいたんだ？　敷地内か？」

「遊戯場よ、プールのそば」

言うまでもなく、パトカーはけたたましいサイレンを鳴らしてやってきた。当然ながらモードもそのサイレンを耳にしていて、見ると階段にモードが立っていた。髪の毛はいつもの三つ編みで、顔から血の気が引いている。

「トニー！」モードがはっと息を呑んだ。「あの子が――あの子が怪我をしたの？」

「トニーではありません、モード」わたしは大声で言った。「エヴァンズです。命に別状はありません。遊戯場で倒れて頭に怪我をしたんです。病院へ行きました。大したことないと思います」

「でも警察がここで何してるの？」モードが尋ねた。血の気が少し戻ってきた。

「あわててしまって。わたしが呼んだんです」

モードはそれで納得したようで、病院に電話をかけに部屋に戻った。わたしは警官たちを遊戯場に案内した。ジムは興味津々で、エヴァンズのズボンのことを話すと色めきたった。

「ズボンだと?」信じられないというふうに訊いた。「ズボンがなくなっていたってのか?」

「そう、なくなっていたのよ」

「ズボンで何かを包んで運んだとか?」

「わからないわ、鍵は別だけど。エヴァンズは鍵をたくさん持っていたから、館《やかた》や敷地内の建物すべての」

「エヴァンズを見つけたとき、鍵はなかったのか?」

「鍵のことは憶えてない」

「あいつは鍵をどうやって持っていたんだ?」

「チェーンに通してたわ」

「体のどこかにチェーンをつないでいたのかもしれんな。鍵は大事なものだ。この館には百万ドルの値打ちものがゴロゴロしている。エヴァンズは拳銃を持っていたのか?」

「持っていたと思う。見たことはないけど」

「今夜は見ていないのか?」

「ええ。だけど実はね、ジム。このところ誰かがうろついているのよ。六月のパーティーの夜、遊戯場の窓から男が中を覗いているのを見たの。先週の月曜日にはマージェリー・ストダードも、誰かが農園《ファーム》をうろついていたって言ってたし」

だがジムはその話に興味を示さなかった。

「誰かがストダードのニワトリを狙ってたんだろ」そう言うとジムはプールへ向かった。エヴァンズの拳銃を探そうと躍起だ。拳銃はなかった。遊戯場で重要なものは何一つ見つからなかった。タイルに血痕が残っていたのと、エヴァンズの古い中折れ帽がプールに浮いていただけだ。おそらくはあの帽子が、命とまでは言えないにしても頭蓋骨を護ったのだろうと言って、ジムはゴルフクラブを使ってひょいとその帽子を回収した。その夜、遊戯場を出るまで、ジムはゲーム室から居間、客用寝室、テニスコートに至るまで内部をくまなく調べた。

引き上げる前にジムは館に寄った。「何も見つからなかった。だがあの遊戯場は大したものだな。あんなに広いとは思わなかったよ。よくよく思うに金ってのはおかしなものだな。ウェインライト家の連中があそこで遊ぶよりも、おまえさんの家の裏庭にあった板切れで遊ぶほうがずっと楽しいと思うけどな」

わたしはすぐさま弁護に回った。「ご家族のみなさんはあまり使わないわ。使うのはお友だちよ」ジムはちらっとわたしに視線を向けた。「そんなもんさ」ジムが言った。「いや、見せびらかせ以外の何物でもないよ、くそくらえだ」

帰る前にジムは、エヴァンズの代わりに館を警備する警官を配置する、そして、明日プールの水を抜くと言った。拳銃がまだ中にあるかもしれないからと。だが、エヴァンズの拳銃が発見されるのはまだまだ先のことだ。

寝る前にモードに少しだけ本当のことを話した。モードが不安げな様子を見せたので、鍵となくなった拳銃については伏せておいた。それでモードはエヴァンズが襲われたことを知ったが、病院から報告を受けて安心したようだ。エヴァンズはひどい脳震盪を起こしたものの骨折はしておらず、トニーは館に向かっているらしい。わたしと一緒にロジャーがモードの部屋までついてきていたが、誰かが血痕を洗い落としてくれていてほっとした。わたしが部屋を出るとき、犬を残しておくようにとモードが言った。モードも不安で落ち着かないのだと初めて気づいた。

なんとかモードを安心させようとした。

「ジム・コンウェイの話だと、浮浪者が寝場所を探していただけだとか。エヴァンズがその浮浪者を驚かせたので、そいつがエヴァンズを殴り倒したのだろうって。他には考えられないそうです、モード。あそこには盗るものなんて何もないですし」

「そう、ないわね。トニーが戻ったらここに来るように言ってちょうだい」

わたしはトニーを待ってモードの言葉を伝えた。それから自分の部屋に戻ったが、ベッドには入らなかった。外を見ると、遊戯場全体が巨大な蛍の光に包まれているようで、ジムがまだエヴァンズのズボンと鍵を探しているのがわかった。ジムはどうやら、庭師や運転手、馬丁を含め、男性使用人全員に協力を求めたようだ。翌日になってようやく、ラフでロストボールを探していたクラブのキャディが、十番ホールと十一番ホールの中間でじめっとした塊り状のズボンを見つけた。鍵はなかった。

そのころまでにジム・コンウェイは、鉄道の上り下り双方で何マイルにもわたって浮浪者を一斉検挙していた。あとでジムから聞いたのだが、あらゆる古さと状態のズボンをそれこそ山のように集めたそうだ。どのズボンにも、新聞の言葉を借りれば、回廊邸《クロイスターズ》の百万ドルのプールに浸かっていた痕跡はなかった。だが病院ではエヴァンズが徐々に意識を取り戻していて、ズボンがなくなった理由について話せるようになっていた。

エヴァンズの話では、細いスチールのチェーンをベルトのように腰に巻いて、そのチェーンと鍵を南京錠でつないでいた。チェーンはズボンのベルト通しに通していて、手元にナイフでもない限り切り離すことができないし、ズボンを脱がさないことには外せない。これは、ズボンが見つかったとき、ベルト通しがきれいに切られていたことで裏付けられた。もちろん鍵はなくなっていた。それに、エヴァンズがショルダーホルスターに入れて携行していた拳銃も消えていた。

見知らぬ者が拳銃ばかりか回廊邸の鍵まで持っていることは、モードには話さなかった。だが一両日中に、錠を補強するために一階のドアすべてにチェーンが取り付けられ、トニーが自ら毎晩隅から隅まで回って、チェーンがきちんとかかっているかどうか確認した。

それが昨年の八月下旬のわたしたちを取り巻く状況だ。モードはゆっくりと回復に向かい、夕方には夫人専用の屋上庭園に座って、川の上空に広がる夕焼けを眺められるまでになった。だが、モードから何かが消えていた。貪欲な生きる情熱が薄れ、体の活力すらも失われていた。そうした夕方、トニーはよくモードと一緒に座っていた。モードを見守るかのように。もっとも上辺は相変わらず屈託がなかった。

「ショールをしたらどう、奥様？　夜になって冷えてきたよ」

少しでもモードを面白がらせようと、トニーは地元の噂話を聞かせた。カントリークラブでは、グリーン委員会が十番ホールの傾斜を緩くするように話し合っている。セオドア・アールがフロリダの家を売りに出している。いつかの夜には、噂ではビル・スターリングとリディアがこの秋に結婚するらしいが、オードリーがものすごく反対していると言った。

「あの娘は甘えん坊だ」トニーが言った。「誰かがあの娘のお尻をペンペンして、お仕置きしなくちゃ」その言葉にわたしは大いに気をよくした。

モードは気だるそうに表情を緩めただけだ。

「二人が幸せになるといいわね」モードはそう言うと、誰も入り込めないモードだけの物悲しい世界に戻っていった。

その夜は何もかもがどうでもいいように思えた。月明かりのなか、遠くに見える川が銀色の筋になって輝き、タグボートがゆっくりと、荷を満載した何隻もの平底運搬船を押してゆく。リディアとビルとオードリー。クラッカー・ブラウンと無線。署内のデスクで船をこいでいる退屈そうな内勤の巡査部長。そして川。丘の中腹にある墓地すらも、美しく静かで穏やかだった。

リディアに対するわたしの気持ちは別として、何もかもが遠くに感じられた。だが、そのときすでに、何年も並行して歩んできた谷とヒルが徐々に接近していて、災いがピカピカのスポーツカーに乗った若い女性に姿を変えて、東方から近づきつつあった。

長い沈黙ののち、モードが気持ちを奮い立たせて言った。

「リディア・モーガンが結婚するのは喜ばしいわ。女一人ってのは、心細いものよ。オードリーだってそう遠くないうちに結婚するでしょうし」そこで言葉を切ってトニーを見たが、トニーはモードに笑いかけただけだった。

「器量のいい娘だ」トニーは素っ気なく言った。「だけど、まだまだ子どもだ、モード。変な気を起こさないでくれよ」

その言葉を聞いてモードは安堵したようだ。その夜、モードがエヴァンズのことを尋ね、トニーがとうとう何もかも詳しく話したのを憶えている。モードは驚いたが、それほどショックは受けなかった。いま思い返しても、話を疑ってはいなかったと思う。とは言え、何者かが館に侵入しようとしたという事実に変わりはなく、トニーが宝石を市内の金庫に預けるようモードに強く迫った。だが、モードは首を横に振るばかりだ。ときにモードは妙に強情になる。あまりの強情さにトニーが怒った。

「もう少し物わかりよくなってくれよ」トニーは腹立たしげに言った。「あの金庫に入れておいて何の役に立つんだ。ほとんど身につけてないじゃないか」

「誰も宝石には近づけないわ。錠の合わせ数字を知っているのはわたしだけよ」

「それがなんだって言うんだよ、危害を加えると脅されたら開けざるを得ないだろ！」

だがモードは頑として譲らず、とうとうトニーは機嫌を損ねて出ていった。

そうしたあいだにトニーの不安がわたしにも自然と伝わっていたのだと思う。ジム・コンウェイが敷地内に警備員を配備してくれたにもかかわらず、よく眠れなかった。それに寂しかった。モードの楽しげな笑い声、人や物事に対する鋭い洞察力、トニーが出かけている夜、二人で座って、モードは編み物、わたしは翌日にすべきことをあれこれメモしていた時間が恋しかった。

モードが回復するにつれ、トニーはまたしても留守がちになった。この一週間トニーは仕事から離れていた。製鋼所の一つでストライキが起きていたこともあり、まれにしかトニーの姿を見かけなくなった。だが時間の許す限りモードと過ごしていた。

そうしたある日、またもやモード宛に青い封筒の手紙が届いた。今度は手紙を取っておいてトニーに渡した。トニーは黙って手紙を受け取ったが、まるで爆弾でも渡されたみたいな顔をしていた。

モードが快方に向かうにつれ、エリオットがちょくちょく訪ねてきた。相変わらず気品を感じさせる。が、二人は何かでもめているようだ。彼がモードとの結婚を望んでいるのにモードが拒んでいる、そんな気がした。人に見られていないと思っているときの彼は、心配そうな、悲しそうな顔をしている。一度、モードの衰弱の原因に心当たりはないかと訊かれた。

「理由を話したかね？　そもそもあんなに強い人が——」

「いいえ、わたしには何も」

エヴァンズが襲われたことでも彼は動揺していた。ロジャーに付いていた血、わたしがエヴァンズを発見した顛末、なくなった鍵と拳銃について、わたしが知る限りを繰り返させた。

「エヴァンズは時間をきちんと守っていたんだろうね？」

「そう思います。一時間ごとに館内を巡回してタイムカードに打刻していました。それから一晩に二、三度、敷地内を見回っていました。見回りについては特定の時間は決めていなかったと思います」

「いつも遊戯場へ行ってたのか？」

「わかりません」

エリオットは何もかも解せないといった様子だ。トニーが以前言ったように、モードの宝石を別にすれば、引っ越し用のトラックでも用意しない限り、館には強盗の気を引くようなものはない。だが宝石はあるのだし、それを狙っての犯行かもしれない。エリオットはどこかほかの所に移るように勧めたが、モードが応じなかったのだろう。

「あの人はとても強情なんだ」エリオットはため息を漏らした。

そのころ、わたしは一人で過ごすことが多かった。ときどきふらりと、マージェリー・ストダードがお茶にやってきた。農園《ファーム》で侵入者を見かけることはもうなかったが、エヴァンズが襲われたことで気をもんでいた。

「年寄りなのに！」マージェリーが言った。「むごいことをするわよね、パット。立ち向かうことなんてできっこないのに。気絶させて、溺れさせようだなんて……！」

マージェリーは打ちのめされているようだったが、あのころはわたしたちの誰もがそうだった。

できるだけ時間を埋めるようにした。ある日、回廊邸の大雑把な間取り図を描いてみた。やがて起きる悲劇で館が大きな役割を果たすので、ここで間取りを述べておこう。中央にある中庭はさておき、図はいたって簡単だ。玄関ホールは二階建てで、天井には絵が描かれ、ホールの奥にバルコニーがある。背の高い窓が中庭へ開き、ホールからは二つの長い廊下が伸びていて、一方は東ホール、もう一方は西ホールと呼ばれている。西ホールは遊戯場に向かい、一番奥の上階にモードの部屋があり、ゴルフ場と川が見渡せる。

両方の廊下には館外に出られるドアがある。表玄関はもちろん建物の正面で、そこには長いテラスがあって、中央に高く白い円柱の柱廊式玄関がある。

館の内部はというと、大方の部分はかなりおぞましい感じがする。メインホールの床と階段は白大理石でできていて、毎朝の洗浄が欠かせない。館に来たばかりのころの思い出といえば、明け方に濡れた雑巾で大理石を磨くかすかな音だ。そこらじゅうに絵画や彫像、ブロンズ彫刻、タペストリーが飾られ、さらにはパイプオルガンまであって、それらでもってジョン・C・ウェインライトは、秀逸であろう建築物をものの見事に覆い隠してしまった。

西棟には、順に正式のフランス式応接間、長くて薄暗い画廊、図書室――西棟で唯一親しみの持てる部屋――、それから使用していないモードの午前用の居間、そして一番奥にわたしが仕事をする秘書室がある。廊下の反対側には両開きの扉があり、広くて白い舞踏室に続いている。東棟には中国の間と呼ばれるぞっとするような部屋があり、所狭しとばかりにチークや赤漆、ブロンズ彫刻が並んでいる。さらに大食堂、トニー専用の書斎と続き、一番奥に床に明るいタイルを張った朝食室がある。

もちろん、部屋は他にもある。カードゲームをする小さな部屋、メインホールを出たところにある女性用化粧室、同じように男性用の洗面所、そして花を挿したり生けたりする部屋。こうした部屋の裏側と中庭の向かい側はサービス棟になっていて、食器室やだだっ広い厨房、家政婦長のパートリッジの居間、使用人専用のホールなどがある。

エレベーターのシャフトは西ホールに面している。食事は別にして、よく使われるのは館の西側だ。秘書室の外にはドアがあって、遊戯場とガレージに行くことができる。ドアのすぐ内側にはテーブルがあり、その引き出しに遊戯場の鍵が保管されている。家族が出入りするのはこのホールで、一階で日常的に使われているのは図書室だ。

使用人の住まいは三階で、モードの続き部屋は別にして二階には普通の寝室がある。いや、普通だろうか。描いた図を見ると、東棟の二階のはずれは中央にクエスチョンマークだけを書いて、あとは空白だ。その空白部分に「鍵のかかった続き部屋」と記した。ジョン・C・ウェインライトがその部屋で亡くなり、モードが夫を偲ぶために指一本触れさせないようにしているのだろうか。まさに父方の伯母と同じだ。伯母は葬儀の花も含めて、夫の部屋を二十年間、亡くなったときのままにしていた。

鍵のかかったこの続き部屋に好奇心をそそられた。その部屋のことをモードが口にすることはなく、回廊邸での初めの何か月間、ずっと不思議に思っていた。ときどき部屋を開けて掃除しているはずだが、その光景を目にしたこともない。部屋の真の意味を知ったとき、わたしの世界が一変したと言っても過言ではない。

第7章

八月下旬は楽しい日々が続いた。モードもよくなってきて、暑さも和らいで夜も涼しくなった。ジム・コンウェイがようやく敷地内から警備員を引き上げた。が、モードは新しく警備員を雇い入れるのを拒んだ。

「エヴァンズを待つわ。夜、どこの誰だかわからない人に屋敷の周りをうろうろしてほしくないの」

またもや忙しくなった。返事をすべき招待状、送るべきお礼状の数にはただただ驚くよりほかなく、モードの具合がよくなかったあいだに届いた手紙も山のように溜まっている。そのニュースを聞くや、すぐさまリディアに電話をかけた。電話に応えるリディアの声が幸せそうに弾んでいる。

「わたし、馬鹿みたいね」リディアが言った。「まだ何一つはっきり決まったわけじゃないのに。だけどわたし、恐ろしいくらい幸せなの。ぜひ来てちょうだい」

が、実際にリディアに会えたのは九月一日で、会った途端、リディアの中で何かが変わったのがわかった。リディアは庭で縫い物をしていた。泣いていたようだ。わたしはリディアにキスをし、あなたは運がいいわ、わたしだって昔、何年もずっとビルにお熱だったんだからと言った。それでもリディアは落ち込んだままだ。

「オードリーが気に入ってくれなくて」リディアは沈んだ声で言った。「あの子は父親に対してくだらない幻想を抱いているの。わたしのせいね。あの子には本当のことを話してないし、もちろん他の誰もあの子には話してないわ。父親が家を出たのはわたしたちを養いきれなかったからだと思ってる。いまでは父親のことを理想化してる。それでひどくややこしいことになってるのよ、パット」

「じゃ、オードリーに話しなさいよ。もう知ってもいいころだわ。子どもじゃないんだから」

「すごくショックを受けるでしょうね。ほら、あの子、自尊心が高いでしょ。あんなひどい話、パット、わたしにはできないわ。十五年ものあいだ、創り上げてきた父親像をぶち壊すなんて。話しても信じてくれないわ」

　頭にきた。「またしてもドナルド・モーガンにあなたの人生をめちゃくちゃにさせるつもりなの。そんなあなたにはもう我慢ならないわ。オードリーだって、いつかは知らなくてはならないことよ。それに、そのうち結婚するでしょうし。そうなったらあなたの居場所はどこになるの？」

リディアは納得してくれたと思う。暖かい九月初旬のあの朝、庭にはダリアとアスターが咲き乱れていた。リディアは川とその向こうの丘陵地に目を向けた。あたかもそこに希望と幸せを見出したかのように。その日のリディアはとても若々しかった。とても若々しく、すてきだった。

「あなたの言うとおりね、パット。たやすくはないでしょうけど、ビルのことも考えないとね」

「ビル・スターリングと結婚して、他のことは忘れるのよ」わたしはそう勧め、いままでにない決然とした表情のリディアを残してその場を離れた。

　その日、ポンコツ車で丘を登ったときは、何もかもがわたしのこの世界と好ましい関係を保っているように思えた。モードは快方に向かい、以前ほどではないにしても、出歩けるようになった。エヴァンズも回復してきている。回廊邸《クロイスターズ》に侵入する者もいない。秋服を新調しよう。それに天にも昇る気持ちにもなれた。その夜トニーが館《やかた》で夕食を摂ったのだ。それもわたしと一緒に。

モードは疲れたと言ってベッドへ夕食の盆を運ばせていた。トニーはうやうやしくわたしに腕を差し出し、長いホールをエスコートしてくれた。

「なんだかんだ言っても、結構古風なんだね」そう言うとわたしを見下ろして微笑んだ。「ぼくに対してはいま風にならないでくれよ、パット。そんなのにはうんざりなんだ。きみはモードと同じようにいま風じゃないね」

「ええ、違うわ」自分でもあきれるほどうきうきして答えた。「夜にはちゃんと歯を磨いて、お祈りをして、健全な眠りに落ちる、わたしはそんな人間よ。少なくとも昔はね。最近はあまりよく眠れないけど」

トニーはちらりとわたしを見た。「ねえ、パット、きみは頭がいいし、母さんを好いてくれている。モードに何があったのか、心当たりはないのかい?」

「何かご心配事がおありのようです。何なのかはわかりません」

「何も言わないのかい? 手紙のことは話してないんだろ?」

「もちろん話してません」

二人で朝食室に行った。トーマスとスティーブンズがレノルズの周りを土星の輪のようにぐるぐる回っている。トニーはわたしを見てニヤリとした。

「ほら、あれを見ていると、猫か何かに狙われてるカナリアの気持ちがわかるだろ」トニーが言った。「粒餌を少しどうだい、レノルズ?」

「粒餌でございますか?」

「気にするな」とトニー。「ぼくは餌の好みがうるさいんだよ、レノルズ。でないと歌えないんだ」

「さようでございますか」レノルズはわけがわからないという顔でサイドボード脇へ引き下がった。

食事のあいだトニーははしゃいでいたが、図書室に移ってからは落ち着きを見せた。製鋼所でのストライキや、ジョン・Cの親族が議長を務める少数株主総会について話してくれた。

「支配権を欲しがっている。絶対に渡しはしないが、連中はそいつを狙っている。父さんが母さんに事業を遺したのが許せないんだ」

他のいろいろなことと同様、そのときはそんな話は大して重要には思えなかった。一番大事なのは、トニーが以前のトニーに戻って、こうしてまた親しい間柄になれたことだ。トニーがよそよそしかったというわけではないが、モードの病気とエヴァンズが襲われてからというもの、わたしは自分のことを、あれば便利な家具のような気がしていた。「ミス・アボットに訊いてくれ。知ってるはずだ」、

「忙しいかい、パット？　電話をかけてくれないか」などなど。

馬鹿みたいだが、その夜は心の中で歌いながら大理石の階段を上った。餌が何であれ気にせずに。

翌日ベッシーがやってきた。午後、モードが階下に下りてメインホールにいたとき、ベッシーがクリーム色のスポーツカーを乗り入れてきた。花瓶に花を生けていたわたしがホールに行くと、モードが唖然として開いたドアから私道を見つめていた。

「ああ、なんてこと」モードが小さな声で言った。「ベッシーだわ」

若い女性が車から降りてテラスへの階段を上ってくる。長めのボブのアッシュブロンド、純真そうな顔、見たこともない冷たい青い目。モードは凍りついたようにぴくりともしない。ベッシーは階段を上り、自分の家だと言わんばかりにずかずかと入ってくる。外の明るい陽射しのあとでホールが暗

く感じたのか、目をしばたたいた。それからモードを見て冷ややかな小さな笑みを浮かべた。

「こんにちは、モード。やっと着いたわ」

モードは体を動かしはしたが、挨拶らしき身振りは何一つしなかった。「そのようね。だけど、なぜいらしたのかよくわからないわ」

「あら、どうして?」とベッシーが言い、帽子を脱いで手ぐしで髪を整えた。「手紙も書いたし、電報だって打ったわ。知らせてなかったなんて言わせないわ」

そのときだ、わたしが花瓶を落としたのは。それも古いドレスデンの花瓶だ。モードは気づかなかった。

「取り決めをしたはずよ」よそよそしい口調でモードが言った。「家を出てここには近づかないという約束でお金を渡したでしょ、それも大金を。憶えてるでしょ。わたしとしては、あの取り決めはまだ有効だと思ってるわ」

だがガチャンという音でベッシーがわたしに注意を向けた。こっちをじろじろ見ている。

「その話は二人だけのときにしないこと? まずはお風呂に入りたいわ。二日も運転しっぱなしだったんですもの」

モードはどうすることもできないと気づいたのだろう。わたしに呼び鈴を鳴らすように言い、第二従僕のスティーブンズが来て、車からベッシーの荷物を降ろした。ベッシーは悠然としている。スティーブンズにガレージに車を回すように言いつけると、小さな金色のケースから煙草を取り出して火をつけた。

「トニーはどこ?」ベッシーが尋ねた。

「市内よ。まだ仕事をしてるわ、憶えてるでしょうけど」

「まあ、ご立派だこと！」そう言うとベッシーはあたりを見回し、わたしをじっと見た。

「お知り合いだったかしら？　思い出せないのだけど」

「ミス・アボットはここで暮らしているのよ」モードがあわてて言った。「わたしの秘書でお友だちよ。よろしくね」

ベッシーが眉をつり上げた。「あら、そういうことなの」ベッシーが冷ややかに言った。「さぞかし楽ですてきなお仕事なんでしょうね、ミス・アボット。うまくやったわね」

一瞬かっとなったが、かえってそれで言い返さずに済んだ。それにすでにレノルズが姿を見せていて、ベッシーにお辞儀をしたあと、そのまま、そばに控えていてくれた。レノルズのお辞儀にベッシーは目もくれなかった。つくづく思うのだが、何度こうした使用人、とりわけ上級使用人に救われたことか。その日、レノルズはまさにそうしてくれた。モードはすぐさま女主人とホステス役に回ったが、顔は引きつったままだ。

「ベッシー様は以前のお部屋をお使いになるわ」モードはレノルズに言った。「パートリッジに部屋を開けるように言ってちょうだい。それからディナーは四人になると。それとも、あなた、ディナーまでいられるのかしら？」

「しばらく滞在するつもりだって書いたでしょ」とベッシーが眉を上げて答えた。「まさかトニーが手紙を持っていったんじゃないでしょうね！」

最初にベッシーが手紙のことを口にしたとき、トニーが持ち去った手紙だとわかった。顔を隠そうと床に散らばった花をいそいそと拾い集めたが、二人ともわたしには目もくれなかった。

「トニーが持っていったのね」面白がるような笑みを浮かべてベッシーが言った。「いかにもトニーらしいわ！　パートリッジに発作を起こさないように言ってやって、それからレノルズ、スコッチアンドソーダを部屋に持ってきてちょうだい。喉が渇いたわ」

迂闊だった、気づかなかったとは。この館に暮らして三か月にもなるというのに。モード・ウェインライトとはそれなりに親しくなっている。あの日、市内から戻って病の床につくまで、モードとのあいだに隠し事などなかったと思う。もとよりモードに隠し事などできるはずもない。

しかもこれは隠し事でもなんでもない。村でもヒルでも周知のことだ。公然の秘密だ。ゴシップの種ですらない。せめてもの言い訳をさせてもらうなら、この六年間ずっと忙しくて、あらゆる社交生活から遠ざかっていた。夜はぐったり疲れて寝るだけだったし、それにヒル自体、わたしとは無縁の世界だった。

あの日、モードのあとについてテラスに出たわたしはベッシーが何者か知らなかった。モードは打ちひしがれたというよりは怒っていた。見たことがないほど冷たい怒りの炎を燃やしている。わたしを見て気持ちを落ち着けようとした。

「あの疫病神。トニーの人生を台無しにしただけじゃ足りなくて、戻ってきてまたやろうって魂胆よ。何しに来たのかしら？　あの女の心は邪悪なことでいっぱいよ。それが丸見えだわ」

「あの方は誰なんですか、モード？」わたしは訊いた。「お会いしたことがないのですけど」

「つまり、知らないってこと？」

モードが信じられないといった顔でわたしを見た。「あの人は誰なのって？」モードが繰り返した。

「はい」

「まさかそんな。世間の誰もが知ってると思っていたわ。知らなくてもあの女のせいではないけど。新聞が大々的に取り上げたし――あることないこと、とにかく、わけのわからないことを書き立てて」モードはわたしを見た。わたしの顔色が変わったのだろう。モードはふっとため息をついた。「知っていると思ってたわ、パット。悪かったわね」

ベッシーはトニーの妻だ、とモードは言った。

その日に何を聞いたのか、それよりあとに何を聞いたのか思い出せない。頭の中が真っ白になった。トニーに恋していたわけではないが、気づかないまま好きになりかけていたに違いない。モードにはわかっていたのだろう。モードは無邪気なように見えて、あれでなかなか鋭い。

二人は離婚すらしていなかった。モードはその日、経緯を説明してくれた。ベッシーはリノに行くことを拒み、トニーはベッシーを疑っていたものの証拠がなかったと言った。それにトニーはひどく傷ついていた。結婚はもう二度とごめんだと。ずるずると流されてしまったのよ。

「ベッシーは初めからあの子をカモってたのよ」と、モードは、昔の言葉遣いに戻って言った。「五年前のことよ。結婚生活は一年かそこらしか続かなかった。それにベッシーはここが好きじゃなかった。あまりにも田舎くさいって。そのうち市内の男たちと遊び始め、さらには浮気まで。わたしはベッシーに五十万ドル渡して、ここを出てリノに行くように言ったの。そのことはトニーには話してないわ」モードはさらに続けた。「トニーはとても傷ついていた。ベッシーはただ自分の許を去ったのだと思ってるわ」モードはうめくようにそう言うと立ち上がった。「ともかくトニーに知らせないと。心の準備ができるように」

モードがひどく動揺している。いつも自分の思いどおりに事を運んで、堂々と落ち着いていて気取りがなく、周りの人間を無邪気に信じているあのモードが。

「ベッシーはまだリノに行ってないんでしょう。そもそも行く気がないんでしょ。ベッシーなんてどうってことないのよ、パット。本当にどうってことないの。トニーはニューヨークのどこかのバーでベッシーと出会ったの。ベッシーはそんなにお酒は飲まないわ。一番好きなのはお金よ。お金と男。ドワイトに電話するわ」モードは話を続けた。「ねえ――駅にトニーを迎えに行って、ベッシーのことを伝えてくれない、パット？　あの子、今日は列車で行ってるから。あなたのことを気に入ってるし、そのほうが少しは冷静に受け止められるかも」

わたしはいつのまにか震えていた。モードが気づいて、そばにきてわたしの腕に手を置いた。「わたしが立てたあの計画を思うと――」とモードが言った。

声の震えをどうにか抑えて訊いた。「トニーはまだベッシーのことを愛してるんですか、モード？」

「これまでだって愛してなかったと思うわ」

そう言ったあとモードはベッシーのことを少し話してくれた。ほんの少しだけ。ベッシーはニューヨークの女性で、社会の片隅でふらふらしている若い女性の一人だった。ところが名門校を出ていて、どういうわけか女子青年連盟にも入会していた。彼女の身内は物静かでなかなか立派な人たちだった。が、モードは、結婚式の費用は何から何まで、白いランやセントバーソロミュー教会、そしてシェリーズでの披露宴に至るまでトニーが負担したのではと疑っていた。

「あとで何通か請求書を見たわ」モードはうんざりしたように言った。

その夜、わたしは六時半に駅に迎えに行った。日が短くなっていて、陽が落ちるともう薄暗い。トニーが夕刊を手に、降りてくる。通勤客たちと別れるたびに、頷いて気軽におやすみの挨拶を交わしている。車のほうにやってきてわたしを見たとき、胸がどきどきした。

「何事だい？　何かの記念日かい？」トニーがニヤッとして訊いた。

「記念日？」

「きみがぼくを迎えにきてくれた日」トニーが説明した。「それとも、このぼくの魅力がついに、きみの頑なな心をとろけさせた日かな？」

「お使いで来たのよ。モードに頼まれたの、あなたを迎えに行ってくれって」

トニーは助手席に乗り込み、わたしに運転を任せてくれた。トニーの重みでポンコツ車が軋んだ音を立て、トニーは長い脚の置き場に苦心している。

「なんだ、そういうことか」トニーは言った。「きみの思いつきじゃなかったのか」

村を出て丘を登り始めるまで二人とも黙っていた。九月に入ったばかりだというのに、風にはもう秋の気配が漂っている。ハンドルを持つ手が震え、丘を半分ほど登った平らな道路脇に車を停めた。

トニーは驚いたようだ。

「ガス欠かい？」

「いいえ。わたし、少し緊張していて。トニー、お話があるの」

トニーが助手席で体の向きを変えて、わたしのほうを見た。

「まさか母さんの具合がまた悪くなったって言うんじゃないだろ？」

「いいえ、そうじゃないわ。あなたのことなの。館に戻る前にあなたに知らせたほうがいいってモードが思ったの。本当にどう言えばいいのかしら。わたしのことじゃないの」

「仕事を辞めるわけじゃないんだろ？」

わたしは首を横に振った。トニーはほっとしたようだった。トニーの視線を感じた。と、不意にトニーが体を強張らせ、大きく息を吸い込んだ。

「ベッシーだな」

「ええ、お屋敷においでです」

「わかった」

エンジンをかけた。トニーはもう何も言わなかった。自分を待ち受けているものに対して身構えるかのように。回廊邸の入口にさしかかったとき、もう少し走ってくれとトニーが言った。わたしはそのまま車を走らせ、三十分後にトニーを館で下ろし、ガレージに向かった。トニーはベッシーに思いとどまらせようとしたんだがと言っただけで、そのあとはずっと黙っていた。ベッシーはモードに手紙を書き、電報を打ったが、トニーが持っていったのだ。

「ここには近寄らないようにと言ったが、あいつのことを知ったら、そう言ったところで何の役にも立たないことがわかるよ」とトニーが言った。

トニーがあの三十分を心の準備に当てられてよかった。彼には三十分しかなかった。トニーを館で降ろしたとき、テラスの長椅子でベッシーの冷ややかな声がした。

「こんばんは、トニー」ゆったりした口調だ。「きれいな秘書さんと一走りしてきたの?」

わたしはかっかしながらガレージに車を入れると歩いて館に戻った。ベッシー、それにトニーの姿はなかったが、そのときちょうどモードが階段を下りてきた。わたしはモードに倣うことにした。モードの表情は落ち着いていていて、食事のために裾の長い黒いドレスに着替えて真珠をつけている。どうやらいつもどおりにということらしい。

「急いで、パット」モードが言った。「いったいどこに行ってたの?」

「少しドライブしていたんです」

モードが頷いた。状況を察したのだ。

その夜は柄物のシフォンのドレスを着た。ベッシーの考える秘書にふさわしいドレスで、半袖でハイネックだが、裾は床に届くほど長い。だが、わざわざ着る必要はなかったようだ。ベッシーはあからさまにわたしを無視していた。あのときのベッシーは、わたしに悪意を抱いていたわけではなく、単にベッシー流のやり方で、わたしに身のほどをわきまえさせようとしていたのだ。それを別にすれば、わたしたちはどこにでもいる育ちのよい四人の人間が、図書室でのカクテルに始まり、ピエールの何皿もの手の込んだディナーを楽しんでいたにすぎない。喋っているのは主にベッシーだ。パリ、ロンドン、ウィーンの話。トニーはほとんど口をきかず、わたしはあくまでも秘書で、おとなしく控えていて話しかけられるまで口を開いてはいけない。モードのことは誇らしかった。その夜のモードは落ち着いていて、堂々としてとてもすてきだった。ゆたかな髪を高く結い上げ、うなじと肩がはっとするほど美しく、キャンドルの光でつやつや輝いている。隣のベッシーは厚化粧に、ゆったりした白いスカートと赤いカクテルジャケットというでたちで、安っぽく個性に欠けていた。

わたしたちは図書室に戻り、コーヒーと食後酒を楽しんだ。ベッシーはそわそわと落ち着かず、トニーと話がしたいのがわかった。が、モードがそうはさせじと目を光らせていた。

「ブリッジをしましょう」モードは即座にそう言うと、返事を待たずにテーブルの用意をさせた。

おかしなゲームだった。誰も本気でゲームに取り組んでいない。わたしはモードが二度リボークするのを見たが、他の二人は気づかなかった。終わってみれば、わたしは十ドルの勝ちとなり、そのほとんどはベッシーからで、ベッシーはそれこそ苦虫を嚙みつぶしたような顔で払ってくれた。

「ろくでもないカードばかりだったわ」ベッシーがそう言って笑い、トニーに目をやった。「その代わり、恋愛運はいいかもね」

トニーはもうたくさんだという顔だ。乱暴にドアを閉めると館を飛び出し、戻ってこなかった。

モードとわたしは早めに床についた。閉じられていた続き部屋が開けられたのを見て、謎が一つ解けたものの、よく眠れなかった。空が白んで小鳥がさえずり始めてようやくうとうとした。わたしの人生の一幕が下りて、別の奇妙な物悲しい幕が上がろうとしていた。倒れたあの日、モードは市内でベッシーを見かけたのだろうかと思いながら眠りに落ちた。

もちろんわたしは間違っていた。そんな単純なことではなかった。とは言え、ベッシーはずいぶんと面倒を引き起こすことになる。しかもすぐさま仕事に取りかかった。午前二時、わたしの部屋の外で寝ているロジャーがうなり声を上げ、起き上がる気配がした。そっとドアを開けた。

と、ホールの明かりがついていて、パジャマにツイードの上着を着たベッシーが階段を上ってきた。

第8章

ベッシーが来たことで何もかもがらりと変わった。静かな日々も、川向こうに太陽が沈むのを眺めて、話をしたり黙り込んだりして好きなように過ごす夕暮れもなくなった。ベッシーはいつも横柄で、どうかすると高慢ちきというわけではないが、ときどき面白がっているような、勝ち誇ったような雰囲気を漂わせるので、それがモードを戸惑わせ、わたしをひどく狼狽させた。

トニーはなるべく館《やかた》から離れるようにしていた。モードは不安そうで浮かない顔だ。使用人も沈んでいる。気押されるような館の雰囲気に変わりはないが、それが一層鬱々と重苦しくのしかかってくるように感じられた。ベッシーが来て三日目のこと、彼女がノーラを寄こして、居間に来るようにと言ってきた。

初めてベッシーの続き部屋に入った。思わず息を呑んだ。回廊邸《クロイスターズ》を正当に評価していなかったのかもしれない。部屋は悪趣味だが、ある意味、美しいものにあふれていた。ここは結婚後にベッシーが自ら家具を揃え、装飾を施したもので、コントラストがすさまじい。大量のガラスとクロムと強烈な色彩に彩られていて、朝の陽光の中、気がつくとわたしは何度も瞬きをしていた。

ベッシーは大量の書類を前に机に座っていた。着替えはまだ終えていなかったが、バスソルトと入浴剤の香りがするので入浴は済ませたようだ。化粧をしていないベッシーは美しくはなかった。わたしを見ると不機嫌そうに言った。

「おはよう、ミス・アボット。書類のことで手を貸してほしいの。この山のような請求書がいったいどこのものか見当もつかなくて。とにかく、わたしにはわからないわ」

わたしはどこかへ行ってしまえと言いたい衝動に強く駆られたがぐっとこらえた。

「奥様にご用がないか伺ってみます」わたしはよそよそしい口調で言った。「もしご用がないようなら――」

ベッシーは煙草に火をつけるとにっこり微笑んだ。「いいこと、そんなに邪魔はしないわ。あるいは長くはね。何があってもこの陰鬱な館にはいたくないの。でも当分は仲よくやっていかなくちゃ。そうしないこと？」

ベッシーはまた微笑んだ。今度はもっとにこやかに。その朝初めて、思わずベッシーに好意を抱きそうになった。ベッシーはいつもより若く、控えめで自信なさそうに見えた。

「ええ、よろこんでお手伝いします。請求書のお支払いをなさりたいのですか？」

「まさか、払うものですか」とんでもないといった様子でベッシーが答えた。「全部でいくらになるか知りたいの。どうしても足し算がうまくできなくて」

合計するのに少し時間がかかった。ベッシーはあちこちで、とりわけニューヨークで借金をしていて、合計額は二万ドルを超えていた。帽子や衣類の請求書、宝石店のも一、二通ある。見たところこの二年間、わずかな生活費を別にしてどれ一つ払っていない。車の支払いすらもしていなくて、ベッシーは――化粧台で化粧をしている――販売店から車を引き上げると警告されていることを認めた。

化粧しながらベッシーは話をした。いつもはメイドを連れて旅行するのに、辞めさせるよりほかなかったの。お金がないって情けないわよね。だが気持ちは持ち直したみたいだ。わたしに請求書を渡したことで、もう問題は片づいたとでも言うように。

数日後、これまでのように請求書はすべてモードが支払った。

「わたしって馬鹿でしょう、パット」わたしに請求書を渡しながらモードが言った。「平穏のための代価だと思って払うのよ。でもあの人、わたしがあげたあのお金、いったいどうしちゃったのかしら。それにトニーからの手当てもあるのに？　大金なのよ」モードはため息をついた。

「いつまで居るつもりなのかしら」モードはいらだたしそうに言った。「ヒルダの話だと、ベッシーのトランクが届いたそうよ。これ以上我慢できそうにないわ、パット。請求書は支払ったわ、なのになぜ出ていかないの？」

居座るつもりはないと言っていたとモードに伝えたが、慰めにはならなかった。

「何かを企んでいるんだわ」モードが悲しそうに言った。「今回は様子が違う。よからぬことを企んでいるのよ。わたし、怖いわ」

こうした最初の四日間に、ベッシーとトニーが何かしら話し合った様子はなかった。ベッシーは昔の友人や知人を訪ねてあちこち出かけていた。ある午後わたしにオードリー・モーガンのことを訊いてきた。

「どんな娘なの？　トニーがその娘と付き合ってるって噂を聞いたわ」

「とても若くて、きれいな娘です」

「トニーはその娘と結婚したいのかしら？」

「存じません」

ベッシーは笑った。「トニーは結婚しないわ」ベッシーはぴしゃりと言った。「誰とも結婚しないわ。このわたしがさせないもの」

わたしたちはなんとかやっていたが、ヒルの保守的な人たちはわたしたちを意図的に避けていた。マージェリー・ストダードですら、訪ねてくるのはベッシーが外出中とわかっているときと、いつものように子どもたちをここのプールで泳がせるときだけだ。自宅のプールはまだ修理が終わっていない。一、二度、ジュリアンがマージェリーと一緒にやってきた。ジュリアンはハンサムで体格がよく、遅い結婚だったが、幼い娘たちを溺愛している。もちろんドワイト・エリオットも訪ねてきた。ある夜エリオットがトニーに、離婚しろ、ベッシーに離婚を認めさせろと熱心に説いているのを耳にした。

「馬鹿な真似はよせ。きみときみの母親が二人とも、万が一にもいなくなった場合を考えろ。彼女がきみの法定相続人になるんだぞ。ウェインライト社の支配権を彼女の手に委ねたいのか？」

そのあとトニーはベッシーの部屋に行って話をしたが、ベッシーは一笑に付しただけだった。

「離婚ですって？」ベッシーが眉をひそめて言った。「なぜ？　離婚するとモーガンの娘と結婚できるから、それともパット・アボットと？　なぜ離婚しなくちゃいけないの？」

「このまま続ける気はないよ、ベッシー」

「あら、そうなの！」ベッシーはそう言うと怒りのあまり感情を爆発させた。「よく考えなさい。思いがけない嫌なことが起きて驚くかもしれなくてよ」

「どういう意味だ？　脅しのつもりなら――」

「わたしが言えるのはそれだけよ」ベッシーは少し冷静になって言った。「それに、これだけは忘れないで。あなたはわたしに関して何の証拠も持ってないわ。だけどわたしは三年前にここを追い出されてからずっと、戻りたいってあなたに宛てて何通も手紙を出した。その写しをすべてわたしの弁護士が持っているわ。自分で言うのもなんだけど、なかなかうまく書けてる手紙よ」

トニーはベッシーの思いがけない嫌なことという脅しを信じていなかった。何であれベッシーを信用していなかった。だが何をするにも時間がなかった。事業だけではない。ビル・スターリングはモードの心臓の具合があまりよくないと言っていた。ベッシーとやり合っている暇はない。それはトニー同様、ベッシーもよく承知している。が、そのころからトニーの中で何かが大きく変わり始めた。屈託のなさも子どもっぽい戯言も消えた。ほとんど何も食べず、いつもより酒量が増え、疲れて元気がなくなった。落ち着きもなくなった。車で出かけては何時間も館を留守にした。

一つだけ救いがあった。ベッシーはヒルで嫌われていたが、市内には友だちがいた。館にベッシーの姿がないと、それだけで長く静かな夜が迎えられた。ベッシーは車で市内に出かけ、明け方近くに帰ってきてその日はほとんど寝て過ごす。ところが、ベッシーを館に入れるために使用人が一人、寝ずに起きて待っていなくてならない。そのうえ、時間にお構いなしの、数えきれないほどの言いつけや指図に、使用人たちの不満が募っていまにも爆発しそうになっていた。

ある日、前夜にブリッジで五百ドル負けたとベッシーが言ってきた。

「とりあえず小切手で払っておいたから」どうってことないといった口調でベッシーが言った。「そのことをちゃんとモードに伝えておいてね。不渡りになるのは嫌でしょうから」

ベッシーが回廊邸に来て一週間ほど経ったころようやくトニーと話ができた。ある夜ベッシーがまた市内に行っているとき、トニーが散歩に誘ってくれた。

「まあ、きみがぼくに我慢できればだけど。いまはとてもじゃないが人にも犬にも、ふさわしい散歩相手とは言えないがね」

わたしには一も二もなかった。二人で投光器のある噴水へ、そして遊戯場へと歩いた。ロジャーがそばを行ったり来たりしている。だがトニーは押し黙ったままで表情も硬い。両手をズボンのポケットに突っ込んでうつむいて歩いている。館から見えなくなると、トニーが立ち止まった。

「その……」とトニーが言った。「本当にすまない。ベッシーのことだが、きみは知らなかったって母さんから聞いたよ」

「たぶんお聞きしていたのだと思います。ただよく憶えていなくて」

トニーは少しためらってから言った。「これだけは言っておくよ、二度は言わない。人は誰でも時に過ちを犯す。ぼくの過ちはベッシーだ、その代償は支払っている。たぶんベッシーも同じだろう。だけどベッシーがあれこれ言っても気を悪くしないでくれ。なにしろ、あいつはそういうのにたけてるからな」

そう言ったトニーは何かが吹っ切れたみたいに明るくなった。

「テニスの腕前はどうなんだい?」トニーが尋ねた。「今夜は思い切り何かを引っ叩きたい気分なんだ。ゴルフよりもうまいのかい?」

トニーは遊戯場の明かりをつけ、ロッカーでわたしに合うテニスシューズを見つけてくれた。二人で二ゲームした。トニーは鬼のような形相で打ち込んできた。思い切りボールを打って心の奥の鬱憤を爆発させてすっきりしたのか、終わり近くになると表情が緩んでいた。セットを終えたトニーは満足げにわたしに笑いかけた。

「きみのテニスはビジネススクールで習ったものじゃないようだね」

「少しのあいだ、仕事のことは忘れさせてくれない？」

「おいおい、きみのことでぼくが忘れるとすれば、それしかないよ」

驚いたことにトニーはわたしを抱きしめ、幼子が慰めを求めるようにわたしの肩に顔を埋めた。

「どうしたらいいんだろう、パット？」トニーが口ごもりながら言った。「どうしたらいいんだ？」

それだけだった。トニーはわたしを離すと遊戯場を閉めて鍵をかけ、二人で館に戻った。トニーは黙っていた。一度だけ母親のことを口にした。

「母さんらしくないんだ。母さんは変わった。ベッシーのせいじゃない。その前から別人みたいだった。暑さのせいなんかじゃない。言うなら母さんはサラマンダーだ、ほら、火の中に住んで熱に耐えるやつ。何があったんだ、パット？」

「わからないの」わたしは正直に答えた。「もしかして何かを恐れているのでは」

「母さんは生まれてこの方、何かを恐れたことなんてないよ」トニーは語気を荒らげた。「絶対にない」

その夜は遅くまでまんじりともできなかった。二時にスティーブンズがベッシーを館内に入れる音を聞いたが、そのうちにぐっすりと寝入ってしまった。そのため、朝になるまで館に侵入した者がいたことは知らなかった。

ロジャーが吠えて教えてくれたのも、トニーが階下に様子を見に行ったのも聞こえなかった。トニーは自動拳銃を手に急いで下りていったが、侵入者はすでに姿を消していた。西ホールの端のドアが開け放たれていて、ドアチェーンが外れていた。

ところが、スティーブンズはトニーに問いただされて、チェーンはかかっていたと断言した。「ウェインライト奥様がお車をガレージに回されたあと、あのドアから奥様をお入れしました」スティーブンズは頑なに言い張った。「わたしがチェーンをかけているあいだ、奥様はそばに立っておられました。お煙草に火をおつけになっていました。わたしの話を裏付けてくれると思います」

だが朝の八時というとんでもない時間に起こされたベッシーは、何も知らないと答えた。

「どうしてわたしが知ってるの？」甲高い声でベッシーが言った。「館に戻ってからベッドに入ったわ、もう勘弁してくれるならベッドに戻るわ」

盗られたものはなかったが、その日、様子を見にやってきたジム・コンウェイは、スティーブンズの話を信じなかった。

「寝ぼけていたのさ、チェーンのことをすっかり忘れてたんだろう。だが、これで何もかも繋がってくる。エヴァンズの鍵を奪った奴が鍵を使い始めたんだ。だが犬がいることは知らなかった」

「エヴァンズが鍵を持ってることを知ってる者なら、ロジャーのことだって知ってるはずよ」わたしはジムに言った。「それに、ロジャーは見知らぬ人にしか吠えないわ」

ジムには異論がありそうだ。「もちろん見知らぬ人間だ。誰だと思う？　家族の昔の友人か？」

警察は何も発見できなかった。館の外の乾いた地面に足跡はなく、最終的には、二度目の侵入を許してしまった館の警備体制の強化ということに落ち着いた。二度目の侵入はいよいよもって不可解だ。この出来事を別にしても、もうそのころには迫りつつある一族の悲劇のすべての要素が揃っていたと思う。もとより、わたしたちの誰もがとうてい普通の状態ではなかった。トニーは遊戯場での夜のあと、またもや苦虫を噛みつぶしたような顔をして暗く打ち沈んでいる。モードも変で、妙によそよそしく、ベッシーは高慢ちきで鼻持ちならない。思い出すと奇妙だが、ついに本当の災いの最初の兆しが見えたときも、わたしたちは誰一人として、よもや巻き込まれるとは思っていなかった。

その災いは数日後に起きて、あろうことかリディア・モーガンを巻き込んだ。

その日のことはいろいろな理由で、わたしの記憶に一際強く残っている。一つには、その日はわたしの二十六回目の誕生日だった。トニーが市内へ出かけたあと、モードが館内電話をかけてきて、私道に来るようにと言うまで誕生日のことなどすっかり忘れていた。

「そこにあなたに差しあげたいものがあるの、お誕生日おめでとう」

わたしが秘書室を飛び出すと、館の正面でガスがにやにやしていて、ピカピカの新車が停めてあった。我が目を疑った。

「えっ、まさかこれじゃないわよね――いったいウェインライト奥様はわたしに何を見ろというのかしら?」

「お車ですよ」ガスはいかにも満足げに言った。「あなたのですよ。お誕生日おめでとうございます、パット様」

言うまでもなくわたしは愚かしいことをした。ピカピカ光る真新しいフェンダーに手を置くと、ワッと泣きだしてしまったのだ。ガスのにやにやが消えた。

「嬉し泣きよ、ガス。こんな車が持てるなんて夢にも思わなかったわ。本当に夢にも――」わたしは泣き続け、その場の雰囲気が湿っぽくなった。館に入る前に試しに乗ってみた。駿馬のように軽やかだ。軽く触れるだけで動いてくれる。ガレージに着くと、男たちが車を点検して申し分のない判定を下した。厩舎に行くと、何年も馬丁頭を務めているジェイムズが、いまでは一、二名になった馬丁と一緒に、そいつはジャンプ以外、何でもできますよと言ってくれた。

館に戻る途中で分別が働き始めた。モードから車をもらうなんて、そんな道理があるわけがない。モードはすでに大金を使いすぎている。が、モードの顔を一目見た途端、受け取りを拒むことなどとてもできないとわかった。

「気に入って、パット？」

「気に入るも何も！　あまりにも嬉しくて、悲鳴を上げたいくらい。すてきだわ。でも、まさか本当に――」

モードは手を上げた。「いいこと。これまでわたしはずいぶんと嫌なことをしなくてはならなかったの。ベッシーの請求書を支払うこともその一つよ。ささやかな楽しみを味わわせてちょうだい、パット。わたしに残っているのはもうそれだけなの」

もとよりその言葉に対する答えが見つかるはずもない。モードはわたしにキスをして、休みを取るようにと言った。だがわたしがそばを離れるや、すぐさまあの奇妙な、それまでにない無気力な状態に陥ってしまった。

その日の記憶に強く残っている二つ目はリディアからの電話だ。声からは緊迫感が伝わってきたが、リディア本人は落ち着いていた。「会いたいの。ちょっと問題が起きて、それでどうしたらいいのかわからなくて」

「何があったの？」

「会ったときに話すわ」リディアはそう言うなり電話を切った。

急いで新しい車で向かった。気が気でなく、ビル・スターリングの古い車が私道に停まっているのを見ても、ほっとするどころではなかった。わたしが車を停めると同時に、家の中からビルが飛び出してきたので声をかけた。

「誰か病気なの？」

ビルはこっちを見ていたがわたしの姿は目に入らなかったようだ。ビルはあっという間に行ってしまい、取り残されたわたしは後ろ姿を見つめるしかなかった。家に入るとリディアが居間にいた。驚くほど具合が悪そうで、口がきけるようになるまで少しかかった。話を聞いてわたしは言葉を失った。ドンが帰ってきたいと言っている。十五年ものあいだ、家族を見捨てて顧みないでおいて、また戻ってきたいと。

一日か二日前、ドンがニューヨークから電話をかけてきた。助かる見込みのない重い病気で、しかも無一文も同然だという。望みはただ一つ、しばらく体を休ませる場所がほしいと。リディアはドンから何の恩恵も受けていない。そんなことドンが頼めた義理ではない。だがドンは死ぬ前にオードリーに会いたい、それに数週間、安らかに過ごせる場所が必要だと言った。

わたしは苦々しい思いで聞いていた。「どこもかしこも懐かしの我が家週間みたいね」わたしはベッシーのことを思い浮かべて言った。「自分の気持ちをちゃんと伝えたんでしょうね」

「どうしてそんなことができて、オードリーがそばで聞いているのに？」

「リディアったら！　一体全体ドンに何て言ったの？」

リディアはどうしようもないというふうに両手を左右に広げた。「どうすればよかったの？　少し考えてから電報を打つと言ったの。するとオードリーがヒステリーを起こして、ビルを呼ばざるを得なくなって。恐ろしいわ、パット」

「そんな話、信用できないわ。そんなの罠よ、リディア。あの人はもうあなたの夫じゃないのよ。何であれ、要求する権利なんて彼にないわ」

「オードリーは別にしてね」リディアは物憂げに言った。「わたしがどうかしてるってビルは思ってる。自分でもそう思う。でも、オードリーがすごく心配して――」

「もう、オードリーったら」我慢できず、リディアを遮って言った。「まさか戻ってくるんじゃないでしょうね、リディア」

リディアは力なく頷いた。ドンが戻ってくる。

ようやく話が理解できた。リディアはドンに電報を打ち、戻って少し体を休めるようにと旅費を送った。それが昨夜のことで、ドンは一両日中に戻ってくるという。

「人が何を言おうと気にしないわ」物憂げそうにリディアが言った。「いまさらドンに会ったところでどうってことないわ。本当に心配なのはビルのことなの、パット。何もかもお仕舞いだわ」

腹が立って腹が立って言葉が出なかった。ゆっくり運転して丘を登ったが、まだはらわたが煮えくりかえるようだった。が、そのときに誰かに、ドン・モーガン、モード、ベッシー、それにエヴァンズに起きたことはやがてすべて繋がってくるよ、と言われたとしても、おそらくは一笑に付していただろう。

第9章

それがわたしの誕生日、九月十二日のことだ。十四日にはドナルド・モーガンが戻ってきた。いかにも病人といった様子で列車から降りてリディアと握手し、家では魔法のような魅力でもってオードリーを抱きしめた。

「かわいい娘」とドンは言った。「愛しの我が娘よ」

ドンはたちどころにオードリーの心を摑んだ。それもこの物語の一部だ。

谷もヒルもこの噂でもちきりだ。二つの見方があった。多数派はリディアを意気地なしの愚か者と考え、少数派は――ほとんどが若者だが――オードリーに味方した。だがこうした話がわたしたちの耳に届くことはなかった。ベッシーが来てからというもの、ヒルと谷の人たちは、わたしたちを無視するというよりは避けていたからだ。

「わたしたちが軽度のハンセン病だとでも言うのかしらね」モードが痛烈に皮肉った。

同じことが、いえ、もっとひどいことがリディアにも起きていたと思う。あそこの状況は異常すぎて気を抜けない。誰もが知っているが、ドンがリディアの家に来てからというもの、ビルはあの家に足を踏み入れていない。やむなくリディアは、隣町から医者を呼んでドンを診てもらった。わたしも、憤りのあまり気持ちの整理がつかず、リディアに電話をしたのは数日後だった。

「懐かしの我が家週間はどんな具合？」

「あなたなの、パット？　他の人たちと同じように、あなたもわたしを見限ったのかと思ってたわ」

「みんなを難しい状況に追い込んだのはリディア、あなたよ。みんなを責められないわ。わたしに会いたい？」

「ええ、ぜひ」リディアは短く答えた。

午後になってリディアの家に行ったが、その変わり様にびっくりした。顔色が悪いばかりか老け込んで見えた。生気がすべて失せたみたいだ。

「来てくれて嬉しいわ、パット」

「馬鹿なこと言わないで。来ないわけないでしょ。どう――病人の具合は？」

妙な目でリディアがわたしを見たような気がした。

「よさそうよ。もちろん、狭心症だから――」

「誰が狭心症だって言ったの？」憤りがつい口調に出てしまった。「彼の言うことは絶対に信じないわ」

そのときお馬鹿さんのオードリーが盆を持って、目を輝かせて階段を下りてきた。

「全部食べたわよ、母さん」オードリーが言った。「これ、好きみたい」

「そりゃ、好きでしょうよ」わたしは腹を立てて言った。「食べ終わってお代わりをねだったんでしょ。そんな目で見ないでよ、オードリー。体にいいからって一週間ずっとそれを出したら、もうたくさんだって言うわよ」

オードリーは意地の悪そうな目でわたしを睨みつけ、台所に戻った。リディアはため息をつくと、出し抜けに話題を変えてベッシーのことを尋ねた。

「おかしな世界ね、パット」リディアは力なく言った。「わたしがここにいて、そしてあなたは――トニーがベッシーと離婚してあなたと結婚すればいいのに」

「まさか。それはないわ」なるべく気軽な感じで言った。と、二階からリディアを呼ぶ男の声がした。最後にその声を聞いたのは十一歳かそこらでまだ子どもだったが、誰の声かすぐにわかった。

「もしかしてあのパット・アボットだったら」その声が言った。「上がってもらってくれ、リディア」

他に用もなかったのですぐに二階に上がり、戻ってきてから最初で最後のドンの姿を目にした。あのときドンは何歳だったのだろう？　五十歳は超えていたと思うが、くせ毛も愛想のよい笑顔も昔と変わりなかった。それらを別にすれば、もちろんドンは変わった。すさんだ感じで顔色も悪い。目の下がたるみ、手入れの行き届いた手がかすかに震えている。部屋に入ったとき、ドンは窓辺の椅子に座っていた。

「やあ」とドン。「小さな女の子がいまやレディーになった！　それもすてきなレディーに。さあさあお座り、パット。そして寂しい年寄りの相手をしておくれ」どこまでも巧みな話術。ドン・モーガンのような人間は、見かけは変わっても老け込んだりはしない。

わたしは腰を下ろした。ドンは煙草に火をつけ、わたしにも一本勧めてくれた。手の震えに気づいたのはそのときだ。

「きみのことを教えてくれ。オードリーの話だと、ヒルにいるとか。あそこは好きかい？」

「ウェインライト夫人は好きですよ」わたしは手短に答えた。

「息子がいるだろ？　そいつはどうだい？」

「息子さんとはあまり顔を合わせることがなくて」

ドンはわたしにちらっと鋭い視線を向けたが、何も言わなかった。代わりに自分のことを話しだした。オードリーを魅了しているものがなんとなくわかった。穏やかな甘い声、若々しい笑顔、もう長くは生きられないと言ったときの潔い態度。

「別につらいわけじゃない」ドンは屈託なく言った。「わたしは間違いを犯したし、二人には本当にすまないと思っている。リディアはまさに聖人だよ。それにわたしはもう充分に生きた」

ドンの許を辞したとき、彼はそんな穏やかでしんみりした気分に浸っていた。川が見える窓辺に座り、手元に煙草入れ、膝には本を置いて。贅沢なガウンの下に厚手の青いシルクのパジャマを着ていた。無一文のはずなのに、ちゃんと一通りの服を持ってきている。

再びドンに会うことはなかった。

その日の午後遅く回廊邸に戻ると、西ホールにベッシーがいた。電話をかけていたらしく、リストを手にしている。

「ねえ、パット」とベッシーが言った。「今夜、遊戯場にお客様をお招きしているの。パートリッジに伝えてくれない？　二十人前のサンドイッチと何か食べ物を用意するようにって、それから飲み物もたっぷり」

腕時計を見た。「もうすぐお店が閉まります。でもなんとかできると思います」

「なんとかしなきゃ駄目よ」ベッシーは涼しい顔でそう言うと階段を上っていった。

時間を節約するために、わたしが自ら村に買い出しに行った。かわいそうに、パートリッジはあわてふためき、料理長用のキャップとエプロンをつけたピエールはふくれっ面でよそよそしい。わたしたちは客が到着するまでにどうにか食べ物と飲み物を間に合わせた。客のほとんどは市内からで、ヒルからすればあまり望ましくない者も何人か含まれていた。誰も館《やかた》には来なかった。モードの私室で、モードとわたしはトランプをし、トニーはといえば、車に乗って走り去るというお手軽な方法で逃げ出した。

そのパーティーのことはよくわからない。わかっているのは、ものすごく騒々しくて、夜遅くに男性使用人が館に戻され、窓が閉められたことだけ。のちに噂になったように、裸で水遊びをしたのかどうかなど、何もわからなかった。実際にわたしが詳しいことを知ったのは、数日してからだ。

というのも、その夜わたしはエレベーターシャフトに落ちたのだ。

なんとも馬鹿なことをしたものだ。思い出すといまでも寒気がする。出来事自体はごく単純だ。

朝の二時になってもまだベッシーのパーティーは続いていた。そのせいかロジャーがそわそわと落ち着かなかった。鼻を鳴らしてドアを引っ掻いたとき、わたしはベッドで本を読んでいた。そのときロジャーを外に出してなかったことを思い出した。起き上がってガウンを着て、室内履きを履いて西ホールのドアまで行った。ホールは暗かったが、あたりの様子はよく知っている。ロジャーを外に出し、立ったまま戻るのを待った。ロジャーはしばらくどこかへ行っていたが、口笛を吹いて呼ぶとおとなしく戻ってきた。ドアを閉めチェーンをかけてふと見ると、エレベーターの扉が開いていた。ここ二日ほどエレベーターはまたも修理中で、動くかどうか確かめようとほんの好奇心から足を踏み入れた。

当然のことながら中にかごはなかった。落ちていく感じ、落下するあの恐ろしい感覚を憶えている。さらに怖いことも。底には叩きつけられなかった。下にいた誰か、立っていたのか屈んでいたのか、とにかく誰かの上に落ちたのだ。うっとうめき声がして二人一緒に倒れ、その拍子にわたしは気を失った。

すぐに意識は戻ったようだった。気がついたときわたしは一人で、地下室へのドアが開いていた。どこからか冷たい空気が流れ込んでいた。それで意識が戻ったのだろう。が、足首が焼け火箸を当てられたみたいに猛烈に痛んだ。立ち上がろうと、手を伸ばして何か摑めるものを探った。梯子に手が触れた。梯子の段に摑まってどうにか半分ほど体を起こしたが、すさまじい痛みが走った。再び気を失ったのだろう。気がついたとき、上部の開いたドアのそばでロジャーが鼻を鳴らしていた。梯子はなくなっていた。

そのとき、何が起こったのか気づいた。わたしが落ちたとき、いるはずのない誰かがシャフトの底にいた。そいつがまだいて、暗闇で待ち伏せしていて、少しでも動こうものなら襲いかかってくるかもしれない。エヴァンズを襲ったのと同じ男。以前に館に忍びこんだのと同じ男。恐ろしかった。

わたしは動かなかった。じっと横になって待った。何も起こらなかった。まったく何も。

その夜、何時にベッシーが入ってきたのかわからない。おそらく意識を失っていたときだろう。ましてや侵入者がいつ抜け出したのかもわからない。朝の七時半に、館を開ける手伝いをしていたスティーブンズがシャフトの底のわたしの声を聞いて助けを呼んでくれた。シャフトを覗きこんだスティーブンズの仰天した顔がいまも目に浮かぶ。

「誰かいるのか?」

「わたしよ、スティーブンズ。足首を痛めたの」わたしは力なく言った。「ここから出してちょうだい、急いで」

それからはてんやわんやの大騒ぎになった。館中の人が集まってきたようだ。あわてふためいたキッチンメイドがわたしにコップの水をぶっかけた。誰かが止めようとしたが後の祭りだった。レノルズはいつものように冷静だ。椅子を運んできてわたしを座らせると、地下から運び出して正面の階段を上った。ちょっとした行列だ。さぞかしいい見世物だったに違いない。なにしろ顔を上げるとバルコニーにトニーがいて、顔半分が髭剃り石鹼で泡まみれだったのだから。

「なんてことだ！」トニーが大声を上げた。「怪我をしたのかい、パット？」

わたしは最高に元気な笑顔を作ってみせた。「大丈夫よ。足首を痛めただけ」

「エレベーターシャフトに落ちられたんです」レノルズがわたしの重みに喘ぎながら答えた。「一晩中シャフトの底におられたんです」

「シャフトに落ちたって！　まさか、そんな馬鹿なこと！」

「すみません。間違いなく何かに落ちたんです」

トニーが脇に立ち、みんなでわたしを部屋に運び入れてくれた。トニーも入ってきた。どうにかわたしはベッドに横になった。足はずきずき痛むし、みんなは右往左往するばかりでらちがあかない。トニーが次々と指示を出す声が聞こえた。スターリング先生を呼べ、病院から看護婦を連れてこい、ウィスキーを持ってこい。そのうち、痛みと興奮のあまり完全に意識を失った。疲れてそのまま眠り込んでしまったようだ。目が覚めたら昼になっていて、足が枕に載せられ、白衣姿のエイミー・リチャーズが足首に湿布を当てていた。わたしは毛布をかぶっていたが、あとは落ちたときのまま、まだガウンを着ていた。

エイミーはわたしを見て微笑んだ。彼女は村の娘で幼馴染みだ。

「なんてこと。こんな足なのによく眠れるわね。サンフランシスコ大地震の最中だってきっと眠れるんでしょうね」

「あんなところで一晩中横になってたら、あんただって眠れるわよ」頭にきて言い返した。「足はひどいの、エイミー？　歩けないと困るわ」

「しばらくは無理ね」エイミーは看護婦らしいきびきびした口調で答えた。「何か食べるものはどう？　うつ伏せに落ちてお腹を打ったわけじゃないでしょ」

上半身を起こして足を見た。一見の価値ありってところか。わたしはまた仰向けになってうめき声を上げた。「寝てなんかいられないわ。しなきゃならないことが山ほどあるのよ」

さすがのエイミーも笑っている。体をきれいに拭いて朝食兼昼食を摂ると気分がよくなった。エイミーはそのあいだずっとはやる気持ちを抑えていた。昨晩のことをあれこれ訊くなと釘をさされているのだろうと思ったが、話題は他にもたくさんあった。

「あんたは騒動なんか起こしていないのかもよ」エイミーが皮肉を込めて言った。「みんな、あんたのことが大好きなのね、パット。ウェインライト夫人は午前中ずっと出たり入ったりしてるし、あんたのボーイフレンドはエレベーター会社の係員を呼びつけて、刑務所にぶち込むぞって脅してるわ。あの二日酔いの女が彼の奥さんなの？」

「そうよ」

「へえ、見るからにあばずれって感じね」エイミーは決めつけるように言って食事の盆を下げた。「二人は離婚したと思ってたけど。彼女、ここで何してるの？」

「知らないわ」

「わたしには根っからの性悪に見えるわ」エイミーはそう言うと新しい湿布を足に当ててくれた。

第10章

その日も、他の日と同様、取り立てて面白いことはなかった。午後にシルクの毛布カバーと枕カバーを抱えたヒルダを従えてモードが姿を見せた。心配そうな表情だったがてきぱきとして現実的だった。

「先生のお話だと、骨折はしてないそうよ。念のため、動けるようになったらなるべく早いうちにレントゲン検査をしましょう。いったい、どうしてこんなことになったの?」

モードに経緯を説明したが、誰かの上に落ちたことと梯子には触れなかった。だがその夜、トニーには一部始終を話した。トニーはベッド脇に座って、わたしの説明に耳を傾けた。トニーは信じてくれなかった。トニーの話だと、エレベーターの作業員はかごを上に上げて電源を切り、扉が少し開いたままだったので、ホールの重い椅子を扉の前に置いて、立ち入り禁止の貼り紙をしたという。

「昨夜、そんなものはなかったわ、トニー」

「それは確かか?」

「間違いないわ」

トニーは深く息を吸った。「何はともあれ、きみが無事で本当によかった。なあパット、誰かの上に落ちたというのは絶対に確かなんだな?」トニーが訊いた。「第一、そんな落ち方だと――」

「ううって言ってたわ。それに動いたもの。地下室の床が動くなんて聞いたことないわ」

「梯子はどうなんだ？　それも確かなのか？」

「ええ、梯子に摑まって立とうとしたんだから。で、また気を失ったの。意識が戻ったときには梯子はなかった」

そのあとトニーはジム・コンウェイを呼びにやった。ジムに同じ話を繰り返すと、彼はひどく面白がった。

「五分五分でベッシーの客の一人だろうよ」とジムは言った。「男連中が地下の貯蔵室から遊戯場へ酒を運んでいて、ドアを開けっ放しにした。で、酔っ払いが迷い込んだ。そういうのはどうだい？」

「それはないいんじゃないの、しょっちゅうこの館《やかた》に忍び込んでるんなら別だけど」わたしはむっとして言い返した。

「そうだな、これからはロジャーをしっかり躾して我慢ってやつを覚えさせるんだな、とりわけ夜は」ジムはそう言って出ていった。

いま思えばあの日、ジムもトニーも落ちたことをわざと軽く扱っていたのがわかる。無論わたしはそうした態度に単純に腹を立てていた。ところが一つ二つと状況が明らかになり、わたしの話が一部裏付けられた。スティーブンズはわたしを見つけたとき、西棟の地下室のドアが大きく開いていたと言った。車が門から入って芝生を通り、植栽の陰に停まっていた痕跡もあった。さらにトニーにあれこれ尋ねられて、モードが奇妙なちょっとした出来事を口にした。意外にもそれがのちに重要になってくる。

わたしと同様、モードも眠れなかった。わたしがロジャーを連れて階下に下りる直前、モードのべッド脇の館内電話が鳴った。ベッシーが遊戯場からかけてきたと思って電話に出たが、誰も応答しなかった。

ベッシーはふてくされた態度で、電話なんかかけていないと言った。「他にもっとましなことがあるのに。どうしてわたしがモードに電話するの、それもそんな夜中に？」

それから一日か二日はまあまあ心地よく過ごした。モードがあれこれ気をもみ、毎晩夕食前の一時間、トニーが兄のように一緒に過ごしてくれた。部屋には花があふれている。ヒルからも谷からもたくさん花が届いた。エイミーは、ここは一流葬儀場の応接室みたいだと言いつつも内心は嬉しそうだ。「あらまあ、なんてこと！」トーマスやスティーブンズが花箱を運んでくるたびにエイミーがおどけて言った。「わたしは温室の世話をするために雇われてるんじゃないのよ」

足首は少しずつよくなった。日に一度ビル・スターリングが包帯を取り替えにきた。ビルはあくまでも明るく振る舞っていたが、ひどく疲れているらしく、不器量だが味のある顔がやつれ、目が赤い。あまり眠っていないのだろう。ある夜、彼はエイミーに用事を言いつけて部屋から出ていかせると、椅子にどっかりと座ってじっとわたしを見た。

「なあ、パット」ビルが言った。「いったいどういうことなんだ？」

「あなたと同じで、わたしにもわからないのよ、ビル」

「わたしにはさっぱりわからない。ベッシーはここで何をしてるんだ？　先月、モード・ウェインライトに何があったんだ？　何かショックを受けていた。暑さがどうのこうのなんて、そんなのは嘘っぱちだ。それにトニーはどうしたんだ？　幽霊でも見たような顔をしている」

そう言うビルだって同じような顔だ。ビルの質問に対する答えは見つからなかったが、ベッシーが戻ってきたとき、モードは目的はお金だと言っていたと言うと、ビルは首を横に振った。

「ここの人たちは金のことで心配なんかしない。何か別のことだ」

ビルはリディアのことは口にしなかった。ビルが帰ったあと、エイミーはひどく腹を立てていた。もう何年もエイミーはおおっぴらにビルに想いを寄せている。「もうあの人たちったら、互いにかなわぬ恋心を抱きながら何の手も打とうとしないんだから！　なぜ彼はドン・モーガンを殺さないの？　簡単でしょうに」

「あなたはどうなの？　あなただってビルが好きなんでしょ。でもリディアを殺してないじゃない！」

「だからといって考えなかったわけじゃないわ」エイミーは沈んだ声で言った。「向こうを向いて。背中をマッサージしてあげる」

そのころ、ベッシーが何度かふらりと部屋に入ってきた。ドアが開いていて、わたしがモードの淡いローズ色と青色の枕を背にベッドに座っているのを見て、見下ろすようにそばに立って足の具合について通り一遍の質問をした。だが、本当の狙いはわたしではなかった。ベッシーは今回の事故について何度も何度も質問した。まるでわたしが事実を洗いざらい話していないとでも言わんばかりだ。

「あなたが椅子を押しのけたんでしょ。あそこにあったもの。わたし、見たんだから」

「わたしは見てません。椅子はありませんでした」

ベッシーがしつこく質問を繰り返すので、もしかして椅子を動かしたのは彼女ではと思った。そんなことはあり得ない。そもそも夜にロジャーが外に出たがったことなど、ベッシーが知るわけがない。さらに言うならなぜわたしを傷つけたり、殺したりする必要があるのか？　ベッシーは確かにしたたかだが、ことさら冷酷な態度を取っているとも思えない。それに顔には不安の色がありありと浮かんでいる。周到な計算を狂わす何かが起きて、わたしと同じように戸惑っているのだろうか。案の定、次に部屋に来たとき、その戸惑いを口にした。「本当に誰かの上に落ちたの？　それとも、そう言い張ってわざと事態をややこしくしているの？」

「わたしがどうしてそんなことするんですか？　作り話なんかじゃありません」

「誰だかわからなかったんでしょう？」そう言うとベッシーはじっとわたしを見た。

「わたし、気を失ってしまって。わかってるのはそれだけです」

「一晩中気を失っていたわけじゃないでしょ」

居間でこうしたやり取りを聞いていたエイミーは、目をぎらぎらさせて寝室に入ってきた。エイミーはなぜか、ベッシーが戻ってきたときから彼女を嫌っていた。すぐさまベッシーを追い出すと憎々しげに後ろ手でバタンとドアを閉めた。

「いまいましい厄介者だこと。入れてやるもんですか」エイミーは早口でぶつぶつ言った。「それにしてもあの人、どうかしたの？　何をこそこそ嗅ぎまわってるの？　きっととんでもない悪辣なことを企んでるのよ」

思い返してみれば、エイミーのその言葉はベッシー・ウェインライトが企み、やがて実行に移す悪辣なことを言い表すにはまだまだ婉曲すぎた。

そのころは辛かった。遊戯場での夜以来、トニーは優しくしてはくれるものの、どこか素っ気なかった。ベッド脇に座って愚にもつかない話をしているかと思えば、じっと黙り込んでしまう。酔っ払っているのかと思ったら、ある夜、本当に酔っ払っていた。椅子で眠り込んでしまい、エイミーが四苦八苦してトニーを起こし、椅子から立たせて連れ出した。エイミーが戻ってきたとき、わたしは涙を拭っていた。泣いているわたしを見てエイミーは鋭い目で言った。

「めめしくしないの。たまには奥さんのことを忘れさせてあげなさいよ。彼にいったいどうしてもらいたいの？　そばに行って思う存分泣きたいの？」

トニーは二度と眠り込まなかったし、ベッシーの訪問を別にすれば、回復の邪魔をするものもなかった。花と見舞いカードがあふれんばかりに届き、四日目の金曜日には、ドン・モーガンから薔薇の入った大きな箱が届いた。添えられたカードには、明らかにドンの字で〈早くよくなって。リディアが寂しがっているよ〉と書いてあった。

わたしはちょっぴりじーんときたけど、エイミーはかんかんだ。

「いかにも彼らしいわよね。電話で注文したのよ、きっと。で、請求書をリディアに回して払わせるんだわ。リディアったらもうなんてお人よしなの。彼を引き取って看病するなんて。ドンの看病だなんて！　リディアよりもドンのほうがずっと長生きするわ。ああいう連中はいつまでも生きるものよ」

エイミーは間違っていた。ドン・モーガンはいつまでもは生きなかった。そのときですら、生きられる時間はもうほんの数時間しかなかった。

土曜日、病気のあとモードが初めてディナーパーティーを開いた。客はわずか十人かそこらだったが、おかげでみんなの気持ちが晴れやかになった。モードは嬉しそうにパーティーの話をしてくれた。

「トニーはクラブへ行くようよ。あの子はブリッジが好きじゃないの。ベッシーのことは知らないわ。あの人はいつだって自分の計画を立ててるから」

まさにそのとおり、ベッシーは計画を立てていた。夜、固唾を呑んで窓から様子を見ていたエイミーが逐一報告してくれた。

「ねえ、信じられて。あんたのボーイフレンドが車を発進させようとした途端、あのツタウルシ毒がさっと乗り込んだのよ、しかも正装で。早くその足を治しなさい、パット。彼女、復讐でもしにいくような怖い顔をしてたわよ」

わたしは仰向けになった。トニーの、あるいはベッシーのことでできることは何もない。階下の様子が目に浮かんだ。ピエールがフランス語でキッチンメイドたちを怒鳴りつけている。明かりが灯り、花が飾られ、車が出たり入ったりしている。ガスが車のドアを閉めるパタンという鋭い音。マージェリーが部屋に上がってきてくれたときには、わたしは我と我が身が情けなくて滅入っていた。

「少ししか時間がないの。ごめんなさいね、パット。あなたがいないと階下がなんだか変な感じよ」

わたしは片肘をついて体を起こした。「すてきなドレスね。少し痩せたんじゃない？」

「わたしが？　わたしはいつだって痩せてるわよ。でも頭痛がひどくて。できれば早めに失礼するわ」

現にマージェリーは熱っぽい顔をしていた。頬紅をつけてないのに、その夜は頬がぽっと赤らんでいる。部屋を出るときにエイミーが具合を尋ねていた。

「ここに来てからずっと、周りの心配顔の人を数えていたら」エイミーが決めつけるように言った。「とてもじゃないけど指が足りないわ。みんな、いったいどうしたのよ？」

それが昨年の九月二十三日、土曜日のことだ。

わたしの知る限り、悲劇が迫っている兆しは何もなかった。ヒルはゴルフから狩りの季節に変わり、何週間も乾燥した天気が続き、木の葉が舞い始めた。谷ではドン・モーガンが元気になって、あちこち散歩したり、川を見下ろすベンチで日光浴したりできるようになった。エイミーは一度ドンを通りで見かけたと言った。あいかわらずハンサムできちんとした身なりだったが、おおげさに病人を装っていたという。「杖をついて寄りかかっているのよ！　それも金飾りの付いたマラッカ籐のに。信じられて、ドンが金飾り付きのマラッカ籐の杖を使ってるなんて。そのうえオードリーが付き添ってあいつの腕を支えているのよ。あの娘ったら、本当にむかつくわ」

最初の警告は、午前零時少し前のリディアからの電話だった。エイミーが隣の部屋で眠っていたがドアは閉まっていた。

「起こしてしまったかしら、パット？」

「いいえ。今夜はここでちょっとしたディナーパーティーがあって、長居していたお客たちがようやく腰を上げ始めたところよ」

「トニーもそのパーティーに？」

「トニーはまだ戻っていないはずよ。カントリークラブに食事に行ったから。どうしたの、リディア？」

リディアは声を潜めた。「ものすごく心配になって。オードリーに聞かれたくないの。パット、ドンが部屋にいないの」

「眠れなくて、散歩でもしてるんじゃないの」

「わたしは外出していたの。どのみち彼はパジャマ姿よ。あんな恰好で遠くに行けるはずないわ。パット、もしかして――あの人、ここ数日ずっと落ち込んでいたし、それにすぐそこに川もあるし

――」

「馬鹿なことを考えないで。彼はそんなことしないわ。ねえ、ビルがまだ館にいるはずよ。今夜わたしを診てくれたあと、ブリッジでマージェリーが抜けた穴を埋めてるの。そっちへ行ってもらうわ」

リディアは応じなかった。あと一時間ほど待ってから何か手を打つと言って電話を切った。眠れなかった。午前零時ごろ、階下のパーティーがお開きになった。車の走り去る音がし、ほどなく階段を上がってくるモードの足音が聞こえた。一時過ぎにベッシーがクラブから車で戻ってきた。足を引きずって窓に行くと、ガレージからベッシーが一人で出てきた。トニーはどこにいるのだろう。一時半にトニーがゴルフ場のほうからぶらぶら歩いて戻ってきた。帽子もかぶらず、見るからに疲れているようだ。見ているとトニーが立ち止まって館を見上げた。が、部屋の明かりを消していたので、わたしの姿は見えなかった。

二時にリディアから二度目の電話があった。ドンがまだ帰ってこない。衣類を見ると外套がなくなっている。ガレージに行ってみた。車がない。

リディアはすでにジム・コンウェイに連絡していた。ジムはリディアの家にいて、パトカーがドンを捜しに出ていた。「でも、この道路すべてだと――」リディアは力なく言った。そう言いながらも幾分ほっとしているようだ。パトカーが車を捜索した結果、川には行っていないとわかった。眠れなくてドライブしている可能性だってある。

それでもわたしは、エイミーを起こしてリディアの家に行かせ、夜ずっと一緒にいてもらった。

「ドン・モーガンなんて、知ったことじゃないわ」とエイミーが言った。「でもリディアが気の毒で。あいつが二度と姿を見せないでいてくれれば、彼女には都合がいいんじゃなくて」

エイミーを行かせてよかった。日曜日の明け方、ドナルド・モーガンの遺体を発見したと警察から連絡があったとき、リディアのそばにはエイミーがいてくれた。ドンは谷の突き当たりから丘陵地に戻る道路脇の溝に横たわっていた。死後、数時間が経過していた。

第11章

最初に知らせてくれたのはモードだった。モードはネグリジェにガウンという姿で、長い三つ編みを背中に垂らしてやってきた。だが、わかっているのはドンが発見されたということだけだ。「リディアにはつらいことだわね」わたしの盆からコーヒーのお代わりを注ぎながら言った。「リディアは自分を責めるでしょうね、どうしてなのか、わたしにはわからないけど。ドンに心臓の病気があったのなら、いつ死んでもおかしくなかったでしょうに。やっぱり、いまでも彼のことが好きなのかしら」モードはため息をついた。「神が女性にかける呪いは出産の苦痛じゃないのよ、パット。女性に誠実な心を与えるだけで、あとは成り行き任せにすることよ」

その朝わかったのは、道路脇でドンが死んで発見されたということだけ。昼にトニーがクラブから戻ってきて初めて詳細がわかった。クラブでは午前中に、地区の言わば調査委員会らしきものが開かれたらしい。

それにしても妙な話だ。哀れなドン、あれほどろくでなしで、女性に優しくて、あれほど身なりに気を使っていた男が、青いシルクのパジャマだけという恰好で、溝でうつ伏せになった状態で発見された。さらに妙なことに、リディアの車がどこにもなかった。ドンは車を乗り捨てて発見場所まで歩いたのではない。それははっきりしている。室内履きを履いていたのは片足だけで、もう片方の足には、わずかな距離にせよ、歩いた形跡がまったくなかった。

朝の七時にパトカーがドンを発見した。溝の上に草木が生い被さっていて危うく見逃すところだった。だが警官の一人がちらりと青い色を目に留め、パトカーを停めて外に出た。溝に下りて草をかき分けた。と、ギクッとして体を起こした。

「いたぞ、ニック」その警官が大声で叫んだ。「まずいぞ。駄目だ、死んでる」

ニックも車から降りて二人で死体を調べた。一人が腕を持ち上げはしたが、どこにも触れてはいけないことは二人とも承知している。「死後数時間ってところか。おれはここに残る。署長に電話してきてくれ」

内勤の巡査部長は居眠りしていたようだが、知らせを受けるや否や目を覚ました。

「死んでる？　死因は？」巡査部長が訊いた。「ひき逃げか？」

「心臓発作のようだ。署長を頼む」

警官は発見現場を伝え、三十分後にはジム・コンウェイがブレーキを軋ませて車を停めた。ビル・スターリングも一緒だ。ビルは往診鞄を摑むと、車を降りる際に皮下注射を用意した。だが、一目見ただけでドンがまた行ってしまったのがわかった。今度ははるか遠くへ。

「死んでいる」ビルは言った。「一晩中ここにいたようだな」

「死因は？　見当がつくか？」

「心臓が悪かったそうだな」ビルが素っ気なく言った。「彼の診察はしてないんだ。仰向けにしてもいいか？」

ジムが頷いた。ここは市ではないため、殺人捜査課などはなく、指紋検出班や写真班が常に待機しているわけではない。それにまだ殺人と決まったわけでもない。少なくとも血痕はない。

「かわいそうに」仰向けにするのを手伝いながらニックが言った。「あのう署長、奴は外套を着ていると思ってたんですが」

「モーガン夫人がそう言ったんだ」ジムが答えた。「外套がないかあたりを探してみてくれ。室内履きも片方なくなってる」

だが遺体を仰向けにして、ビルとジムが顔を見合わせたのは、外套でも室内履きでもなかった。パジャマがびしょ濡れだったのだ。少し乾いているものの背中が濡れているのは露が深かったせいだろう。仰向けにすると、何があったのか誰の目にも明らかだった。遺体はどこかで水に浸かっていたのだ。ジムは愕然とした。

「川に飛び込んだみたいだな。リディアはそれを心配していた。飛び込んでから、気が変わったのかもしれん」

「で、室内履きを片方失くしたまま一マイルも歩いて、心臓発作を起こしたって言うのか！」ビルが声を荒らげた。「よく考えろ、ジム」

「どういうことだ？」

「溺死だとするとこいつは殺されたんだ。いずれにしろ殺害されたと思う」

となれば状況が一変する。ほどなくビバリーを出る前に手配した救急車が到着したが、ジムは遺体を移動させなかった。検死官事務所に連絡し、村にはカメラを持ってくるように頼んだ。検死官が到着するまでに写真を何枚か撮った。

そのあいだに二人のパトロール警官が付近を捜索した。道路は、かつては〈ジョージ・ワシントンの泉〉まで続いていた。遺体の発見場所は幹線道路からほんの目と鼻の先だ。このあたりから谷幅が広くなっていて川まではほんの一マイルだ。パトロール警官は何も発見できなかった。このところの天気は乾燥気味で、道路に、と言っても小道に毛が生えた程度だが、タイヤ痕はなかった。

ジムはあることに気づいたが誰にも言わなかった。遺体を仰向けにしたとき、パジャマの上着のボタンが一つ取れていた。黙ってひたすらボタンを探した。溝で膝をついて丹念に調べた。下を向いて歩き回り、のちの彼いわく、神のみぞ知るものを探した。「とにかく、一つ一つ手順を踏んでいくしかなかった」ジムはそんな言い方をした。「ボタン、車、外套、それに室内履きも探さないといけないし、ドン・モーガンのような男がパジャマ姿で、道路の端のあんなところで何をしていたのか突き止めないと。あいつがどんな男だったか知ってるだろ、パット。手袋をしてスパッツを付けていた。子どものころ、そんなあいつを何度も見かけた。そんなあいつがだ、あそこにいたんだよ、たったいまベッドから抜け出たような恰好で」

ところが到着した検死官が調べると、ジムが見落としていたものがあった。ドンは後頭部を殴打されていた。傷は後頭部のふさふさした髪に隠れていた。死因とまでは言えないにしても気絶させるには充分だ。体にも生存時に受けた打撲傷がいくつか見つかり、それには検死官も首を傾げた。

検死官は殺人に間違いないと思ったが、検死解剖が終わるまで明言を避けた。ビルはそばに立って見ていた。事務的な検死官の言葉にジムはふと視線をビルに向けた。そのとき初めて、ドンが死んで解放され、ほっとしている者がいることに気づいたと、のちに話してくれた。ビルもその一人だ。

「やっぱりあいつは心底ドンを憎んでたんだ」ジムが言葉を選ばずに言った。「気の毒そうな様子すら見せなかった。気まずそうだったが、それだけだ」

それはともかく遺体が移送され、二人は車で村に向かった。ジムが事実を基にあれこれ分析を始めた。

「リディア・モーガンが嘆き悲しむとは思えない。彼女は充分尽くした。だが、そもそも彼女にとってあいつは何だったんだ？」

隣でビルが体を硬くするのがわかった。「この件にリディアを巻き込まないでくれ」ビルが素っ気なく言った。「彼女には関係ないことだ」

ジムはビルを村の病院で降ろした。ドンの遺体はすでに病院の死体安置所に運び込まれ、検死解剖の準備が整えられている。ジムは午前中ずっと忙しかった。まずはリディアの車の捜索を開始した。遠くに行っている場合に備えて、クラッカー・ブラウンを警察無線に配備し、自分は川上と川下の町や村に電話をかけた。だが鋭い勘が働いて、そう遠くには行っていないと見ていた。

「土地者の手口と踏んだ。町かヒルから歩いていける所に車を停めたと。まずはその線を追った」

ジム自身はまだ、ドンは川に入ったと考えていた。ジムはパトカーを丘陵地帯の捜索に出し、自分は川岸に続くあらゆる小道や通りを調べた。が、リディアの車は見つからず、一時には川の捜索をあきらめて家に帰って昼食を摂った。

パトカーも何ら収穫は得られなかった。日曜日とあって、裏道や小道は交通量が多く、大勢の家族が車を停めてピクニックを楽しんでいた。三時にドンの死因は溺死との検死官の評決が出て、ジムは署の机で、クラッカー・ブラウンは無線室で、まずは腹ごしらえとハムサンドイッチにかぶりついた。と、そのときジュリアン・ストダードから電話がかかってきた。

「うちの従業員が、屋敷の下の谷間に乗り捨てられた車を発見しました、コンウェイ署長。車をお探しだと思ったものですから」

「すぐに行く」ジムが答えた。「翼があれば飛んでいくんだがね」

ジュリアンはジムが飛ばしたジョークに何ら反応を示さなかった。彼は寡黙な男で自尊心を大事にしている。「こちらに来られたらご案内します」事務的な口調でそう言って電話を切った。

車はリディアのだった。草木の茂る道をずっと行った先の、ストダードの屋敷の裏手の深い谷間に突っ込んで巧みに隠してあった。ジムとストダードが現場に到着すると、発見者の庭師が見張りについていた。庭師は小口径ライフルを手に、どこにも触れていないと断言した。

「芝生に悪さをするスカンクを探していたんでさあ」と庭師は説明した。「本当にたちの悪い奴らですよ。この辺に何匹かいるのを見かけたもんで、丘を下ってきたんです。で、車を見つけたんです。中に上着か何かがあるようなんですがね」

車はロックされておらず、ジムはドアハンドルにハンカチを被せてドアを開けた。中にドンの外套があった。薄茶色でイギリスの仕立屋の名前が縫い取ってある。まだ濡れていて、後部席の床の敷物も濡れている。室内履きとボタンはなかった。

ジュリアンはいつもの堅苦しい超然とした表情を浮かべてそばに立っていた。腹を立てているようだ。

「この件が新聞に出ないといいんだが。カメラマンや記者やらにうろついてほしくないんだ」

「悪いがどうしようもないよ、ミスター・ストダード。連中は市内からなんと臨時列車を仕立ててやってくるそうだ。指紋を調べ終わったら車を移動させるよ。おれにできるのはせいぜいそこまでだ」

丘を登って戻る途中、ジムはふと気づいた。「敷地にプールがあるだろ?」

「ああ、どういうことだ？」

「ちょっと見たいんだ」

「まさかドン・モーガンがここのプールに浸かっていたと言うんじゃないんだろうな！」

「なあ、考えてもみてくれ」落ち着き払った声でジムが言った。「事情はわかってるだろ。みんなが知ってることだ。モーガンはどこか水の中にいた。それに、ここに奴の車、いや、奴の奥さんの車がある。中に濡れたものがあって、この丘から車までそう離れていない」

「馬鹿げている。どうしてうちのプールなんだ？　ヒルにはプールは山ほどあるじゃないか、クラブのを抜きにしても」

ジュリアンは憤慨した。わたしはこの地域の有力者の一人だ。ところがこのど素人の警察官ときたら、そのわたしを殺人事件らしきものに巻き込もうとしている。それでもジュリアンはプールへ案内し、ジムが調べているあいだそばに立っていた。浅い部分は水が澄んでいたが、深い部分は底が見えない。

「調べ終わるまでプールの水は抜かないでもらいたい」ジムが精いっぱい押しをきかせて言った。

「おれなら使いはしないがね、ミスター・ストダード」

「今日の午後、娘たちのところに子どもらが来て、みんなで泳ぐことになってる」

「すまないがおはじき遊びか何かにしてもらうんだな」ジムがジュリアンの顔を見ながら続けた。

「必要とあらば、部下を一名、警備に当たらせる。調べ終わるまでプールを荒らされたくないんだ。それに水を抜くかもしれん。そのための人手を手配しておいてくれ」

そう言うとジムはその場を離れた。三十分後、古いフォードが乗り入れてきてストダード家の立派な私道に停まり、地味でさえない服を着た男がプール脇のベンチに腰を下ろしてパイプに火をつけた。その様子を見てもジュリアンにはありがたいのかどうかわからなかった。

午後四時までに、遊戯場のプールを含め、付近のプールすべてに同じように警備員が配備された。そのころには検死解剖の結果が公表されていた。ドナルド・モーガンは溺死。肺には水が入っていて、遺体は肺に水が溜まった状態で発見されており、殺人と推定される。

最新ニュースを知らせてくれたのはトニーだ。ベッシーは横になると言って姿を見せなかった。モードとわたしは、わたしの部屋でずっと一緒にいた。遺体が発見されたときはトニーが電話で知らせてくれた。トニーはそのあと警察に協力して非公式の捜索隊に加わってリディアの車を探していた。ドンは殺害されたという評決が出たと電話をくれたとき、トニーがどこにいたのか、わたしは知らない。

「おそらく最初に殴られて気絶し、そのあとどこかのプールに投げ込まれて溺れたのだろう」トニーはそう言った。「ともかく、コンウェイはそう見ている。まったくおぞましい話だよ」

ほどなくしてトニーは疲れた様子で帰ってきた。昼食を摂っていなかったのでモードが用意させた。わたしは、トーマスとスティーブンズに支えてもらってどうにかこうにか階下に下りて、トニーが戻ってきたときはモードと中庭にいた。その日は庭がとても穏やかだった。噴水の水が柔らかな音を立てて滴り、モードはリディアを気遣いながらも、ベッシーがいない静かな時間にほっと一息つき、トニーは貪るように食事をしながら話している。

わたしは立ち上がって数歩歩いて、回復具合を見せたりした。そのとき、プールを監視する警備員が到着したとレノルズが知らせにきた。突如として悲劇が間近に迫ってきた。

「うちのプールですって！」モードが言った。「でも遊戯場にはいつも鍵がかかっているのよ。警備員にそう言ってくれた？」

レノルズはきまりが悪そうだった。「大変残念ですが奥様。いま見ましたら、鍵はかかっておりませんでした。つい最近使われたようです。あたりに何枚か濡れたタオルがありました。トニー様がお使いになったのではないかと思います」

トニーがすっと顔を上げた。「もう何日も近くにすら行ってないぞ、レノルズ」

モードは浮かぬ顔だ。「使われたって、どういうことレノルズ？　まさか――あのプールで」

「どうやらあのプールのようでございます、奥様。タイルの床が水で濡れています。警備員が図書室からコンウェイ署長に電話で報告しています」

そういうわけで、心ならずもわたしたちは哀れなドンの殺害に深く関わることになった。しばらくは誰も微動だにしなかった。レノルズは神妙にそばに控えていて、悪い知らせを伝えに来るときに使用人の誰もが見せる、あの一種独特の密やかな快感にも似た表情を浮かべている。ようやくモードがわずかに体を動かし、トニーが立ち上がった。

「心配ないさ、母さん。なんでもないよ。たぶん、ベッシーが使ったんだよ」

だがベッシーは使っていなかった。ちょうどそのときベッシーが姿を見せ、モードが事情を説明した。話を聞いたベッシーの様子に誰もが唖然とした。顔からみるみる血の気が引いて真っ青になり、椅子にどさりと倒れ込んだのだ。

「すみません」ベッシーが平静を装って言った。「今日は気分がよくなくて。ショックだわ、殺人はなんだってショックでしょ」

トニーはじっとベッシーを見ていた。

「もしかしてあいつを知ってるのか?」トニーが訊いた。

「知ってるかですって? 知ってるわけないわ。何年もいなかったんでしょ」ベッシーはいくぶん落ち着きを取り戻し、化粧バッグを取り出して化粧を直した。「遊戯場のプールがどうかしたの?」

「あそこでドンが溺れ死んだらしい」トニーがニコリともせずに言った。

モードが立ち上がった。「プールへ行きましょ。まさかとは思うけどこの目で確かめないと」

二人は西棟のドアから外に出た。出る前にトニーはテーブルの引き出しを調べた。いつものように遊戯場の鍵が入っている。トニーは釈然としないようだ。

二人が遊戯場に着くより早くジム・コンウェイが到着した。車には二人の部下が乗っていた。すぐ後ろにもう一台車が続いていて、記者たちが乗っていたことがあとでわかった。

記者たちはジムのあとにぴったりとついていたが、噴水のそばでジムは記者たちを押し留めた。記者たちは抗議したが、部下が一名残って記者たちを見張り、そのあいだにジムは先へ進んだ。記者たちはその場に留まったものの見るからにいらだっている。そのうちあきらめたのか、煙草に火をつけて待っていた。

そのあいだわたしは西棟の入口に立っていた。十五分ほど立っていると、血の気のない不安そうな面持ちでモードが一人ゆっくりと芝生を横切って戻ってきた。

「プールを調べるそうよ。ジム・コンウェイは何かを探しているわ、何なのかわからないけど。プールに部下を潜らせているの。だから出てこないわけにはいかなくて」モードはしばらく立っていた。午後の強い陽射しを浴びた顔がやつれている。「いったい何だと思う、パット?」

「心配しなくても大丈夫ですよ。中に入ってシェリー酒をどうぞ」

モードは首を左右に振った。「プールの水を抜くそうよ。網戸用の金網が必要なんですって。レノルズに用意させるわ。パット、もしかしてこのあたりに精神障害者がいるんじゃない？　エヴァンズのことを考えると、それに今度は——」

そう言いながらモードは中に入り、シェリー酒のおかげで少し元気を取り戻した。わたしはエレベーターを使って——いまはちゃんと動いている——モードと二階に上がった。二人でモードの寝室の窓から覗くと、レノルズが窓一面分の網戸ほどの金網と大きな鋏を持って芝生を行くのが見えた。レノルズも戻ってこなかったし、噴水のそばの一団も動かなかった。煙草を吸って無駄話をしながらも、臭跡を追う鋭い猟犬のように、油断なく顔は常に遊戯場に向けている。日暮れ近くになってやっとジム・コンウェイとトニーの姿が見えた。噴水の照明が灯されている。その噴水のそばでジムが立ち止まった。バスタオルで巻いた何かを手に記者たちに話しかけた。

ジムが何をどう話したのかいまはわかっている。ジムはかいつまんで状況を説明した。「はっきりしたことは言えない。時期尚早だ。現時点で言えることは、発見された確かな証拠から、ドナルド・モーガンはこのプールで死亡したということだけだ」

記者たちがジムを取り囲んで責めたてた。プールを見たい、何を持っているのか、証拠は何か。どれもかなわないと見るや急いで車に向かった。トニーが険しく悲しそうな表情を浮かべ戻ってきた。

その夜、夕食前にトニーとモードは長いあいだ話し合っていた。トニーがドワイト・エリオットを呼びにやり、早急に村の警察署で落ち合うことで話は終わった。ドナルド・モーガンの死亡場所と死因にもう疑いの余地はなかった。

ビル・スターリングはジム・コンウェイの取調室で尋問を受けていて、目の前の机にはびしょ濡れの室内履きと大きな真珠貝のボタンが載っていた。

第12章

尋問はまったく非公式なものだった。友人同士とまではいかなくとも、知り合い二人が話をしている、そんな感じだった。あとになってジムが、この事件では自分の職務権限の範囲がよくわからなかったし、ビル・スターリングもそんなことは気にしていなかったと言った。

ビルはすぐさま自分にはアリバイがないと言った。

「わたしは殺していない。あいつはろくでもない男だと思っていたし、いまもそう思っている。あいつは何年も前にリディアを見捨てた。それがどうだ、病気になったからと言って戻ってきた。その病気だって怪しいもんだ。検死では心臓に何の問題もなかった。戻ってきた理由を調べてみろ、そうすりゃ何かわかるだろ」

「おそらくな。あんたがあいつのことをどう思っているかなんて、取り立てて言う必要はないよ、ビル。気持ちはわかるが、まあ――その、運が悪かったな」

「つまり、わたしは有罪なのか。わたしは馬鹿じゃないぞ、コンウェイ。本気であいつを始末するつもりなら方法はいくらでも知っている。手軽なものだけじゃなく、絶対に見つからないものまでな。医者なら誰でも知っている。それに確かなアリバイを用意するさ。が、わたしにはそのアリバイがない」

「あいつとけんかはしなかったんだな?」

「あいつを見かけたのは一度だけだ。散歩をしていた。それもオードリーが支えて。あいつを支えてたんだぞ！　今日あいつを見ただろ、衰弱していたと思うか？」

それを聞いてジムはニヤッとした。「自分のために反論する気になったみたいだな」ジムが続けた。「定石どおりにこの事件を考えてみないか。例えば、昨夜はどこにいたんだ？」

「言うまでもない。回廊邸《クロイスターズ》へパット・アボットの診察に行った。ディナーパーティーが開かれていて、ストダード夫人が早めに帰った。で、彼女の抜けた穴を埋めてブリッジをした。もっと言うならきっかり十一ドル負けた」

「何時にそこを出たんだ？」

「午前零時ごろだ」

「それから何を？」

「いつものことさ。眠くなかったので少しドライブをした」

「どこをだ、ビル？　どこへ行ったんだ？」

「丘陵地のほうだ。いい晩だった。ビーバー・クリーク・ロードに出た。なんと言ってもあそこであの小道がストダード家のほうに折れて下ってるからな」ビルが挑みかかるように言った。「文句あるなら言ってみろ」

それまではビルの答えは明確で、けんか腰で食ってかかるようだったが、そのうちに受け答えがあいまいになっていった。リディアの車を見たかと訊かれ、否定はしたものの説得力に欠けていた。というよりは、態度そのものが変わった。憤慨してけんか腰だったのが慎重になった。回廊邸《クロイスターズ》の遊戯場について訊かれると、中に入ったのはこれまで一度か二度、トニーと屋内テニスをしたと答えた。もちろん鍵なんか持っていない。いったいなぜ鍵が要るんだ？　自分の鍵は持っている。ほら、こいつだ。調べてみろ。

一時間後、トニーとエリオットが入室を許されたときも、ビルはまだ同じ取調室にいた。質問は延々と続いていた。

「教えてくれ、ビル。すでに気絶していたら、人はどれくらいで溺れるんだ？」

「そう長くはかからない、もがいて抵抗できない状態なら。抵抗できればある程度はかかる。もっとも手元に呼吸回復装置があって蘇生を試みれば――」

「だが誰もモーガンを蘇生させなかった」ジムはそう言ってにんまりした。「なあビル、回廊邸の夜間警備員のエヴァンズだが、どの程度知ってるんだ？」

「敷地内で見かけたことはある。今回、怪我をするまでまったく知らなかった。あれ以来ずっと容体を診ている」質問の意味にビルが気づいた。何やら考え込んでいるようだ。「ははん、わたしがエヴァンズを殴り倒して鍵を奪ったって言うんだな。で、わたしが――」

「エヴァンズの鍵が奪われたってどうして知ってるんだ、ビル？」

「トニー・ウェインライトが話してくれたんだ、パット・アボットがエレベーターのシャフトに落ちたときに。あの朝、二人でシャフトをくまなく調べたんだ」

鍵の話になってジムが机に視線を戻した。ジムはビルの鍵リングを手に取り、トニーとエリオットが姿を見せたときもまだ鍵リングを手にしていた。

「ちょうど遊戯場の鍵について話していたところだ」ジムはトニーに言った。「見ればその鍵かどうか見分けがつくんじゃないか？」

「ああ、つくよ。ビルは絶対に持っていない、そういう意味で言ってるのなら」

だがビルは初めて目にしたかのように鍵束を見つめていた。「おい、見ろ」ビルがしわがれ声で言った。「その鍵の一本はわたしのじゃない。わたしのは四本だ。なのにリングには鍵が五本付いている」ビルは鍵リングをジムの手からひったくると目の高さにかざした。「ほら、車のキーが二本、診療所の入口、それに家の玄関。もう一本は何の鍵だ？」

トニーの顔を一瞥しただけでどこの鍵かは一目瞭然だった。エヴァンズが持っていた遊戯場の鍵だ。トニーが頷いて確認すると誰もが唖然とした。エリオットですら言葉を失ったが、のちにその日のジムは職務権限を越えていた。ビルにはドンに対する憎しみ以外何の感情もない、ビルを尋問する理由はないと抗議した。が、もちろんそれも鍵が出てくるまでだ。それもまったくの偶然で。自分は有罪だと思っている者がビルのように鍵を見せるだろうか。見せない、絶対に見せやしない。

日曜日の午後遅く、九月の陽光が射し込む整然とした取調室で、三人の男たちと向かい合ったジム・コンウェイは、さぞかし険しい顔をしていたに違いない。

「次にどうすればいいのかわからなかった」のちにジムはそう言った。言うまでもなくジムは当惑していた。「ビルが殺人者だとはとても思えなかった、それもあんな卑劣な殺しの。それに、もしそうならなぜあいつはおれに鍵を投げて寄こしたんだ？」

その日初めてビルは自分から口を開き、鍵をそっと机に置いた。

「となると、わたしを拘束する必要があるな、ジム。したくなくても、しなくてはならん」

「その鍵がどうしてリングに通っているのか、心当たりはないのか？」

「ああ、これっぽっちも。往診中は、鍵は車の中に置きっ放しにしている。谷の半分、それにヒルの大半の人間が通せた」

「まったく気がつかなかったのか？」

「気がついていたらそのままにしておくと思うか？　絶対にしない。持っている鍵は当然自分のだと思い込んでるし、それにその鍵は小さい。いや、待てよ、おおよその時間が摑めるかもしれんぞ。金曜日に車と鍵をティム・マーフィの修理工場に預けてシリンダーの煤を掃除してもらったんだ。鍵が何本通っていたか、ティムが憶えてるかもしれん」

ティムに電話したが、日曜日とあって庭でのんびりしていて、電話に出るまで少々時間がかかった。電話に出たティムはビルの話を裏付けてくれた。鍵リングの鍵は四本だけ。

「気をつけていたんだよ、だって先生の家の鍵もあったからね。夜までには車を返さなきゃって思ってたんだ。先生が鍵を使うかもしれないし」

ビルの話が本当だとすると、金曜日の夜から日曜日の午後にかけてのどこかの時点で、エヴァンズが持っていた回廊邸の遊戯場の鍵がビルの鍵リングに通されたことになる。ずっと黙っていたドワイト・エリオットが一つの見方を示した。

「このモーガンだが、本当に病人だったのか？　奴がその鍵を手に入れる方法はなかったのか？」

「どういうことだ？」

「いや、大雑把な推理で手探り状態なんだが。もしかしてあいつが、例えばだ、エヴァンズを殴り倒して鍵を奪った可能性はないのか？」

「どうしてあいつがそんなことをするんだ？　いろいろと欠点はあるが、あいつは追いはぎじゃない。いずれにせよ、エヴァンズの事件が起きたとき、あいつはまだ戻ってきていなかったはずだ。間違いない、戻ってきてなかった」

トニーが少し気を取り直した。これほど深刻な状況でなければなかなか面白い光景だったろう。三人の男たちがビルといて、その三人が何がなんでもビルの無実を晴らそうとしている。トニーが次に口を開いた。

「もちろん合い鍵だってある。館《やかた》に保管してある」

「どこに？」

「ホールの端のテーブルの引き出しだ。朝、使用人が掃除するときに使う。掃除が終われば鍵は戻しておく。遊戯場は植栽の陰になっていて館からは見えない。だから常に鍵をかけている。遊戯場を使う者は誰もが場所を知っている。その、鍵の置き場所を」

「いまはどこにあるんだ？」

「引き出しの中だ。もちろん戻されていればだが」執拗にトニーが繰り返した。「誰もが保管場所を知っていた」

誰も信じなかったが、ジムはすぐさま質問した。「家族はどうだ、トニー？　もちろん使用人も。誰かモーガンに恨みを抱いている者がいるか？」

「あいつは十五年もいなかったんだぞ」トニーはむっとして言った。「あんたの言う恨みを抱くには十五年は長すぎる。母と妻に関して言えば、二人ともモーガンのことなど知りもしない。それだけで二人は除外できるだろう」

「二人がどうのこうのとは考えていない」ジムが無愛想に言った。「どのみち女には無理だ。モーガンは大柄な男だ。ビルが言うようにあいつは健康そうだった。それに遺体は動かされていた。プールに投げ込まれたあと引き揚げられている。そのあと運ばれたか引きずられたかして車に乗せられた。あれは男の仕業だ。男二人かもしれん」

しばらく誰も何も言わなかった。ビルは少しほっとしたようだ。ジムはパイプにタバコの葉を詰めている。

「検死解剖に立ち会ったんだろ、ビル。遺体についていたあの傷痕は何だったんだ？」

「背中に一つか二つ古い打撲傷があった。額にも打撲傷があったが、あれはおそらく殴られて失神したときのものだ。だが一つ妙なことがある。胸の傷痕だ」

ジムが顔を上げた。「それがどうした？」

「戦争中に爆弾の破片が突き刺さったと、あいつはいつもそう言っていた。おまえも見たことがあるだろ、ジム。クラブのプールでよく泳いでいたからな。あれはどう見たって爆弾の痕なんかじゃない。わたしには――それに検死官も同意見だが――傷は浅くて皮膚のほんの表面だけのように見える」

「つまり、どういうことだ？」

ビル・スターリングがその日初めての笑みを浮かべた。

「おまえはドンのことをよく知らないだろ？　あいつが出ていったときおまえはまだ小さかった。あいつは女なら誰もが憧れるような男だった。というか、それ以上だ。そのころ胸に横書きで女の名前の刺青を入れてたんじゃないのか。あとで気恥ずかしくなってその部分を剝ぎ取ったんだろう」

「刺青を入れたときはガキだったんだろうよ、ガキのやりそうなことだ」

「たぶんな。縦に長い切り傷があって、そこから別の傷が横に伸びている。名前の最初の文字は下向きの線で、先が輪形になっている。Jだったのかもしれん。輪形になっている文字はそう多くない、とりわけ筆記体では」ビルは少し言い淀んで続けた。「他にもあるんだ、ジム。背中の打撲傷だ。どうしてそんな打撲傷ができたと思う？　リディアに尋ねてみたが傷のことは知らなかった。家に戻ってからは転んでいないという。ほとんどの時間、ベッドか椅子で過ごしていたと」

「あんたはどう考えるんだ？」

「パットがエレベーターのシャフトに落ちたあの晩、彼女はあいつの上に落ちたんじゃないのか」

「なんだって」ジムが怒って語気を強めた。「それじゃ何か、あいつがまずエヴァンズを殴って、ズボンと鍵、それに拳銃を奪った。で、エレベーターシャフトの底に立って、その上にパット・アボットを自分の上に落とした。モーガンのことはよく知らんが、いったいあいつは回廊邸で何をしていたんだ？　おれの知る限り、あいつはこれまで一度もあそこに行ったことがないんだぞ」

　ジムが立ち上がった。見るからに精神的にも肉体的にも疲れ切っている。「よし、ビル。往診に行け。今日はこれで終わりだ」

「拘束しないのか？」

「なんのこと理由にだ？」ジム・コンウェイが文法そっちのけの変な言い方をした。「たぶん地方検事ならおれが見逃したものを見つけてくれるだろうよ。検事はこの週末どこかへ出かけている。現時点でおれにわかっているのは、あんたはドン・モーガンが嫌いでアリバイがないってことだ。鍵の件は別だ。鍵は二つあるし、あんたが有罪ならその鍵をおれに渡すほど馬鹿じゃないだろ。いや、その実うんと賢いのかもしれんな」ジムは苦笑いを浮かべた。「おれはとびきりの警察署長だと思ってるが、いまはまず夕飯が食いたい」

　ジムが出ていってビルは呆気にとられた。トニーは帰ってきたが、ドワイト・エリオットは病院に立ち寄ってエヴァンズを見舞った。エヴァンズはかなり回復していて、ベッドへの上がり下りもできるようになり、包帯も小さいものに変わった。それに食欲も――看護婦の報告では――すごく旺盛らしい。が、襲われた件についていまだ何の光明も投じてはくれなかった。誰が自分を襲ったのか、誰が鍵を奪ったのかわからないと言い張った。

その日エヴァンズは無愛想だった。殺人のことを聞き及んでいて、ドンが死んだところで誰も悲しみはしないと言い、暗に一人にしてほしい旨を伝え、エリオットを当惑させ、憤慨させた。

「彼らしくない」夜、夕食の席でエリオットはそう報告した。「何年も前から彼を知っているが話してくれなかった。彼はモーガンを知らないはずだが」

「冗談じゃありませんよ」モードが語気を荒らげた。「エヴァンズは年寄りよ、それにいまは弱っているのに。ドン・モーガンを殺せるわけがないでしょ。馬鹿言わないで」

おかしなことに、このときを境にしてエヴァンズにまで嫌疑がかかるようになった。回廊邸にいるわたしたちの大半にも、同じように嫌疑がかけられた。その夜、そうした類のことが始まった。

ジム・コンウェイの訪問が告げられたとき、わたしたちはコーヒーとリキュールを楽しんでいた。全員が揃っていた。モード、ベッシー、トニー、エリオット、それにわたし。食事中ベッシーはずっと静かだった。化粧の下はまだ血の気が戻っていない。モードは心配そうだがそれだけだ。反対にトニーは疲れていて、それが顔にありありと出ている。

「まだ刑事の仕事なのかい?」トニーがジムを見て言った。「まあ、中に入って一杯やったらどうだ。今度は誰を疑ってるんだ?」

「誰も彼もだ」ジムが悪びれもなく言った。「モーガンの死亡時刻は昨夜の午前零時かその前後だ。

もう少し早いかもしれん。わからない。いまはパット・アボットと話がしたいんだが」

「たぶんパットが不自由なあの足でよたよた歩いて、暇つぶしにまんまと犯罪をやってのけたんだろうよ！」

「まあ、誰かが首尾よくやってのけたんでしょう」ジムはあくまでも愛想よく言った。「いいかい、パット、おまえさんは最初からずっと、エレベーターのシャフトに落ちたとき誰かの上に落ちたと言い続けている。間違いないいんだろうな？」

「間違いないわ」

「もしかして、きみがぶつかったのは犬ってことはないのか？」

「あのときロジャーはもう中にいたわ。気がついたとき、頭上のホールでクンクン鳴いていたもの。とにかく犬じゃないわ」

ジムはわたしたちを見回した。いつもの愛想のいい顔が申し訳なさそうに歪んでいる。「つまりこういうことです。不愉快な話を持ち出して恐縮ですが、実は今日の検死解剖でモーガンの背中にいくつか打撲傷が見つかりました。数日前のものです。リディアは打撲傷のことは何も知りません。もしおまえさんがあいつの上に落ちたのなら――」

その瞬間ベッシーがコーヒーカップを落とした。カップが片づけられて周りに落ち着きが戻ってもモードはまだ驚いている様子だ。

「その人はこの館で何をしていたの？　そんな男、見たことないわ」

「彼だったかどうかはまだわかりません。ともあれ、彼は病人ではありませんでした。昨夜リディアの車を使ったのなら、以前にも使った可能性があります。以前に――その、昨夜よりも以前にここに来たのには、彼なりの理由があったのでしょう。彼のことはご存知なかったのですね、若奥さん？」

ベッシーはジムを睨み返した。「ええ。どうしてわたしが？　それに無作法だわ、次から次へとこんな恐ろしい話を持ち出して。とにかくこの館は大嫌い、いらいらするわ。いつだってそうだった。いまは夜さえ静かに過ごせないんだから。吐き気がするわ」

ベッシーはドアをバタンと閉めて出ていき、あとに残ったわたしたちは言葉を失い、気まずい空気が流れた。こんなときにいつもそつなく場を取り繕うのはモードだ。

「あの人を責められないわ」モードは穏やかな声で言った。「わたしだって、朝から晩まで思い切りわめきたい気分だもの。あの人が大丈夫かどうか、ヒルダに様子を見に行かせましょう。で、コンウェイ署長、どういったご用件でしょうか？」

わたしたちにできるのは、表面的にはごく簡単なことだった。前夜のディナーパーティーについて、客のリスト、客が館を出た時間など、ジムは詳しく知りたがった。いま目の前にそのリストがある。直接の関係者のうち、大方の客は午前零時ちょっと前に帰っている。ビルは少し残ってモードと体調についてテラスで話している。ビルが帰ったのはちょうど午前零時。全員が車で帰ったが、ジュリアンだけは小径を抜けて歩いて帰りたいと言っていた。

わたしたちはと言えば、トニーとベッシーはクラブ、わたしは自分の部屋にいた。ジムは釈然としない顔で手元のリストを見た。

「言い換えれば、モーガンが殺されたのとほぼ同じ時刻に、使用人は別として、少なくとも十名あまりの人間がこの近辺にいたことになります。客が乗ってきた車はどこにあったんだ、トニー？」

「ぼくはここにいなかった。いつもは運転手がガレージのそばで待機している」

「全員が午前零時前に帰ったのですか？」

「先生以外は全員」とモード。「先生と数分ほどテラスでお話ししました」

「遊戯場の明かりは消えていましたか？」

「ここからだと遊戯場は見えないんですよ」

わたしが寝室に上がったとき、ジムはまだ使用人に話を訊いていた。使用人たちはびくびくしてほとんど口もきけないありさまで、ジムに役立つ情報は持ち合わせていなかった。全員が遊戯場の近くには前夜も、このところはいつだって行っていないと言い張った。

わたしは長い尋問のあいだずっとトニーを見ていた。その夜トニーは立て続けにハイボールを三杯飲むと、いきなり部屋から出ていった。わたしが二階に上がったとき、なんとトニーがベッシーの居間から出てきた。どうにも腑に落ちないといった表情で、腹も立てているようだ。足を引きずっているわたしを見て、そばにきて体を支えてくれた。震えているのがわかった。トニーはそのまま部屋の中まで入ってきた。

「少しここに居させてくれないか、パット。ちょっと頭を冷やさないことには、でないとぼくも誰かを殺しかねない。話をしてもいいかな。話をするか、酔っ払うかしないと。たぶん両方だ」

と言いながらも、トニーは何も話すことがなさそうだった。煙草に火をつけ、ポケットに両手を突っ込み、うなだれて室内を歩き始めた。ようやく口を開いたが声がしゃがれていた。

「今回のことについてベッシーは何を知ってるんだ、パット？　あいつは何かを知っているか、それとも何かを疑っている」

「誰かを疑っているんだと思うわ。そんなことで悩まないで、トニー。そんなの馬鹿げてるわ、本当に。あの人が何を知ってるというの？」

わたしは暖炉に火を入れて、トニーを暖炉前の大きな椅子に座らせた。トニーは椅子の背に頭をもたせかけて目を閉じた。

「もしかして」トニーが言った。「このぼくを疑ってるのか！　まいったな、モーガンには一度しか会っていないが、そう悪い感じじゃなかった」

トニーは長くはいなかったし、それ以上話すこともなかった。立ち上がると、もうへとへとだと言わんばかりにあくびをした。

「すまない、パット。きみを困らせるつもりはなかった。大したことじゃない。さあ、ベッドに入って少し眠れ。だいぶ疲れているようだ」

だが、その夜は回廊邸の誰もがあまり眠れなかったと思う。エイミーから電話があったのはかなり遅い時間で、誰かが盗み聞きしているような気がした。どうということのない話だった。リディアはよく耐えているが、オードリーは、エイミーの言ういわゆる発作を起こしているらしい。

「できる限り我慢したのよ。最後には頭がボーッとするほど薬を飲ませてやったわ」

オードリーはいつものように芝居がかったふるまいをして、そんなオードリーにエイミーはうんざりしたのだろう。だが、盗み聞きしている者が気になり、わたしはほとんど喋らなかった。

ベッドに入った途端、ベッシーがやってきた。明かりがアッシュブロンドの髪と青いサテンの部屋着に当たっている。腰を下ろすとわたしの煙草入れから煙草を一本取った。ベッシーの顔が見えた。夜なので化粧を落としていて生気がなく老けて見えた。初めて、この人は何歳なのだろうと思った。トニーよりも年上なのだろうか。

「今夜は悪かったわ。疲れているんだわ、今回のプールのことや――」ベッシーは体を震わせた。

「ついこの間までみんなあそこで泳いでいたのに。誰が信じられて――」ベッシーはそこで言葉を切り、物思わしげに煙草を見た。

「どう思って、パット？」

「見当もつきません。もちろんビル・スターリングは殺していないと思います」

「殺したいと思っていた人が他にいるのかもしれないわ」ベッシーはわたしを見た。「というか、いると思うわ」

体を起こしてベッシーを見つめた。「彼を知っていたような口ぶりですね。それとも彼について何かを知っていたような」

ベッシーはその言葉をじっと考えていた。冷ややかで狡猾そうな目だ。「そんなことないわ。もちろん知り合いはたくさんいるけど。何年か前にパリでモーガンという人に会ったわ。だけど、よくある名前だし」

わたしは信じなかった。間違いない。ベッシーはドンを知っていた、それもよく知っていた。それが明るみになったとしても、ちゃんと逃げ道を用意している。だがベッシーは身振りで否定した。

「一つだけ言わせていただくわ」ベッシーがさらりと言った。「あなたに関係ないことに首を突っ込まないように。それと、あなたの部屋に夫を入れないでちょうだい。みっともないわ」

ベッシーは立ち上がると、煙草の火をもみ消した。「そうやって横になっているとすてきよ。とてもきれいで健康そうで。ゴルフと乗馬をするんでしょ。だけどわたしだったら、トニー・ウェインライトとの夢など見たりしないわ。トニーなんていつでも好きなときにつぶせるんだから」

第13章

翌朝、モードが死んでしまうのではないかと肝を冷やした。ベッシーが部屋に来たあと、なかなか寝つけなかった。そのせいか、ノーラが朝食の盆と不可解なニュースを持ってくるまで目が覚めなかった。ノーラの話では、夜のあいだにストダード家のプールの水が抜かれていて、ジュリアン・ストダードが敷地中でわめき散らしているらしい。

「ストダードさんは使用人たちをたたき起こして訊いて回ったけど、誰も水は抜いていないって。でも誰かが抜いたんですよ」

仰向けになったまま考えた。ボタンと室内履きの発見場所を知っているのは警察の人間と、昨日ジム・コンウェイの署長室に集まった者だけだ。確かにジムはすべてのプールから警備員を引き上げさせた。だが、それは昨日遅くのことだ。それにしてもなぜストダード家のプールの水を抜いたのか？犯人なら当然、使ったのは遊戯場のプールだと承知している。それに、無実なら水を抜かれたところで異存はあるまいに。

プールについては長いあいだ謎だった。「考えるたびに、解決までまだまだだって思ったよ」のちにジムはそう言った。「ストダード家のプールが立ちはだかって、おれの頭をぶん殴るんだ」

だがその日は他にも考えることがあった。モードはそれまで事件を静かに受け止めていた。殺人の起きた場所が場所だけに衝撃は受けていた。リディアを気の毒に思って温室の花をたくさん贈った。せめて葬式が終わるまで回廊邸《クロイスターズ》でオードリーを預かろうとまで考えた。だが八月の病気から完全に回復していたわけではない。敷地で散歩を始めたものの、十分かそこらで引き返してしまう。「もう歳なのね」モードはよくそう言った。「あなたはそのまま散歩を続けなさい、パット。わたしは少し休んでから戻るわ」

そして、その朝とうとう倒れた。

十時ごろ、まだ自室にいたとき、足元の地面が崩れ落ちるような形相でヒルダが駆け込んできた。「すぐに来てください、パット様、奥様が気を失われました」

ガウンを着ながら、室内履きも履かずに飛び出した。モードは浴室で倒れていた。埋め込み式のバスタブと、備品に金メッキが施された素晴らしい大理石の浴室で。倒れていたものの意識はあった。血の気のない顔でわたしを見上げた。

「トニーには言わないで」蚊の鳴くような声でモードが言った。「早くここから出してちょうだい」

モードは半分ほど着替えを済ませていたが、寒気がするのか、震えている。わたしは気つけ用のアンモニアを探してモードに渡し、ヒルダが頭の下に枕を滑り込ませた。ヒルダと二人でベッドに運んだところで、ようやくモードはトニーに知らせ、ビルに電話するのを承知してくれた。わたしが脇を支え、ヒルダが服を脱がせて、寝室着を頭からすっぽりとかぶせた。それまではまだかすかに意識があったが、横になるなり昏睡状態に陥った。

そのあとトニーを呼んだ。トニーは、病を前にした男性にありがちな、茫然自失でどうしていいかわからないといった様子だ。モードを見下ろしている顔は母親と同じように血の気がない。

「何があったんだ？」トニーが尋ねた。「昨夜は大丈夫だったじゃないか」

「今朝もお変わりございませんでした」ヒルダが泣きながら答えた。「朝食をちゃんとお召し上がりになって、郵便物と新聞に目を通されました。それからお風呂にお入りになって、わたしがお着替えをお手伝いして、その、途中まででしたが。で、おそばを離れてアイロンがけしたものを取りに行って、戻ってきたら奥様が浴室の床に倒れられていたんです。亡くなられたのかと思って」

ヒルダは急にわっと泣きだし、質問に答えられるまでしばらくかかった。いいえ、電話も鳴りませんでしたし、悪い知らせも何も受け取られていません、ヒルダはそう断言した。郵便物はお部屋の机の上に置いてありました。手紙は四通だけで、ちらっと見てパット様に渡すようにとおっしゃいました。「招待状と請求書よ。パットに渡してちょうだい、ヒルダ」って。

はっとしてトニーはヒルダを見た。

「家内も一緒だったのかい、ヒルダ？」

「おられなかったと思います。まだお目覚めではなかったと思います」

こうしてるあいだ、ビルが来るのをずっと待っていた。トニーはベッドと窓を行ったり来たりし、ヒルダは声を潜めて嘆き、わたしはモードのベッド脇に立って自分の無力さをひしひしと感じていた。一度モードが目を開いて何か言いたげな様子を見せ、わたしはベッドの上に屈み込んだ。

「ドワイトを呼んで」消え入るような声だ。「ドワイトを」そう言うと再び昏睡状態に陥った。

大変な日だった。ビルは徹夜明けといった顔で、病院から酸素テントが届くまでの一時しのぎに、酸素タンクと酸素マスクを持ってやってきた。すぐさまモードに皮下注射をしたが、あとは何もできず、待つよりほかなかった。酸素は引火の恐れがあるため煙草を禁じられたトニーは、部屋の中をうろうろしている。わたしは着替えてモードの部屋に戻った。エイミーが到着し、なおもとり乱しているヒルダを追い出した。心臓の専門医が市内から車を飛ばしてやってきてビルと症状について話し合い、モードがショックを受けたか、長いあいだ精神的な緊張状態にあったかどうかトニーに尋ねた。トニーは、多少の精神的な緊張はあった、なにしろ家内が館《やかた》に滞在しているので、と素っ気なく答えた。心臓専門医は神妙に頷いた。診察を終えると医師はたらふく昼食を食べた。

その朝のことで憶えているのはそれだけだ。午後にはモードの容体が少し落ち着いてきた。唇を除いて少し血の気が戻った。しかし、モルヒネの影響がまだ残っていた。プラスチックフィルムのカーテンが下がる酸素テントの中でもうろうとした状態で横になっている。夜、エイミーに夕食の休憩を取らせていたとき、モードが目を開けてわたしを見た。

「これは何なの?」テントを指さして小さな声で訊いた。「それにあの男の人は誰なの、パット?」

無理もない。大きなベッドは部屋の中ほどに移されて、背後に設けたスペースに大きなシリンダーが置かれている。そのうえモードが口を開くと同時に、見知らぬ男がつま先立ちで部屋に入ってきて圧をチェックし、タンクに氷を詰めて酸素を冷やした。

「喋らないで。今朝倒れられたんですよ。ビルが酸素が必要だって。それだけです」

モードは納得したようだ。エリオットが館に来ていたが、彼のことはもう口にしなかった。モードが目を閉じた。今度は普通に眠っているようだ。とは言え不安な一日だった。最初の夜、ビルは館に泊まり、看護婦が二人やってきてエイミーと交代した。心細くて、じっとしていられなくて、わたしは館の中をふらふらと歩き回った。夜遅くにテラスにいるわたしを見つけたのは、いつになく控えめなベッシーだった。

ベッシーは静かだった。モードの病気にかなりの衝撃を受けたようだ。

「先生たちは何て言ってるの？」ベッシーが訊いた。「あの人、死んじゃうの？」

あけすけな物言いがいかにもベッシーらしい。誰も声高にベッシー流の思いやりを咎めたりしない。

「少しよくなってきました。それにお強い方です。いまわかっているのはそれだけです」

「看護婦さんたちを見ると本当にドキッとするわ」そう言うとベッシーは黙り込んだ。かなり遅い時間だった。わたしたちがテラスにいるのにトニーが気づき、母親が倒れたのはおまえのせいだと言ってベッシーを責めた。見るに耐えなかった。二人ともわたしを黙殺していた。その夜のトニーは心底殺意を覚えていたと思う。それに一つだけ憶えていることがある。

「おまえは母さんを憎んでいた。いつだってぼくたち二人を憎んでいた。母さんが死んでも、おまえはどうってことないんだろ」

ベッシーは引きつったような笑みをトニーに返した。

「信じようと信じまいと、わたし、それだけは望んでいないわ。わたしがあなただったら」ベッシーが続けた。「土曜日の夜のアリバイをでっち上げるわ。あなたの帰りはかなり遅かったわよね。そのことを警察に話したらどうなるかしら？」

「勝手に話せばいいさ」ものすごい剣幕でトニーはそう言って中に入った。

月曜日、死因審問が行われた。もちろん、わたしたちは誰も出席しなかった。モードの容体は予断を許さなかった。さりとて審問結果を無視することもできない。朝早くにジム・コンウェイはロープを張って遊戯場への立ち入りを禁止した。一時間ごとに制服警官がパトロールしていた。トニーの指示で私道の入口にはチェーンをかけていたが、大勢の人が道路に車を停め、塀を乗り越え、植栽を抜けて大挙して押し寄せてくるのを防ぐことはできなかった。館内は静かだったが、敷地が時にガーデンパーティーのようになっていた。

まだ記者たちがいた。手当たり次第に写真を撮り、その日の夕刊にトーマスが警備員に昼食の盆を運んでいるやけに鮮明な写真が掲載された。館内に酸素タンクを運び入れている写真もあって〈女大富豪ショックで倒れる〉との見出しがついていた。

何やかやで不愉快極まりなかったが、ともあれモードはなんとか持ちこたえていた。わたしたちにはそれが何より大事だった。

審問に関する情報はもっぱら新聞から得た。庁舎はいわゆる「物見高い」人たちであふれ、証言には劇的な場面が多々見られた。さもありなんと思う。前半は遺体の発見、死亡推定時刻、肺内の水などで目新しいものはなかった。室内履きとボタンが提出され、遊戯場のプールで発見したとジムが証言すると大きな関心を集めた。だが本当に人々が色めき立ったのは後半になってからだ。ストダード家の園丁が証人席に立ち、リディアのらしき車が発見場所に至る小道を登っていくのを、途中までもう一台の車が尾行していたと証言した。

目撃したのは午前一時。土曜日の夜だったので村で映画を見たあとポケットビリヤードをした。十二時半にビーバー・クリーク・ロードが分岐している地点まで幹線道路沿いに丘を登り始めた。ビーバー・クリーク・ロードを百ヤードほど進んで、リディアの車が発見された谷間に向かう小道へと曲がった。小道に入ったのは、そんな遅い時間に帰宅するところを人に見られたくなかったからだと説明した。その小道の入口でモーガンの車を目撃した。

「車の見分けがついたのかね？」

「そのときはつきませんでした。急いで茂みに隠れたもので。けど、誰もあの道は使いません。あそこは行き止まりになってるんです。翌日、車が発見されたとき、あの車だって思ったんです」

「その車があんたを追い越していったのかね？」

「はい。小道を真っ直ぐ登っていきました」

「時間を憶えているかね？」

「ぴったり一時でした。腕時計を見たので。どっちにしろ、一分と違わねえです」

「その車を運転していた人物を見たのか？」

「いいえ」

「もう一度その車を見たかね？」

「いいえ。発見場所はわしの家よりも向こうだもんで」

「では二台目の車について陪審員に説明してください」

「そうさな、この車のほうがよりよく見えました。二分ほど遅れてやってきたんです。わしには一台目の車を追ってきて見失ったように思えました。車は小道の入口で停まって、それからバックして向きを変えました。男が一人乗っていたけど、誰だかわかりませんでした」

「この車は見分けがついたのかね？」

　証人は一瞬言葉に詰まり、手にした帽子をいじくった。

「断言はできませんがスターリング先生の車だと思いました」

　その証言でどよめきが起き、再び証人席に呼ばれたビルの顔は強張っていた。だがビルの証言はいたって単純明快だ。回廊邸を出たのは午前零時。遅くにコーヒーを飲んだので眠くなかった。一、二時間ほどドライブした。ビルの家政婦が証言したように、ビルはよく夜にドライブする。

素っ気ない小柄な検死官は黙って頷いた。周辺の地図を広げて見ている。

「ドライブの途中で、ビーバー・クリーク・ロードを外れてこの小道まで来たのかね？」

「そうです。そこで向きを変えて戻りました」

「さてと先生、先ほどの証人は、あなたは別の車をつけていたようだと述べています。それは本当ですか？」

「はい。幹線道路でモーガン家のものらしい車を見かけました。モーガン夫人や娘が出かけるにしては時間が遅すぎます。このところの出来事を考えると、特にその、エヴァンズが襲われたりとかいろいろ。Uターンしてその車を尾行しましたが、車は猛スピードで走っていきました。ビーバー・クリーク・ロードが幹線道路から分岐するあたりで完全に見失いました」

「そこに分岐点があるのですね？」

「はい」

「なぜビーバー・クリーク・ロードを選んだのですか？」

ビルはこころもち赤くなった。「モーガン夫人のお気に入りのドライブコースだからです」

「車にモーガン夫人か娘が乗っているのを見たかね？」

「いいえ。見ていません」

「何時でしたか、先生？」

「一時です。引き返すときに腕時計を見ました」ビルが証言席を下りると重い沈黙が流れた。その場にいる者全員、ビルがドンをひどく嫌っていてリディアを愛していることを知っている。いまそのビルが、新聞の言う「犯行に使用された車」の発見現場近くにいたことがわかり、誰もが当惑を隠しきれないでいる。ビル・スターリングのことは誰もが信じている――人が主治医を信じるように――まるで神を信じるように信じている。そのビル・スターリングがなんと殺人の罪に問われている。

あとは期待外れに終わった。車の発見、まだ湿っていた後部座席の敷物、それに濡れた外套についてのジムの証言。指紋は付いていなかった。きれいに拭き取ったか、車を乗り捨てた者は手袋をはめていたに違いない。車が隠されたときに車内に遺体があったという証拠はなく、遺体を発見場所に遺棄したあと車を小道へ走らせたというのが大方の見方だった。

「つまりだ」検死官が言った。「車を隠したのが誰にしろ、歩いてその場を離れたと言うのか？」

「そのようです。地面は乾ききっていて足跡は見つかりませんでした」

室内履きとパジャマの上着のボタンが提出され、一目見ようと傍聴人たちが首を伸ばした。

「これらは、ウェインライト家のプールで見つけたのかね？」

「そうです。室内履きは部下が回収しました。ボタンはプールの水を抜いたときに見つかりました」

検死官は手元のメモに視線を落とした。「もう一つ訊きたいのだが。遺体をどうやってプールから引き揚げたんだ？」

「そこは推測するしかありません。犯人が誰であれ、投げ込んだあと服を脱いでプールに入ったと考えられます。わたし個人としてはそう考えています。そこら辺に何枚も濡れたタオルがありました」

だいたいそれで全部だ。かくして人々はドン・モーガンに何があったのか、その全容をかなり明確に――ある程度まで――摑んだ。死んだ夜、何らかの理由でドンはリディアの車を運転して出かけた。場所は不明だが、どこかでドンは自分の命を奪った犯人と出会った。殴打されて遊戯場のプールで溺死し、その遺体は遺棄され、リディアの車は丘陵地に乗り捨てられた。

ビルが持っていた鍵については触れなかった。おそらく警察がそうするように勧めたのだろう。ほしいのは殺人という評決だ。もちろんその評決が出た。評決が下されたのは月曜日の夕方六時。陪審員団は誰一人として、ビル・スターリングが殺したとは考えなかった。評決は、ドナルド・モーガンは単独または複数の見知らぬ者に殺害された、となった。

第14章

翌日ドン・モーガンの葬儀がセントマーク教会で執り行われた。その朝、すっかりとはいかないまでも、モードの体調が少し戻った。元の状態に戻るにはまだまだ時間がかかるだろう。唇はまだ血の気がなくて腫れぼったいが、少なくとも意識ははっきりしている。エイミーが来てほどなく――三名の看護婦は八時間交代で働いている――モードがわたしを呼んだ。部屋に入ると、あの痛ましいテントの中にモードがいて、いまにも消え入りそうなか細い声で言った。

「教会に花を贈ってちょうだい。お葬式はいつなの？」

「今日の午前中です。ランになさいますか？　マクドナルドがきれいなランを咲かせています」

モードは首を横に振った。「ランはよして。ランではなく別の花にして」

意外だった。回廊邸《クロイスターズ》のランは有名なのに。アンディ・マクドナルドとわたしはどうにか手持ちの花を揃え、時間に間に合うよう、わたしが自ら教会に届けた。

その朝、教会は混んでいた。最後の遠い旅に出るドンを、地域の人たちが揃って見送りに来ているようだ。ヒルと谷、両方の人々が集まってリディアを支えていた。谷からミスター・ベリーとセオドア・アールが、ヒルからジュリアンとトニーが来て棺の付添人に加わった。オードリーとビルの姿はなく、リディアが一人、黒い服に身を包んで気丈に振る舞っている。棺が運び込まれて葬儀が始まった。

聖書の一節を読み上げていたリーランド牧師が「ここであなた方に奥義を告げよう」のくだりにさしかかると、場が少しざわついた。牧師はかまわずに静かな声で続けた。死は勝利にのまれ、死すべき者は不死となる。希望があり、新たな命がある。牧師の言葉が終わると多くの者が涙したが、リディアは感情をあらわにしなかった。

人々はドンを、わたしの父と母が眠る美しいビバリー墓地に埋葬した。きちんと作法に則って埋葬した。そして墓地をあとにし、我が家での快適な生活へと戻っていった。終わった。やるべきことをやった。儀礼が執り行われた。ありがたいことにこれでドンを忘れられる。

谷とヒルの名家の人々は、これで何もかも終わったと思ったことだろう――あくまで思ったとすればだが。ビル・スターリングはいまだ自由の身だし、ドンは死んで埋葬された。その日モードのリムジンでガスに館まで送ってもらいながら、わたしも安堵感を覚えた。あたかもページがめくられて、めくられた新しいページは真っ白で何も書かれていないように感じた。車で戻るときの丘陵地は美しかった。木々が金色や赤、緑のつづれ織りに変わり、曲がり角でちらりと見えた川は銀色の帯となって輝き、遠く、それでいて近くに見えた。わたしはいつだってこの川が大好きだ。

戻るとテラスにベッシーがいた。不機嫌そうだったが、わたしを見ると冷ややかな笑みを浮かべた。

「キリスト教徒のお勤めを果たしに行ってたのね」ベッシーが言った。「しばらくここ、外にいなさい。警察の人たちが中にいるから」

「警察ですって？　何をしているんですか？」

ベッシーはあくびをしたが、見せかけでしかなかった。「知るわけないでしょ。レノルズの話だと地下室にいるそうよ」

　地下室に来るようにとジムからの伝言があり、下りていくと数人の男たちがいた。ほとんどが見慣れない顔だ。いまでは捜査に市と郡が介入してきていた。郡は殺人事件が起きたから、市はジムが応援を要請したからだ。警察本部長がいる。地方検事もいる、一目で嫌いになった偉ぶった男だ。それに市警の殺人捜査課の刑事が数名。一名は背の高い赤毛の男で、母音を伸ばしてゆっくりと話す。名前はホッパー。こののちわたしたちみんな、彼の名前を耳にタコができるほど聞くことになる。男たちはエレベーターシャフトの底にいて、ジムが紹介してくれた。

「おまえさんが遭ったあの事故を再現してほしいんだ、パット、かまわないか？」

「いいですよ」わたしはにこやかに言った。「誰の上に落ちればいいの？」

　誰も面白いと思ってくれなかった。ホッパーは身を屈めて、落ちて下にいた見知らぬ者にぶつかったときはこんな具合だったのかと訊いた。そんな感じだと思ったが、わたしに言えるのは、何か生きものの上に落ちて、そいつがうっとうめいて、わたしの下で倒れたということだけだ。どこからか梯子が持ち込まれていた。暗闇の中で梯子を見つけて立ち上がろうとした様子を再現して見せたが、梯子がシャフトのどの側にあったのかはわからなかった。結果的にうまく再現できたかどうか怪しかった。ホッパーがわたしを、嘘つきとまでは言わないまでも、馬鹿だと思ったのは間違いない。立ってうとましそうにわたしを見ている。

「よくわからんな。ある晩そいつが来て犬に追っ払われる。数日後の夜、犬がいようといまいとまたやってくる。最初の夜は犬のことは知らなかったか、あるいはその犬に馴れておとなしくさせられると思った。二度目の夜は一か八かの勝負に出た。ただ……」ホッパーはわたしに視線を向けて付け加えた。「このお嬢さんが包み隠さずに話してくれているとしてだが」

そう言われてはらわたが煮えくりかえった。「そもそもシャフトになんか落ちなかったでしょうよ。疑うのなら、足首を見てよ」

「それはどうも」ホッパーが皮肉っぽく言った。「もう見せていただきましたよ。とてもきれいな足首をしておられる。いつも夜に起きて犬を外に出すのですか、ミス・アボット?」

「出してやる必要があるときは」

「怖くなかったんですか? 数日前に何者かが侵入したんですよ、なのにあなたは暗い中を一階に下りた」

「真っ暗というわけではありません。メインホールには明かりがついていました」

「ほう、なぜ?」

「その夜はウェインライト奥様――アンソニー・ウェインライトの奥様――が遊戯場でパーティーを開いていましたから」

パーティーの件はホッパーには初耳だった。すぐさま客のリストを求められたが、いきなりその場で要求されたのでホッパーをベッシーに紹介した。最後に彼を見たとき――少なくともその日は――コカコーラのグラスをそばに置き、メモ用紙を膝に載せて、ベッシーと一緒にテラスに座っていた。

「で、このパーティーのことですが、奥さん。パーティーのあいだ、誰かが遊戯場からいなくなったのに気づかれましたか?」

「どうしてわたしが? 一晩中みなさん出たり入ったりしていたのよ」

「ご主人もそこにおられたのですか?」

「トニー？」ベッシーは肩をすくめた。「いいえ。わたしたちのことを少しでも知っているのなら、主人はわたしのそばには近づかないってことくらいおわかりでしょ」

「ご主人がどちらにおられたのかご存知ですか？」

「エレベーターシャフトの中にでもいたんじゃないの、そういう意味でおっしゃってるんなら。主人は極力わたしから離れるようにしていたわ。あら、少し誇張がすぎたかしら」

やっとのことでホッパーは客のリストを手に入れた。若い客たちは数日間、さぞかし質問攻めにあったことだろう。ホッパーは収穫を一つ得た。ラリー・ハミルトンがパーティーを早めに、午前零時かそこらに抜けて外に出ると、一台の車が私道に入ってきた。モーガンの車だと思った。

耳をそばだてるホッパーの様子が目に浮かぶ。

「はっきりはわからなかったのか？」

「立ち止まって見ませんでしたから。ぼくは、その――少々お酒を飲んでいて、おまけにある娘とけんかしたので。大して気にも留めませんでした」

「誰が運転していたんだ？　男か、女か？」

ラリーにはわからなかった。確かなのは時間だけ、それも大まかな時間でしかなかった。それでもホッパーとジム・コンウェイの二人は一つの可能性について同じ見方をした。つまりベッシーがパーティーを開いた夜、何らかの理由でドン・モーガンが回廊邸に忍び込み、まったくの偶然でわたしがドンの上に落ちた。

ホッパーには彼なりの推理があった。「あいつは金に困っていた。それはわかっている。それにウェインライト夫人の宝石のことは誰もが知っている。夫人は宝石をそこらへんに置きっ放しにしてるんじゃないのか？」

　ジムは否定した。「モーガンは強盗じゃない。それに忘れるな。館《やかた》に侵入したのが誰にしろ、そいつはエヴァンズの鍵を持っていた。エヴァンズが襲われたとき、モーガンはまだ戻ってなかったんだぞ」

　夜、わたしは長いことテラスでドワイト・エリオットと話をした。モードから呼び出しを受けて以来、彼はずっと回廊邸に滞在していたが、まだモードには会っていなかった。その晩のエリオットは老けて見えた。彼が気の毒になった。晩餐用の服に身を包み、こざっぱりして、長い繊細な指でブランデーグラスをもてあそんでいる。

「なぜわたしに会いたいのか、理由を言わなかったのかね？」

「はい。ただあなたを呼んでくれとだけ」

「動揺させるようなことは何もなかったのか？　手紙とか何か？」

「ご自分宛の郵便物と新聞をお読みになりました。ヒルダの話ですと、ヒルダがそばを離れたときはとくに変わりなかったそうです」

　座ったままのエリオットを残してわたしはテラスを離れた。わたしがいなくなったことすら、彼は気づいていなかったと思う。

　翌朝、墓地について驚くべき話を聞いた。その話は、わたしの部屋係のメイドのノーラが教えてくれた。ノーラはおびえたような顔で朝食の盆を置いた。

「あの男がまたうろついているんですよ」

「どの男ですって？」わたしは夢うつつで尋ねた。

「モーガンさんを殺した男です。墓地にいたんです」

「そいつにはぴったりの場所ね。そこにずっといてくれたらいいのに」その瞬間ノーラが言ったことの重大さに気づき、ベッドで体を起こした。

「墓地がどうかしたの？　誰か、そこで怪我でもしたの？」

「いいえ、そうじゃなくて、墓地がめちゃくちゃにされたんです」ノーラは勢い込んで言った。「墓石がひっくり返されて、花壇が踏みにじられていて。目を覆うばかりだって」

三十分後、わたしは墓地にいた。すでにジム・コンウェイと地元の警官二名が到着していた。セントマーク教会のリーランド牧師もいた。もちろん他にも、わたしと同じように不安と怒りを覚えた人たちや、単に驚いた人たちもいた。暴挙が単独犯、あるいは複数犯によるものか、いずれにせよ破壊者が墓地にいたのは明らかだ。小さな墓石がいくつも敷石から外されて地面に転がり、骨壺がひっくり返されて砕け、大きな石造りの地下納骨所の窓も壊されている。わたしの家の墓は無事だったが、誰の得にもならない悪意ある破壊行為に胸が悪くなった。

わたしを見かけてジムがそばにやってきた。「おまえさんの家の墓が無事でよかったな、パット。心配したろう。まったく狂気の沙汰だ」

「悪質よ、ぞっとするわ」

「ともかく、わけがわからん。こんなことをして何になるんだ？　墓地で働いている人間に恨みを抱く者の仕業ってことも考えられるが、ここの連中は何年もずっと働いてるわけだし。管理人のホッジにしたって、夜には眠らないとな」

わたしはどうにも答えようがなかった。墓地はいつだってわたしたちの誇りだ。墓地は丘の中腹の緩やかな斜面にある。幼いころの墓地での思い出と言えば、南北戦争で戦った少数の退役軍人たちだ。軍人たちは七月四日に米国在郷軍人会の地区支部の人たちに付き添われ、車で墓地に送り迎えされた。演説があり、地元のソプラノ、我らがドーズ夫人が声を振り絞って国歌を歌い、その高音域をブラスバンドがかき消す。

それは紛れもない谷の行事だ。だからこそ村は墓地を大切にしていた。墓地は美しく管理されていて、父と母が埋葬されてからは、わたしにとって墓地はおのずと神聖な場所になった。

もちろん誰もモードには話さなかったが、わたしが戻ったとき、ベッシーはすでにニュースを聞きつけていてひどく面白がった。「誰かがきっと楽しい思いをしたのよ。見てこよう」

ベッシーはすぐさま行動に移したに違いない。

翌日モードの体調が少しよくなった。館内の陰鬱な空気も晴れて使用人にも明るさが戻り、わたしの足首さえよくなった。そこで夜、ガスにガレージから車を出してもらい、自分で運転してリディアに会いに行った。ロジャーを一緒に連れていった。ロジャーは車に乗るのが好きで、助手席で大きな体を偉そうに構えている。谷に下りる道は空いていて交通量もまばらだ。昨日、墓地からの帰りがけにジム・コンウェイに言われた言葉を思い出した。

「気をつけろよ、パット。夜に館や敷地内を歩き回るんじゃないぞ、それに暗くなってからは運転するな。今回の件で考えられるのは二つ。一つは非常に頭の切れる殺人犯が逃亡中、もう一つは精神障害者だ。おそらく両方だろう」

「本気で精神障害者だと思ってるの?」

「考えてもみろ」ジムは厳しい顔で続けた。「ドン・モーガンは遊戯場のプールで溺死させられたんだぞ、すぐそばに川があるのに。その意味をちゃんと解明できれば、おまえさんはおれより利口だってことだ」

リディアは一人で川べりのベンチにいた。陽はとっくに沈んでいたが、まだ陽の名残りがあった。リディアは両手を膝に置いて、川面に視線を向けて身じろぎもせずに座っていた。来たのが誰かわかると肩を落とした。

「あら、あなたなの、パット。さあ座ってちょうだい。オードリーは寝てしまって、わたし一人なの。あの子は今回のことでかなりまいってるわ、かわいそうに」

わたしは腰を下ろして煙草に火をつけた。一隻の船が通りすぎ、サーチライトが右に左にと揺れて一瞬わたしたちをかすめた。ちらりと見えたリディアの顔は青白くて、ひどく疲れているようだ。が、つとめてさりげなく振る舞っている。モードの具合を尋ね、花のお礼を伝えてくれと言った。花はたくさん届いていた。お礼状はあとで書くつもりだと、でも、いまは書けないと。

「そんなに気を遣うことないわ、リディア。わたしの知り合いの誰一人としてできないことをしたんだもの。ドンを引き取って世話をしたじゃない」

「だけどわたし、あの人を失望させたわ。オードリーはそう思ってる。でも、あの人が歩き回れるなんてわかるわけないでしょ。パット、あの人はどういうつもりだったのかしら。病気じゃなかった。文無しでもなかった。なぜ戻ってきたのかしら。戻ってこなければまだ生きていられただろうに」

「そうとは限らないわ。そういう話があるじゃない。どの道を選ぼうとも行きつく先は同じだって」

リディアは聞いていなかった。と、いきなりわたしのほうを向いた。「パット、もしかしてあの女では、あの人が駆け落ちした相手の。あの人、その人を捨てたんでしょ？　どこか外国で見捨てたって」

すぐさまベッシーのことが頭に浮かんだ。パリでモーガンという男をおぼろげに知っていたベッシー。殺人のあった夜、クラブに行っていたベッシー。冷ややかな目をして、子どものようにじろじろ見るベッシー。だがジムは女には無理だと言った。少なくとも一人では無理だと。それにしてもベッシーは何歳なのだろう？　本人は二十八歳だと言っているがもう少し年齢がいっているような。それにしても十五年前だと——。

リディアはまだ話している。話すことで気が楽になるのだろう。これまでの経緯を振り返っている。ドンからの電話、ドンの到着。ドンは意気消沈して弱っているようだった。夜遅くに駅で迎えて家に連れ帰った。

「車にも乗れそうになかったのよ。でもいまは信じてないわ、パット。病気のふりをしていたのよ」とにもかくにも、オードリーがそれはもう大はしゃぎして。二人で二階の客間にドンを連れて上がった。すぐに横になれるように客間のベッドを整えておいたの。オードリーは卓上スタンドのそばに新しい雑誌まで揃えていた。カバンから荷物を出していたあの子が、衣服がとても上等なのにびっくりしていた。タキシード、青いサージのスーツ、戻ってきたときに着ていたスーツ。どれもニューヨークの友人がくれたと言ってたけど、そうじゃなかった。スーツはロンドン製で、ポケットに彼の名前が縫い取ってあったわ。

「あの人、縫い取りのことを見落としていたのよ。だけどその夜、何か変だなと思い始めて。もちろん遅すぎたわ。彼はもうそこにいたし、オードリーが大喜びではしゃいでいたし。そのまま続けるしかなかった」

あの人の病気を疑ったのは二日ほど経ってからよ。スコッチのボトルがなくなっていて、彼が持ち出したのだと思った。何も尋ねなかったけど、それからは気をつけていたの。

「本当は弱ってなんかいなかった」それまでとは違う突き放したような口調でリディアが言った。「本当に病気なら、なおのことウィスキーなんか飲んじゃいけないわ」

それで彼を一人きりにしないことにしたの。わたしかオードリーが常に近くにいるようにした。彼の部屋ってわけではなく、どこかすぐ近くに。あの人、困ったでしょうね。わたしたちから逃れようとしたわ。ますます怪しいと思った。彼なりの目的があって戻ってきたのでしょうけど、それが何なのか想像すらできなかった。

「十五年以上も経ってよ！　わたしのことなんて気にもしてなかった。あの人は魅力的だし、もちろん感謝もしてた。だけどなんだか心配で、何かおかしいと思ったの」

ビルには話せなかった。ビルは近寄ってもくれない。誰にも話せなかった。そこでドアを開けて寝ることにした。ある夜、彼がパジャマ姿で階段を中ほどまで下りていたのを見た。お酒がほしいのだろうって思った。いまはよくわからない。でも一つ確かなのは、あの人は誰にも電話はかけていないってこと。電話は一台だけだし、置いてあるのは階下のホールよ。オードリーが彼の手紙を投函したことも考えられるけど、手紙を書いているのを見たことないわ。

「あの女の人ではないかしらって思い始めたの、それとも別の女かって。だけど、あなたはあの人に会ったでしょ、パット。どうしてあんなに人当たりよくできるのかしら。何にでもとても喜んで。ビルに会いたいとまで言ったわ。もうすぐ自分はいなくなるからと言って、わたしは再婚すべきだって。だけどビルはこの家に寄りつきもしなかった」

あなた以外、誰もドンに会いに来なかった。わたしたち三人が突然、周りの世界から切り離されたようだった。「離島に住んでいるみたいだった」リディアはそんなふうに言った。

それでも誰かと連絡をとったに違いない。殺された日あの人に電話があったの。たまたまオードリーが外出していて、わたしは庭に出ていた。ホールに戻るとあの人が受話器を置くところだった。

「きみが外にいたものだから、それでなんとか下りてきたんだ」

「誰からだったの？」

「間違い電話だ」あの人はそう言い、わたしは手を貸して二階へ連れて上がった。

だけど疑いは消えなかった。夜に車で出かけているのではないかと思い始めた。一、二度ガソリンが減っていることがあったし、それにその日は何か隠しているようだった。例のあのどこかやましそうな顔だった。

「その夜は外出させないって決めたの。世話をするのはいとわなかったけど、悪事を見て見ぬ振りはできなかった」

そこで彼の服をクリーニングに出した。

「服を全部」リディアは悲しそうに言った。「外套以外すべて。だから、どうなったかわかるでしょ。あの人は誰かと会う約束をした。だけど服がなかった。ずいぶん困ったでしょうね。でも、ともかくも出かけていった。わたし――」

リディアの声が次第に小さくなり、二人ともしばらく黙って座っていた。リディアが再び口を開いたとき、声がかすれていた。

「わたし、あの人を愛してなかったの、パット。あの人のせいでさんざん悲しい思いをしたから、とても愛するなんてできない。でもあの人のことは本当に哀れで気の毒に思うわ。あの人は生きることが好きだった。おいしい食べ物や飲み物、それに上等な服が好きだった。この眺めも好きだったわ」

ドンが車を出す音を聞いたのか訊いてみた。リディアは首を横に振った。

「いいえ。まさか出かけるとは思わなかったわ。出かけられるわけないでしょ。どのみちガレージは家の裏側だし。もちろんそこに車があるのは知っていたわ。あの夜、オードリーはラリー・ハミルトンとカントリークラブに行っていた」リディアは深く息を吸い込んだ。「わたし怖いわ、パット。ビルはなんか変だし、それに車をつけていたっていうし――パット、ビルが殺したんだったら、わたし、川に飛び込むわ」

「ビルはあなたのために噂が広がらないようにしてるのよ。ビルのこと、よくわかってるでしょ。ドンが駆け落ちした女性はどうなの、リディア？　誰なの？」

「よくは知らないの。ずいぶん昔のことだし。あの人のオフィスにいた人よ、速記者だったわ。その人とは長くは続かなかった。あの人はどんな女性とだって長続きしないの。わたしの知る限りいい娘だったわ、礼儀正しかったし」その話はリディアには不快らしく、話を打ち切った。「パット、戻ってくる前に、あの人はここに来たと思う？」

「どうしてそう思うの？」

「わからない」リディアははっきり答えなかった。「あの人が姿を消したとき、回廊邸の遊戯場はまだ建ってなかった、なのに知っているみたいだった」

その夜は遅くまで話をした。リディアはショックを受けていたが嘆き悲しんではいなかった。なによりもビル・スターリングのことを心配していた。彼には動機がある。他の誰に動機があって？　もちろん彼が有罪だなんて思ってないわ。だけど警察が怖いの、中でもわたしに尋問したホッパーが怖いの。彼はジム・コンウェイのようにはビルのことを知らない。だが、リディアはドンの溺死については別の見方をした。リディアは、ドンはプールに入るつもりなどなかったと考えていた。

「そんなの、余計ややこしくなるだけね。検死解剖が行われたんだし、溺死だったのよね。彼を殺す方法なら他にもたくさんあったのに。溺死させるのなら、なぜ川に投げ込まなかったの？　パット、そもそもなぜ彼は遊戯場へ行ったの？　誰かに会うため？」

「あそこに連れていかれたときには意識を失っていたのかもしれないわ」

「そうは思わない。彼なりの目的があって行ったのよ。その目的を隠すために、あの場所に運ばれて捨てられたんだわ」

帰る前に二人でドンの部屋に上がった。ドンが出ていったときと変わりなかった。窓辺のインド更紗のかかった椅子、その横の小さなスツールの上の煙草入れ、細い四本の柱からひだ飾り付きのスイス製カーテンが下がる古いカエデ材のセミダブルベッド、カエデ材の脚付きタンスの上の銀のヘアブラシ、椅子のそばのテーブルの上の煙草。

「ここには何もないと思う」リディアが気だるそうに言った。「隅から隅まで探したもの。それに警察だって調べたし」

だがリディアは間違っていた。クローゼットにリディアの話していたスーツが吊るしてあった。それに上着も一着。極細の赤いストライプが入った茶色の上着。

「その上着は何なの？　それについては聞いていないわ」

「忘れていたわ。ズボンがすり切れてると言って、絶対に着なかった」

その上着を取り出して見てみた。すでに調べられたとみえて、ポケットには何も入っていなかった。他の服と同様、英国製でポケットのラベルにボンドストリートの仕立屋の名前があった。が、他にもあった。警察は仕立屋が書いた番号だと思ったのだろう。

違う、そうじゃない。ラベルにインクで丁寧に書かれていたのは一連の番号で、わたしにはそれが何かすぐにわかった。

モードのリムジンの登録番号だ。

リディアには黙っていた。幸いこっちを見ていなかった。途方に暮れた様子で部屋を見回している。

「いま思い出したわ、パット。鍵はどこ？　あの人は鍵をたくさん持っていたわ、長いスチールのチェーンに通して。その鍵を持っていったと思う？」

わたしは不意に寒気を感じた。

「そのことを警察に話した？」

「いいえ。それって大事なことなの？」

「かもしれないわ」わたしはつとめてさりげなく答えた。「ひょっとするとエヴァンズの鍵だったかもしれないわ、リディア。襲われた夜に鍵が盗まれたのよ」

「エヴァンズ？　回廊邸の警備員の？　自分が何を言ってるかわかってるの、パット？」

「ええ、残念だけど」

第15章

横になってもなかなか寝つけない夜が続いた。とりわけその夜は考えることがたくさんあった。言い切れるだけの証拠はないが、表立って戻ってくる前にドン・モーガンはこの近くにいたのだ。たぶん六月には来ていた。しかもわたしはその彼を見ている。遊戯場の窓から中を覗いていた――オードリーを見ていたのだろう。だが、あとははっきりしない。エヴァンズに対する暴行、鍵、そして回廊邸《クロイスターズ》への二度の侵入未遂。さらには遊戯場で何者かとの最後の待ち合わせ、そしてその結末。

あれは待ち合わせだ。リディアの言うとおりだ。あの日誰かがドンに電話をかけてきて会う約束をした。それにモードの登録番号の件もある。なぜ番号を書き留めたのか。ベッシーもこの件に絡んでいて、モードの車に乗っているベッシーを見かけたのか。そのときベッシーは除外できそうなことを思い出した。夕刊に載っていた車両登録局の職員の記事だ。職員が月曜日の新聞に載ったドンの写真を見て、数週間前にある車の所有者について問い合わせにきた男だと確認したという。

「もう少しで轢かれるところだったんだぞ」とその男は言った。「目にヘッドライトの光も入った。何がなんでもあいつの免許証を取り上げてやる」

職員は問い合わせを別の職員に回したので番号は憶えていなかった。だが、男は九死に一生を得たような顔で血色も悪く、煙草に火をつける手が震えていた。

考えられないことではない。だとするとモードが倒れたのもうなずける。ガスがあの大きな車で誰かをはねそうになったとしても、モードはいちいち文句を言わない。翌朝、念のためにガスに確認したがガスはあっさり否定した。

「わたくしの言うことが信じられないのでしたら、奥様にお尋ねになってください」ガスは断固として答えた。「あの日は誰にも触れておりませんし、近くにも行っておりません」

それが木曜日。ドンは土曜日の夜に殺された。捜査は行き詰まっているようだ。市から来たホッパーや刑事たちはひどく機嫌が悪い。計画的な殺人のようだが、犯行現場以外、何もわからなかった。

「ビルを別にすれば、動機すらない」その日、テラスに座ってジムが言った。ロジャーが膝に乗りたがっている。「指紋も口紅の付いた吸殻も、凶器も、線条痕分析用の銃弾も何もない。細かな点をチェックして、あれこれ指示してプレッシャーをかけないことには、モーガンは心臓発作を起こして水溜まりで溺れたと言いだしかねない」

いまはわかっているが、そう言うジムは赤毛のホッパーを正当に評価していなかった。

ところがどうして、ホッパーはこつこつ事件を調べていた。ビルにドンの診察を拒否されてリディアが呼んだ若い医師に会っていた。名前はクレイブン。証人としてはあやふやな点があった。

「彼は病人だと思いましたか?」

「そうですね、本人はそう思っていました。確かに狭心症は見た目ではわかりませんから」医師は弁解がましく付け加えた。

医師は少量のジギタリスを「念のため」に毎日投与していた。そして、体を休めて食事に気をつけるようにと助言した。「患者は何らかの精神的な緊張状態にあると思いました。心配事があるのかと尋ねましたが、患者は否定しました。『ただここには居られない。モーガン夫人は助けが必要なときには親切にしてくれる、だがいつまでも居るわけにはいかない』と」

「何かを恐れているような、命が脅かされているようなふしはありませんでしたか？」

「いいえ、まったく」

それが当時の状況だ。容疑者は一人だけ。それがビルだ。ビルには動機と機会があるが、ストダード家の園丁による二台の車に関する宣誓陳述書だけでは、直ちに逮捕とはいかない。それに、ビルが殺人に使用された車を発見場所に隠し、二分後に自分の車に乗っていたことの証明もできない。

それでも警察は全力でビルの犯行の証拠を固めようと、庭師をとことん問い詰め、ビルの車をくまなく調べ、衣類や自宅を捜索し、反対尋問を行った。

「ドナルド・モーガンが戻ってくる以前に彼のことを知っていましたか？」

「いいえ。彼らが東部から引っ越してきたとき、わたしは医科大学に在学中でした。彼がここを去ったときはニューヨークの病院でインターンをしていました」

「しかし、あなたの実家はこちらでしたね？　ご家族が住んでいたのでは？」

「ああ。だが両親はわたしが大学在学中に亡くなりました」

「夏休みはここで過ごしたんだろ？　そのころモーガンを見かけたのでは」

「わたしは学費を稼ぎながら大学を卒業した。休暇など取れなかった。ここに戻って開業するまでモーガン家の誰にも会っていない、戻ってきたときにはもう彼はいなかった」

やがて質問の矛先が遊戯場の鍵とエヴァンズに対する暴行に向けられた。エヴァンズについてどの程度知っていたのか。エヴァンズが回廊邸の鍵を持っているのを知っていたのか。そんなことは考えたこともないとビルは答えた。警備員なら鍵は持っていて当然だ。わたしの鍵リングの鍵にしても、どうしてついていたのか見当もつかない。しかし警察は犬が骨を探すようにしつこくビルに迫った。エヴァンズが襲われたときどこにいたのか。ビルは持参した小さな手帳を見せ、夕方の診療時間は八時かそれより少し遅くまで、往診が一、二件、そのあとは十一時までリディアの家にいたと答えた。

警察はまだ納得しなかった。二つの犯罪は両方とも回廊邸のプールで起きている。したがってこの二つの事件は繋がっている。エヴァンズを殴って水中に投げ込んだのが誰にしろ、彼を溺死させなかった。だがドンの場合は溺死させた。

「服は何着お持ちですか？」ホッパーがだしぬけに尋ねた。

ビルは驚いたようだ。「服だって？　わからない。不自由はしていないがそんなに多くはない」

「服の手入れはどなたがしてるんですか、先生？」

「家政婦のワトキンズ夫人だ」

「その人がクリーニングに出したり、アイロン掛けに出したりしているんですね」

「そうだ」

「最近出したものは？」

「夫人が知っているだろう。わたしは知らない」

「最近、腕時計を修理に出してないだろうね？」

なぜかその質問にビルはむっとした。「出していない」ビルはぶっきらぼうに答えた。「エヴァンズをプールに投げ込んだあと、わたしも飛び込んだと思っているようだな。いいか、わたしはこの腕時計でずっと脈をとっている。中に水が入ってるのなら、そいつは潜水仕様だ。服のことはワトキンズ夫人に訊いてくれ」ビルは苦笑した。「夫人には何の隠し事もない。赤ん坊のころにおむつを替えてもらった。わたしが濡れた服を家の中にこっそり持ち込んだり、どこか藪の中に隠したりしたと思ってるのなら、あんたは夫人のことがわかっていない」

しかし、ドンが死んだ夜に関して、警察はビルをほぼクロとみなした。「確かにその車をつけた」ビルはいらだたしげに言った。「つけたっていいじゃないか。モーガン夫人かオードリーが乗っていると思ったんだ。間近で見たわけじゃない。見たときは丘を登っていくところだった。つけるにはUターンしなくてはならん。したときにはもうずっと前方を走っていて、ビーバー・クリーク・ロードで見失った」

「モーガンが戻ってきたことについてはどうなんだ？　きみらの計画が狂ったんだろ？」

「ああ」

「当然、腹が立っただろうな」

「そりゃ、立ったさ。前妻にどうこう言う権利なんてあいつにはない。リディアがあいつを引き取ったのは、感傷に流された愚かな行為だと思った」

警察はビルを落とせなかった。なぜ彼がドナルド・モーガンを殺さないといけないのか？　リディアは彼と離婚している。再婚しても何の問題もない。

質問が再び殺人の夜に向けられた。検死解剖の所見では、死亡時刻はドンの最後の食事から四時間か五時間後、もしくは午前零時までと推定された。ビルは午前零時に回廊邸を出ている。

「他にも十人あまりの人たちが出ている。それがいったい何だというんだ？　眠くなかった。ドライブしていただけだ」

木曜日の夜だと思う。考えあぐねたホッパーとジムが、犯行現場の再現を試みた。回廊邸を午前零時に出て――ビルが出た時刻だ――車で幹線道路に向かった。そこで車を停め、犯人がそうしたであろうと考えて、館から見えないように遊戯場に歩いて戻った。それを十分で行った。

遊戯場に入ると、二人はちょっとしたけんかを演じた。殺人者役のジムがホッパーを気絶させ、ホッパーはストップウォッチを手に空のプールに横たわり、溺れた様を真に迫って演じてみせた。だが問題はホッパーをいかに引き揚げるかだ。ジムはパンツ一丁になって飛び込んだが、プールに水は入っておらず、緩衝効果は期待できなかった。ホッパーが悪態をつきながらタイルに横たわるまでしばらくかかり、水が入っていないことを計算に入れて、そこでの動きにもう十分見込み、それでよしとした。

たった一時間しかないのにもうすでに三分の一を使ってしまった。

だが難関が待ち受けていた。ジムは体を拭くふりをし、服を着るだけでは済まなかった。ホッパーをかついで、あるいは引きずって車まで行かなければならなかった。ホッパーの体重は百六十五ポンド、ドンと同じだ。遊戯場はドンがリディアの車を停めたと思われる場所から三百ヤードほど離れている。ジムはもう汗だくで、だらりとしたホッパーは運びにくいことこのうえない。「頼むから、植え込みには近づかないでくれよ。もう少しで目をつぶすところだったぞ」

服を着るのと運ぶのにもう二十分、ホッパーの外套を脱がせて、車の後部座席のホッパーにかぶせるのにさらに二、三分。ストップウォッチは、遺体発見場所の溝に向かうまでに合計四十二分かかったことを示している。ジムは猛スピードで運転したが発見場所に着くのに十分かかった。

ジムはニヤリとしてホッパーを車からどさりと捨てた。

「残り八分だ」ジムは声を弾ませた。「まあ、ストダード家の下の小道に八分で行ったなら、そいつには翼があっただろうよ」

午前零時以前の犯行の可能性が出てきた。となるとビルはシロだ。ホッパーは不機嫌だ。

「どこかに問題がある。一つには、おまえは着替えの最後でごまかした。犯人がネクタイなんて締めたと思うか？」

その夜、署長室に戻った二人は再度リストを調べた。パーティーに出席していた女性たちは除外することで見方が一致した。男性のうち、大半の者は、昔もドンとはせいぜい会釈を交わす程度の間柄でしかなかった。ドワイト・エリオットは「断じて会ったことはない。これはいったい何なんだ？」と言った。ジュリアンは何年か前に顔見知りだったが、戻ってきてからは会っていない。七十歳近いセオドア・アールはにっこりして、警察が嫌疑をかけてくれるとは実に光栄だと言い、あとの二人もドンのことなど聞いたこともないと言った。

朝の二時になってようやくホッパーが手元のリストから顔を上げた。「トニー・ウェインライトはどうなんだ？　あいつにはあの夜のアリバイがない。あいつはいったい何時に家に戻ったんだ？」

「馬鹿を言え。モーガンが蒸発したとき、あいつはまだほんの子どもだったんだぞ」

ホッパーがまたあくびをした。「モーガンにはなかなかきれいな娘がいる。娘が所帯持ちと遊び回っているのに奴が反対したのかもしれん」

第16章

ドンが殺されたちょうど一週間後、エヴァンズがビバリー病院から姿を消した。エヴァンズは自前の服を着るのを許され、ある程度の自由が与えられるまでに回復していた。ときどき病室を出て看護婦たちや回復期の患者たちと喋っていた。みすぼらしい服を着て室内履きを履き、頭にはまだ小さく包帯を巻いていた。

エヴァンズの逃亡は――それが逃亡だとして――わけないことだった。トニーはエヴァンズを一階の個室に入院させていた。その部屋から下の道までは六フィートもない。だが姿を消した状況には不可解な点があった。

持って出たのはパイプとタバコ葉入れ。衣類は身に着けているものだけ。回復するにつれ、肌着やかみそりが送られてきていたが、そっくりそのまま病室に残っていた。

トニーが知らせを受けたのは朝の一時。寝室の電話のベルは夜には鳴らないようにしていたが、階下で用事をしていた看護婦が図書室でベルが鳴るのを聞いた。看護婦は二階に上がってトニーに知らせた。トニーの部屋はわたしの部屋に近いため、ドアをノックする音が聞こえた。トニーが目を覚ますまでしばらくかかったので、ノックの音でわたしも目が覚めた。

「病院からお電話です、ウェインライト様。エヴァンズがいないそうです」ようやくノックに応えたトニーに看護婦が言った。

「どういうことだ、いないって？」

「いなくなったんです。姿を消したんです」

「いなくなったって！　いったいどこへ行くというんだ？　わかった、すぐ階下《した》に行く」

電話に出たトニーの声は聞こえなかったが、あくびをしながら寝ぼけ眼で上がってきたとき、わたしは階段の上にいた。

「エヴァンズがどうかしたの？　何かよくないこと？」

「大したことじゃない。散歩にでも出たんだろう。夜、起きているのに慣れてるから」

いつのまにかわたしは震えていた。ただの散歩ではない気がした。「それだけならいいけど」ついつい細い声になった。

「もちろんそれだけさ。さあ、そんな顔をしないで。目が皿のようになってるぞ」トニーはわたしの肩に手を置いた。「さあ、ベッドに戻りなさい。きみに来てもらってるのは何も疲れさせるためじゃないんだから」

トニーは身を屈めて軽くキスしてくれた。が、当然ながら物音を聞きつけたベッシーが、その瞬間を狙ったかのように棟のはずれの自室のドアを開けた。ベッシーはしばらく黙ってわたしたちを見ていた。とんだ悪ガキ二人組といったところか。ベッシーは意地の悪い笑みを浮かべた。「せっかくのところに水を差したくはないけど、トニー」ベッシーが冷たい声で言った。「いったい何事なの？」

「エヴァンズが夜の散歩に出ただけだよ。だが病院が心配している」

ベッシーはびくっとしたようだ。どうにも腑に落ちないという顔だ。頭の中のパズルにこのピースがはまらないとでもいうような。だが何事もなかったように肩をすくめた。

「そうなの、邪魔してごめんなさい」ベッシーは冷ややかにそう言ってドアを閉めた。残されたわたしたちは呆気にとられ、馬鹿らしくて拍子抜けしてしまった。トニーが先に気を取り直し、わたしを見下ろしてにっこりした。

「怯えた子どもみたいな顔をしないで。とにかくぼくの責任だ、許してくれ」

大急ぎで着替えたのだろう。時を移さず車がいつもの猛スピードで飛び出していくのが聞こえた。朝の四時にトニーが戻ってきた。軽いノック音が聞こえたのでドアを開けた。

「エヴァンズはまだ戻ってきていない。母さんには知らせないでくれ。きみも余計なことを考えないように。あいつは自分の意思で窓から出ていったんだ。ともかくコンウェイに会ってくるよ。あの年寄りを夜中に一人でうろつかせてもろくなことにならない。遠くには行けない。ポケットに入ってるのはほんの数ドルだ」

後日、その夜のトニーの捜索について聞いた。トニーは夜の散歩に出たという見方を捨てず、エヴァンズを捜して周辺の土地や林をしらみ潰しに調べた。子どものころからトニーとエヴァンズのあいだには共通の合図があった。二人だけにわかる口笛だ。帰りが遅くなってモードに知られたくないとき、トニーはその口笛を吹いた。エヴァンズは夜には拳銃を携帯していた。しかも射撃の腕は相当なものだった。夜に敷地を通るときトニーはずっと口笛を吹いていた。撃たれる心配もなく。

朝には状況が何やら忌まわしい色合いを帯びてきた。エヴァンズが自ら進んで出ていったのは明らかだった。病室の窓が開いていていて、椅子の上にきちんとたたんだパジャマが置いてあった。だがベッドには入っていた。夜間勤務の看護婦の報告では十時半にはよく眠っていたという。

「どうやら」急いで朝食を摂りながら、いらいらして疲れ切った様子のトニーが言った。「外に連れ出す何らかの伝言を受け取ったようだ。電話ではない。エヴァンズに電話はかかってこなかった。だが窓が開いていた。下の道から誰かが呼びかけたのかもしれん」

「でも誰が？　いったい誰がエヴァンズを連れ去るって言うの、それとも――傷つけたいの？」

「怪我をしているかどうかはわからん。誰が連れ去ったにしろ、あいつなりに出ていく理由があったのかもしれん。警察はあいつにいろいろ質問していた。知らなくてもいいことを知ったのか、恐れていたのかもしれん」

昼になってもエヴァンズの足取りは摑めなかった。エヴァンズの件はモードには伏せていたが、ベッシーはエヴァンズがまだ行方不明と知るや、たちまちエイミー・リチャーズ言うところの精神的な動揺状態に陥った。

「出ていこうとして荷造りしてるわ」エイミーが嬉しそうに言った。「神の御慈悲に感謝するわ。あの人の朝食の盆が運ばれるのを見るたびに、コーヒーに何か入れてやりたいって思うもの」

地元警察も市警もお決まりの手はすべて打った。無線でエヴァンズの人相特徴を流し、行方不明者局に通知し、病室の指紋を採取した。ベッシーは出ていかなかった。足留めしたのはむっつり顔のホッパーだ。彼は図書室に座って、ときおり小さな黒い手帳に目を落としていた。

「まだ殺人事件の捜査中です」ホッパーはベッシーに言った。「その事件はここ、回廊邸《クロイスターズ》で起きました。事件のことであなたが何かご存知だと勘ぐってるわけではありません。ですが、お尋ねしたいことがあります。あの夜、なぜカントリークラブを出られたのですか？　なぜこの館《やかた》のほうに歩いてこられたのですか？　来なかったなんて言わないでくださいよ。来られたのはわかってますから」

ベッシーは顔色を変えたものの、けんか腰で答えた。「断固、否定するわ」

「馬鹿を言わんでください」ホッパーは冷静に言った。「そこらじゅうにあなたの足跡がありましたよ、それに――」

「くだらない！　女性のイブニングシューズなんてどれも同じよ」

「あの夜あなたが落とした小さな造花の髪飾りを見つけました」ホッパーはさらに続けた。「厩舎近くの植栽に身を隠したときに落としたものでしょう。憶えておられますか？　さてと奥さん、あの夜はどこに行ったのですか、その理由も教えていただきたいのですが」

ベッシーはまだけんか腰だ。「あんたの知ったことじゃないわ。ある人に会ってたのよ」

「ある人とはドン・モーガンですか？」

とうとうベッシーが折れた。ドン・モーガンではない。ドンには何年も会っていない。これまでに会ったかどうかすらわからない。ドンを殺すなんて、どうしてわたしがそんなことをするの。仮に殺したとしても、あのプールから引き揚げて車に乗せられるわけないでしょ。二階へ行って、着ていたドレスを見るといいわ。濡れているかどうか調べなさいよ」

「もう調べましたよ」ホッパーが答えた。

そう言われてベッシーは黙り込んだ。ともあれ、二度と出ていくとは言わなかった。だが、あの夜誰に会ったかについてはどこまでも沈黙を守った。

「この事件とは関係ないことよ」ベッシーはきつい調子で言い返した。「ここにわたしの生活が大してあるかどうかわからないけど、でも少しはあるわ。それに、あってもそれはわたくし事よ」

ホッパーはそれ以上追及しなかった。少しも動じていない。ポケットに手を突っ込むと昔のドンの写真を取り出した。「パリでお知り合いだったのはこの男ですか？」

ベッシーはおそるおそる写真を手にした。「そのようだけど、断言はできないわ」

「これでここを出ていけない理由がおわかりでしょう」とホッパー。依然として落ち着きはらっている。「うまく計らいますので、ここに留まっていただきたい。あなたがあの夜、男と会っていたのをご主人はご存知ですか？」

「男とは言ってないわ。とにかく主人は知らないわ」

「確かですね？」

「あらまあ」ベッシーはそう言って笑った。「あの夜、わたしがドン・モーガンに会っていて、それでトニーが彼を殺してわたしの名誉を守ったとでも思ってるの？」

「ご主人はご自分の名誉を守ったのかもしれませんよ」

ベッシーは煙草の火をもみ消し、しばらくじっと座っていた。あの日どうしてベッシーは話す気にならなかったのかしらと、以来ずっと思っている。自分に関わりあるとは言え、一部始終を話してここから出ていくこともできたろうに。英国製のツイードに身を包み、同じく英国製のウォーキングシューズを履いて、背の高い痩せた強敵を前にじっと座って考え込んでいた。結局話さないと決めたようだ。ホッパーを見て立ち上がった。

「わかったわ。あんたの勝ちよ。ここに残るわ」

第17章

エヴァンズが姿を消した午後のことだ。それ以前から館《やかた》はかなりの混乱をきたしていた。家政婦長のパートリッジがあたふたと動き回り、辞めると言いだすメイドまで出る始末だ。夜は誰も館の外に出ようとせず、映画にすら行かない。エヴァンズについて何の知らせもないまま日曜日が過ぎ、冷静なレノルズでさえ浮かない顔をしている。二人の従僕は見るからに不安そうだ。

トニーはずっと留守で、月曜日には丘陵地の捜索が始まった。エヴァンズが行方不明になってすでに三十六時間が経過し、いまだ足取りすら摑めていない。おまけに行方不明のエヴァンズに不吉な様相を呈することが出てきた。一つは病院からの報告で、殺人事件が起きてからエヴァンズは別人のようだったというのだ。

「看護婦が言うには、彼はひどく変わったそうです」看護婦長が言った。「事件まではほがらかでした。ニュースを聞いたあと不機嫌になって病室に閉じこもり、食事もろくに摂らないか、まったく摂らないこともありました」

エヴァンズを巡って、ジムはホッパーや市警の連中とは意見を異にしていた。市警の刑事たちは、エヴァンズは単にふらふらと出ていったと考え、ジムは行方不明をもっと悪意あるものと捉えていた。

「誰かがエヴァンズを始末したかったのかもしれん」ジムは言い張った。「病院の室内履きでは遠くには行けない。それにエヴァンズは昼間寝て夜起きているのに慣れている。病院から回廊邸《クロイスターズ》まではほんの一マイルだ。殺人があった夜、窓から外に出て遊戯場の近くに来ていたとしたら、何かを目撃したのかもしれん」

ジムはその説に固執した。州警察と他の者たちが丘陵地を捜索しているあいだに、ジムはエヴァンズの部屋に行って隅から隅まで丁寧に調べた。

「自分から姿を消したのなら、せめて靴くらい持っていくんじゃないか。とにかく調べる価値はある」

エヴァンズは何年も、回廊邸の敷地内にあるアンディ・マクドナルドのコテージに住んでいた。コテージの一階の部屋を使っていて、アンディの妻のジェシーは黙って捜索させてくれた。何も見つからなかった。室内はきれいに片づいていて、ジェシーが病院に送ったものを除いて、エヴァンズが出かけたときのままだ。引き出しに便箋と封筒、ペンとインク瓶が入っていたが、ペンは古く錆びていた。

「手紙は書かなかったし」ジェシーが言った。「手紙を受け取ったかどうかも知らないね。知り合いはいないようでしたよ」

クローゼットにも何もなかった。床に靴が二足。エヴァンズの靴はそれだけだとジェシーは言った。襲われた夜に履いていた古いズボンはまだ警察にあるとジェシーは思っている。が、プールで濡れた上着はしわくちゃのままかけてあった。ジェシーが病院から持ち帰って、空の拳銃用ショルダーホルスターと一緒に吊るしたのだ。

「エヴァンズは拳銃について何か話していたかね?」とジムが尋ねた。「病院で彼に会ったときに」

「いいえ。何も言いませんでした」

「襲われたことについてはどうだね？　誰に襲われたとか？」

「そのことはよく話してましたよ。注目を浴びてなんだか気をよくしているようでした。ほら、どういうことかわかるでしょう、コンウェイ署長。ウェインライト奥様が花やら食べ物を送ってくるし、みんながいろいろと面倒を見てくれて。彼にとっちゃいい気分転換になったと思いますよ、夜に寝られて。ここに何年も住んでいて、仕事も休まなかった。休んだのはたった一度だけ。数日ほどどこかへ行ってました。なんだか妙でしたね。どこに行っていたのか絶対に教えてくれませんでした。ともかく、あたいらにはね」

「ただ出かけたのか？」

「よくわからんのですよ。出かけては行きました。だけど、戻ってきたときに思ったんですよ。嫌な知らせがあったんだろうなって。だとしても何も教えてくれませんでした。一つだけ気づいたのは、そのころときどき、誰かから手紙をもらってました。それ以来手紙は受け取ってません」

　十月初旬だった。紅葉が始まっていて、丘の斜面が赤や黄色、茶色の柔らかな色に染まっていた。狩猟シーズンが始まり、ストダード家に人々が集まっていた。狩猟には向かない土地だったが、乗馬道が整備され、在来のキツネもいた。外来の獲物もいた。谷では夏のシーズンがすっかり終わっていた。ビバリーホテルに滞在して夏を満喫した都会っ子の独身男性たちは街へ帰り、馬術ショーも終った。ヒルと村はパームビーチやジキル島、ナッソーに出かける前のほっとしたひとときを楽しんでいた。

　こうした平和なひとときにドンが殺害され、エヴァンズが行方不明になった。無論、生活は続いている。庭師たちは冬に備え、手押し車を押して回って根覆いをし、肥料をやり、モードの一年草の庭を掘り起こし、いまもダリアやアスター、菊の手入れを続けている。ゴルフ場は活気づき、とりわけ土曜日と日曜日は賑わいを見せている。大型平底船には到来する寒い季節に備えて石炭が満載され、そうした船を川船が押している。その川にある日、二隻の警察船が現れ、手際よく川底をさらい始めた。

モードはまだエヴァンズが行方不明になったことを知らなかった。わたしは毎日数分だけモードとの面会を許された。週の始めにモードがエヴァンズのことを尋ねた。

「具合はどうなの？　果物を少し送ってやってはどうかしら、パット」

わたしの表情から察したのだろう。モードはベッドで体を起こそうとした。「まさかエヴァンズに、パット！　エヴァンズに何かあったんじゃないでしょうね」

話さざるを得なかった。なるべく穏やかに話したが、モードの様子がおかしくなったのでエイミーを呼んだ。その午後モードはドワイト・エリオットを呼び、彼は長いあいだモードの部屋にこもっていた。

話のあいだに何があったのか、部屋から出てきたエリオットはひどく動揺していた。時間だと告げに入ったエイミーによると、モードのそばに彼が立っていて、憤りのあまり顔が赤らんでいたそうだ。「そんなことはできない」と彼は言っていた。「そんなことをしたらどうなるか考えてみろ。頼むから、せめてきみが本調子になるまで待ってくれ」

「考える時間はたっぷりあったわ、ドワイト」

エイミーがいるのに気づいて、エリオットは平静さを取り戻した。

その週のことはあまり憶えていない。エヴァンズはまだ見つからない。エヴァンズは病院の室内履きのままパイプを持って、エイミーの言葉を借りるなら、消しゴムで消したみたいに消えてしまった。夜にはまだ回廊邸の敷地内に警備員がいて、昼は終日、男が一名配備されていた。トニーは疲れ切っているようだ。ベッシーはほとんどの時間、ドアに鍵をかけて部屋に閉じこもっている。ある日ホッジが墓地の植栽に潜り込んだ際に、墓地が荒らされたときに使われたらしいつるはしを見つけ、警察に届け出た。

柄の部分にCの焼き印があった。回廊邸の道具すべてに付いている印だ。ジムがそのつるはしをアンディに見せると、アンディはすぐに確認した。

「なくなって困っていたんです。どこで見つけたんです、コンウェイ署長？」

「墓地だ」ジムは厳しい口調で答えるとつるはしを持ち帰った。

その週末近く、ある人がわたしを訪ねてきた。

秘書室で請求書をチェックしていたときにふと顔を上げると、敷地にラリー・ハミルトンがいた。ロジャーはもう大喜びで、飛びはねては大きな足をラリーの肩に乗せようとしている。机が開いた窓に面してるので、ラリーがわたしを見て近づいてきた。

「こんにちは。少しお話しできるでしょうか？　こっそり入ってきたのでいまにもつまみ出されそうなんです」

「そこのドアが開いていてホールに入れるわよ。入ってらっしゃい」

仕事の小休止はいつだって大歓迎だ。入ってきたラリーに煙草を勧め、自分も一本手にした。ラリーはハンサムで、二十五歳だと思うが若く見える。ラリーが見るからに暗い顔をしてびくびくしていたので、その日はなんだか母親のような気分だった。

「さあ、いいわよ」わたしはきびきびした口調で言った。「わたしから離れているのが辛くてこそこそ入ってきたわけじゃないでしょ。話してちょうだい、ラリー」

一気にぶちまけるかと思ったが、ラリーは立ち上がると窓辺に行って外を眺めた。

と、いきなり「どうしていいかわからないんです」ラリーが堰を切ったように話し始めた。「そもそもここに来るべきじゃなかったのかもしれません。でも恐ろしくてどうしようもなくて。オードリーとトニー・ウェインライトのことなんです」

正直言って動揺を覚えた。仮にそういう間柄だったとしてもとっくに終わったと思っていた。それがここにきてまた再燃したのか。

「ぼくが彼女にベタ惚れなのはご存知でしょ」ラリーの声が震えている。「子どものころからずっと好きなんです。それがぼく、大変なことをやらかしたみたいで。とにかく、もうそこらじゅうに広がってしまって」

「何がそこらじゅうに広がっているの?」

ラリーの話はひどく不愉快だったが、それほど大変だとは思えなかった。つまり、戻ってきたドン・モーガンが最初にしたことは、オードリーにトニーとの交際を禁じることだった。

「彼はトニーが結婚していると聞いて、オードリーが言うにはかんかんに怒ったそうです。トニーを呼びつけて、たぶん口論になったと思うんです。トニーのことはよくご存知でしょう。すぐにかっとなります。で、オードリーがそのことを喋って。彼女がどんな娘だかご存知ですよね。まず口に出して、それから考えるんです。でもそのあとのことはぼくの責任です」

「あとって？」わたしはじれったくなって先を促した。

「ミスター・モーガンとベッシー・ウェインライトのことです」

「ミスター・モーガンとベッシー・ウェインライトって。いったいどういうことなの、ラリー？」

「ある晩、二人が一緒にいるのを見たんです」ラリーが言い立てた。「かなり遅い時間でしたが彼を見ました。ベッシーの車のようでした」

愕然となった。「このことを誰かに話した？」

「それが問題なんです」ラリーは正直に打ち明けた。「ぼく、ものすごく腹が立って。ドンは病気のふりをして、オードリーに食事を運ばせたり何かをさせたりしている。そのくせ夜には女の人と車を乗り回してる。クラブで何人かにその話をしたら、いまでは誰もが知るところとなって、そこらじゅうで噂になってるんです」ラリーは一息入れ、つかえつかえ話を続けた。「モーガンさんが殺された夜、トニーはダンスにずっとはおりませんでした。ベッシーもです。ベッシーは十一時ごろこっちに来るのを目撃されていて、トニーが彼女のあとをつけていました。ともあれ、そういう話です」

ラリーにしては大演説だ。汗をかいているのか、ハンカチを出して両手を拭っている。

「そんなの馬鹿げてるわ」恐怖のあまり口がカラカラになった。「この噂止めないと、ラリー」

ラリーはゆがんだ笑みを浮かべた。「止められるものなら止めてください」ラリーはそう言うと、帽子を摑んで入ってきたドアから出ていった。

話を聞いて、ホッパーの言ったトニーが自分の名誉を守るという意味がわかった。トニーはベッシーが遊戯場でドンと待ち合わせたことを知り、クラブを出たベッシーのあとをつけた。例によって頭に血がのぼり、ドンを殺した。全身が凍りついた。

その夜、帰宅したトニーはひどく機嫌が悪かった。噂の一部が耳に入ったらしい。

「ねえ、ぼくがドン・モーガンと口論したって噂を聞いたかい？」

「そんなようなことはね」

トニーは苦々しく笑った。「だから友だちや近所の連中がぼくを追いかけ回してるんだな！　何にも増して馬鹿らしいのは――いいかい、きみには知る権利がある。口論はなかった。実際、あいつは結構ちゃんと振る舞っていた。ぼくはリディアに約束した果物を届けに立ち寄っただけだ。するとあいつがぼくを呼んだ。きまり悪そうだったが言いたいことはわかった。オードリーは若い。女房がいる男など好きになってほしくない。結婚の意思があろうとなかろうと。ぼくにはそんなつもりはさらさらないと言うと、ドンはにんまりしてたよ。それだけのことだ。だがオードリーがドアの外にいてやり取りを聞いていたんじゃないかな」

ラリーの話の残りの部分は話さなかった。トニーは疲れているようだし、それに夕食後、ジム・コンウェイに会いに行ってしまった。だがその夜ベッシーには話した。あまりにも事が重大なので放ってはおけなかった。

ベッシーは居間にいて、映画雑誌を手に寝椅子で横になっていた。立ち上がってドアの錠を開けてわたしを中に入れるとまた寝椅子に戻った。だがわたしがその話をすると飛び上がった。

「そんなの真っ赤な嘘よ。そんなこと絶対にしてないわ。わたしの頭がおかしくなったとでも言うの？」

ベッシーは腹も立てていたし怯えてもいたが、嘘をついているとは思えなかった。ほどなくして部屋を出たが、背後でドアに鍵をかける音がした。恐れているものが何であれ、どうやらこの館にいるらしい。

翌日ロジャーが靴下留めを見つけた。ありふれた男物の靴下留めで比較的新しかったが、雨風にさらされていた。散歩の途中に、ロジャーが靴下留めをくわえて植栽から出てきた。ロジャーはしばらく、頭をはね上げるようして靴下留めを放り上げたり、跳びかかったりして遊んでいた。

取り上げて見ると、使うには少々くたびれているうえ、ごく一般的な品で大した手掛かりになりそうになかった。だがジムに見せると、靴下留めを調べながら心配そうな表情を浮かべた。「車を隠すまでの時間を少し縮めないといけないかもな。殺人者が誰であれ、着替えたりしなかったんだ」

その週、館は静かだった。モードは広い部屋で一人きり、トニーは仕事とエヴァンズの捜索を交互にやっていて、ピエールは腕を振るうのが看護婦の盆とわたしたちの食事に限られ、それもほとんどが食べ残されるので厨房でふてくされていた。川ではエヴァンズの遺体を捜す底さらいが続いていたが、発見には至らず、丘陵地での捜索は打ち切られていた。

ある日馬丁頭のジェイムズが馬に乗らないかと声をかけてくれた。夜、トニーに相談してみた。驚いたことにトニーは反対した。「廏舎の馬はもう何週間も外に出ていない。きみには乗せられないよ、パット。きみに何かあったらと思うと心配で」

「乗馬はずっとしてきたわ」

「知ってるよ。人に馴れたおとなしい馬だ。廏舎のとは違う」

腹が立った。何年も谷の馬術ショーでハンターたちにときどき腕前を披露してきたのに。翌日わたしはプリンスを引き出した。プリンスにまたがるとジェイムズが苦笑いした。

「最初は優しく扱って。大丈夫、乗れますよ。あなたの乗馬はずっと見てきましたから」

プリンスには、体を震わせるリスを見ると何か恐ろしいものと思ったり、なんとかしてくつわを動かそうとする癖があるが、どうにか乗りこなせた。難しい乗馬だったが、乗馬ズボンとブーツをまた身につけられて気分が晴れた。なんとなくうきうきした気分で廏舎から戻るとホールにベッシーがいた。

ベッシーがわたしを見た。「本当に戸外が好きなのね！　わたしは馬が大嫌いだけどこれよりはましだわ」

「何よりましですって？」

「陰鬱で馬鹿でかいこの屋敷よりましってこと。いつかあの赤毛のグラスホッパー《ポリ公》をびっくり仰天させて、ニューヨークへ逃げてやるわ」ベッシーはわたしが煙草に火をつけるのを見ていた。「あなたはここが好きなんでしょ。あなたもトニーも。わたし、せっかくの恋心の芽を摘み取っているのかしら」

そう言うとベッシーは鏡に向かって化粧を直し始めた。と、まさかわたしに見られているとは思っていないものが目に留まった。テーブルに置いたベッシーのバッグが開いていて、中に銃把に螺鈿を施した小型拳銃が入っていた。

第18章

十月八日の夜、ビル・スターリングが逮捕された。

回廊邸《クロイスターズ》でモードの夜の往診を済ませたあと、ほどなく逮捕された。その夜ビルは一階のホールにいて前よりも元気そうだった。エヴァンズが姿を消したことでほっとしたのだろうか。エヴァンズがいなくなったときは病院で手術をしていたし、手術後はインターンを連れて村はずれに往診に出ていた。二人は朝の三時に戻ってきて、簡易キッチンでコーヒーとスクランブルエッグを食べ、ビルはそのあと車で家に帰った。


ビルは明るい声で挨拶してくれた。「やあ、パット。ここはどんな調子だい?」

「最高よ。村じゃトニーを犯罪者だっていじめてるそうね」

「そんなこと気にするな。警察はそうは考えていない。連中はまだわたしに目をつけている」

ビルの言葉どおり、ホッパーはまさにその夜を選んで再度ビルの自宅と診療所を捜索した。ホッパーはあらかじめ令状を用意していたのか、いつかはわからないがビルが勝手にやれとでも言ったのか、いずれにせよホッパーはビルの家にいた。ワトキンズ夫人はもうかんかんだ。

「あんたは前に一度ここに来たじゃないか。そんとき、あんたらがめちゃくちゃにしたのをやっとこさ片づけたところなんだよ。今度は何がほしいんだね?」

「ざっと見るだけです。脇に寄っててくださいよ、奥さん。邪魔しないでください」

ワトキンズ夫人はバタンとドアを閉めて台所に戻った。ホッパーが真っ先に見つけたのはエヴァンズの拳銃だ。拳銃は隠してるようには見えなかった。診察室の机の引き出しに無造作に放り込まれていて、ビルの指紋がべったり付いていた。

警察はリディアの家にいるビルを見つけた。というかジムが見つけた。採取された指紋とビルの指紋との照合作業をジムは固唾を呑んで見ていた。それから車をぶっ飛ばしてモーガン家へ向かった。着いたとき二人は川べりのベンチに並んで腰かけていた。静かに座っていた。何年も愛し合ってきた二人、いまは一緒にいられるだけで満足している。手すら握っていない。お互いにも世の中にもなんの不満もなく。

「そんな二人を引き離すのはものすごく嫌だった。だが、どうすればよかったんだ？　ビルの居所を突き止めるのはホッパーに任せていたが、ビルのところにはおれが真っ先に行きたかった。おれを見た瞬間、ビルは何が起きたのか察したと思う。なぜって、立ち上がってリディアにキスをして言ったんだ。『戻ってくるよ、でなければ、あとで電話する』そしておれと一緒に来た」

ジムはすぐにはビルを警察署に連れていかなかった。半時間かそこら二人でドライブして回り、もっぱらジムが喋っていた。

「いいかビル、わかってるだろうが、おれはできる限りのことをする。あの拳銃はどこで手に入れたんだ？」

「信じないだろうが、わからないんだ」

「見たんだろ、ビル。見逃すわけがない。エヴァンズが怪我をした夜に手に取ったんだろ」

「わたしが奴に怪我をさせたって言うのか？　わたしはやってない」

「そうは言っていない。馬鹿を言うな。現にあの夜エヴァンズは拳銃を身につけていた。病院に運び込まれたあと、あんたがそれを手にしたんじゃないのか」

「わかったよ、ジム。だが誰がそんなことを信じる？　第一それじゃ、そいつをどこに置いといたんだ？　自宅は前にも捜索された。おまえも、それにホッパーやあいつの仲間も知っているじゃないか。捜索時にはなかったはずだ」

　ジムは憤慨し、怒っていた。「どうしてすぐに見つかるあんなところに入れておいたんだ？　馬鹿なことをして」

「わたしが何を――」ビルははっとした。「なんてこった、ジム、いつもおまえが警察官だってことを忘れちまう。話はそこまでだ。連中は一度自宅を捜索した。また捜索するとは思わなかった。そもそも拳銃がどうしたっていうんだ。誰も撃たれてやしない」

「それはあんたが自分で答えなくちゃな」ジムがぼそりと言った。

　その夜、警察はビルを市警に連行した。ちゃんとした扱いをしてくれたものと信じている。ビルは地方検事のオフィスに座って煙草を吸いながら、次々と浴びせかけられる質問に答えていた。地方検事のスチュアートがほぼ一人で質問していた。その尋問についてあとでジムが話してくれたが、スチュアートは杭打ち機さながらに、ビルに質問を浴びせたそうだ。

「では先生、殺害されたあの夜、ドナルド・モーガンはなぜウェインライトの遊戯場に行ったのですか？」

「馬鹿言うな、わたしが知るわけないだろ」

「あそこで彼と会う約束があったのですか？」

「いかなるときもあいつとは約束なんかしていない」

「ですが、あなたはあの午後モーガンの家に電話をかけましたね？」

「モーガンが戻ってきてから電話はかけていない」

「あの日電話をかけたんですよ、先生。電話をかけて、夜にモーガンと会う約束をした」

「嘘だ。あいつと話したことはない、電話にしろ、何にしろ」

質問者が警察本部長に代わった。「ねえ、先生」本部長は穏やかな口調で言った。「われわれはなにも先生をいじめてるわけではないんですよ。事実を知りたいだけなんです。遊戯場のことですが、どの程度ご存知だったのですか？」

「何度か中に入ったことがあるのでかなり知ってる」

「静かに話をするにはいい場所だと思いませんでしたか？」

「どうしてわたしがそう思うんだ？　モーガンとならいつでもどこでも話せたはずだ」

それでも一つ、検事側がどうにも否定できないのがエヴァンズの拳銃だ。拳銃はスチュアートの机の上に載っている。スチュアートが拳銃を手に取って眺めた。

「エヴァンズの話に戻りましょう、先生。彼が気を失ったとき、遊戯場の鍵を含めて所持していた鍵が奪われました。モーガンが殺害された夜、遊戯場のドアを開けるのにその鍵が使用され、それが先生の鍵リングに付いていました。さらにはエヴァンズの拳銃も奪われています。あの夜先生がどこにおられたのか教えてもらわないことには」

ビルは顔を上げた。「その鍵が使われたってどうして言えるんだ？　あの夜は館《やかた》に大勢の人間がいた。誰もが西棟のテーブルから鍵を取って、そっと抜け出て使って、また戻しておくことができた」

「なるほど！」スチュアートが言った。「回廊邸の鍵についてもご存知だとは。実に興味深い」

エヴァンズに関する質問はまだ終わらなかった。

「警備員が襲われた夜、どこにおられましたか？」

「そのことはもう話した。何件か往診していた。往診のあとはモーガン夫人と一緒だった」

「彼女とは結婚するつもりだったのですか？」

「いまもそのつもりだ」

エヴァンズに関してさらに質問が続いた。エヴァンズが病院を抜け出たのには──抜け出たとして──ビルが陰で糸を引いている、検察は明らかにそう見ている。

「先生がエヴァンズを殴ったとき、エヴァンズは先生だとわかった。だから先生は──その──彼を始末する必要があった。そうですよね？」

「なんだって！」ビルが大きな声を出した。「わたしは彼の命を救うために最善を尽くしたんだぞ。頭の傷を縫って毎日診察した。なのにわたしが殺したと言うのか。病院に訊いてくれ、トニー・ウェインライトに訊いてくれ、わたしがエヴァンズを殺したと思うかどうかトニーに訊いてくれ。彼には分別がある、ここにいる大馬鹿どもになくてもな」

スチュアートは怒りをぐっと抑えた。口調はまだ物柔らかだ。拳銃にそっと触れている。「さてと先生。これはエヴァンズの拳銃です。確認済みです。携帯許可証の製造番号もわかっています。どこで見つかったかご存知ですよね。これが先生の机の中にあった理由をお聞かせ願えますかな」

「昨夜初めて、引き出しに入っているのを見たんだ」

「先生が入れなかったのなら、誰が入れたんです?」

ビルは言い淀んだ。それからニヤリとした。「どうやらはめられたみたいだな。いつもの手なんだろ?」

「はめられたんですか?」

「どうして入っていたのかわからないんだ」ビルはきっぱりと言った。「診察室には絶えず人が出入りしている。入れようと思えば誰だって入れられた」

尋問者が拳銃をビルに渡した。「よく見てください、先生。あなたの指紋が付いていますよ」

「何が言いたいんだ? 見つけたときに手にしたと言ったじゃないか。いったい何を証明しようというんだ。仮にわたしがエヴァンズから奪ったのなら、とっくに処分していたとは思わないのか」

「先生がまさにそうしたと言っているんですよ。先生はそれを埋めた。銃身に土が付着しています。身に覚えがないのならなぜ埋めたんです? それに、なぜまた掘り出したんですか?」

ビルはじっと座っていた。質問からうすうす真実を察したのだろう。が、連行されたときは多忙な一日を過ごしたあとで疲れていて、いまやその疲労がピークに達していた。ビルは両手を軽く上げ、かすかに笑みを浮かべた。

「すまない。それには答えられない。言えるのは、わたしは埋めていないということだけだ」

もう明け方近くになっていた。ビルの逮捕を知ったトニーが飛んできたが、中には入れてもらえなかった。一晩中ホールを行ったり来たりしていたが、ビルが市庁舎内の警察本部の留置場に入れられるや、ジムとホテルに行って泥のように眠った。

二人は疲れた男たちを残して検事局を出た。しかしその夜、男たち、地方検事局の男たちは立件できると確信していた。二人が出ていくと、スチュアートは椅子に深々と腰かけてあくびをした。

「どうにも口が堅いな」スチュアートが言った。「動機は充分、犯行現場の鍵、その鍵を奪うためのエヴァンズに対する暴行。あいつはいったいどこに拳銃を埋めたと思う？」

「墓地では」ホッパーがニヤリとして言った。「あそこに山のように過ちを埋めてるんでしょうよ」

連中が笑った。煙草の煙と寝不足のせいで目が真っ赤だ。誰もが疲労の極致にあった。それでも笑った。法が執行され、仕事が終わった。開廷中の大陪審が二つあり、数日で起訴状が手に入る。スチュアートは立ち上がってチョッキとズボンのウエストバンドのボタンを留めた。恰幅のいい男だ。

「終わった。あとは歓声あるのみだ」スチュアートは上機嫌でそう言うと車に乗り、寝に帰った。

翌朝になってもわたしは、逮捕のことも長い尋問のことも知らなかった。回廊邸のような屋敷で暮らしているとよくあるが、夜トニーが館にいなかったことすら知らなかった。前夜にジムから電話があって、トニーはすぐにまた出かけていた。

その朝は正直言ってわたし自身も問題を抱えていた。この物語を書くうえで難しいのは自分のことを書くときだ。周りでいろいろな事件が起きたが、わたし自身は幽霊のように、目に見えない実在しないものとして事件から事件へと動き回る。けれどわたしにだって、哀れなシャイロックのように、いろいろな側面や感覚もあれば愛情や情熱だってある。その日はかなり気分が悪かった。一つにはエイミーからの報告だ。彼女が用事でモードの部屋を出ているあいだに、ベッシーが部屋に忍び込もうとしたというのだ。

「モードに会わせてくれと頼まれたけど、眠っているからと言ったの。あの部屋の何がほしいのかしら。忍び込もうとしたのは今回が初めてじゃないわ」

もう一つは何らかの形でトニーがドンの殺害に関与しているのではないか、そうした不安が次第に募ってきたことだ。ベッシーは絶対に何かを知っている。不安そうにしているし、鍵をかけて部屋に閉じこもるし、バッグには拳銃が入っていた。そのすべてが物語っている。それにモードに会おうとしたこと、その気になればいつでもトニーをつぶせると言ったことも。モードが浴室で倒れた朝だって。あのときヒルダは浴室にいなくて、モードは着替えの途中だった。そこにトニーが入ってくる。

「ねえ母さん、話があるんだ。もうとても我慢できないよ。ぼくは――」

その朝は誰とも話ができなかった。ベッシーはどこかへ出かけていた。モードは論外だ。ヒルダと話そうとすると怯えた馬のように飛び上がった。ビル逮捕の知らせは使用人ホールにも届いていたと思うが、誰もわたしに教えてくれなかった。

「ウェインライト奥様が気を失ったときだけど、どれくらいのあいだ浴室を離れていたの、ヒルダ？病気になったあの日」

「せいぜい十分くらいです」

「あの朝、トニー様は奥様に会ったの？」

「わかりません」ヒルダは強張った口調で答えた。「まだ着替えをお済ませではなかったので、お会いになってなかったと思います」

「それじゃベッシー様は？」

「まだお目覚めではなかったと思います」

ヒルダは落ち着かない様子で早々と逃げ出した。

わたしも逃げ出そうと、昼食前にプリンスを引き出して丘を駆けた。ロジャーもついてきた。ロジャーが一緒だったことや、プリンスの蹄が落ち葉をカサカサ踏み鳴らす音、それに運動したこともあって気分がよくなった。

乗馬道で偶然ジュリアン・ストダードに会った。厳めしい表情だったが、すぐに和らいですれ違いざまに声をかけてくれた。

「気持ちのいい天気だね」

「最高よ」とわたし。

その瞬間、プリンスがキジに驚いて後ずさりし、危うくわたしは木の枝に頭をぶつけそうになった。会話はそこで途切れた。のちに彼の堂々たる体軀、大きな馬、誇りと幸せに満ちた様子を思い出すことになる。キジは何もしやしないとプリンスにわかるまで彼はそばについていてくれた。

「大丈夫かい？」彼が大きな声で言った。

わたしは手を振り返した。「首が折れただけよ」わたしはそう答えるとそのまま馬を走らせた。

館に戻る途中マージェリー・ストダードとベッシーを見かけた。二人はストダード家の敷地と回廊邸の敷地のあいだの小径にいた。話に夢中になっていて、近づいていくプリンスの足音も耳に入らないようだ。ベッシーは丸太に腰かけて煙草を吸い、その前にマージェリーが立ってベッシーを見下ろしている。

「できるだけのことはしたわ」マージェリーが怒りもあらわに言った。「ビル・スターリングを死刑にするつもりなら、わたし、知ってることをすべて話すわ。何もかも一切合切」

ベッシーが笑った。「あなたにそんなことできやしないわ。考え直しなさい」

そのときプリンスが藪を曲がった。ベッシーが煙草を投げ捨てて立ち上がった。「パットが来たわ」

ベッシーが言った。「あら、わたしも運動してたところよ。ぶらぶら歩いて帰るわ」

帰りはプリンスを落ち着かせるために歩いた。ベッシーはプリンスのすぐ後ろを歩いている。プリンスがちょっと後退りしてベッシーを蹴ってくれはしないかとかすかな望みを抱いたが、プリンスは蹴らなかった。ビルの逮捕について教えてくれたのはベッシーだ。信じられなかった。ワトキンズ夫人に電話をかけてようやく確信した。乗馬服もそのままに、車を出してリディアに会いに行った。

リディアは誰にも会っていなかった。玄関に出たメイドは、奥様は朝食も召し上がらないし、昨夜からお部屋に鍵をかけておられますと言った。オードリー様にもお会いになってません。いいえ、オードリー様はお留守です。おそらく墓地に行かれたのでしょう。

事情がまだよく飲み込めなかった。墓地に向かって丘を登っていくと、道の途中にオードリーがいた。いまだに喪服を着てとぼとぼ歩いている。ドンが死んでからオードリーもリディアも車を使っていない。オードリーはハイヒールを履いた足を引きずり、しおれかけた庭のダリアの束を抱えていた。

車を停めてオードリーを乗せたが、彼女はまるで口を開かなかった。初めてオードリーを心底かわいそうに思った。黒い服に身を包んだ彼女は、若くて元気そうなのに、ずっと泣いていたのか、目が腫れている。花束を座席に置いて車に乗り込んできた。

「ありがとう、パット。足がとても疲れて」

オードリーはハンカチを出してそっと顔をおさえた。ビルの逮捕について尋ねるつもりだったが、いまはそのときではない。

「二人ともどこか他所《よそ》へ引っ越せばいいんじゃない」わたしは訊いた。「あなたなら環境の変化にも耐えられそうだし」

「母さんは絶対に引っ越さないわ。わたしはどこだってかまわないけど」

「なら車を出して使いなさいよ」もどかしかった。「どうせいつかは使わなくちゃならないんだから。いつまでも歩いているわけにはいかないでしょ」

オードリーは体を震わせた。「あの車はもう二度と見たくない。だって――恐ろしいんですもの」

「ねえ、オードリー。あなたは幼ないとき以来お父さんに会ってなかった。寂しかったでしょうし、いろいろとあったと思う、でもだからといって人生をふいにすることないのよ。あなたは若いし、それに何もかも本当のことを知ったら事態をもっとうまく受け止められると思う」

「本当のことって？」

「お母さんに尋ねてみたら。お母さんが何もかも正直に話してきたとは思えないの。なんと言っても、お父さんはあなたたち二人を残して出ていったのだから。お母さんは辛かったと思うわ」

「母さんは父さんを憎んでいたのよ。死ねばいいと思ってたんだわ」オードリーがいきなり激しい口調で言った。「一人でいるときの母さんの顔を見たことがあるわ。いまにも人を殺しかねない形相だった」

「オードリーっ」わたしは語気を荒らげた。「そんな言い方をしないの。間違ってるし、それに危険だわ。何をしようというの？　騒ぎを起こすつもりなの。お母さんは絶対に誰も傷つけていないし、ましてや傷つけようなんて思ってもいないわ。わかってるでしょ」

「思ってすらも？　じゃ、なぜ拳銃を庭に埋めてたの？」オードリーの声が大きくなった。「埋めてる母さんを見たの、本当よ。母さんのことはいつだって信じていたわ。何年もずっと母さんしかいなかったんだもの。それに決して拳銃は持たなかった、決して」

わたしは車を停めた。ビル・スターリングの逮捕理由は知らなかったが、エヴァンズのなくなった拳銃の捜索のことは知っていた。どうみても、ヒステリー気味の娘が凶器を隠したと言ってリディアを責めるのはまずい。わたしの声に不安と怒りを感じ取ったのだろう。オードリーは怯えた子犬のようにわたしから離れて身を縮めた。

「それはいつのことなの？」

「おとといの夜よ」

わたしはかっとなってオードリーに向き直った。「わざとお母さんを殺人事件に巻き込もうとしているの？」強い調子でわたしは言った。「何年もずっとお母さんはよくしてくれたでしょ。あなたは駄々っ子だったけど、お母さんは、あなたになんとかちゃんとした人になってもらおうとがんばったわ。がんばってきたと思う。それなのに、あなたは初めにトニーとお父さんがけんかをしたという噂を広めた、で、次はこれというわけ。何人に話したの？　あなたに喋るなと言っても無理よね」

「喋ってないわ」オードリーはむくれて言った。「ラリー以外、誰にも会ってないもの、それにラリーは何かに腹を立てているし。だけど母さんはわたしが見たことを知ってるわ。わたしが見たって言ったから」

冷静に考えようとした。拳銃は重要だ、それはわかっている。誰であれエヴァンズを気絶させた者が拳銃を奪った。加えてこの谷あいの暮らしを考えれば、その辺にそうした凶器が転がってるとも思えない。オードリーが鼻をぐすぐす言わせているそばでなおも考えた。リディアは拳銃のことは話してくれなかった。他のことは何でも正直に話してくれたのに。それがいま、リディアが拳銃を埋めているのを見たと言う。今度ばかりは嘘をついているとも思えない。

オードリーは鼻をぐすぐすさせるのをやめて目を拭った。「もう大丈夫よ、パット」幼い子どものような声でオードリーが言った。「ごめんなさい。母さんが殺したとは思ってないわ。絶対に思ってない、本当よ。母さんはビル・スターリングのために隠しただけよ」

わたしはスターターにかけていた手を離した。「それっていったいどういうこと？」

オードリーはびっくりしたようだ。「跳びかかったりしないでね」怒ったように言った。「ビルは警察に見張られてるから、拳銃を始末したいだろうって思っただけよ」

「ねえ、オードリー、いまの話、始めから終わりまでちゃんと聞かせて。その拳銃はいまどこにあるの？　まだ埋めたままなの？」

オードリーは挑むような目でわたしを見た。「いいえ、昨日掘り出して、ビル・スターリングの診療所に持っていって、机の中に入れといたわ」

第19章

その場でオードリーを降ろして十分後、わたしは警察署にいた。内勤の巡査部長がリンゴをかじり、クラッカー・ブラウンが無線から離れてハムサンドイッチ越しに偉そうにこっちを見ている。二人とは昔からの顔馴染みだが、そのときのわたしはかなり取り乱していたに違いない。

「どうかしたのか?」巡査部長が言った。「失礼、朝飯を食べる時間がなくて。このところずいぶんと忙しいからね」

「署長はどこ?」

「市警に行ってる。昨夜から向こうだ」

気持ちが一気に崩れた。「何があったの? 誰かを逮捕したの?」

巡査部長はニヤッとした。「悪いね、言えないんだ」

背を向けようとしたとき、クラッカー・ブラウンが口を開いた。「くだらんことを言うな、サム。もう誰もが知ってることだ」クラッカーがわたしのほうを向いた。「落ち着いて聞くんだ、パット。警察は昨夜ビル・スターリングを市警に連行した。そしてまだ誰も戻ってきていない」

「彼を逮捕したってこと?」

「わからない。重要参考人とか証人とかで拘束した。昨日ビルに関する新しい証拠を摑んだんだ。何かは知らんがね」

が、もちろんわたしは知っている。拳銃を見つけたのだ。

知らないことが他にもあった。例えばその朝早くホッパーはすでにビバリーに来ていた。ホッパーは三時間眠った後、朝食を摂り、髭を剃るとすぐさまビルの家に向かった。大抵の谷の家と同じで、ビルの家も自分の土地に、つまり半エーカーほどの敷地に建っている。古い家で、その家を買ったとき、ビルは三部屋の小さな平屋を建て増しして診療所にした。この診療所へは細いセメント道が通じていて、入口に看板、両側に植栽がある。ワトキンズ夫人がこっそり見ていると、ホッパーがその道に膝をついて地面に掘られたばかりの穴を見ている。

夫人が猛烈な勢いでホッパーに詰め寄った。

「先生はどこなんです?」夫人が迫った。「あんたら馬鹿どもが先生を引き留めてるんなら、中に入って電話に出ておくれよ。もう頭がどうにかなりそうなんだから。そこで何をしているんだい?」

「穴を見ているんですよ」ホッパーが愛想よく答えた。「ちょっとした好奇心、それだけです」

「じっくり見ると、そん中に骨があるよ。つい一時間ほど前に犬が掘ってたからね」

そう言うとワトキンズ夫人は屈み込んで、これ見よがしに骨を取り出してみせた。ホッパーはばつが悪そうに立ち上がった。

「まさかあんたが自分で入れたんじゃないだろうね?」

「何かを埋めたいんなら――いまこの瞬間に埋めるなら――あたしなら前庭には埋めないね」

こうしたことすべて、もちろんあとで知ったことだ。その朝は警察署にいて、次にどうしたものかと考えていた。考えあぐねた末、リディアの家へ行くことにした。案内は乞わなかった。すぐさま階段を駆け上がってリディアの部屋に入ると、窓辺にリディアが立っていた。着替えもせずに寝室着の上にキモノを羽織っている。一睡もしていないようだ。

「警察は彼を拘束しているの、パット？」

「まだ市内にいるみたい。よくわからないの」わたしは事情を問いただした。「リディア、あなたが埋めたドンの拳銃はどこにあるの？」

「ドンの拳銃ですって？」リディアが小声で訊き返した。

「あなたのほうがよく知ってるでしょ。昨日オードリーが掘り出して、ビル・スターリングの机の引き出しに入れたって知ってる？」

「オードリーが！」リディアはがくっとして椅子に寄りかかった。「オードリーじゃないわよ、パット。どうしてあの子がそんなことをするの？」

単刀直入に話した。オードリーの話、警察が拳銃を発見したのはほぼ間違いないこと、結果、ビルが逮捕されたことを話した。リディアは最初、それが何を意味するのかピンとこないようだった。

「近頃の子どもたちときたら。もう善悪の区別くらいつくでしょうに。慈悲のかけらもないのよ、パット」

ややあってビルの状況を理解するや、大きな衝撃波となってリディアを襲った。失神するのかと思った。

リディアから話が聞けるようになるまで少し時間がかかった。話を聞いてもこれといった情報は得られなかった。ドンは拳銃を持っていた。だが殺されたあと、マットレスの下で見つけるまでリディアは拳銃のことは知らなかった。警察はまだ来ていなかったし、リディアには拳銃を隠す理由もなかった。どうして隠さないといけないの。誰も撃たれていないのに。だけど銃器そのものが怖かった。そこで帽子の箱に入れてクローゼットの一番上に置いた。

少しずつエヴァンズの件が明らかになってきた。拳銃がなくなっていたと聞いて、もしかしたらエヴァンズのではと思い始めた。リディアの知る限り、エヴァンズが襲われたとき、ドンはビバリーにいなかった。が、もしかしたらいたのかもしれない。理屈に合わないが、そうだったのかもしれない。

リディアは拳銃が気になり始めた。メイドに見つけられたら、それともオードリーに。一晩か二晩前、拳銃を庭のヒエンソウのあいだに埋めた。その様子をオードリーが見ていたのだ。

「あの子は出かけているとばかり思ってたわ」リディアが暗い声で言った。「どうしてそんなことをするの？　ビルの机の引き出しに入れるなんて！　まさかビルがドンを殺したなんて、そんなこと思うはずがない。そんなはずないわ」

「そのまさかよ」わたしは苦々しい思いで言った。「あなたについては確信がなかったけど、ビルについてはあった」

わたしの言葉にリディアは愕然とし、一気に話し始めた。オードリーを弁護しようとした。「あなたにはわからないわ、パット。あの子はドンに夢中だった。あの人のことをずっとむきになってかばって、それに――ああ、いまとなってはそれがどうだっていうの。あの子はわたしに父親を連れ戻してほしかったのよ。ビルには話しかけもしなかったわ」

「オードリーはビルの拳銃だと思ったのね」

「ええ、あの子はそう言ったわ。あの子の気持、わかるような気がする。わたしが拳銃を隠していたし、それにわたしが拳銃なんて絶対に持たないってことも知ってるし。あの子に辛く当たらないで、パット。あの子は死んだ父親のかたきを取ってるつもりなのよ」

ほどなくオードリーが帰ってきた。わたしはジムの市内の居所を突き止めて、ホールで電話をかけていた。リディアは二階で大急ぎで着替えをしている。ジムが電話口に出たとき、オードリーが脇をすり抜けた。

「パットよ、ジム。何もかも待ってちょうだい。大急ぎでリディアとオードリーをそっちへ連れていくから。知らせたいことがあるの。きっと役に立つわ」

「わかった。急いでくれ。こっちの動きはかなり速いぞ」

電話を切ってオードリーに向き直った。青白い顔をして不機嫌そうだ。

「市には行かないわ」オードリーが言った。

「駄目、行くのよ。行って、あなたの卑劣なやり口について話すのよ。選択肢は二つ、わたしと一緒に行くか、それとも警察に連行されるか。わたしとしては、あなたがそうやって自分を押し通そうとどうしようと勝手だけど。でも行くのよ」

もちろんオードリーはついてきた。必要とあらばわたしが力づくででも連れていくのがわかっていたと思う。途中ずっとふてくされていたが怯えてもいた。かわいそうにと思いかけたが、リディアを無視して口をきこうともしない態度に、怒りのあまり体が震えた。

この殺人事件を追っている者なら、その日、地方検事局で何があったのか知っている。検事局はリディアの話を崩せなかった。リディアは拳銃を発見し、しまい込んで忘れていた。ところがエヴァンズが姿を消し、拳銃のことを聞いて隠すことにした。

いいえ、どうしてあの人が拳銃を持っていたのか知りません。でも持っていたんです、それだけです。スターリング先生には話してません。先生は引き出しに入っているのを見つけるまで、絶対に見ていません。確かに拳銃は庭に埋めました。中に土が付着しているのなら証明できるのでは？　土の種類を特定する方法があるはず。花壇の縁にアイリッシュモスを使っているので、それが付着していれば識別できるのではないかしら。

決定打とまではいかないまでも、表情や態度からみてリディアが正直に話しているのは明らかだった。リディアのあとに呼ばれたオードリーも、ビルに対する偏見がありありと見てとれる彼女なりの話をし、同じように説得力があった。いいえ、父が拳銃を持っていたとは知りませんでした。母さんが拳銃を埋めているのを見ただけです。「ビル・スターリングを守るためなら母さんは何だってするわ」何から守るというのか？　なぜ拳銃を先生に結びつけたのか？　エヴァンズの拳銃だと知っていたのか？　調べたのか？

オードリーのきれいな顔が憎しみで歪んだ。父親を愛していて、その父親をビルが殺したと思い込んでいる。やっとのことで、ビルの机の中に拳銃を入れた動機は、単にそれがビルのだと思ったからだとわかった。そのあとすぐオードリーはなりふりかまわず泣き始め、検事は彼女を帰宅させた。

二人が帰ったあと会議が開かれた。地方検事は葉巻に火をつけ、椅子に深々と腰かけた。「起訴できるぞ。まだ鍵リングの鍵があるし、あの夜ビーバー・クリーク・ロードにいた車の件もある。あいつはモーガンをひどく嫌っていて殺したいと思っていた。そこに疑いの余地はない。だが裁判に勝つまでまだまだ先は長いぞ」

ジム・コンウェイはその会議に出席していた。検事局側は出席してほしくなかったが、ジムは出席した。ジムがスチュアートを見てニヤリとした。

「立件するのは絶対に無理だ。ビル・スターリングはいったいどうやって、殺人に使用された車のすぐ後ろにいられたんだ？　双子じゃないんだぞ」ジムは立ち上がって乱暴に帽子をかぶった。

「無理だね、どうやっても無理だ」そしてドアをバタンと閉めて出ていった。

翌日、検事局はビルを釈放した。だが刑事を一名、ビルの監視につけた。監視がついたことでビルは何週間かぶりに愉快な思いをした。刑事が寝られるのはビルが寝るときだけ、おまけにしょっちゅうビルが真夜中にホテルに電話をかけてきてたたき起こされた。

「ようし相棒」ビルは愉快そうに言った。「服を着ろ、迎えに行く。村はずれで赤ん坊が生まれる」

「さっさと行って赤ん坊を取り上げろ。おれには睡眠が必要なんだ」

「そうはいかん。十分でそっちへ行く」

心底ほっとした。大きくてもの静かなビルがまたモードの往診に来てくれたときは、本当に嬉しかった。トニーも自分を取り戻した。ある土曜日の朝、秘書室のタイプライターに一枚の便箋がはさんであった。


アンソニー・ウェインライトはミス・ボアボットのを乗馬にお招きする――二字打ち間違い。このタイプライターはイカれてる――本日の午後三時、廏舎にてお待ちする。ご返事を乞う。

嬉しくて飛び上がった。帽子もかぶらず馬に乗っていたトニー。髪の毛が風になびいていた。漂う秋の香り、乗馬道をゆっくり駆けるときのかろやかな蹄の音。何よりもはっきり憶えているのは、丘の上で停まってふと真顔になったトニーだ。

「人生はどうしてこんなふうにうまくいかないんだろう、パット。仕事と遊び、そして家に帰るのが楽しくなるきみのような女性」

声が上ずるのを抑えた。「うまくいくかもしれなくてよ」わたしは落ち着いて言った。「一つの過ちで何もかも狂わせることないわ」

トニーは丘陵地を見ながら静かに馬にまたがっていた。と、鞍の上から身を乗り出してわたしの手に触れた。

「いつの日にか」トニーがそっと言った。

もちろん事件が終わったわけではない。ある意味、始まったばかりだ。川にはまだ警察船がいたが、以前の平穏が戻っていた。ときどきホッパーの姿を見かけたし、ビルの車には相変わらず小柄な刑事が乗っている。ビルがモードを診察しているあいだ、刑事は敷地内をぶらぶら歩き回った。

ある日、見るとボタンホールにランの花を挿していた。アンディに見つかる前に早々に退散してくれとただただ祈った。

だがこれら事件を思い出させるものを別にすれば、何もかもそこそこ落ち着いてきた。記者ですら、わたしたちを追いかけるのをやめた。それでもまだ小さなグループが残っていて、ビバリーホテルが酒類販売の許可を取っていないと言って腹を立てていた。記者たちはいつも警察署の周りでぶらぶらしていて、酒がないときはドラッグストアでコカコーラを買っていた。ときおり敷地でカメラのシャッター音が響き、びっくりして見ると植栽から顔が現れ、わたしを見てニヤリとする。

「いい顔だ！　ありがとう」

その顔が消えて、信じられないほどすぐに、見るもぶざまに歪んだわたしの顔が新聞に掲載された。

そのころにはモードもベッドから起き上がれるようになっていた。以前に比べるとひどくやせて顔色もよくない。ある日わたしにエヴァンズにドンが殺せたと思うかと訊いた。

「エヴァンズが？　できるわけありません。彼は病院にいたんですよ」

モードは納得しなかった。年寄りってのは時におかしくなるものよ。わたしが南部、トニーはクラブにいて、彼は何年もこの館《やかた》で長い冬を一人で過ごしていたのよ。さぞかしわびしかったと思うわ。

この話題でモードの気持ちが沈んだようだ。確かにモードは病気になって変わった。一人で椅子に座ってどんな疑惑を抱いていたのか、わたしにはわからない。身体的にはよくなり、看護婦が二人引きあげてエイミーだけが残っている。だがモードは決断力を失った。目の前にその日のメニューを手に家政婦長のパートリッジがじっと立っていても、いることになかなか気づかなかった。だがトニーがいるといつも楽しげだった。暖かい日にはトニーがモードの車椅子を押して屋上庭園に出て一緒に過ごした。

「社交界にデビューする娘みたいだね、体つきがすっかり変わって」トニーがモードに笑いかけながら言う。

モードは、丈夫で白い歯を見せて笑う。

「社交界デビューの娘ですって！」モードがまぜっかえす。「三十年ぶりに肋骨が浮いて見えるからって！　馬鹿を言うんじゃないよ」

ところがエイミーやわたしといるときは無理に元気を装ったりはしなかった。秋も終わりの庭を見やり、大きな手を膝に置いてどこか冷めたような表情で何時間も座っていた。エイミーのお喋りもまったく耳に入らないようだ。

「何て言ったの、ミス・リチャーズ?」

「ただの独り言です」エイミーはそう答えた。「エッグノッグのお時間ですよ。持ってきますね」

そのころモードが金庫の錠の合わせ数字を教えてくれた。ドンの殺害について話していたとき、モードは、遊戯場が使われた理由は理解できないが、殺人そのものは理解できると言った。

「彼がある女性にひどい扱いをしたのならね。でも彼と駆け落ちしたこの女性——彼はその娘と結婚したんでしょ。それにおかしいわ、あんな恰好で。というか、服を着ていなかったなんて。誰かに会うつもりだったのなら——」

「他に着るものがなかったんです」とわたしは言い、谷の家での哀れなドンの状況を話した。二人の女性、オードリーとリディアが常にドンに注意していたこと、一人は疑惑から、もう一人は遅ればせの愛情から。一階の広いホールにある電話のことも、殺された夜リディアが衣類をクリーニングに出していたことも話した。

モードは一心に耳を傾けた。あたかもわたしの話と心の奥に秘めた情報を照らし合わせるかのように。話の途中で、トニーはまだオードリーと会っているのかと訊いた。そうは思わないと言うとほっとしたようだ。もちろんそのころにはみんなと同じように拳銃のことも知っていた。

「よかった。あの娘は神経過敏なところがあるようだね」ちょうどそのときエイミーが入ってきて、モードはおとなしくエッグノッグを飲み、話題を変えた。

それが昨年の十月初旬のわたしたちを取り巻く状況だ。ドンが死んで二週間。エヴァンズの行方は杳として知れない。ビル・スターリングは自由の身だったが、本人いわく、尾を引いている大きな彗星のようだとか。引いている尾はもちろんあの刑事だ。落葉が進んで、鍵がかけられて人けのない遊戯場が館からよく見えるようになった。西棟からだといやでも目に入る。

ときどきホッパーがうろついているのを見かけた。ベッシーはまだ館に留まっていて、相変わらず部屋に鍵をかけて閉じこもり、ときおりパームビーチやナッソーの話をするものの、出ていく気配はない。

「あのふしだら女」エイミーはよくそう言った。「お願いだからあの女をわたしに近づかせないで。でないと、いつかあの鼻をぶん殴ってぺちゃんこにして、耳で臭いを嗅がざるを得なくさせちゃいそうだから」

だがある日ベッシーに事件が起きて、問題がまだ解決していないことを思い知らされた。

ベッシーは金に糸目をつけずに服を買っていて、その日は市内に仮縫いに出かけていた。自分で車を運転していったが、夜の七時になっても戻らなかった。ガレージからガスが知らせにきた。

「暗くなってからのお出かけを嫌っておいでです。探しに行ってみようと思います。何かのトラブルに巻き込まれたのかもしれません。運転が少々お荒いですので」

ガスはわたしと目を合わすのを避けた。二人とも、ここ数週間ベッシーがかなりお酒を飲んでいたのを知っている。とっさに考えた。トニーはまだ市内から戻っていない、モードにも心配をかけたくない。

「一緒に行くわ、ガス」わたしは言った。「上着を取ってくるから待ってて」

ガスはステーションワゴンを玄関に回し、五分後わたしたちは市内へと向かった。交通量は少なく、列車でなく車を選んだ人たちもすでに道路を去っていた。それでも、すんでのところで見逃すところだった。幸いガスは視力がよかった。ガスはいきなり車を停めるとバックした。道路から五十フィートほど外れた所に一台の車が見えた。木にぶつかっている。

　車から飛び降りて木にぶつかった車へと走った。目を覆った。ベッシーがハンドルに覆いかぶさるようにうつ伏して意識を失っている。車はつぶれてグチャグチャだ。ガスとわたしはベッシーをステーションワゴンに乗せ、わたしは帰り道ずっとベッシーを抱きかかえていた。回廊邸に着く少し前にベッシーはかすかに意識を取り戻し、目を開けてわたしを見た。

「誰かがわたしを撃ったのよ」そう言うとベッシーはまた目を閉じた。

　ガスの懐中電灯でベッシーの体を調べた。目につく出血はない。フロントガラスに額をひどくぶつけていて、息をするのも痛そうにうめいた。が、病院へ行くのを拒んだ。回廊邸に連れて戻り、男たちに言いつけて中に運び入れた。そのときベッシーが小型拳銃を握ったままなのに気づいた。

第20章

その夜ベッシーの容体を教えてくれたのはエイミーだ。とりあえずエイミーがしぶしぶ看護婦として面倒を見ることになった。ベッシーは軽い脳震盪を起こしていて、肋骨も数本折れていた。「だから、しばらくはまだここに居座ることになるわ」誰かに撃たれたと言い張るベッシーの言葉を、エイミーはそう簡単には信じなかった。

「あの人の言うことは信じないわ。車が壊れたからきっと新しい車をほしがるわよ」エイミーは評決を下すようにさらに付け加えた。「あの人を撃ちたいと思ってる人は大勢いるわ。わたしが拳銃を持っていたら撃つかもね」

トニーはその夜、九時まで帰ってこなかった。レノルズがすぐに事情を説明し、トニーは図書室にいるわたしのところへ来た。

「このベッシーの件は何なんだ？　重症なのか？」

「そうでもないわ。肋骨が何本か折れているけど。ビルの話では脳震盪も起こしてるそうよ。でも大したことはないって」

「母さんは知ってるのか？」トニーが訊いた。

「お話ししたわ。トニー、誰かに撃たれたってベッシーは言ってるわ」

「馬鹿な！　誰がそんなことをするんだ？」

すぐにジム・コンウェイがやってきた。険しい表情だ。トニーの勧めるハイボールを飲んでも緊張を解かなかった。わたしがトニーと一緒にいるのを見ても疑念を隠そうともしない。

「奥さんの車を調べていたんだ。今夜、誰かが奥さんを殺そうとしたようだ、トニー」

「殺すって？　正気で言ってるのか？」

「後輪のタイヤに三つ、車体に一つ弾痕があった。それくらい正気だ」

「なんてことだ」トニーはそう言うと立ち上がった。「車はどこだ？　調べたい」

だがジムは動かなかった。「今夜のおまえの行動は説明がつくんだろうな」

「そういうつもりで言ってるんなら、ぼくは妻を撃っていない」トニーがかっとなって声を荒らげた。

ところが、トニーが説明したその夜の行動は必ずしも納得のいくものではなかった。ジムの表情を見れば歴然だ。いつものようにトニーは五時に会社を出た。が、また会社に戻って長距離電話をかけた。七時半にクラブに行って夕食を摂り、八時半ごろ館《やかた》に戻った。

「七時にはどこにいたんだ？」

「まだ会社にいた」

「誰か証明してくれる人はいるのか？」

「一人だった。エレベーター係がぼくを降ろしたのを憶えているかもしれん。時間はわからないだろうな」

ジムが立ち上がった。「すまないがトニー、厄介なことになるぞ。計器盤の時計は七時で止まっていた。おまえは拳銃を持ってるんだろ？」

「いつもってわけじゃない。普段は部屋に置いている。いまもそこにあるはずだ」

だが拳銃はなかった。二人は一緒に二階に上がり、数分後に下りてきた。二人が出ていく音がし、戻ってきたのは深夜十二時。一人ではなかった。ジムとホッパー刑事が一緒だ。ほどなくエリオットも車を飛ばしてやってきた。

事細かに報告してくれたのはエイミーだ。別の看護婦が来てエイミーはベッシーから解放されてほっとしていた。その夜トニーの書斎で何があったのか、知ったのは何日も経ってからだ。手元に飲み物を置いた四人の男たち。トニーの強張った顔、ホッパーの狡猾そうな顔、そして用心深そうなエリオット。最初はそこそこ和やかだった。ベッシーの診察を最後にその日の往診を終えたビル・スターリングが案内されてきたとき、ホッパーが笑顔で挨拶した。

「あいつを少しは眠らせてやってくれないかね、先生。もう辞めたいなんて言いだしてるよ」

「真面目な医師がどうやって生計を立てているのか、知ったところで悪くないだろう」

ベッシーの怪我についてビルの説明を聞いたあと、四人はビルを帰らせた。ベッシーは重症ではなかったがショックを受けている。脳震盪も起こしている。

四人は仕事に取りかかった。ジムはパイプに火をつけ、ホッパーはハイボールをすすった。

「今夜のことについて話してください、ミスター・ウェインライト」ホッパーが愛想よく言った。

「特に五時から七時半までのことを詳しく。その時間はずっと会社におられたのですか?」

「いいえ、ずっとではありません。最終的に会社を出たのは六時半です」

「それから?」

「公立図書館に行きました」

ホッパーですら驚いたようだ。「図書館ですか？　説明していただけますか？」

「いいえ」トニーがきっぱりと答えた。「電話についてもお答えできません。知りたいのなら通話記録を調べたらどうです」

「図書館で誰かに会いましたか？」

「かなり混んでいましたから、わかりません」

ホッパーは座ってトニーを見ていた。「だとするとおわかりでしょうが、あなたには六時半からクラブに着くまでのアリバイがないことになります。もう少し明らかにしていただかないことには」

「話すことはすべて話した」トニーはどこまでも言い張った。「ぼくは妻を撃っていない、あんたは撃ったと言いたいだろうがな。拳銃すら持っていなかったんだぞ」

それを聞いて、彼らは質問の矛先を拳銃に向けた。最後に見たのは？　携帯許可証はどこにある？

トニーは許可証を見せ、ホッパーが製造番号を控えた。

「弾は装塡したままなのか？」

「ああ」

「最後に見たのはいつだ？」

「わからない。館への侵入未遂が二度あってからずっと部屋に置いていた。かなり前だ。最近は目にしていないがそんなことに何の意味もない。別に探してもいなかったし」

「盗むとすれば誰でしょう？　拳銃はあなたの部屋に保管されていた。あなたの部屋に入れるのは何人いますか？」

ホッパーは続けた。ウェインライト夫人――その、アンソニー・ウェインライト夫人――はここ最近神経質になっていたようですね。部屋に鍵をかけると言ってきかないとか。そんなのおかしいでしょう、夫の家なのに。「彼女はこの館にいるんですよ――その、愛する家族に囲まれて」ホッパーは皮肉っぽく笑った。「なのにあのご夫人は怯えています。この点について説明することはおありですか、ミスター・ウェインライト?」

「妻のことなど説明したくもない」トニーがぶっきらぼうに答えた。

もちろんトニーは逮捕されなかった。会議は――それが会議と呼べるものだとして――午前二時半に散会し、エリオットはそのまま館で夜を過ごした。だがホッパーは帰る前にホールでトニーに向き直った。

「このエヴァンズという男についてはどうお考えですか?」ホッパーはやんわりと訊いた。「何か知っていたとお思いですか?」

「何かって?」トニーが食ってかかった。

「それを知りたいんですよ」

「いいか、ぼくがエヴァンズを病院から引きずり出して始末したと思ってるのなら――」

「誰も彼を引きずり出したりはしてませんよ」やんわりした口調のままホッパーが続けた。「彼は自ら進んで出ていったと考えています、顔馴染みの人物とね。それも信頼している人物と」葉巻から立ち上る煙を見ながらホッパーが付け加えた。

「だったら何なんだ? ぼくが彼の頭をぶん殴って、無理やり連れ去ったとでも言うのか! そうだと言うのなら、わたしの仕事は上出来ってことだ、誰もあいつを見つけられないんだから」

「必ずしもそうだとは限りませんよ」ホッパーはそう言うとジムに続いて車に向かった。

朝刊にベッシーの銃撃事件に関する記事が載った。急カーブ近くで銃撃され、後輪のタイヤがパンクし、ベッシーの車はコントロールを失った。車の写真も載っている。立ち働いている解体作業班と、そばに立っているジムも一緒に写っている。この事件にモードはひどく動揺した。エリオットが館内にいるのを知って部屋に呼んだ。

二人は長いあいだ話し込んでいて、出てきたときの彼からは、いつもの、あのきりりとした様子が消えていた。その日彼はホールでわたしを呼び止めると、家中を調べてトニーの拳銃を探してくれと言った。

「大事なことなんだ。どれほど大事かは言わなくてもわかるだろ、ミス・アボット」

翌朝ベッシーの容体は少しよくなったが、機嫌はひどく悪い。誰かが自分を殺そうとした、誰かはわかっている、警察が捜査するまでもない、とベッシーはそう言い続けた。とにかく大変な一日だった。わたしは拳銃を探して家中を、三階の荷物部屋から地下室まで調べた。拳銃はなかった。その日の午後遅く——打ちひしがれたときはいつもだが——リディアに会いに行った。よりによってミス・マッティがいた。ダンスレッスンで着ていたような黒いタフタを着て、形のいいつま先をきれいに揃えて座っている。

「リディアに話していたところなのよ。警察に行くべきかどうかわからなくて。あのね、昨夜だけど、ウェインライト夫人を撃った男を見たように思うの」

「見たですって！」は思わず息を呑んだ。

マッティはそわそわして落ち着きがなかった。「誰かを見たのは間違いないのよ。車を運転して市内を出たところだったの。あなたへの贈り物を探しに出かけたのよ」マッティはリディアに視線を向けた。「ゆっくり走っていたの。ほら、わたし、運転は慎重でしょ。事故が起きたあたりに車が停まっていて、そばに男が立っていたのよ」

「どんな男だった？　どんな車だったの？」

「うーん、それがね、はっきりしたことは言えないのよ。暗かったし。あのカーブにさしかかるすぐ手前だったし」マッティは体を震わせた。「もう少しで車を停めて、何かお困りですかって声をかけるところだったわ。そうしていたらどうなっていたことか！」

「その男はあなたを傷つけたりしなかったと思うわ、ミス・マッティ。なんたって、狙っていたのはベッシー・ウェインライトで、あなたじゃないもの」

「ええ、そうね」マッティは静かな声で言った。「トニー・ウェインライトがお気の毒だわ！　それにしても、ベッシーはいつだってとんでもないスピードで運転してたわよね」

手を貸してマッティを車に乗り込ませた。

「事情はわかってるでしょ」わたしは厳しい口調で言った。「みんなトニーがやったと思ってるわ。警察も」

「真実はおのずと明るみに出るものよ、パット」リディアがぽつりと言った。

その日は数隻の船舶が川をさらってエヴァンズの捜索をしていた。警察ではない。警察は少し前に捜索を打ち切っていた。だがトニーがエヴァンズの体に、生死にかかわらず報奨金を出していた。その結果、六隻の小型船が捜索に当たっていた。座っている場所からそうした船が見えた。見ているだけで身の毛がよだつが、オードリーや若い仲間たちは面白がっているようだ。川岸近くに本営らしきものを構えている。その日わたしの座っているところからでも彼らの声が聞こえた。

「見ろ！　何か引き揚げてるぞ！」

「おおっ引き揚げた。おい、双眼鏡を貸せ。なんだよもう、ただの丸太じゃねえか！」

リディアがわたしの顔を見た。「あの子たちは若いわ、パット。あの子たちにとって、死は単なる言葉でしかないのよ」

リディアは元気を取り戻したようだ。ビルと近いうちに結婚したいと言い、その計画について少し話してくれた。だが川に目をやって、それからわたしを見た。

「パット、エヴァンズがこんなこと何もかもできたと思う？　まだ生きているのかもしれないし、近くに隠れている可能性だってあるわ。たぶん、丘陵地のどこか奥に」

「いったいどうして彼がベッシーを撃つの？」

「わからない。ただ――あなた、ベッシーについて何を知ってる、パット？　本当のことを知ってる？　あの人は誰なの？　誰だったの？　なぜあの夜ドンはあの人と出かけたの？　ほら、出かけたでしょ、少なくとも一度は。ラリー・ハミルトンが二人を目撃してるわ。ずっと思ってたんだけど――あの人、何歳だと思う？」

「自分で言っているより歳はいってるわ。何歳かは知らない」

「ドンと駆け落ちした娘はまだ十八歳だったわ。いまだと三十三歳くらいね。会ったことはないけど、でも――可能性はあるんじゃない、パット？　なぜドンは戻ってきたの？　なぜいまベッシーはここにいるの？　ベッシーはトニー・ウェインライトと結婚して大金を手に入れた。そこにドンが戻ってきて秘密をばらすと言って脅したとしたら。ドンを追い払うためなら何だってやりかねないんじゃない？」

「よっぽど神経が図太くないと、リディア。誰かが彼女だと気づいたら?」

「彼女、神経は相当図太いでしょ」

「まさか——」

「誰かがドンを殺した」

「一人ではとうてい無理よ、リディア」

「ええ、一人ではね」リディアは静かに言った。

リディアの言いたいことはわかっている。ベッシーがドンを殺したのなら、トニーが手を貸して遺体を始末したのかもしれない。ベッシーを守るためではない。彼女のためではなく母親のために。わたしは煙草に火をつけ、振り返ってじっくり考えてみた。まるで何も知らない。モードがいつか話してくれたトニーとの結婚だけ。結婚式にはこのうえなく立派な両親が出席し、ベッシーはいい学校を出ていて、女子青年連盟に参加していた。それだって利口な娘ならどうにかできたかも。そうした儀式に両親を仕立てることも、それに他のことだって。

「あのね、わたしにはあの娘の顔が見分けられそうにないの」リディアが言った。「会社の組織とかオフィスがどうなっているか知ってるでしょ。いなくなるまであの娘の名前すら知らなかった。わたしにとってあの娘は大勢いる女性社員の一人でしかなかった」

「名前は何て言ったの?」

「マルグリート・ウェストンって名乗ってたわ。マルグリートは少し——その、想像力が豊かなところがあって」リディアがもぞもぞと体を動かした。「ねえ、パット。もしかしたら、調べられるかもしれないわ。というより、あなたなら調べられる。ビルのことがあるから、わたしにはうまくできそうにないけど」

「どうやってわたしが？　十五年も経っているのに？」

「新聞の綴じ込みに何か載っているかもしれない。ここの図書館にあるはずよ。もしかしたら写真も。もっとも、わたしは見たことないけど」

わたしは考えてみると答えた。オードリーの仲間たちが川岸で大声を上げ、船がゆっくりと進んでいたその日、リディアがドンとの出会いについて話してくれた。

「あの人と出会ったとき、わたしはまだ十八歳だったわ。だけどあの人がどんなだったか知ってるでしょ。若いころの彼は女性の憧れの的だった。彼とはパリで出会ったの。アメリカの大企業の輸出部にいていい地位に就いていたわ。それに彼もこの市の出身だったし。家族は全員亡くなっていたけど、かえってそれがわたしたちの何か絆のようなものになって」

当時リディアは叔母とフランスに住んでいて、叔母は結婚に反対していた。「わたしのお金が目当てだって叔母は思ってた。そのころわたしは少しお金を持っていたから。それに歳が違いすぎるって。だけど十八歳の娘には――」リディアはため息をついた。

ともあれリディアはドンとロンドンで結婚した。ジャンパトゥの店でドレスを作り、ドンが白いランのブーケを贈ってくれた。天にも昇る気持ちだった。だが景気が悪化して海外事業所は閉鎖された。ドンはニューヨークに呼び戻され、ほどなく生まれ故郷の市に異動になった。ドンは戻りたくなかったが、リディアは夢心地になった。二人はリディアのお金でビバリーに家を買い、ドンはそこから通勤した。

ドンは陽気で社交的だった。出かけるのが好きだった。そのうちオードリーが生まれ、事情が変わった。「わたしは家に縛られていたけれど、あの人はそうじゃなかった。オードリーのことはとてもかわいがっていたわ、でも――」

リディアは指に目をやった。昔、結婚指輪をはめていた指だ。

「決して誠実な人ではなかった。あのころもわかっていた。だけど家には帰ってきていたし、あまりに後悔するものだからつい許してしまった。たぶんわたしがもう少しきつく当たっていたら――」

リディアの声が次第に小さくなった。リディアは自分の不幸せについて思いを巡らせ、わたしは日曜日の朝、大きな馬に乗っているドンを思い出していた。「やあパット。ジャンプはどうだい？」

「昨日、落馬したわ」

「それも乗馬のうちだよ、お嬢さん。くじけないで」

わたしがリディアの家を出たとき、川岸の若者たちはまだ騒いでいた。

「二十五セントだ、奴を見つけたぞ！」

「おい、双眼鏡を寄こせ。おまえの負けだ、ラリー。古タイヤじゃないか」

第21章

その夜、トニーは戻ってこなかったが、わたしには考えることが山のようにあった。ベッシーがマルグリート・ウェストンだとしたらトニーはどうなるのか？　警察がそのことを知ったら？　だとすればベッシーを襲う動機になるばかりか、おそらくはドン殺害の動機にすらなる。

よく眠れなかった。翌朝早くメイン通りの公立図書館へ行った。わたしが児童書に登場する主人公、エルシー・ディンズモアに夢中だったころから、ずっと図書館を管理しているダン・リーブスは、市の新聞の古い綴じ込みを見たいと言うと驚いていた。一時まで探したが、ほこりまみれになっただけで、新たな情報は得られなかった。十五年前の市内にはゴシップ紙などなく、ドナルド・モーガンの駆け落ちもマルグリート・ウェストンの記事も見当たらなかった。見つかったのは、一年あまりあとの、リディアの離婚に関するリノからの簡単な告知記事だけだ。

リディアに電話をかけて報告した。リディアは静かに受け止めた。

「どのみち馬鹿な思いつきだったわ。忘れましょう、パット」

それが昨年の十月半ばのことだ。回廊邸《クロイスターズ》は二度侵入され、ドン・モーガンは遊戯場で殺害された。エヴァンズの行方は依然として知れず、ベッシーは銃撃されて九死に一生を得た。内部事情を多少なりとも知る者にはいかようにも説明できるが、世間の人にはさっぱり見当がつかなかった。逃亡中の精神障害者説が浮上しても何の不思議もない。

　モードはその説に傾いていたと思う。

「モーガンの死には理由があったのかもね」血の気のない疲れた顔でモードが言った。「大勢の人間に彼を殺したい理由があったようね。だけど、エヴァンズをだなんて、そして今度はベッシーまで――」

　モードはただただ戸惑っていた。大きな手を膝に置いて何を見るでもなく何時間も座っていた。日に一度、そろそろと歩いてベッシーを見舞った。ベッシーはふくれっ面をして枕に頭を埋めている。こうした見舞いはモードには気が重かったようで、見舞ったあとは脈が速くなるとエイミーは言っていた。ベッシーの態度も失礼極まりなかった。ある朝わたしはモードと一緒にベッシーの部屋を訪れた。ベッシーはベッドを出て、寝椅子で横になって、いつもの映画雑誌を手にしていた。

　部屋に入るのに看護婦が錠を開けなくてはならず、モードは文句を言った。「四六時中ドアに鍵をかけなきゃいけないの？　なんのかんの言っても、わたしたちはあなたに対して責任があるのよ」

　ベッシーが冷たい目でモードを見た。「この館《やかた》では誰も信用しないわ」

「そこのところがよくわからないのだけど、ベッシー」

「わかってるはずよ。わかんないんならトニーに訊きなさいよ」

「トニーにですって？　まさか、そんな――」

「よくって。トニーにはわたしを殺したい理由が山ほどあるのよ。他に誰があんなことするっていうの？」

「どんな理由なの、ベッシー？」

ベッシーはわたしを見た。「一つはそこにいるわ。もう一つは――これ以上は言わないでおくわ。話すもんですか、話さざるを得ない限り」

品のいい話ではないし、そう言うベッシーも品がいいとは言えなかった。いまとなれば、それなりに理由があったことがわかる。ベッシーは心底怯えていて、あのときはとにかくどうすることもできなかったのだ。罠にはまって抜け出す方法がわからなかったのだ。モードはと言えば、まさか銃撃にトニーが関わっているなどとは、そのときまで想像だにしていなかったと思う。

そのあとモードはドワイト・エリオットを呼び、わたしに同席するよう求めた。

「ドワイトが真実を話しているのかどうか確かめたいの。本当に真実かどうか。わたしを傷つけまいとして気を遣ってほしくないのよ」

ところがエリオットにそんな気遣いは微塵も見られなかった。初めのうちははぐらかそうとした。言うまでもないことだ、トニーがベッシーを撃つなんて誰も思ってやしないよ。だがモードの洞察力は鋭く、彼ははぐらかしきれなかった。拳銃がなくなったこと、トニーにアリバイがないことはついにモードの知るところとなった。

「一つ問題なのは」モードのベッド脇に浅く品よく腰かけてエリオットが言った。「その夜のトニーの行動がいつもと違っていたことだ。いつもなら、家で夕食を摂らないときはクラブでスカッシュをする。だがその日はしていない。一時間ほど会社に戻って、それから公立図書館へ行ってる」

「公立図書館ですって、ドワイト？　信じられないわ」

「ともかく彼は行ったんです。古い新聞の綴じ込みを見たかったそうだ。窓口の係員は忙しかった。その係員に会ったが、その夜、綴じ込みのことで誰かに質問を受けたが、周りに大勢の人がいたので、と言ってる。トニーだと断言できないそうだ。申し訳ない。この件できみを守るためなら何でもするよ、きみがどうしてもと言うならね」

少し間をおいてモードが口を開いた。「わかったわ」小さな声でモードが言った。「でもなぜ会社に戻ったのかしら?」

「それについては警察のほうで調べがついている。戻って長距離電話をかけている。警察が通話記録を調べた。トニーは説明を拒んでいるが警察では把握している。ニューヨークの私立探偵事務所に電話をかけていた」

それを聞いてモードははっとしてベッドに起き上がった。「私立探偵ですって、ドワイト! なんてこと、いったいどうしたらいいの?」

ほどなく二人はわたしを部屋から追い出した。そもそもわたしに同席してほしくなかったエリオットは追い出せてほっとしたようだ。一時間後に出てくるや、すぐさま車に乗って市内へ帰った。エイミーがモードの部屋に入っていくと、モードが泣き崩れていた。

この訪問のことをトニーは何も知らなかった。ここ一週間ほどトニーは平静を装っていた。モードも泣き崩れたあと何事もなかったように振る舞ったが、トニーのことをじっと見ていた。

「何か心配事があるんじゃないでしょうね、トニー?」

「そりゃ、あるさ」

「話してくれない?」

トニーはわたしを見てにっこりした。「赤あざのことだよ。無作法な奴だって思われたくないけど、パットは絶対ぼくに隠してると思うな」

トニーはモードにへんてこな小さな贈り物を用意していた。ゼンマイ仕掛けのおもちゃで、キャッシュレジスター形の小さなポーカーダイスだ。

モードが笑って、束の間、暗い霧が晴れた。だが、わたしと二人のときのトニーは、疲れて気が滅入っているようだった。敷地内も周辺の地域もくまなく捜索されたが、拳銃はまだ見つからない。遊戯場近くの噴水の水を抜いて、梯子に登って天辺の水溜めまで調べていた。エヴァンズの影すらもない。船での川さらいはなくなったが、捜索はまだ続いている。ベッシーも動き回れるようになった。看護婦を常にそばに控えさせていたが、トニーに対する疑惑は薄らいでいた。

ベッシーが回復に向かうころ、トニーはベッシーとじっくり話し合った。エイミーの話だと、話し合いのあいだずっと、ベッシーはクッションの下に銃把に螺鈿を施した小型拳銃を隠していたという。それはともかく、トニーはベッシーに、きみの態度は馬鹿げているし危険だと言ったようだ。

「なぜぼくがきみを撃つんだ？　というか、なぜきみを狙って撃つんだ？　冗談じゃない。ぼくは底抜けの馬鹿じゃない。誰かを撃ちたけりゃ、アリバイくらいちゃんと用意するよ」

それからはベッシーの態度が少し和らいだ。が、あいかわらず無愛想だった。もっとも、もともと誰に対しても愛想はよくなかった。部屋にはまだ鍵をかけている。だがいまにして思えば、彼女もわたしたちと同じようにもがき苦しんでいたのだ。警察に話すことができたのは、館へ戻ろうと高速で走っている途中、三発か四発銃声がして、急に車のコントロールが効かなくなったということだけ。

ミス・マッティと違い、ベッシーは誰も目撃していない。ジムに質問されたミス・マッティの証言もひどくあやふやだった。

「男の人が一人、車のそばに立っていました」とミス・マッティは言った。

こうした十月の日々、ともあれわたしたちは少しだけ一息つくことができた。モードは体力を回復し、ベッシーは出ていく計画を立て、近隣の騒ぎも徐々におさまり、いい天気が続いていた。わたしはよく乗馬をした。大抵は帽子なしで。プリンスの蹄が小道の落ち葉をカサカサ鳴らし、馬と犬が並んで駆けられる長い上り坂をロジャーが嬉しそうに駆け登った。ある日、ナン・オズグッドが村から電話をかけてきて、演劇クラブで「ウィンダミア卿夫人の扇」を上演するから手伝ってほしいと言ってきた。

「面白そうね」つい声がはずんだ。「でも参加できないわ。残念だわ、ナン。いまは時間がまるでないの。だけどこんな状態は長くは続かないと思う」

そのとおり長くは続かなかった。翌日だったと思う。モードがわたしを呼んだ。ヒルダはともかくモード一人だった。エイミーは仮眠中で、モードはさっさとヒルダを部屋から追い出した。わたしはメモ帳と鉛筆を手にしていたが、モードが手振りで脇に置くように指示した。

「話したいことがあるの。手はずを整えておかなくちゃいけないことがあるのよ。体調もよくなってきたし、うんと長生きして恐ろしい婆さんになるかもね。だけど万が一のときは――」

モードがわたしに話したかったのは壁金庫の中身についてだ。宝石ばかりではない。大部分の宝石は銀行に預けてある。モードが手元に置いているのは普段よく身につけるものだけだ。宝石はすべてリストに記載されていて、トニーはどちらの宝石にも莫大な相続税を支払うことになる。だが金庫には封筒も入っていた。モードに何かあった場合「鑑定人や何であれ、そうした人たちが介入してくる前に」わたしに取り出してほしいと言った。

「取り出してトニーに渡してちょうだい。他の誰にも触らせないで。中に何枚か書類が入ってるわ、トニー宛の手紙も。手紙は誰にも読まれたくないの。さあ、金庫を開けてちょうだい。でもその前にドアの鍵をかけて」

パネルを開けるとモードは合わせ数字を読み上げ、わたしに数字をメモさせた。わたしは金庫を開け、封筒を出してモードに渡した。大きな茶色のマニラ封筒だ。モードは封筒を手にしたまましばらく座っていた。やがて大きく息をつくとわたしに封筒を返した。

「トニーに渡して。あの子はわかってくれるわ」

そのあとモードは宝石を調べると言い、わたしはモードの脇のテーブルに高価な宝飾品を収めたケースを並べた。モードがそれらを調べ、わたしがリストを作成した。モードは奇妙な冷めた表情で淡々と宝石を扱った。そこに並んでいるものだけで五十万ドルの価値はあったと思う。

宝石を調べたせいかモードは疲れてしまい、椅子にもたれて目を閉じた。モードは変わった、ひしひしとそう感じた。心底楽しげに笑う大きな声が消え、気力も、きれいな髪の毛からは艶さえも失せてしまった。

「老けた気がするわ、パット。年老いて疲れたわ。孫の顔が見たかったけど、見られそうにもないわね。あなたとトニーが――」

エイミーが戻ってきた。金庫とパネルはすでに閉めてあったのでドアの鍵を開けた。エイミーは何か勘ぐっているようだ。

「何をこそこそやってるの?」エイミーが尋ねた。「二人ともよからぬことを企らんでいるみたいな顔ね。さあさあ出ていきなさい、パット。問題を起こしたいんなら、トニーの奥さんのところへ行きなさい。彼女、そういうの好きだから」

当然ながら事態はまだ動いていた。が、館の中では何もわからなかった。例えば、そのころジム・コンウェイが再度エヴァンズの部屋を捜索した。警察がトニーを尋問し、彼の拳銃を探しているという情報は、ジェシー・マクドナルドの耳にも届いていた。ジェシーはひどく憤慨し、初めジムを中に入れるのを拒んだ。

「お願いだからあたいの邪魔をしないでおくれよ」スコットランド人の冷めた目でジムを睨みつけてジェシーが言った。「冬に向けて大掃除をしているところなんだよ。だけどこれだけは言わせておくれ。警察がここに必要以上に関わらないでいてくれたら、正直者は夜ぐっすり眠れるんだけどね」

「正直者なら警察を怖がることはないでしょう、マクドナルドの奥さん」ジムが愛想よく言った。

ジムは大して期待していなかった。ましてやこんな思いもよらないものが見つかるとは思ってもいなかった。エヴァンズの敷物はめくられて庭に干してあった。ベッドの下を見ると、床板が一枚少し浮いている。いきり立って抵抗するジェシーを押しやって、その床板をてこでこじ開けると隠し場所らしきものが現れた。しばらくしてジムは小さな預金通帳を手に立ち上がった。初めはさほど重要には思えなかった。渋い表情で通帳を眺め、それから開いた。と、目の玉が飛び出そうになった。

十年以上にわたって通常の決まった預金とは別に、エヴァンズは定期的に預金していて、その額がなんと一万八千ドルに達していた。

「どういうことかわかるだろ、パット」後日ジムはそう言った。「あいつはずっと月に百五十ドルずつ預金していたんだ。あいつの給料は部屋付きの月に八十ドルで、生活費に四十ドルほど使っていた。残りの金はどこで手に入れたんだ？」

ジムが通帳をジェシーに見せると、驚いてきょとんとした顔をした。ジムは市内の銀行に電話をかけた。はい、エヴァンズ様は預金されておられます。いつも現金です。いいえ、お引き出しはございません。お金はまだこちらでお預かりしております。

こうしてエヴァンズがまたもや事件に絡んできた。ジムは署長室の椅子に深々ともたれて、彼を事件の筋書にはめ込もうとした。恐喝で得た金のようだが、誰を脅迫していたのか？

ジムはもう一度メモを見直した。ドンの殺害、ビルの逮捕、ベッシーに対する殺人未遂。

「ベッシーは対象外だ。トニーと結婚してまだわずか五、六年だ。リディアも除外だ。彼女は暮らしていくだけで精一杯だ。とにかく彼女が誰かに恐喝金を払えるとは思えない。ウェインライト夫人も同じだ。彼女は払えるにしても、それなら館の敷地内にエヴァンズを住まわせるはずがない。トニーにしても、預金が始まったときはまだ二十歳だ。つまりどういうことなんだ？」

ジムは発見物について電話でホッパーに報告し、ホッパーがすぐさまやってきた。

「このあたりの誰かに違いない」それがジムの意見だ。「現金で受け取っている。現金は郵便なんかじゃ送らない。どのみちマクドナルド夫妻の話だと奴は何年も手紙を受け取っていない」

二人は一緒に、この犯罪にわずかでも関わる人物全員のリストを作成した。作成し終わると、ジムは椅子に深く座ってうなるように言った。「モーガンの死に戻ろう。それが鍵だ、ホッパー。駆け落ちした娘が戻ってるとしたらどうだ。すっかり落ち着いて結婚しているとしたら。そこにドンが戻ってきて、ちょっとした小遣い欲しさにその女を脅す。女がドンを殺す、それをエヴァンズが目撃する」

ホッパーがニヤリとした。「ベッシー・ウェインライトだってのか？　彼女がトニーと結婚したのはほんの六年前だ。となると彼女はシロだ」

ジムはうんざりして預金通帳をテーブルに投げた。「ようし、となると精神障害者だ。それともおれが障害者なのか。だったらすぐにバートンに行くがね」

「精神障害者だとしてもだ、おそらくこの辺の地理には明るい」ホッパーが辛口の見解を示した。

それはそれとして、二つの可能性について二人とも異存はなかった。エヴァンズは誰かから恐喝金を受け取っていた。その結果エヴァンズは殺された。

「モーガンの殺害には関係ないのかもな」ホッパーがぼそりと言った。

ジムはホッパーとは違う見方をした。「この事件の真相にたどり着いたら、ドン・モーガン、ベッシー・ウェインライトに対する銃撃、エヴァンズの行方不明、それに墓地の件もすべてが繋がってくるさ。おれの知る限り、この地域にはずっと犯罪が起きていない。住民は遵法精神にあふれている。そこに立て続けに不可解なことが起きている。罹ってる病気は一つでも、ありとあらゆる症状が出ることだってあるさ」ジムはそう付け加えてニヤリと笑った。

ホッパーは市内に戻り、エヴァンズ、あるいはエヴァンズの遺体の捜索を再開した。翌日、警察船が川に戻ってきて、再び周辺の一斉捜索が始まった。だがジムは署長室に座って日々の業務をこなし、その合い間合い間にじっと壁を見つめていた。

挙げ句にジムはわたしを呼び出した。午後遅くのことだ。ジムは話を始める前に煙草を勧め、火をつけてくれた。「手伝ってほしいんだ、パット。おまえさんがしばらく市内で働いていたことを思い出したんだ。会社とかオフィスとかに詳しいんだろ」

「ええ」わたしは少しほろ苦い気分で答えた。「一流会社から解雇されたわ」

「まあ、そうだとしてもだ」ジムがなおも続けた。「あの辺の地理には明るい。速記者たちとかがどこで食事をして、何をして、その人たちにどうやって連絡をとるかってことに」

「連絡をとるって？　なぜ？」

「連絡をとって話をするんだ。若い娘じゃなく少し年増の女たちだ。一つの職場に、そうだな、十五年はいるような女だ。モーガンの昔の勤務先にそういう女がいる。ただ口はしっかりとつぐんでいる。その女はきっと鼻呼吸者だ」

そういうことか。ジムはウェストンの娘の情報がほしいのだ。「情報をどうしても手に入れてほしいんだ。モーガンが戻ってきて、リディアとビル・スターリングの仲を裂いた。おいおい、そんな顔をしないでくれ。どちらかがドンを殺したなんておれは思ってない。だが現にドンは殺された。事故じゃない。緻密に計画された犯行だ。奴を殺す必要があったんだ。つまり、奴を憎んでいたか、あるいは奴によって危険にさらされていた誰かだ」

「危険にさらされる？　ドン・モーガンが誰を傷つけるっていうの？　ずっといなかったのよ」

ジムは肩をすくめた。「そうかもしれん。そうでないかもしれん。奴がいなくなった理由を知ってるだろ、誰もが知ってる。女と駆け落ちをしたんじゃなかったか？　いいか、その後、その女が結婚したとしよう。どうにか落ち着いていい身分になってそれなりの暮らしをしている。だとしたら、そうした暮らしを失いたくないんじゃないか？」

「その人がどうして危険にさらされるのかまだわからないわ」

「奴が女から金をせしめようとしたのかもしれん。あるいは女の過去を亭主が何も知らないのかも。ざっくり言って女は何歳だと思う？　三十五歳か？」

「三十三歳くらいじゃないかしら。はっきりとは知らないわ。リディアの話じゃ、駆け落ちしたときはとても若かったとか」

「そこでだ、おまえさんにこの年増女を突き止めてほしいんだ。ウェストンの娘がどんな顔立ちだったか調べてくれ。どこに住んでいたのか、どこかに娘の写真があるはずだ。あれば手に入れてほしい。どうだ?」

わたしはかっとなって立ち上がった。「その娘がベッシーだと思ってるのね。それでトニーが手伝って遺体を始末したと。わたしに言えるのは、わたしは――」

「いいか、パット」ジムが説き伏せるように言った。「頭を冷やせ。ベッシーがモーガンに会って、かっとなって奴をプールに突き落としたとしたらどうだ。が、プールから奴を引き揚げられなくて、奴は溺れ死ぬ。その夜トニーが出かけていたことはわかっている。が、ずっとクラブにいたわけじゃない。ベッシーはトニーを見つけて事情を話す。とんでもない話だ。それに母親のことも考えないと。トニーに何ができる？　できるだけ回廊邸《クロイスターズ》から離れた場所に遺体を運んで棄てる。トニーはモーガンのことを知らないから誰にも疑われない。いいか、彼には時間がたっぷりあった。朝の一時半まで戻らなかったことを認めているんだ」

わたしは断った。警察の汚い仕事なんて誰か他の人にやらせればいい。自分の雇用主の家族をこそこそ調べるなんてとてもできない。なんとか説得しようとしてジムは、わたしが帰りかけるとドアまでついてきた。

「考えてくれ。この件にトニーが関わっているのなら、どうしようもなかったんだろう。関わっていないのなら、地方検事局のイタチ連中がトニーをこてんぱんにやっつける前に疑いを晴らしてやったらどうだ。ちなみに」ジムが付け加えた。「気が変わったときのために教えておく。年増女の名前はコナーだ。ミス・コナー。バージンで、それを誇りに思っている」

その夜はよく眠れなかった。ジムの話はあまりにもぴたりとはまりすぎる。エヴァンズのことだって説明がつくかもしれない。あの夜エヴァンズが病院を抜け出していたとしたら。回廊邸に戻る以外に、どこをほっつき歩くというのだ。トニーを見たのかもしれない。もしかしてトニーを手伝ったのかも。だがエヴァンズはトニーを巻き込んだりしない。そうするよりは逃げるだろう。エヴァンズの逃亡にトニーが手を貸したのだろうか、と暗澹たる思いにとらわれた。

第22章

ついに本当の悲劇に見舞われた。いきなりではない。数日はまだ穏やかだった。エイミーは去り、モードは毎日午後になると階下でお茶を楽しんだ。そうした折には、トニーは努めてそばにいるようにしていたが、わたし同様モードの変化に気づいていた。

ある日、陽の高いうちにモードは館《やかた》の外に出ることにした。わたしが上着を持ち、アンディ・マクドナルドが付き添って、敷地やラン園、温室などをゆっくりと見て回った。一回りするとモードはベンチに腰を下ろしてアンディを見上げた。アンディはモードのお気に入りだ。

「おまえはここで長いあいだ仕事をしてくれてるね、アンディ。ここを手放すことになっても、おまえはずっといられるといいね」

「ここを手放されるのですか、奥様?」

「わたし一人には広すぎるわ、それに誰だって永遠には生きられないし」

「奥様はわたしよりもずっと長生きなされますよ」アンディがきっぱりした口調で言った。「ここを手放されますと、ここ以上のお住まいはもうどこにもございませんよ」

「そう、ないわね」そう言ったきりモードは黙り込んだ。再び口を開いたときエヴァンズのことを尋ねた。「エヴァンズはどうしているの? おまえはあの男のことをよく知っているでしょ。彼には敵がいたのかい？」

「いやあ、なんとも言えませんな」アンディが言葉を選ぶように答えた。「あいつはその、いわゆる人好きのする男ではありませんでした。というか、人との付き合いを避けているようでした。物静かな男でした」

モードはスコットランド人の目を覗き込むようにして立ち上がった。「エヴァンズは死んでる、おまえはそう思ってるんだろ？」

「屍のあるところに遺体ありです。まだ遺体はありません」

「でも川があるわ、アンディ」

「ええ、いつだって川はありますよ、奥様」そう言ってアンディは黙り込んだ。

モードが回復するにつれ、訪問者が次から次へとやってきた。通常はわたしが応対したが、まれにモードが会うこともあった。ある日モードはリディアに会いたいと言い、午後にリディアがやってきた。短時間ながら楽しい訪問で、暖炉の脇でモードがお茶を入れ、わたしがスコーンとケーキを配った。一度だけ、リディアがわたしに何か言っているとき、ふと見るとモードが温かな、それでいてどこか悲しげな視線をリディアに向けていた。

帰ろうとしてリディアが立つと、モードがリディアの手を取り握りしめた。「昔のことは忘れて。大事なのは未来よ。幸せを祈ってるわ」

「わたしはいま、とても幸せです」

以来わたしは、なぜあの日モードはリディアを呼んだのだろうかとずっと考えている。まだ迷っていたのだろうか。それともすでにあの計画を立てていたのだろうか。外のホールでリディアがわたしを呼びとめて腕を摑んだのを憶えている。「あの人、とても心を痛めているわ、お気の毒に。どうしたのかしら？　トニーのこと？」

「ずっと重い病気だったのよ、リディア」

「そう、それでなのね。でも、わたしの見た感じだと――」

メインホールに入ると、レノルズがリディアの上着を手にし、トーマスがドアを押さえ、外ではスティーブンズがリディアの車の横に控えていた。

「まあ、なんという暮らしぶりなの、パット。わたしにはとても耐えられないわ」

モードが回復すると、マージェリー・ストダードがよく訪れてくれた。ジュリアンは職場にいるか猟犬と外に出ているので、マージェリーは寂しかったのだろう。マージェリーはあまり人付き合いはしないが、世間一般的な事情は気にかけていた。だがモードには何も言わなかった。

わたしが一人でいたある日、マージェリーは子どもたちをジュリアンの親戚の家に行かせたと言った。「とっても寂しいの。でもジュリアンはそのほうが安全だって。どのみち殺人狂がうろついているなら、子どもたちをここにいさせたくないし」

マージェリーはベッシーのことも、小径で耳にした言い争いのことも口にしなかったが、ふと気がつくと、わたしがどう思っているのか訝るようにじっとわたしを見ていることがあった。マージェリーとベッシーが顔を合わせることはめったになかったが、そうした折には二人はよそよそしく挨拶を交わした。だがわたしは何度も、マージェリーがベッシーを目で追っているのを見かけ、その目に浮かぶものに首を傾げた。

そうしたある日、モードがマージェリーに回廊邸《クロイスターズ》を手放すかもしれないと口にした。わたしたちは中庭にいて、風がさわやかで、確かモードは編み物をしていたと思う。モードは静かに爆弾を投げた。

「ここは広すぎるし、それにこうした館の時代はもう終わったわ。いい児童養護施設になると思わない？　どの部屋でも子どもたちが走り回れるし、この中庭では病気の子どもたちが日光浴できるわ」

マージェリーはどうにも信じられないといった顔だ。「まさか。そんなこと本気でおっしゃってるんじゃないでしょ？」

「もちろん本気よ」

「だけどトニーは！　彼はここが大好きですよ、モード」

「トニーはわかってくれるわ」モードは真顔でそう言って話題を変えた。

そのころまでにモードは決心を固めていたのだ。わたしたちには知りようもなかった。知る由もなかった。だが何週間ものあいだ、モードは二階でそのことをずっと考えていた。ついに覚悟を決めたのだ。

すぐにではない。まずは数日間ゆっくりと休養した。体力が必要だった。それに計画も立てないと。はた目にはまったく変わりなかった。その週は何人か客を招いてお茶会まで開いた。お茶と言ってもカクテルが主だが、それでも古い友人たちがモードの周りに集まってくれた。その日のモードはとても幸せそうで、美しくにこやかで、はしゃいですらいた。そばにはいつもドワイト・エリオットがいて、またしてもわたしは、モードは彼と結婚するのかしらと思った。

モードの求めに応じてわたしはお茶を注いだ。ベッシーの姿はなく、トニーも以前の快活さを取り戻したようだった。死や謎めいたことがあったが、大勢の屈託のない男女に囲まれていると、そうしたことも遠のくような気がした。

そのときベッシーが姿を見せた。トニーの顔が強張り、マージェリー・ストダードの口元から笑みが消えた。ベッシーは意に介さず、ティーテーブルに来てわたしのそばに立った。「ありがとう、パット。あとはわたしがやるわ。遅くなってごめんなさい」

わたしは立ち上がってベッシーと交代した。もちろんそれは間違いだった。客たちはベッシーが大嫌いだ。まったくもう、あの寛容さに欠ける一筋縄ではいかない人たちときたら。客たちはティーテーブルからすっと離れ、ほどなくパーティーはお開きとなった。

その日の些細な自己顕示欲とその結果など、そう重要には思えなかった。だがそうではなかった。ある意味それがこの悲劇を招くことに、その引き金にすらなった。二日後、今度はベッシーがパーティーを開いた。館内の誰もがほっとしたことに、ベッシーは出ていく計画を立てていて、これがお別れパーティーだと言った。

ベッシーは三十人ほどの客を招いていた。ほとんどが若者で騒々しい人たちだった。問題が起きたのはベッシーがレノルズを呼んで、十人あまりが残ってディナーを食べると告げたときだ。

レノルズは遠慮がちに彼女をいさめた。「申し訳ありません、奥様。館にはそれだけの皆様への充分な食材がないかと存じます」

「なら、用意してちょうだい。わたしが頼んで残ってもらうのだから」

厨房でこのことを知ったピエールは、頑として料理するのを拒み、トニーは怒って館を飛び出してビバリーホテルへ行ってしまった。カントリークラブの食堂は閉まっていた。モードがいなければ、トニーは客たち全員を追い出していただろう。だがモードのことを考え、わたしたちはなるべく波風を立てないようにした。かわいそうにパートリッジが両手をもみ合わせながら、涙を流さんばかりになってやってきた。

「店はとっくに閉まっています、パット様。どういたしましょう」

「使用人たちのディナーはどうなの?」

「ディナーはお昼にいただきました。夕食はいつもどおり五時半に済ませました」

暗くてとても寒かった。時間も遅かったので、わたしはガスにステーションワゴンを運転させて村へ向かった。店は閉まっていたが、肉屋と食料品店の住まいへ回り込み、八時前には大きな包みを抱えたガスを従えてピエールの厨房に入っていった。ピエールは腕組みをして、キャップを額にずり落とし、目をぎらぎらさせて突っ立っている。キッチンメイドたちは隅で立ちすくんでいる。わたしが厨房に入ってもピエールは動かなかった。

「申し訳ないけどピエール。できる限りのことはしたわ」

「あの酔っ払いどもの飯は作らん」ピエールは無情に言い放った。「わし、ピエールはウェインライト奥様に雇われてるんだ。あの女にじゃない」

「じゃ、そこをどいてちょうだい」ピエールと同じくらい腹を立ててわたしは言った。「わたしだって料理くらいできるし、そうよ、料理してやるわよ。こんなことでウェインライト奥様に心配かけたくないのよ、恥を知りなさい」

わたしは袖をまくりあげて包みを開け始めた。と、モードの名を口にしたからなのか、それとも、イギリスのマトンチョップがちらりと見えたからなのか、いずれが功を奏したのかわからないが、突如としてピエールが隅で震えているメイドたちのほうを向いた。

「そこから出てさっさと仕事にかかれ。わしがこの厨房を預かる限りはいい食材を無駄になんかしなさい。さあ、パット様、そこをどいて。あんたが料理するなんてとんでもない！」

モードは二階で夕食を摂り、わたしも同席した。わたしが部屋に入ったときモードは電話をかけていた。顔色は悪かったが落ち着いているようだ。モードはほんの少ししか食べなかった。いくら館が広いといっても階下の騒音が響いてくるが、モードは何も言わなかった。一度だけ気に障ったようだったが、つとめて自然にしていた。前のめりになってわたしの手に触れた。「あなたのおかげでどんなに慰められていることか、パット。トニーとあなたがいつか結婚するように祈っているわ。あの子はあなたに夢中よ」

夕食後ヒルダがモードをベッドに入らせた。エイミーはここでの仕事をすっかり終えていた。エイミー流の言い回しで「卑劣なクソ猫」に気をつけろとわたしに警告し、モードから餞別に宝石をあしらった腕時計をもらって涙を流していた。寝支度ができるまで待ってくれとモードに言われ、呼ばれたときには一人ベッドに座っていた。

「ヒルダを部屋から出したわ。ちょっとしてもらいたいことがあるの、パット。この前あなたが作った金庫内の宝石のリストを出してちょうだい。少し調べたいの」

リストを出すとモードは座って調べた。リストには宝石がすべて記載されている。二つの真珠のロープ、エメラルド、六個のダイヤモンドのブレスレット、そして、めったにはめない大きなスクエアカットの婚約指輪。さらには、ブローチ、イヤリング、クリップ式ブローチ、長いダイヤモンドのチェーン。わたしからすればまさしくインド諸島の財宝だが、モードは一つひとつの値段を思い出して中古価格を見積もるかのように、不満そうにリストを眺めていた。

「大した額にはならないわね。それでも手入れをすればそこそこのお金になるかもね。とにかく、いくらかにはなるわ」

釈然としなかった。わたしはモードの個人小切手帳を預かっているだけだが、どう考えても宝石を売る必要などない。だがモードは説明してくれなかった。リストを手にしたまま枕にもたれた。疲れているようだが満足そうだ。

「これまでになく幸せな気分だわ。おやすみ、ぐっすり眠ってね」

それがわたしにかけてくれた最後の言葉となった。

十時に部屋に戻ったが、ベッシーのパーティーはますます盛り上がっていた。着替えをしてベッドに入ったものの、まだどうにも釈然としない。と、ふいに答えが脳裏をかすめた。もう一度お金を払ってベッシーを追い出そうとしている、いつか言っていた平穏のための代価だと言って渡すつもりだ。ものすごく腹が立った。つい先日ベッシーに二千ドルの衣類の請求書を差し戻したばかりだ。ベッシーは何食わぬ顔でわたしを見て笑った。

「これはどういたしましょうか?」

「どうするって?　トニーに渡しなさいよ。わたしはまだ彼と結婚してるのよ」

わたしの顔を見て面白がっている。「トニーに渡してちょうだい、わたしから愛を込めて」ベッシーはさらに付け加えた。「そんなの、彼にとっちゃはした金よ、どうってことないわ」

いままたモードがお金を払ってベッシーを追い出そうとしている。その夜は本当に腹が立った。階下のざわめき、ひっきりなしに飲み物を運ぶ男たちの動き、ときどき湧き上がる爆笑の渦。トニーが何を持っていようと、それは彼が稼いだものだ。ずっと前にトニーが話してくれたことがあった。ジョン・Cは、トニーが大学を卒業するとすぐに仕事に就かせた。「ぼくを製鋼所に入れたんだ。

親父が教えてくれたのは、オーバーオールを買え、そして座る前には何にでも、まずはその上に唾を吐きかけろってことだけ。ある日そのことを忘れてズボンの尻をごっそり焦がしてしまった。だけど三年経ってそこを離れたときは、両手に一インチもの分厚いタコができていて、おかげでビジネスというものが一から十までわかったよ」

トニーは製鋼所が好きだった。弁当持参で、従業員たちと語り合い、彼らを気に入っていた。

「親父は親父なりの考えで従業員たちにできる限りのことをした。社内売店を廃止して、男たちには浴室を、奥さんたちには洗濯場を作った。親父はわかってなかったんだ、連中は慈善なんか望んでいなかった。いまでは利益を分配している。大した額じゃないが、でも助かっているだろう」

やっと眠りに落ちた。ベッシーのパーティーは夕方五時に始まって十一時に終わった。館は急に静かになり、そのころトニーが戻ってきて寝室に入った。うとうとしていると、ホールでロジャーがそわそわと動き回る気配がした。そのうちに落ち着いたので、わたしの気持ちも落ち着いてきた。

目が覚めたときはまだ暗かった。部屋に誰かがいるような気がした。ベッドで体を起こして言った。

「誰なの？　何かあったの？」

誰も答えない。読書灯をつけて室内を見回した。誰もいない。居間にもいない。ホールを覗くとロジャーの姿がない。それで不安になった。階下はどこも静まり返っている。あの大きな犬がわたしの部屋のドアから離れるなどただ事ではない。外に出されたままで、まだ入れてもらえてないのだろうか。

時計の針は三時半を指している。部屋着を着て一階に下りた。西ホールにロジャーがいた。ドアのすぐそばに臥せてクンクン鳴いている。見るとチェーンが外れている。ドアが開くか試してみると、なんと錠もかかっていない。

まだ危機感はなかった。ドアを開けて犬を出し、その場で立って戻ってくるのを待った。よしんば考えたところで、疲れた使用人がドアの錠をかけ忘れたか、ベッシーのパーティー客が開けたくらいにしか思わなかっただろう。遊戯場に明かりがついているのを見ても頭にきただけだ。パーティー客が居残って客間で寝ている、真っ先にそう思った。だが明かりがついているのは居間で、どう見てもあれは暖炉の火だ。

それで心配になった。遊戯場の暖炉を使ったときは、夜、戸締りをする前に必ず火を消す。それにロジャーも戻ってこない。口笛を吹いて呼んだが姿を見せない。

外は暗くて寒かった。小雨が降っていたのに少し前に雪に変わった。雪はもうやんでいたが、おしろいをはたいたように地面がうっすらと白くなっている。ロジャーの足跡が見えた。遊戯場のほうに向かっている。しかたなく跡を辿ることにした。まだ不安はなかった。誰かが暖炉に火を入れてそのままにしている。手探りで遊戯場へと向かいながら、ベッシーとその所業すべてを呪った。

どうにか遊戯場に着いてドアノブを手で探った。ない、ドアノブがない。ドアが開けっ放しになっている。と、中でロジャーがいきなり、長い、胸が締めつけられるようなうなり声を上げた。

心臓が止まるかと思った。とっさに思い切り走って館に戻ろうと思った。が、あたりは静かなのに、どこかで水の流れる音がする。そのうちに目が暗闇に慣れてきた。見ると居間の暖炉からほのかな明かりがホールに射している。ロジャーがホールに立ってわたしを見ている。ロジャーを叱りつけたものの声が震えた。「静かになさい。もう厄介ばかりかけて、面倒みきれないわ」

ロジャーが顔を上げてまたうなり声を上げたとき、思わず身の毛立った。気持ちを落ち着け、しゃんとして、あたりを見て回ることにした。どこにも乱れはないようだが、誰かが居間を使った形跡がある。椅子が暖炉の前に引き寄せられ、テーブルの上に新しい煙草の包みが載っていて封が切られている。誰かが煙草を吸っていたのだ。男だと思った。ベッシーや女友だちなら口紅がべったり付いているはず。

ロジャーはあとをついてこなかった。わたしはベッシーとパーティーについてぶつくさ文句を言いながら、火を消そうとバケツか何かないか探そうとした。

それがモードを見つけたときの状況だ。プールに行くとモードがいた。プールの中ではない。プールの縁のタイルの床に横たわっていた。あまりにも縁すれすれなので片腕がプールに垂れている。そばに小さなハンカチが落ちていた。その光景を憶えている。屈んでモードに触れたこと、それからドアに走って悲鳴を上げたことも。気がつくと客間のベッドで一人横になっていた。モードが死んだ。死んでから何時間も経っていた。

第23章

しばらく気を失っていたに違いない。よろよろしながらプールに戻ると、モードのそばにトニーが膝をついていて、その脇にジムとパトカーの警官たちが立っていた。外にはレノルズと従僕たち、ガスや屋敷に住む男たちがいた。警官の一人が彼らを押し留めている。

「さあ、離れて。ここにいても何もできませんよ」

ガスが泣いている。感情こそ表に出していないが涙が頰を伝っている。

「奥様を館《やかた》にお連れしたいのですが」とガスが言った。

「そのうちにな、みんなそのうちに」と警官が言った。「まだ動かせないんですよ」

ジムがわたしを見て、トニーを連れ出してくれと言った。「ひどくショックを受けている。ベッドに寝かせてくれ。あとでスターリングに診させるから」

わたしはガタガタ震えていたがどうにか口を開いた。「何があったの、ジム？　心臓なの？」

「かもしれんし、違うかもしれん、追い追いわかるだろう」

トニーはモードからなかなか離れようとしなかった。ようやく立ち上がったものの、ひどく興奮してとり乱していて、その場を離れるのを拒んだ。

「母さんをこのままにしておけないよ、こんな所に。どうしてここに、このタイルの上に置いておくんだ？　氷のように冷たいじゃないか」

「いまはもう気にしなくもいいんだよ、トニー」なだめるようにジムが言った。「すぐに向こうへ連れていくから」

「心臓だったんだろ？」

「ああ、そうだ。心臓だ」

トニーは茫然としてあたりを見回した。「でもどうしてここで？　どうしてここなんだ？　ここで何をしてたんだ？」

わたしははっとして声を上げた。「わたしが見たものをモードも見たのよ、トニー。誰かが居間の暖炉に火を入れていたの。だから火を消しにきたのよ。ほら、モードは何よりも火事を恐れていたでしょ。少しも苦しまなかったと思うわ」

「苦しんだだって！　ああ、なんてことだ！」

そう言いながらもトニーはわたしと一緒に館に戻った。誰かが投光器をつけてくれていた。トニーはわたしの腕をぎゅっと摑んでいる。泣いているのがわかった。どうにも耐えがたいものに直面した男の長いむせび泣きだ。玄関に着くまでトニーは口をきかなかった。と、トニーが振り返った。「あそこに置いておくなんて！」トニーがくぐもった声で言った。「あのままあの床に、パット、そんなこととてもできないよ」

トニーは引き返そうとしたが、わたしはどうにかこうにかトニーを図書室に連れていった。トニーは酔っ払いのようによろめいた。わたしはついてきてくれたレノルズに熱いコーヒーとブランデーを持ってくるように頼んだ。腰を下ろしたトニーの顔からは血の気が引いている。「すまない、パット。

しばらくそばにいてくれ。まだ信じられない。心臓だったんだろ？」

「きっとそうよ。これだけは忘れないで、トニー。きっとあっという間のことで安らかだったと思うわ。苦痛は感じなかったはずよ」

そう言った途端、何年も前のリディアの言葉を思い出した。あのときリディアはわたしにそんなことを言ってくれた。「少しも苦しまなかったわ、パット。とても安らかに旅立たれたわ」いま、わたしはその言葉を繰り返していた。「少しも苦しまなかったわ、トニー。とても安らかに旅立たれたわ」

思い出すと妙だが、あのときは二人ともモードの死因を知らなかった。わたしたちがあの血――出血はそれほど多くなかった――に気づいたとしても、出血は倒れたときのものと考えただろう。それに、モードのあの豊かな髪の毛がピンからほどけてタイルの床に広がっていた。ジムですら最初は気づかなかったのではないか。血に気づいてジムは最初、倒れた拍子に頭を切ったと思った。それから髪の毛を持ち上げた。それを目にするやジムは体を強張らせた。

ジムは何も言わなかった。ドアのそばでわたしが意識を失っていて、モードのそばではトニーが膝をついて蘇生させようとしている。ジムは髪の毛をそっと下ろした。と、プールを覗くと拳銃があった。まるで死んだモードの手から滑り落ちたかのように。トニーと二名のパトロール警官を除いて、ジムは直ちに現場を立ち入り禁止にした。

館に戻ると、わたし自身の悲しみに加えて、別の厄介事が待っていた。出入りする車の音で目を覚ましたベッシーが事情を知って、どうしたわけかパニックに陥って金切り声を上げていた。モードの遺体があの大きなベッドに運ばれ、トニーが部屋に閉じこもったあと、ベッシーに会ってくれとノーラが頼みにきた。

もう朝の七時、十月の寒い曇天の日だった。わたしは部屋着のままでまだ茫然としていた。だがベッシーの姿を見るやシャキッとした。ベッシーはきちんと身支度を済ませていて、荷物を詰めたスーツケースがベッドに載っている。

「出ていくわ」熱で浮かされたみたいにベッシーが言った。「止めないでね。出ていくんだから」

「駄目です。とにかくいまは。いったいなぜ出ていくんですか?」

「なぜって? 次の標的になりたくないからよ。それで充分でしょ?」

「聞いて、ベッシー。モードは心臓発作で亡くなったんです。殺されたのではありません」

ベッシーはスーツケースを閉める手を止めてわたしを見た。「それ、確かなの?」

「そのようです。ねえ、遊戯場で暖炉に火を入れたままにしていたでしょ。モードは窓からその火を見たんですよ、きっと。だから鍵を持って出ていって、そして――」

ベッシーは驚いて目を見張った。それからぞっとするような、引きつったような笑い声を上げた。

「じゃ、わたしが遊戯場で暖炉に火を入れたままにしたって言うの」ベッシーが大きな声で言った。「馬鹿ねえ。わたしがあそこに近づくとでも思ってるの? もう何週間も行ってないわ」

ベッシーに会ったあと、一階のホールでジムに会い、いま聞いたベッシーの話をした。ジムはじっと耳を傾けた。

「わかった。彼女は出ていかない。誰も出ていかないよ、パット。モード・ウェインライトは自殺したのか、誰かが自殺に見せかけたのか、そのいずれかだ。誰にも言うんじゃないぞ」

「モードは自殺なんかしないわ、ジム」

「ああ、それはおれたちがはっきりさせる。少し眠るんだ、パット。いまは何もできないんだから」

何週間かあとに、ジムはあの早朝のこと、レノルズがモードの遺体の見張りにつき、トーマスとスティーブンズがわたしをベッドに運んだ経緯について話してくれた。パトカーが到着するまで少し時間があったので、ジムは何にも触れないようにしながら付近を入念に調べた。モードはプールの縁に横たわり、そばに小さなハンカチが落ちていて、右腕がプールに垂れていた。きちんと服を着て、上着まで着ていて、とても安らかな顔をしていた。

そのときトニーが来た。おれはモードの頭に無残な銃創を見つけた。「何も言えなかった。蘇生させようと、トニーがモードの手をさすっていたからじゃない。モードが撃たれていたからだ。撃たれたということは拳銃が使われたってことだ。そのときだ、プールの中の拳銃を見つけたのは」

初めは自殺に思えた。だがプールの水に疑問を持った。排水口が開いていたにもかかわらず水は勢いよく流れ込んでいて、おれが着いたときにはすでに一、二フィートの深さにまで達していた。「考えてみろ、パット、プールに注水するとき、排水口を開けたままにするか？　それだけじゃない。このあたりのプールはどこも冬場は水を抜いている。なのになぜ水を入れるんだ？　どういうことだ？　撃っても死ねなかった場合にプールに落ちて溺れるようにってか？　モードは落ちなかった。だからどうなんだ？　そもそもなぜ着替えて、わざわざあそこまで行って自殺するんだ？　部屋には睡眠薬がたくさんあるのに。そのほうが簡単だし楽に死ねる。なぜそうしなかったんだ？」

あのときにそうしたことすべてを考えたのではない、とジムは言った。あのときはろくに考えてなかった。トニーを母親と二人にして、ジムは遊戯場を調べた。居間の暖炉を見て驚いた。まだくすぶっていて、少し前に火がつけられたか、新しい薪がくべられたかのどちらかだと思った。それだけではない。新しい煙草の包みがあった。一本吸われていて、椅子が暖炉の前に引き寄せられている。

「暖炉の前に座るのにわざわざ遊戯場に行く必要はない。あそこで誰かと会うつもりだったのではないか。誰か、館では会いたくないが、心地よくして会いたい相手と」

ジムにはほんの一、二分しか時間がなかった。トーマスに噴水の投光器を点灯させて他の者に道がわかるようにした。それから外に出て地面を調べた。うっすら積もった雪の上にモードとわたしの足跡の輪郭がぼんやりと見えたが、館から走ってきた男たちがあらかた消し去っていた。ところがもう一つ、門から敷地に入ってまた戻っている別の足跡があった。低くくぼんでいるだけにすぎないが、ジムには小さな足跡のように見えた。巻き尺を持っていなかったが、まだかなりはっきりした足跡を一つ見つけると、手持ちのハンカチに鉛筆でその大きさを印した。

「女の足跡のようだった。あちこちにハイヒールの跡らしきものがあった。もちろん確信はなかった。確かなのは、誰かがあの夜、門を入って出ていったということだけだ。なんとなく辻褄が合わなかった。ベッシー・ウェインライトかと思ったが方向が違う。いずれにせよ、ベッシーにはいつだって会える。なぜ遊戯場なんだ？」

ジムは誰にも何も言わなかった。パトロール警官が到着すると水を止めたが、拳銃はそのままプールの中に残しておいた。そしてすぐトニーとわたしを追い出した。ほどなくしてビル・スターリングが来た。当然ながら、ビルに言えるのは、モードは死んでいるということだけで、それはジムにもとっくにわかっている。ビルは診断を終えて立ち上がるとモードを見下ろした。「わからないな。どうしてこんなことをするんだ、ジム？　なんでも持っていたのに」

「おれもそのことを考えていた。つまり本当に自分でやったのならな」

明け方に検死官が到着し、そのすぐあとにホッパーもやってきた。だが検死官は自殺と考えた。

「世のすべての検死解剖が事実を変えられるわけじゃない」薄笑いを浮かべて検死官が言った。

プールから回収した自動拳銃にぼやけた指紋しか付いていないとわかっても、ホッパーは検死官の判断に傾いていた。「水のせいで指紋が消えたんだろう。流水だったからなおさらだ」

「いったい誰が水を入れたんだ？」ジムが食ってかかった。

「庭師が入れたんじゃないのか？　パイプの凍結を防止するために」

「なぜモードが自殺するんだ？」

「トニーがモーガンの死に関わっているのを知って、耐えられなかったんだろう」

「いいか」ジムがなおも言いたてた。「おまえはモードを知らない。あの人は何にだって耐えられた」

ジムがホッパーに居間を見せると、ホッパーは市警から殺人捜査課を呼んだ。彼はまだ納得していなかった。だがジムが言うように、暖炉に火を入れて悠然と煙草を吸い、それから冷たいプールに行って拳銃自殺するなど、ホッパーですら解せなかった。

かなり時間が経っていた。男たちがどかどかと出入りし、モードも館に移されていた。ところが予想だにしない結果が出た。拳銃の指紋は役に立たなかった。暖炉前の椅子とテーブルにはモードの指紋が付いていた。それに反して、発見時のまま、まだ開け放してあった表のドアには、一つの指紋も付いていなかった。

二人の男は顔を見合わせた。

「モードは手袋をはめていなかった」とジムが言った。「どうやって中に入ったんだ？　窓からか？　パット・アボットが来たとき、ドアは開け放たれていた。が、ウェインライト夫人は開けなければいけなかった。鍵を外してドアを開けないと中には入れない。まさか開けてから、ドアノブをきれいに拭ったわけじゃないだろ」

二人は一緒に現場を検討し直した。ジムはすでに壁のしっくいから弾丸を取り出していた。拳銃はテーブルの上だ。ホッパーが拳銃を手に取って調べた。それから手帳のメモを見た。「トニー・ウェインライトの拳銃だ」とジムを見ながら言った。「彼女がずっと持っていたとしたらどうだ?」

「おそらくな。自殺だったのなら」

「それとも、トニーが殺したのか」

「いいか」ジムが怒りをあらわに言った。「トニーが母親を撃ったと考えてるのなら、おまえはどうかしてる。トニーは母親が大好きだった。今夜おまえがここにいて、母親を見たときのトニーを見てたら、そんな馬鹿なことは言わんよ」

「じゃ、誰が彼女を殺したんだ、それに動機は?」

「モーガンを殺したのと同じ男だ」とジムが言い、ホッパーが小さな声で笑った。

その早朝はそれ以上のことはわからなかった。検死官はモードの死亡時刻を前夜の十一時から十二時か、それよりも少し遅くと推定した。ドアが開いていたのと、夜の冷気のせいで死後硬直が早まった可能性がある。ジムが見た雪の上の足跡は、陽の光で雪とともに消えていた。雪は大したことなく、真夜中にはやんでいた。

当然ながら、回廊邸《クロイスターズ》の誰もこうしたことを知らなかった。わたしはベッドに入らなかった。トニーは書斎にいた。トニーの気持ちを落ち着けようと、ビルが何かを飲ませようとし、トニーが拒んでいた。夜明け前にエリオットが姿を見せ、二名の警官も一団に加わった。

モードが撃たれているとトニーに告げたのはホッパーだ。最初トニーは信じようとしなかった。

「撃たれたって？　ぼくは信じない。いったい誰が母さんを撃つんだ？」

「お気の毒ですが、ミスター・ウェインライト。お母上が自殺された理由に何か思い当たることがおありですか？」

トニーが真っ赤な目でホッパーたちを睨みつけた。「母さんが自殺するなんて！　絶対にあり得ない」やがて訊かれたことの意味に気づいた。トニーは立ち上がった。顔が土気色だ。「もし撃たれていたのなら、殺されたんだ。絶対に犯人を殺してやる」

男たちは解散する前に朝食を摂った。レノルズがトニーにどうにかコーヒーを飲ませ、なんとか部屋に向かわせたが、まだひどいショック状態だった。早くも電話が鳴り始め、やむなくわたしは胸をかきむしられる思いで図書室にずっと詰めていた。

その朝わたしたちは、文字どおり非常事態に陥っていた。ジムは遊戯場と回廊邸の周囲に非常線を張るほどの大人数を配置した。入口の大きな門が閉じられ、部下が配備された。大きな悲劇のさなかにいると、悲しんでいる暇などない。以来わたしはそう思っている。まさにそのとおり、わたしには考える時間などなかった。その日、モードだけが大きなベッドで静かに安らかに眠っていた。

ドワイト・エリオットが図書室に入ってきたのは確か十一時だった。無言だったがひどく動揺しているようだ。腰を下ろすとぐったりした様子で顔をひとなでした。「少し質問をしてもいいかな」ようやく口を開いた。「館内でトニーの自動拳銃を探したとき、ウェインライト夫人の部屋も探したのかね？」

「いいえ。そこは思いつきませんでした」

「では彼女が持っていた可能性もあるのでは？」

「どうしてモードが拳銃を持ち出すのですか、ミスター・エリオット？　モードはずっと何かを心配されていました。ここを離れることもお考えのようでした。それに昨夜、モードとしばらく話をしました。自殺されるようなことは絶対に考えておられませんでした」

「なのにだ、ミス・アボット、彼女はまさにそうしたんだよ。彼女に敵はいなかった。彼女が死んで誰が得をするんだ？」彼はわたしを見た。「昨夜は何の話をしたんだね？　内密の話なのか？」

そのとき思い出した。モードと金庫。モードとマニラ封筒。モードに何かあった場合にトニーに渡すことになっている封筒。じっと座って、宝石のリストを調べていた昨夜のモードの様子が目に浮かぶ。ベッドに起き上がって、わたしがリストを見直すあいだ、あれやこれや言っていた。婚約指輪、結婚式の日にジョンが贈ってくれた真珠。薄っぺらな虚飾の裏で、ジョン・Cはモードをこよなく愛していたに違いない。やむなく従業員たちに浴室と洗濯場を提供したあの冷たい年寄りが、熱愛する女性には豪華な宝石を贈っていた。

「特に内密というわけでもありません。わたしが作成した宝石のリストを調べていました」

「宝石の？　理由を言ったのかね？」

「お売りになるおつもりではなかったかと」

エリオットはいきなり立ち上がった。「だとすると金庫を調べないと。昨夜それらを持っていったのなら、もしそうなら理屈が合う」

エリオットと二階に上がった。トニーの部屋のドアは閉まっていた。それにベッシーのも。だがモードの部屋の前には警官が警備に立っていて、中に入れてもらえなかった。「署長に聞いてください。申し訳ありません、命令を受けていますので」

ジムはなかなか見つからなかった。ようやく居所を探し当てたときは敷地にいて、前夜に見た女性の足跡を探していた。だが足跡は消えていた。あるのはハンカチにつけた印だけ。二階に上がってきたときもまだ腑に落ちないといった顔だ。ジムはわたしたちを中に入れてはくれたが、そばに立って何も荒らさないように見張っていた。

モードは静かにベッドに横たわっている。服は着たままで、青いシルクのカバーがかけられていた。窓が大きく開けられていて室内はひどく寒かった。その寒さにぞっとした。手ががくがくして、金庫を開けられるだろうかと思った。

だがパネルにも金庫の扉にも鍵はかかっていなかった。パネルは閉まっていたが、奥の金庫は大きく開いている。盗られたものはなかった。宝石類はすべてそこに入っている。わたしが置いたままの状態でケースに収まっている。ただモードと二人で作成したリストとトニー宛の封筒が消えていた。

第24章

正午近く地方検事のスチュアートが押しかけてきた。さあ、大事件だ、首尾よく解決すれば株がぐっと上がるとばかりに。ドン・モーガンの死は別の単なる殺人事件だ。世間が騒ぎ立てるのは事件が起きたのがほかならぬウェインライト家の敷地だから。だが今度はモード・ウェインライト本人が死んだ。自殺か他殺か、まさに一大ニュースだ。その日スチュアートの車の後ろには、記者やカメラマンが乗ったさまざまな年式の車が三、四台続いていた。見ると、遊戯場のドアの前で六名のカメラマンに取り囲まれてスチュアートがポーズをとっている。その輪の外にホッパーがいて、以前にも増して小馬鹿にしたような白い目を向けている。

その写真が翌日の新聞に掲載された。どうやらホッパーとジムの二人が、自分で自分の首を絞めろと言わんばかりに、やりたい放題にさせているようだ。その証拠にこんな文字が見出しに躍っている。〈地方検事、ウェインライト夫人は自殺と断定〉駆け足観光旅行さながらに、スチュアートが先頭に立って記者たち一行をさまざまな見どころに案内している。「死体はここにあったんだよ、諸君。チョークで輪郭が描いてあるだろ。拳銃はそこ、プールの中にあった。非常に嘆かわしい事件だ。実に嘆かわしい。金がすべてではないとわかるだろ」

ジムはどうにか記者たちを館内から締め出した。だがスチュアートは水を得た魚のように図書室に陣取った。トニー、エリオット、ジム、ホッパーも一緒だ。そしてわたしを呼んだ。「昨夜はどうして遊戯場に行ったりしたのかね？　いや、正確に言えば今朝だが？」

わたしはできるだけきちんと話した。急に目が覚めたこと、ロジャーがいなかったこと、そのあとのこともすべて。スチュアートは小さな鋭い目でわたしをねめつけて耳を傾けている。

「遊戯場に向かったとき、鍵は持っていったのかね？」

「鍵のことは考えませんでした」

「火を消しに行ったのに鍵は持っていかなかったのか？」

「鍵のことは頭にありませんでした」

スチュアートは明らかにわたしを疑っている。周りの称賛を求めるかのように部屋を見回した。誰も身じろぎすらしなかった。

「着いたとき、遊戯場のドアがすでに開いていることを知らなかったのかね？」

とうとう頭にきた。「こんなこと、何の役に立つんですか？」どうにもたまらなくなってわたしは言った。「誰かが昨夜ここでウェインライト奥様を殺したんですよ。あなたが馬鹿な質問をしたり、ここで気取ったりするのをやめてくれれば、わたしたち犯人を捕まえられるかもしれないのに」

そう言ったわたしをスチュアートは絶対に許さなかった。なおも質問を浴びせかけ続けた。金庫はどうなんだ？　合わせ数字を知っていたのか？　昨夜は開けたままにしておいたのか？　なぜウェインライト夫人は宝石のリストを作成したのか？　リストはどこにあるんだ？　トニーは悲しそうに押し黙って聞いている。ホッパーはひっきりなしに煙草を吸っている。エリオットは爪先を調べ、テーブルを叩いている。だがスチュアートはどこ吹く風だ。ヒルダや他の使用人たちを次々と呼びつけた。

最近のウェインライト夫人の変化に気づいていたか？　夫人はうちひしがれて気持ちが沈んでいたのか？　自分が使う目的でトニーの拳銃をどこかに隠すことができたのか？

トニーがついにやめさせた。「リストとなくなった封筒のことを話してやれ、パット。そしてここから出ていってもらってくれ。もううんざりだ」

できるだけ詳しく説明したが、その説明にすら、スチュアートは彼なりの推理を用意していた。

「なるほど。それで遊戯場で暖炉に火を入れた説明がつく。暖炉で燃やしたのだよ。火を見るより明らかとはこういうことだ」

モードは自殺だと確信して、やっとのことスチュアートが出ていった。出ていく前にハイボールを飲み、立ち去る前に表で新聞記者たちを前に一席ぶった。

「申し訳ない、諸君。なんということはない。夫人は病気だった。重い心臓病だ。おそらくは安易な方法を選んだのだろう。もちろん」彼は逃げ道を用意した。「この先、何らかの展開があるかもしれん。ただ現時点では自殺のようだ。その点はわたしの言葉を引用してかまわん」

どうにもやりきれなかった。テラスにいる偉ぶったつまらない小男、忙しく立ち働くカメラマン、小男の背後の悲しみに包まれて打ち沈む館《やかた》。そして重い沈黙。にもかかわらずスチュアートは彼なりに正しかったのだ。表面だけ見ればまさしく自殺だ。トニーの信念すらも揺らいでいる。スチュアートが引き上げたあとトニーが秘書室にやってきたとき、わたしは机に突っ伏していた。トニーも苦悶の表情を浮かべていた。

「どうして自殺したんだろう、パット？　幸せだったのに。あんなに幸せそうな人はどこにもいなかった。ほがらかで勇ましくて。少なくとも最期の病気になるまでは。それにしても、どうしてぼくに一言もなかったんだろう？　あんなに仲がよかったのに。まさか――」

トニーは言葉を詰まらせ、わたしを抱きしめた。震えているのがわかった。

「不治の病だと思ったのよ、きっと。そう簡単に立ち向かうことができなかったのよ」

「母さんは何にだって立ち向かえたさ」トニーはなおも言いつのり、わたしから離れた。

翌朝、死因審問が開かれた。発見者であるわたしは出席せざるを得なかったが、新しい事実は少しか出なかった。医学的な証拠では、銃弾は右から左に発射されて頭蓋骨を完全に貫通していることが示された。右側の髪の毛からみて銃口が頭近くに突きつけられ、即死だったことがわかった。

わたしは喚問を受けて遺体発見について証言した。同じ場所でエヴァンズを発見したのもわたしではなかったかと検死官が訊いたとき、誰もが興味津々で息を詰めた。そうだと答えたが、彼の頭を殴ってもいないしズボンも脱がしてもいないと付け加えた。馬鹿なことを言ったと思うが、何もかもにうんざりして腹を立てていたのだ。

わたしの証言に続く警察の証拠提出はやや形式的なものとなった。プールで見つかった拳銃が使用凶器と特定されたこと、銃弾とその線条痕、それに線条痕分析報告の提示が主な内容だった。ジムの説明は、わたしたちがモードを見つけたあとに呼ばれたこと、遺体の位置などに限られていた。なくなったリストや封筒については触れなかった。その日唯一重要だったのは、母親の自殺説をトニーが頑として認めなかったことだ。さっそく夕刊にその模様が掲載された。〈母の自殺は信じない――母は殺されたと息子〉わたしはトニーの目に触れないように新聞を隠した。

だがトニーは、拳銃は自分のだと認めた。検死官が製造番号を読み上げ、トニーは自分の許可証の番号だと確認した。検死官が頷いた。

「では、ミスター・ウェインライト、この凶器をどこに保管していたのですか？」

「車の中です、何か月か前までは。エヴァンズの件があってからは寝室に置いていました。ベッド脇のテーブルの引き出しに保管していました」

「最後に見たのはいつですか？」

「憶えていません。二週間ほど前だと思います。はっきりしません」

「引き出しからなくなっていることに気づかなかったのですか？」

「その引き出しはめったに使いませんから。はい、気づきませんでした」

「あなたの部屋に出入りできるのは誰ですか？」

トニーは落ち着きなくもぞもぞと体を動かした。「誰でも。館には内と外合わせて四十名もの使用人がいます。館内は二十数名です」

「こんなことをお尋ねして申し訳ないのですが、お母上はそこに拳銃が入っているのをご存知だったのでは？」

「母はぼくが拳銃を持っていることは知らなかったと思います。銃器を怖がっていました」

「しかし、そこに入っているのを見た可能性があるのでは？」

「はい」

「他の人間、例えば館を訪ねてきた人たちは二階へ上がらなかったのですね」

「はい。一階に男女それぞれの部屋があります」

「使用人は別として、あなたの部屋に出入りできるのは誰ですか？　事件が起きたとき館にいたのは誰ですか？」

「ぼくの妻と母の秘書のミス・アボットです」

ベッシーは出席していなかったので、全員の視線がわたしに注がれた。わたしはそこにいる人たち、陪審員席の商人から傍聴席に詰めかけた人たち全員を知っている。ビル・スターリング、リディア、ジュリアンとマージェリーのストダード夫妻。お下げ髪のころ、自転車に乗っていたころ、そしていまと、成長するわたしを見てきた百人を超える人たち。大半の視線は好意的だったが、そうでないのもあった。いまとなればわかるが、その日わたしはまったくの潔白でもなかったのだ。知らなかったが、トニーとわたしのことで噂が飛び交っていたのだ。もしモード・ウェインライトが反対していたら、もし口論になっていたら――。

それはともかく、出された評決はある意味、当然の結果と言えた。病気になるまではほがらかで心温かく、常に勇敢で親切な女性、そのモードが自殺した。立ち上がって違う、と言いたかった。もちろんトニーも同じ気持ちだ。だがどうしようもなかった。審問が終わると、わたしは人混みを押しのけて外に出て冷気に当たった。車のミラーに映った顔を見ると唇まで真っ青だった。

その午後ジム・コンウェイが会いにきてくれた。両手をポケットに突っ込んで険しい目をして図書室の中を歩き回っている。わたしを見て薄笑いを浮かべた。

「その、評決が出たな」

「だけど、あれは嘘よ」わたしは声を荒らげた。「自殺じゃないって思ってるんでしょ」

「ああ。となると誰がやったんだ？　よく考えろ、パット。誰が彼女を殺したかったんだ？　おまえさんじゃない。いい仕事をなくすからな。とにかく、おまえさんが彼女を好いていたのは知っている。ベッシーか？　遺言では何も受け取れない。彼女にしてみれば、義理の母が死ぬより生きていてくれたほうが楽に暮らせる。それにものすごく怖がっている。トニーか？　あいつは金と事業を手に入れるが、いろんな理由からあいつはシロだ。では誰だ？」

しばらくしてジムはポケットからハンカチを出して、鉛筆でつけた印を見せてくれた。そうする前にジムはドアを閉めた。

「女だ。あの夜、門から入って遊戯場に行ってる。歩いて入ってきたが、雪に残った跡からみて走って出ている。そいつはだいたいの足のサイズだ」

「女って！　女の人が彼女を殺したって言うの？」

「そうは言ってない。女があの現場にいたんだ。遊戯場のドアに向かって急いで去っている。その足のサイズは小さいだろ？」

確かに小さい。自分のと比べても一インチほど小さい。わたしが思ったことをジムは見てとったのか、肩をすくめた。

「ベッシーのじゃない。モード・ウェインライトが彼女と話したければ、この館の中で話せたはずだ。モードはそうしなかった。現状からみて誰かに会うために遊戯場へ行った。おそらくは女に。トニーの拳銃を持っていった。ベッシーが銃で狙われてから持っていたのだろう。それともヒルダに持ってこさせたのか。ともあれ、そいつを隠しておいた。で、夜中に館を出て何者かに会う、信頼していない相手に。拳銃を持って。で、けんかになる。相手の女が銃を奪って――」

耳をふさいだ。「やめて、ジム。耐えられないわ」

「ちゃんと立ち向かうんだ、パット。そういう事情だったのか、自殺したのか、そのいずれかだ。考えられるのは二つ。で、おまえさんは自殺とは思わない」

「わからないわ」頭が混乱してきた。「考えることすらできないの、ジム。モードはこのところ別人のようだった。事件が起きるほんの数時間前、二人で宝石のリストを作ったのよ。宝石を売るつもりだったと思うわ。ここを手放すつもりだとも言ってた。その話はマージェリー・ストダードに訊けばいいわ。彼女が知ってるから」

「モードはストダード夫人とはかなり親しくしていたんだろ？」

「モードは彼女が好きだったの。誰とでも親しいってわけではなかった」

「二人が口論するような理由は？」

「まさか、あるわけないわ」

ジムがまた図書室の中を歩き回り始めた。ジムはドンの殺害に始まって、こうしたことすべてが繋がっていると見ていた。

「エヴァンズは除外して考えろ。遊戯場でモーガンが殺される。あの夜ベッシーが何かを見たとする。やがては彼女も殺されかける。そして今度はウェインライト夫人だ。ドンの殺害事件のあと、彼女は大丈夫だったがその一日か二日後に何かが起きる。何かを知って心臓発作を起こす。何をどうやって知ったのかがわかれば、おそらく死んだ理由もわかるだろう。だがまずはドン・モーガンが殺された理由を探らないことには。それがすべての鍵だ」

ジムは話を続けた。ジムはドンが殺されてからずっとドンの足取りを追っていた。春にドンがアメリカに戻っていたことはわかった。豪華客船のファーストクラスで帰国している。病気だったにしろ、船内の誰一人気づきもしなかった。その船旅でドンには友人ができ、その一人が帰国後に仕事を提供した。六月の数日を除き、ドンは八月一日まで働いている。ところが突然、仕事を辞めて市を離れた。

「ここには九月中旬まで来なかった。ここに来るまでの六週間、何をしていたのかぜひとも知りたいんだ。館への侵入未遂を別にして。もし侵入しようとしていたのなら」ジムは付け加えた。「が、まだ推測の域を出ない」

ジムは手帳に目をやった。「なあパット、なくなった封筒はどうなんだ？　中身は何なのか知ってるのか？」

「トニー宛だったわ。知ってるのはそれだけ」

「あそこで燃やしたのなら、暖炉に何か残っているかもしれん。行って調べてみよう」

人目を盗んで館を出るのは簡単ではなかった。車が出たり入ったりしていたし、弔問カードが次々と置かれ、周りは弔いの装いと尊厳に包まれている。一瞬の隙をついて館を出た。ジムが遊戯場の鍵を取り出し、二人で中に入った。

中は寒くて湿気があった。プールには目を向けられなかった。居間に入るとジムが暖炉の前に膝をついた。薪の灰を指でそっとかき分けたが何もなかった。わたしは腰を下ろした。膝ががくがくして立っていられなかった。暖炉前に引き寄せられていた椅子に座り、煙草に火をつけようとした。手が震えてマッチを落とした。クッションと肘かけのあいだにはさまったマッチを手で探ったとき一枚の紙に触れた。

その紙を引っ張り出した。ジムが立ち上がって膝のほこりを払った。

「そいつは何だ？」

「リストよ。モードの宝石のリスト」

ジムがわたしの手からリストを取って調べた。呆気にとられている。「もうたくさんだ。彼女はこれらを売るためか、売る相談をするためにここに来た。で、何らかの理由で殺された。いったい誰がこんな宝石を買えるっていうんだ?」

第25章

翌日、葬儀が執り行われた。ドワイト・エリオットはその夜は館《やかた》で過ごし、葬儀の手はずを整えた。葬儀は回廊邸《クロイスターズ》で行われたが、葬儀が終わるまでモードは二階の自室で静かに横たわり、トニーがずっと付き添っていた。

驚いたことに、市内からウェインライト家の一族が来て式に参列していた。一族は妻も含め六人だったが、彼らが来たことをトニーは知らなかったと思う。葬儀のあと、市内の墓地への長い道のりを車で向かった。わたしと同じ車に乗ったベッシーは神経をぴりぴりさせ、ひっきりなしに煙草を吸っている。

ベッシーはほとんど口をきかなかった。一度、身震いをした。「つまり人生ってこういうことなのね。束の間生きて、そして死ぬ」ベッシーは窓から煙草を投げ捨てた。「あんなふうに」

奇妙なドライブだった。前方の車にモードがいて、いつもの楽しげな笑い声は永遠に消え、フェアビューの大きな墓でジョン・C・ウェインライトの傍らで眠りにつく。丘を曲がりくねって進む長い葬列、明るい秋の陽光、そして、墓の周りに集まった参列者たち。そこかしこに花があふれ、棺桶にかける土が葬儀屋からリーランド牧師に渡される。「我らの心の秘密を知りたもう主よ、我らの祈りにあわれみの耳を閉じたもうなかれ」トニーは帽子もかぶらずに立ち、牧師の言葉に耳を傾けるでもなく、ただじっと見ている。まだ信じられないとでも言うように、固い地面が足元から崩れ落ちたかのように。

終わり近くになってめまいを覚えた。と、誰かが腕を摑んで支えてくれた。誰が支えてくれたのか最後までわからなかった。なんとホッパー刑事だった。

それが日曜日。月曜日の午後にはエリオットが市内から若い弁護士を連れてきて遺言書を読み、自分にもわずかだが遺してもらえたが、遺言書を書いたのは自分ではないと説明した。

遺言書は四年前に作成されていて、予想どおりの内容だった。相当額が慈善事業に、使用人全員に勤務年数に応じた遺贈、「友人であり親戚であるドワイト・エリオットへ、わたしへの長年の友情の証」に二万ドル、そして、最近になって遺言補足書が追加されており、わたしに、五千ドルとその美しさにわたしがいつも目を奪われていたダイヤモンドのブレスレットが遺された。

ベッシーについて触れているのは一文だけ。遺されたのは一ドルで、すでに「充分な額を渡してある」との文言が書き添えてあった。残りは留保条件なしにトニーに渡ることになっていた。

モードが死んでからずっと泣いてなかった。あまりにもショックが大きすぎたのだ。だがその夜わたしへの遺贈に涙がこぼれた。ベッドに入ったあと、泣きはらして目を赤くし打ちひしがれた様子のヒルダが部屋に来て、泣いているわたしに気づいた。

ヒルダは黒いドレスに黒いシルクのエプロンをきちんとつけて、ドアのすぐ内側に立っていた。

「奥様のものはどうしたらよろしいでしょうか、パット様？」

「わからないわ、ヒルダ。鑑定を受けないといけないはずよ。はっきりするまでそのままにしておきなさい。ヒルダ、あの夜のことを教えてちょうだい。おまえがおそばを離れたとき、奥様の具合はどうだったの？」

「奥様はベッドに入っておられました。具合はよさそうでした。ただ神経が昂ぶっておいでのようでした。睡眠薬がご入用ですかとお尋ねすると、まだ要らない、あとで飲むからとのことでした。ですがわたしがベッドを直す前に明かりを消されました。たぶんすでにお着替えを済まされていたからだと思います。わたしにそばに来てほしくなさそうでした」

「部屋の様子で何か変わったことはなかった？」

「そうですね」ヒルダはゆっくりと答えた。「そばのテーブルに大きな茶色の封筒が置いてありました。開封されていました。奥様が置かれたのだと思います。それ以来、封筒は見ていません」

それが、モードの死後四日目の夜までにわたしたちが得た情報だ。モードは遊戯場へ行った。おそらくはトニーの拳銃を持って。金庫にあった封筒と宝石のリストも持っていった。そこで誰かに、おそらくは女性に会った。そのあと何があったのかは、ジムが言ったように誰にもわからない。

十月三十一日、火曜日、警察が展開した説がすべてひっくり返るようなことが起きた。ヒルダがあわてふためいてトニー宛の手紙を持ってきた。モードの大きな角ばった手書き文字で宛名が書いてある。そのときはその場にベッシーがいて、遺言書で何も受け取れないと知って憤慨し、面倒を引き起こしてやるといきまいていた。

「わたしが知ってるとトニーが思ってる以上に、わたし、知ってるのよ」と険悪な口調で言った。

「わたしを甘ちゃんだと思って見くびってるんなら、考え直したほうがいいわ」

そのときヒルダが入ってきた。取り乱したヒルダが目を拭いながら手紙を差し出した。「奥様がトニー様に残されていたんです」そう言うとヒルダはしゃくりあげた。「トニー様のお名前が書いてあります。まさか、パット様、どうしてこんなことをされたのでしょう？」

ベッシーは立ったままじっと手紙を見ている。何を知っているにしろ、予想だにしなかったことだろう。ヒルダの手から手紙を取ろうとしたが、わたしがそっと手を伸ばして手紙を取った。

「わたしがお預かりします。トニー様宛ですので。電話をかけて手紙がここにあるとご連絡なさればよろしいかと」

「あなたが連絡しなさいよ」ベッシーは怒り狂ってそう言って部屋を出ていった。

手紙はトニーの心をまたもや打ち砕いた。使用人たちがモードの部屋の空気を入れ替えて掃除をしていたとき、ヒルダがマットレスの下にあった手紙を見つけた。封筒にはモードの大きくてぞんざいな字で「愛する息子へ」と宛名が書かれていて、中に手紙が入っていた。

愛しいトニー――おまえがこれを読むときにはわたしは生きていないでしょう。どうかわかっておくれ。そしておまえが一番いいと思うようになさい。トニー、おまえをとても愛している、心の底から。いつかおまえが自分の子どもを持てばどういうことかわかるでしょう。わたしのしたことを許しておくれ、そして、どうかわたしのことを忘れないで。神のご加護がありますように、そしておまえが幸せになりますように。
母より

トニーが手紙を読んでいたとき、わたしはそばにいなかった。トニーは手紙を持って部屋に行き、そのまま何時間もこもっていた。ようやく一階に下りてきたときには手紙を手にしていた。

「読んでくれ」トニーはくぐもった声で言った。「どういうことか教えてくれ」

わたしは胸を詰まらせながら手紙を読んだ。何度も読み返した。

「よくわからないわ」

「ぼくもだ。何をわかれというんだ？　自殺したことをか？　そんなのぼくは信じない」

「何かを恐れていたのでなければ」

「母さんは何も恐れていなかった。生まれてこの方ずっと」

その夜またしても何者かが館に忍び込んだ。朝になるまで誰も気づかなかった。朝になって、ヒルダがモードの部屋が物色されていると知らせにきた。「奥様の衣類がめちゃくちゃになっています。引き出しもです。いったいどういうことなんでしょう」

わたしにもわからなかった。知らせを聞いたトニーにもわからなかった。宝石は金庫から出して市内の貸金庫に預けてある。それにレノルズは、地下のドアも含めて、前夜いつものように戸締まりをしたという。以前にモードの部屋に入ろうとしたことを思い出してベッシーを疑ったが、証明することも、ベッシーが物色する理由も思い浮かばない。探しものが封筒だとしても、封筒はなくなっていたし、それに部屋はとっくに警察が捜索していた。

翌朝ジム・コンウェイが険しい顔をして物色現場を調べた。「館内に警備員を配備するよ」その日ジムはトニーに言った。「おかしなことが続いている、どうも気に食わん。オブライエンという男に警備させる。礼儀作法はなってないが警備にかけてはピカイチだ。信頼できる男だ」

夜になってオブライエンがやってきた。生意気そうな若い男で、来るなり夜には夜食と魔法瓶にコーヒーを入れておいてほしいと言った。それからいかにもさりげなく自動拳銃を取り出した。「わたしが来たからには、みなさん安心してください」と陽気な声で言った。「ただ使用人に、夜遅く出歩くときは必ずわたしに知らせるようにしてください。なにせわたしは、質問するより先に撃ってしまうたちなので」

あまりいい印象は受けなかった。縁なし帽をかぶり、クレープソールの靴を履いていて、どう見ても第一級の強盗犯にしか見えない。が、のちにその気概を発揮してくれる。気の毒なオブライエン！彼はその冬、銃弾を胸に受けて何か月も病院で過ごすことになる。

「わたしに任せてください」最初の夜、館を調べたあとでオブライエンが言った。「わたしはハムサンドイッチに目がないんです。その、おわかりいただけるでしょうか。と言っても、一番の好物というわけでもなくて。そのあたりをうまくあのフランス人に伝えてもらえないでしょうか」

けれども彼が警備してくれていると知ってからはぐっすり眠れた。

それ以外は一週間かそこら普段と変わりなく過ぎた。ベッシーはまだ回廊邸にいた。トニーに高額な手当てを要求していたのだと思う。いまやトニーはモードの相続人だ。だがベッシーは、後日ジムがとっておきの切り札と呼んだものを持っていて、まだ使っていなかった。トニーに対しても、どんな反応をするのかよくわからなかったのだろう。それにほとんどの時間トニーは市内にいた。モードが死んで事業の支配権が彼に移り、ウェインライト一族の激しい反発を買っていた。

わたしはあれこれ雑用を片づけて辞職の準備を進めていた。辞める日がくるのはわかっている。ベッシーが出ていったら、彼女がいないのにわたしが留まれるわけがない。わたしの人生の一幕が終わる。

できるだけ作業を続けた。館は静かだった。人々が訪ねてきては名刺を置いて車で走り去る。家政婦長のパートリッジは体調を崩し、一日か二日休むように言われた。馬は誰にも乗ってもらえないまま厩舎にいる。ピエールはいつもどおり料理を作っているが、仕事に熱が入らず、夜にはオブライエンがさも偉そうに館内を歩き回る。

マージェリー・ストダードが遊びに来てくれるといいのに。マージェリーはモードよりもわたしの歳に近かったし、仲良くなっていた。だがここ数日、彼女は床についていた。パートリッジを診察したあと、ビル・スターリングが深刻な状態ではないと教えてくれた。「神経だ。子どもたちに会いたいのに連れ戻せないでいる。貧乏の唯一の利点はそれだな。誘拐の心配は無用ってことだ」

その日のビルは陽気で、相変わらず小柄な刑事につきまとわれていて、彼を養子に迎えようかと思っていると言った。「わたしとの仕事が終わるころには、あいつはいい医者になってるぞ」ビルはニヤリとして言った。「この前あいつは、丘陵地で脚の切断手術の助手を務めざるを得なくなった。なんと終わるまで失神しなかったよ。今回の事件が片づいたら保養所に行くつもりだと言ってる」

しかし、ビルの言う今回の事件は終わらなかった。エヴァンズの行方は杳として知れない。ホッパーですら、トニー宛のモードの遺書は二つの意味に読めると言い、そのうえ部屋の物色のこともあり、わたしたちはみな不安で落ち着かなかった。オブライエンが館にいるようになって幾晩か過ぎたある日、ジムから電話があった。「こっちへ来てくれ。話がある。気に食わないことが出てきた」

警察署に着いたとき、ジムはいつものように机に座っていた。写真を二枚手にしている。「悪い知らせだ、パット。どうも気に食わない。こういうのを見たことがあるか？」

ジムは写真を一枚渡してくれたが、何の写真だかわたしにはさっぱりわからなかった。大きく拡大された円筒形のものに、縦にいく筋も長いひっかき傷が付いている。わたしは首を横に振った。

「銃弾の写真だ。見てのとおり、二つの銃弾の写真だ。気に食わんのは、その銃弾が両方ともトニーの拳銃から発射されたってことだ。一つは試験発射で、もう一つはベッシーの車で見つかったものだ。まずいんじゃないか？」

「トニーが彼女を撃ったと言うの？」

「トニーの拳銃からこれらの銃弾が発射されたと言ってるんだ。おれに言えるのはそこまでだ」

しかし地方検事局と市警の刑事たちはそこまでではなかった。彼らが事件をどう見ているのかジムが話してくれていたが、頭の中が真っ白になって話がよくわからなかった。トニーはいまやウェインライトの金と事業を手にした。ベッシーを憎んでいて殺したいと思っていた。おそらくドン・モーガンも殺したのだろうと。

怒りを覚えた。「ドンを殺したですって。どうしてトニーが？　彼にとってドンは何だっていうの？」

「連中は何かを摑んでるんだ、パット」ジムは椅子に深くもたれた。「連中はパリ時代のドンを調べている。警察の調査書類によると、ドンとベッシーは二年前、向こうでかなり親しくしていた。もしトニーがそのことを知ったら――」

「彼は気にしないわ、ジム。ベッシーが何をしていたとしても、彼はへっちゃらよ」

「それはおまえさんとおれの考えだ」ジムはそう言うとむっつりと黙り込んだ。再び口を開いたときには口ぶりが心なしか明るかった。「あいつについてはどうしても立証できない犯罪が一つある。なぜならあいつはやってないからだ。それは母親の死だ。それに頼みの綱がある。モード・ウェインライトが死んだ夜、遊戯場には女がいた。ベッシーではない。じゃ誰だ？」

ジムは目の前に名前のリストを広げた。モードが知っていたほとんどすべての女性の名前が記載されていて、一人一人検討するごとに、ジムは鉛筆で線を引いて名前を消していった。リディアを除いて全員が消えた。ジムはしばらくリストを睨んでいた。

「おかしいな。彼女はドンを殺したいと思っていた一人だ。ビル・スターリングは別にして。もしかしてリディアだと思ったことはないか、パット？」

「それって、モードも殺したってこと、ジム？」

「わかったよ。好きにしろ」ジムはリディアの名前に鉛筆で線を引いた。「事件がすべて片づいたときには、年とったアール夫人があっちこっちで人を殺していて、セオドアが手伝っていたってことがわかるだろうよ」

ジムがこだわっていることは一つ。犯人は一人だ。ドンの殺害とモードの殺害は繋がっている。が、どう繋がっているのかがわからない。個人的には、ドンの殺害に立ち返ってそこから始めたかった。

「このリストに載っていない名前が一つある。それがウェストンの娘の名前だ。おそらく落ちぶれてしまったんだろう。このあたりのどこかでメイドをしてるのかもしれん。それとも成功してうまくやっているのか。だとすると誰でもあり得るってわけだ。彼女を見つければ何か摑める気がするんだ」

結局はそういうことか。ジムがわたしにしてほしいのは、市内でコナーという女性を捜し出して話を聞くことだ。「言っておくが一筋縄ではいかないぞ。記者連中の中にも彼女を追っている者がいる。相当用心深い女性だ。だがウェストンの娘が勤めていたときその女も同じ職場にいた。娘のことは絶対に憶えている」

トニーを救うまたとない機会だと思い、わたしはついに承諾し、夜トニーに明日は市内で用事があると言った。車で送ろうと言ってくれたが、もう少し遅い時間の列車に乗るからと言って断った。トニーは頷くと立ったまま――わたしたちは二階のホールにいた――苦悩に満ちた目でわたしを見下ろした。「ベッシーはどれくらい居るつもりなんだ?」

「何も聞いてないわ」

「出ていってほしい」トニーは重々しい口調で言った。「これ以上は耐えられないよ、パット」

「わたしも出ていかないと、トニー。わかってるでしょ」

「まだだ、パット。少し時間をくれないか」

トニーはすでに銃弾のことを知っていたと思うが口には出さなかった。思い返してみると、お互いがいかに相手の力になろうとしていたのか、そしてなんと馬鹿なことをしていたのかよくわかる。ベッシーを襲ったという容疑で近いうちに逮捕されると、トニーは覚悟を決めていたに違いない。だがわたしを見て笑みを浮かべ、おやすみと言ってくれた。「とことん闘うんだ、パット、ぼくは我慢できる、きみがそばにいてくれさえしたら」

翌朝わたしは市内に行った。昔よく乗っていた懐かしい列車――フラシ張りの座席のほこりっぽい匂い、十一月の空の下、冷たいにび色の川、市内に近づくにつれて目につく安アパート。六年間通勤していたときと同じだ。回廊邸のモード・ウェインライトの私室に足を踏み入れて、大柄で、にこやかな笑みを浮かべたモードに会った六月のあの日までと。

検札の際に車掌がわたしに気づいた。

「こうしてお目にかかれると昔を思い出します。いろいろと大変でしたね」

顔を上げて車掌を見た。懐かしい優しそうな目、着古した制服。彼のことは子どものころから知っている。わたしの顎がわなわな震えたのだろう。彼は体を屈めてわたしの肩に軽く触れた。「もうお忘れなさい。しょせんは住む世界が違う人たちですよ、パット。問題を引き起こすのはお金です。いつもそうだったし、これからもそうです」

第26章

その日の午前、市内でコナーという女性を探しているとき、ベッシーを見かけた。エリオットが事務所を構える建物近くに車を停めて降りるところだった。表情から若々しさが消え、硬い、何か意を決したような面持ちだ。初めて見る丈の短い銀ぎつねのコートにいつものハイヒールを履いて、毅然として建物に向かい、中に入っていった。

のちに、その日エリオットの事務所で何があったのか、すべてではないがその一部を知ることになる。エリオットが机で油断なく鋭い目を光らせ、ベッシーが身を乗り出して低い声でずっと話している。話し終えたベッシーが勝ち誇ったように椅子にもたれて化粧を直す。

「という話よ、ミスター・エリオット」

「それがどういうことかわかっているんだろうね？」

「よくわかってるわ」

「証明できまい」

「そこは警察に任せるわ、警察に行かざるを得なくなったらね」

「わたしなら脅したりしないね、ベッシー。この話を知っているのは何人いるんだ？」

「トニーは知らないなんて言わないで。あの人はわたしを殺そうとしたのよ。わたしが喋るんじゃないかってびくびくしてるんだわ。でもわたしは話してない。ともあれ、いまのところはね」

ベッシーが立ち上がるとエリオットも立ち、威圧するような目でベッシーを見下ろして言った。声が震えている。「この話は終わりだ、これっきりだ」憤然として言った。「あんたは前にもモード・ウェインライトのことでつまらん作り話を持ち込んできた。あんたには証明できん、だがあんたにとってそれが何だと言うんだ？　何があったか教えてやろうか。あんたはモードにこの話をした。おそらくは警察に話すと言って脅したんだろ。で、あんたへの口止め料を工面するために彼女は宝石を売る準備をした」

「そんなの嘘よ。絶対に話してないもの」

「彼女は宝石のリストを作って、死んだあの夜、遊戯場であんたと会った」

「違うわ。絶対にあそこには行ってない」

「いや、行った。忘れるな、彼女が死んで、あんたにとっちゃまさに願ったり叶ったりだ。これまでトニーは給料取りだったが、いまや大金持ちだ。そこであんたがわたしにしてほしいのは、そのトニーから口止め料をせしめることだ」

ベッシーが息を呑んだ。「わたしがモードを殺したなんて、そんなこと言う奴らはどうかしてるわ」

そう言うベッシーの口元が引きつっている。

「正式な評決はいまだ自殺だ。だがあの夜、彼女は遊戯場で女に会ってる。それに宝石のリストを持っていってた。モード・ウェインライトは絶対に自殺なんかじゃない。その女が殺したんだ」

ベッシーは容赦なくやり込められた。ハンドバッグを摑むと事務所を飛び出した。車からスーツケースを降ろすと、車をその場に残し、タクシーを拾って駅に向かった。ニューヨーク行きの切符を買うとそのまま姿を消した。

こんなことが起きていたとは夢にも思わなかった。その日のわたしの目的はコナーという女性に接触することだったが、その方法すらわからずにいた。ところが思いのほか簡単に接触できた。何食わぬ顔でドン・モーガンが働いていた会社の表で待っていると、社員が一斉に昼食に出てきた。化粧を直すふりを装っていると、二十人余りの若い娘たちに続いて狙う女が現れた。

ミス・コナーや彼女のようなタイプは見間違えようがない。この手の女性はよく知っている。年かさで不安そうで自分の殻に閉じこもっている。噂話を避け、こっそりマニキュアを塗ったり、ましてや洗面所でシャンプーしたりはしない。自分がいないと仕事が進まないという確信と、いや進むという恐れの狭間で揺れている。ミス・コナーはまさにそうしたタイプだ。

昼食ですら同僚と一緒に摂らなかった。あとをついていくと、ぼんやりと角を曲がって小さな喫茶店に入った。一人でテーブルについてコーヒーとドーナツを注文し、ドーナツが出されると少しずつかじった。どう見ても本物の歯ではなさそうだ。わたしはコーヒーの力を借りて気力を奮い立たせ、彼女のテーブルに向かった。

「お邪魔してごめんなさい。先日アトランティック社の社内でお見かけしたものですから」

彼女がわたしを見た。わたしは手持ちの服の中でわざと一番くたびれたのを着ていたが、ジムの言うとおり彼女は疑り深かった。

「新聞記者の方?」彼女が素っ気ない口調で訊いた。

「いいえ、記者だといいのですけれど。仕事を探しているんです」

以前にどこで働いていたのか話すと、彼女は徐々に疑いを解いてくれた。十分ほど、髪を脱色してちゃんと化粧しろと言い、やっと話のきっかけが摑めた。

「上司なんてどうだっていいんです」わたしはきっぱりと言った。「上司に気に入られたってろくなことないですから。あの女の人、何て名前だったかしら、ほら、ちょっと前に殺されたモーガンって男と駆け落ちした人がいたでしょ。あの人、本当にひどい仕打ちを受けたんでしょう」

ちょっと唐突すぎるかと思ったが、その話はすでに地元のタブロイド紙が派手に取り上げていた。彼女は肩をすくめただけだ。

「そう、そういうことなのよ」彼女は腹立たしげに言った。「あの人は金髪だった。それがあんなことになって！　彼女のことは知ってるわ」と付け加えたが、喋りすぎたとでもいうように急に黙り込んだ。その話にはあえて深入りしなかった。彼女が不意に立ち上がって席を離れたとき、わたしはまだレモンメレンゲパイを食べていた。会社勤めのころ、そのパイは女性たちの定番の食べ物だった。出ていきかけた彼女は少しためらったあと、皿のそばに十セント硬貨をすっと置いた。ウェイトレスがあとで驚きの目でその硬貨を見ていた。

「いつも気むずかしいあの人も、少しは気持ちがほぐれたのかね」

「十セントだってありがたいわ」

「あたしだってありがたいよ」ウェイトレスは十セント硬貨をじっと見てから、さっとポケットに入れた。

その日はもうそれ以上できることもなかったので館《やかた》に帰った。ベッシーは戻っておらず、メイドの話ではスーツケースを持って出ていったという。だがベッシーはいつだって回廊邸《クロイスターズ》で思いどおりにやっているし、仮に考えたとしても、せいぜい市内で一晩過ごすつもりだろうくらいにしか思わなかっただろう。

まだ時間が早かったのでリディアに電話をかけた。ウェストンの娘は金髪だったというミス・コナーの話は確かに興味深い。だが電話に出たオードリーの声は険しかった。「ごめんなさい。母さんとは話せないわ。具合がよくないの」

「深刻な状態じゃないわよね？」

「母さんは誰にも会わないの。とにかくいまは眠っているわ。わざわざ起こせないわ」そう言うとオードリーは受話器を置いた。電話を切られ、思わずあのかわいい顔を思いきり引っ叩いてやりたいと思った。

そのあとジム・コンウェイに電話をかけ、その日の成果を報告した。ジムは満足そうだ。「よくやった。一両日中にこっちの意のままに操れるようにするんだ」

「うまく情報を引き出せばいいのね。でも彼女、口は相当堅いわ」

その日わたしは落ち着かなかった。机の上には仕事が山積みになっていたし、花のお礼状などもあれこれ届いている。つけなければいけない記録もあるし、館の面倒もみなければならない。午後遅くにビル・スターリングがパートリッジの往診に来たとき、ホールで彼を呼び止めた。

「リディアはどうかしたの？」

ビルは疲れているようだった。黒い往診鞄を椅子に置いてわたしを見下ろした。「それがわかればいいんだが」と率直に言った。「ショックを受けた反動だろう。ずいぶんといろんなことがあったからね。他に原因があるのかもしれん。彼女と話をしてみてくれないか、パット」

「オードリーの話だと誰とも会わないって」

「まったく、オードリーときたら」そう言うとビルは往診鞄を摑んだ。

しかしビルはそれほど心配していなかった。ビルを見送りに車まで行くと、小柄な刑事が運転席に座っていた。刑事を見たときのわたしの顔を見てビルは笑った。「いい運転手になるぞ。外科手術も勉強しているし」

小柄な刑事がきまり悪そうにはにかんだ。

わたしはその夕方、車でミス・マッティの下宿へ行った。近々戻ってくると言うとミス・マッティは喜んでくれた。

「あなたがあそこへ行くのはどうも感心しなかったのよ」か細い甲高い声でミス・マッティが言った。「屋敷を回廊邸と呼ぶなんて！　罰当たりもいいところだわ」

何もかもが懐かしくて心が温まる。サラが湿った赤い手を差し出したときの石鹼の香りにすらほっと心が和んだし、以前の自分の部屋に上がったときも、家に帰ってきたという気持ちになれた。広くはないが、売却する前の昔の我が家から持ち込んだ品々で、この手で飾り付けた部屋だ。明るくて安らかで、母のお気に入りだった椅子に座って、自分を見つめ直したのを憶えている。

暴力と突然の死がすっと遠のいたような気がした。川で船が汽笛を鳴らし、傾斜地を下る貨物列車のゆっくりしたガラゴロいう音が聞こえ、周りには谷の見慣れた通りや家並みがある。

ここはわたしの居場所。五時十五分の列車が着くと、男たちが夕刊を小脇に挟んでどっと降りてくる。車のドアがバタンと閉まり、どこか明かりの灯った窓からお帰りの声が響く。「あなたなの、ジョン？」「ただいま。今日はどうだった？」

わたしの居場所はここ、ビバリーだ。穏やかで落ち着いた暮らしがほしかった。お金でもない。壮麗さでもない。ヒルでも、愛ですらもない。

ベッドに顔を埋め、目が腫れるほど泣いた。

それからの数日間は忙しかった。ベッシーは戻ってこなかった。トニーも忙しかった。製鋼所だけでなく母親の遺産を整理するための準備もあった。わたしは、夜は机で仕事をこなし、昼間はミス・コナーに費やした。

週末までにわたしたちはかなり打ち解けあった。毎日なんとかうまく彼女と昼食を摂るようにした。わたしに対する疑いは日に日に薄れていった。一、二度、小柄で浅黒い肌の男が近くにいるのに気づいたが、わたしの行動に警察が関心を持っているとは露ほどにも思わなかった。最後の日、ミス・コナーが期待に応えてくれた。

金曜日だった。偶然を装ってここ三日間立て続けに彼女と会っていたので、すんなりと彼女のテーブルに座れるようになっていた。わたしのことはもう疑っていなかったが、警戒心はまだ捨てていなかった。ところがその日の彼女はいつもよりくつろいだ様子を見せた。長い一週間が終わって土曜日と日曜日が待っている。それなりに人間味を見せるようになり、彼女のほうからマルグリート・ウェストンの話題を持ち出してくれた。

「わたしたち、同じ下宿屋だったの。実を言うとわたしはいまもそこにいるわ。マルグリートは飛び抜けて美人というわけじゃなかったけど、美人に必要なものは備わっていたわ。モーガンのことは気をつけるようにって注意しようとしたけど、あの人、彼のことでは正気を失っていた。職場の女性の大半がそうだった。だけどわたしは最初から彼の本性を見抜いていた。彼は浮気をしていても、奥さんにバラの花束を持って帰るような男よ。わたしは騙されなかったわ」

「そのころわたしはまだ子どもだったけど。もちろん最近はその話をよく耳にする。彼女、美人だったんだろうなっていつも思ってたわ」

ミス・コナーは鼻を鳴らした。「彼女のスナップ写真を持ってるわ。いつか持ってくるわね」

親しくなってそこまで言わせながら、このまま帰すわけにはいかない。喫茶店を出るとき、いま部屋を探している、あまり高くないところをと言った。ちょっとためらってから彼女は、自分が住んでいる下宿屋に空き部屋があると言った。そのころには自分の卑劣さに嫌気が差していた。けれど彼女は部屋を見るかと訊いてくれた。その表情の何かがわたしの琴線に触れ、この人は寂しいのだと思った。ともあれ、彼女の仕事が終わってから一緒に見に行くことになった。気づいてなかったが目立たない小男もついてきていた。

その日のことではずっとやりきれない思いを抱えている。自分の偽善、そしてその偽善が彼女に及ぼした波紋。何か月もあとにわたしは秘かな謝罪の気持ちとして、それとわからないように彼女にもっと条件のいい仕事を世話した。彼女はそのことを知らない。あれから一度だけ彼女を見かけたが、わたしを見ても素知らぬふりをしていた。

空き部屋を見て体が震えた。回廊邸にいたあとでは、それにミス・マッティの下宿と比べても、その部屋はことさら息が詰まる感じがした。ミス・コナーからウェストンの娘がそこに住んでいたと聞いて、駆け落ちをしたとしても無理はないと思った。たわんだベッド、鏡つきの整理たんす、ベッド脇のテーブル、それに椅子が二脚とロッカーが一つ。窓は中庭に面していた。窓辺に立って外を見てみた。マルグリートもこの窓辺に立ったに違いない。最初は物憂げに、やがては希望に胸ふくらませて。新しい生活、愛してくれる男性。ヨーロッパ。パリ。彼女の幸せは小さなこの部屋にはとうてい収まりきらなかったのだろう。

振り向くとミス・コナーがわたしを見ていた。「疲れているみたいね。わたしの部屋にいらっしゃい、お茶を入れてあげるわ。大変でしょ、仕事探しって」

これまでにも増して後ろめたい気持ちになった。彼女の部屋に入ると――マルグリートの部屋よりわずかに広い――ミス・コナーは洗面台に置いた小さな電気コンロにやかんをかけた。そればかりか急いで食料品店へ出かけていった。「一人にして悪いけどちょっと出てくるわ」少し息を切らせながらそう言った。「座ってゆっくり休んでいてちょうだい。すぐに戻るから」

もうやめようと思ったとき、ミス・コナーが両手いっぱいに包みを抱えて戻ってきた。彼女はわたしを帰らせてくれなかった。

「馬鹿なことを言わないで。すぐに卵を二個茹でてあげる。食べごたえがあるし、体力もつくわ。茹で上がるまでベッドで休んでてちょうだい」

とてもそんなことはできなかった。これまでのことすべてがひどく恥ずかしくて気が咎めた。椅子に座っていると、彼女はテーブルからランプをどけて、その上にきれいなタオルを広げた。「お客さんが来るのは本当に久しぶり。マルグリートがちょくちょく来てくれてたけど。いつだったたか、日曜日の朝に魚の燻製を作ってあげたことがあったわ。まあ、あれからいったい何年経つのかしら」

長い時間。孤独な十五年。だから遠い昔にわずかに触れた恋の片鱗、その思い出を大切にしているのだ。

「彼女を見送ったのを憶えているわ。特別美人ではないと言ったけど、その日はきれいだった。わたし、泣いていた。だって、そんなの間違いだってわかっていたから。でも彼女、わたしを抱きしめて心配しないでと言ったわ。モーガンが奥さんと離婚したらすぐに結婚するって。そして手紙を書くからって。だけど手紙は来なかった。何を書くっていうの？」

「それ以来会ってないの？」

「会ってない、手紙も来ていない。そのベッドに横になって、どうなったんだろうってよく考えたわ。彼女、自分で人生を切り拓くタイプじゃなかったから」

その言葉でベッシーがウェストンの娘かもしれないという考えは消えた。人生を切り拓くことができる女性がいるとしたら、それはベッシー・ウェインライトだ。

わたしはどうにかこうにか二個の卵とお茶、バター付きパンを食べた。さらには、贅沢以外の何物でもなかったろうに、チョコレートウエハースまで食べた。食べ終えたわたしをミス・コナーは椅子に深く腰かけて満足げに眺めていた。「元気になるにはおいしい食べ物が一番よ」

少し時間を置いてから、わたしはマルグリートのスナップ写真の話を持ち出した。彼女はしばらくごそごそと探しまわり、やっとのことで写真を見つけた。写真を取り出すとランプのそばに持っていって——もう日が暮れていた——じっくりと眺めた。

「あまりいい写真じゃないわね。わたし、ほら、一ドルカメラを持ってたの。マルグリートは新しいドレスを着てたわ。そこの裏庭で撮ったのよ」

そう言ってようやく写真を渡してくれた。手にとって一目見た途端、部屋がぐるぐる回っているような気がした。片手を伸ばして体のバランスを取ろうとした。と、ミス・コナーがわたしを支えてくれた。「あらまあ！　急いで食べたせいね、きっと。少し横になりなさい」

「大丈夫です」なんとかそう答えた。「たぶん疲れているんだと思います。ちょっと座らせてもらうわ」

部屋が回るのがおさまった。彼女が写真を取り上げて脇に置くのが見えた。どうにかこうにか煙草に火をつけた。彼女にも一本勧めたが断わられた。「高くつくし、それに吸い始めるには歳をとりすぎてるわ。どう？　少しはよくなった？」

ともかくも部屋を辞した。通りの反対側にいる小男には気づかなかった。ホッパーもウェストンの娘を追っていて、ミス・コナーを張り込んでいるなど思いもしなかった。わたしが確信したのはただ、わたしは謎を解いたということだけ。恐ろしい、胸が張り裂ける思いで謎を解いた。ドンの殺害、ベッシーが知っていること、彼女に対する殺人未遂、彼女の逃走までも——逃走だとすればだが。それに、死んだ夜にモードが遊戯場で会った女性もわかったと思った。

列車を降りたとき寒気がして体が震えた。ガスが気づいて、心配でたまらないというようにひざ掛けでくるんでくれた。「お帰りになられたらお休みになってください。ひどくお疲れのようです。窓を閉めましょう。今夜は風が冷たいですから」

座席にもたれた。頭の中ではいろいろなことが渦巻いている。遊戯場のプールに泳ぎにきていたマージェリー・ストダードと幼い娘たち、マージェリーとモード、回廊邸を手放すかもしれないと言っていたモード、そしてモードに注がれるマージェリーの優しい眼差し。だがそれだけではない。小径でけんか腰で腹を立てていたマージェリー、煙草を吸いながら平然と話を聞いていたベッシー。

疑問の余地はない。ミス・コナーが見せてくれた写真の女性はマージェリー・ストダードだ。もちろん若いときのマージェリーだ。彫の深い魅力的な目鼻立ち、見慣れた微笑み。写真の彼女は金髪で、その髪が風に吹かれて顔にかかっていた。二人の娘を産んだいまは少しふっくらしている。だが、マルグリート・ウェストンはマージェリー・ストダードだ。どうすればいいのかわからなかった。

第27章

丘を登りながらなんとか気持ちを落ち着かせようとした。どうにか少し落ち着いた。が、館《やかた》に入ると、鬼のような形相のトニーが待ち構えていた。彼の体を傷つけでもしたかのようにわたしを睨みつけている。「いったいどこへ行ってたんだ?」トニーが強い口調で訊いた。「市の死体安置所以外、あちこちに電話したんだぞ」

「ごめんなさい。市に用事があったの」

「用事だって! 金曜日の夜七時にか! もっとましな言い訳を考えるんだな、パット」それからわたしの顔を見た。「すまない。もう気が変になりそうだったんだ。きみは三時に迎えの車を頼んでいたから、事故に遭ったんじゃないかって」

彼に話しておけばよかった。話したとしても、彼に何ができただろうか。それに彼は心配事を山ほど抱えている。ベッシーがいなくなってもう五日、まだ何の連絡もなかった。そのうえドワイト・エリオットが警察に何か話したらしく、警察がベッシーの行方を探していた。

「疲れただけよ」そう言って笑みを浮かべようとした。「熱いお風呂に入って着替えたらよくなるわ」

トニーはそれ以上何も言わなかった。後日、あの日のわたしのことは信じていなかった、わたしは百万年も年老いたみたいで、あの夜はまさに醜い老婆のようだったと言った。どうにかこうにか夕食を終えた。食事をするのはいまは二人だけ。銀器が光り、燭台が灯り、花が飾られ、三人の男性使用人がずっと脇に控えている。トニーがわたしを見つめて、わたしの知らない何かを探っている。食後の図書室で月曜日にミス・マッティの下宿に戻るつもりだと伝えた。

「すっかり片づくまで毎日通ってくるわ。終わればもう必要ないでしょ」

「ぼくにはいつだって必要だよ、パット。わかってるだろ。とにかく一つだけはっきりさせよう、それにもう決めたことだ。夜はきみに運転をさせない。物騒だからね」

「どうして？　これまでだってちゃんと運転してきたわ」

「これを読んで」と言って夕刊を渡してくれた。「ほとんどの記事がいつものでたらめだが、それでもこいつの言っていることは正しい」

その記者が恐怖時代と呼ぶまさにそのど真ん中にいると知って、思わずギクリとした。その記事を保管していたので、一語一句たがわずここに記す。

モーガン殺人事件の目撃者が失踪し、かつては平穏だった川沿いの村、ビバリーで起きた一連の奇妙な出来事にいままた関心が集まっている。これまでに二人の人間が亡くなっている。一人は殺害され、もう一人は自らの手で命を絶った。加えて二人の人間が行方不明になっている。以前に残忍な暴行を受けた警備員のエヴァンズと、アンソニー・ウェインライト氏の妻だ。警察が内密に妻の行方を捜索しているが、いまだ発見には至っていない。

本日当紙ではビバリーの住民からの手紙を公開する。その手紙によると、村はいまや恐怖の時代に遭遇しており、六マイルほど離れたバートンの州立精神病院から入院患者が逃げ出し、事件に関与している可能性があるという。病院の調査によるとそうした逃亡は発生していない。それでもこの寄稿者がさらなる警察の保護を求めるのも無理からぬことだ。

言っておくがその論説は、市警からきた警察官の一人から出た情報に材を得たものだ。当の警察官は大半の時間、署内で巡査部長とトランプゲームのピノクルをして過ごしていた。だがその夜わたしはその記事に震えあがった。

「この精神障害者って話、信じるの、トニー?」

「何を信じていいかわからないよ」

トニーを残して早めに二階へ上がった。トニーは引き留めようとはしなかった。いまとなればわかるが、トニーは、はっきりとはわからないが、その夜わたしが何かを企らんでいると思っていた。「いかにも見え見えだったよ」数日後にトニーが優しい声で言った。だがわたしには、自分のすべきことがわかりすぎるほどよくわかっていた。マージェリー・ストダードに会わないと。会って警告しないと。彼女が殺したとは一瞬たりとも思わなかったし、仮にジュリアンが殺したのだとしても、基本的に正義のようなものだと思っていた。

マージェリーに電話をかけたのは十時。トニーがまだ図書室にいたので自分の部屋から電話をかけざるを得なかったが、そうすると誰かが受話器を取って話を聞かれる恐れがある。やむなくそこは運を天に任せることにして、できるだけ当たり障りのないやり取りにした。

「会いたいの。できれば今夜。一人なの?　はいといいえで答えて」

「いいえ」

「プールまで来てくれない？　そうね、三十分後に」

「それはちょっと。ごめんなさい、パット」

「一時間後は？」

「どうかしら」

「あのね、マージェリー。大事なことなの。どんな事かは言えないわ。来てくれないことには」

一瞬、沈黙が流れた。やがて「わかったわ」と、それまでとは違う張りつめた口調でマージェリーが言った。「このところあまり出かけてないの、でもあなたが会いたいって言うなら――明日の五時はどう？　そう。ありがとう」

その言葉でジュリアンが部屋にいるのがわかった。

十一時十五分前、トニーが二階に上がって自室に入り、レノルズが館の戸締りをする音が聞こえた。戸締りに長い時間かかっていたが、ようやく一階に下りることができた。下りたものの、オブライエンのことを忘れていた。とっさに西ホールのコート用クローゼットに飛び込んだ。間一髪で彼の目を逃れた。もうくたくただったが、その夜わたしの命を救ってくれたのはたぶんそのクローゼットだ。夏用の白いコートがまだ吊してあったのでそれを着た。

幸いなことに、ロジャーはオブライエンが夜の見回りに連れていってくれた。ロジャーはクローゼットで少し鼻をクンクンさせたがそのまま行ってしまった。それでもすんなりとはいかなかった。ガレージはまだ開いていたが誰もいなかった。ところがエンジンをかけようとすると、いきなりガスが現れた。角ばった実直そうな顔が心配そうに歪んでいる。

「お出かけになるのでしたらわたくしがお伴します。お一人でお出かけになるのは、ウェインライト様がお気に召さないと思います」

「ちょっと用があるのよ、ガス。すぐに戻るわ」

「わたくしは他にすることもございませんので」ガスがなおも言いつのった。「トニー様から言いつかっております――」

「ウェインライト様は、仕事以外のことでわたしに言いつけなんかしないわ」わたしはつんけんした口調で言って車を発進させた。

私道を下りていくときまた体が震えた。知り得たことをマージェリーにどう切り出せばいいんだろう。トニーの警告もあって怯えていたに違いない。屋敷のずんぐりした黒い影、明かりのついていない長い私道は葉の落ちた木立のあいだを曲がりくねっていて、常緑樹の茂みに誰かが待ち伏せていてもおかしくない。だが、幹線道路に出ると明るく、車も行き交っていて、ストダード家の敷地に着くころには気持ちが落ち着いてきた。

門を入ってすぐの私道に車を停めてプールまで歩いた。マージェリーの姿はなかった。冷たい大理石のベンチに座っているとしばらくして彼女が現れた。

「何なの、パット？　電話ではなんだかすごく変な感じだったわよ」

「たぶんあなたの知ってる人だと思うけど」できるだけやんわりと言った。「ミス・コナーに会ったわ」

「ミス・コナー？」マージェリーが繰り返した。はっと息を呑むのが聞こえた。マージェリーはあわてて腰を下ろすと息を詰め、押し黙っていた。しばらくして声を潜めて囁いた。

「コナーにですって！　あの人のことはすっかり忘れていたわ。どうしたらいいの、パット？　どうしたらいいの？」

「あの人は喋らないわよ、マージェリー」

「あなたには喋ったじゃない」

「あなたが思ってるように喋ったんじゃないの。あの人はあなたが誰かこれっぽっちも気づいていない。でもマルグリート・ウェストンのことは憶えていた。あなたのことが気に入っていたみたいね」

マージェリーはほっとしたようだ。「あのコナーが。あの人、わたしにはよくしてくれたわ。引き留めようとしてくれた。でもわたしは若かったし、聞く耳を持たなかった。それに、ドンがどんなだったか知ってるでしょ。わたし、恥ずかしいとは思ってないのよ、パット。彼は本当にわたしと結婚してくれた。わたしを置いて出ていったあと離婚したの」

あのときのマージェリーの姿がいまも目に浮かぶ。プールのそばに座ってわたしの煙草を吸いながら、昔のことに思いを馳せ、あたかも自分を解き放すかのように話してくれた。よくある話よ。短いあいだだったけど幸せだったわ。だけどある日、ドンは出ていったきり戻ってこなかった。パリでのことよ。ドンはかなりお金を持っていたけど金遣いが荒かった。ドンがいなくなったとき、わたし、もう気が変になりそうになって。フランス語は話せないし、財布には二十ドルぽっちとホテルの請求書しか入ってなかった。やっとのことでアメリカンエキスプレス社で速記者の仕事を見つけたの。そこにある日ジュリアン・ストダードがやってきた。昔、短い間だけど彼のオフィスで働いていたことがあって、彼がわたしだと気づいてくれた。

「彼に事情を話したの。そしたらとても親切にしてくれて、ホテル代を前払いしてニューヨークへ帰れるようにしてくれた。で、そのあとニューヨークで仕事まで見つけてくれた。彼とよく会うようになって、それで――あとはわかるでしょ」

もちろん、それだけじゃないわ。わたしは戻ってくるのが怖かった。でもビバリーは市内から十マイルも離れているし、わたしは何年ものあいだ市内には行かなかった。わたし自身も変わったわ。一つには髪の毛が白くなった。もう心配ないって思い始めた。そこにドン・モーガンが戻ってきた。ジュリアンとわたしは絶望の淵に突き落とされた。

「どうしていいかわからなかった。わたし、もう気も狂わんばかりになって。でも彼は長くは留まらないと知って。それに病気だったし。もう安心だって」

二人で話し合ったわ。最初ジュリアンは別の場所に移るように勧めてくれた。でも娘の一人の具合がよくなくて。それに何もかも大丈夫そうに思えたの。村でドンは孤立していたし、わたしは農園《ファーム》にいてヒルを離れなかった。でも恐れていたことが起きた。ある夜ベッシーがパジャマの上に薄手の外套を着てやってきて、わたしのことを知っていると言った。

「わたし、もうびっくりして。あの人、すべて知っていた。パリでドンと親しくしていて、ドンが喋ったのよ。ジュリアンには話せなかった。相談なんてとてもできなかった。払える限りのお金を払ったわ、でもそれで満足なんかしなかった。しょっちゅうやってきてはさらにお金を要求した。あの日あなたが小径でわたしたちを見たときもそうよ。他にも山ほどあるわ」

ふとある考えが脳裏をかすめた。「そのことをモードに話したの、マージェリー?」

「まさか。話せるわけないわ」

マージェリーは話を続けた。ドンの遺体が発見され、どこかのプールで溺死させられたとわかって頭がおかしくなりそうだった。「警察はプールを全部調べて手掛かりを探していたわ」と暗い声で言った。「それにわからなかったの、パット。ひょっとしたらって。いまでこそジュリアンは殺していないって信じてる。だけど、あの恐ろしい車がうちの谷間に乗り捨てられていたし、ジュリアンはモードのパーティーから真っすぐ帰ってこなかった。そのうえジム・コンウェイがプールを捜索すると言うのを聞いて。何か手掛かりを探していたのよ。警備員まで配備したし。警備員はこのベンチに午後のあいだずっと座っていた。恐ろしかったわ」

そこで自分ができる最善のことをした。警備員が引き上げて、わけがわからなくなった。「あの夜、わたしがプールの水を抜いたの。待ちきれなかったのよ。どうしても知らなければと思って。だけど何もなかった。なんにもよ」

あれは単にパニックに陥って、抑えようのない不安から出た行動だったのだ。よくよく考えてみると、ジュリアンはドンの死に何の関係もない。「ジュリアンはそんなことをしないってだけじゃないのよ、パット。彼にはそんなことをする理由がない。ベッシーのことは話してなかったから、彼から見れば、わたしたちはちっとも脅されてなんかいなかった」

わたしは彼女の話を信じた。モードが死んだ夜、遊戯場に行ったことを否定したときも信じた。遊戯場のことを考えるだけで嫌悪感を覚えると言った。身震いしながら、ドンが死んでからというもの、あそこの中に入ってもいないし、見るのも嫌だと。「本当よ、パット」わたしの手に冷たい手を重ねて言った。「信じてちょうだい。モードに呼ばれたのなら行ったかもしれないけど。モードは呼ばなかったわ」

そのあと別れた。マージェリーは家に、ジュリアンの許に戻り、わたしは車へと向かった。ミス・コナーのことを忘れる以外、どうしていいかわからなかった。ジュリアンがドンを殺したとは思わなかったし、マージェリーの秘密はわたしが守る。

殴られたことは憶えていない。憶えているのは、すぐ後ろに誰かがいる気配がして、誰かと思って振り向いたことだけ。まるまる二日間、わたしが憶えているのはそれだけだ。

第28章

　日曜日に警察はジュリアン・ストダードを逮捕し、市警に連行した。わたしは何も知らなかった。金曜日の夜、十一時半に家に向かうマージェリー・ストダードを見た時刻と、日曜日の夜に目を覚まして、頭に何か冷たくて湿ったものが載っているのを感じ、ベッド脇に看護帽をかぶり白衣を着たエイミー・リチャーズが立っているのを見た時刻のあいだには、大きな時間のずれがあった。

「何があったの？　わたし病気なの？」

「頭からその氷嚢をどけたら助かる見込みはまずないわよ。この四十八時間ずっとどけようとしてたんだから」

「要らない」わたしはいらいらしてまた氷嚢をどけた。

　そのあと眠ってしまったに違いない。目が覚めたときエイミーが椅子で居眠りをしていた。わたしは横になったまま考えようとした。何も思い出せなかった。過去も何もない新生児のようだったのかもしれない。ドン・モーガンも、トニー、モード、それにマージェリー・ストダードもいない。エイミーだけが暖炉の前で少し口を開けて居眠りしている。頭がまともに機能し始めてもまだ、日にちも時間もごちゃ混ぜの映像のようなものでしかなかった。

　以来わたしは、同じように頭を殴られたあと、殴られる前のことを即座に話す人たちの話を読むたび、そんなのは嘘だと思っている。おぼろげながら状況が摑めたのは正直、月曜日になってからだ。それでもまだはっきりとはわからなかった。農園《ファーム》の私道を歩いているとき背後に誰かがいた。月曜日になってようやくそこまで思い出せた。午後に再び目を覚ますと部屋にジム・コンウェイがいて、ビル・スターリングがそっと氷囊を取り替えていた。

「それをどけてちょうだい」いらいらしてわたしは言った。

ビルが笑顔を見せた。「もう大丈夫だ、ジム。話をしてもいいだろう」

はっとした。ジムには話せない。「頭が痛いの。一人にしてちょうだい」と、わたしは怒ったように言った。

だがもとよりジムは一人にさせるつもりなどない。そばに来てベッド脇に立った。「邪魔はしない。どうして頭にそのこぶができたのか知りたいだけだ」

わたしは目を閉じた。「転んだのよ、きっと。憶えてないわ」

「転んだだって？　転んであのプールに落ちたってのか？」

「どのプール？」信じられないというふうにわたしは言った。「プールになんか落ちてないわ」

ジムが含み笑いをした。「いいだろ。真夜中にストダードの敷地で何をしてたんだ？　それはわかってるだろ」

もう一度目を閉じた。「ドライブしていたの」わたしは自信なさげに言った。「あそこで敷地の中に入ったの、ひょっとして誰かまだ起きているんじゃないかと思って。それだけよ、出てってちょうだい」

だがジムは動かない。立ったまま冷めた目でわたしを見下ろしている。「嘘が下手だな、パット。

おまえさんはマージェリー・ストダードと会う約束をした。レノルズが聞いていたんだ。車で出かけて私道に車を停めてストダード夫人に会った。否定するなよ、彼女は認めている。それからどうした？　彼女は、最後におまえさんを見たときは車に向かっていたと言ってる。間違いないか？」

頷こうとしたが、当分首は動かせないことがわかった。

「興奮させないように」ビルが注意した。だがジムは、まだベッド脇に立ったまま冷ややかな目でわたしを見ている。

「どうかしてるんじゃないのか、パット。誰かを助けたいのなら、おまえさんは間違っている。連中はジュリアン・ストダードを逮捕した。いまさら何をやってもどうにもならん」

心臓が止まるかと思った。経緯はわからなかったが、自分がジュリアン逮捕の原因を作ったのだと悔やんだ。意を決してジムに一部始終を話した。マージェリーのスナップ写真、マージェリーと会う約束、マージェリーが事実を認めたこと、そして私道で感じた誰かが後ろにいる気配。ジムは真剣な顔で聞いていた。

「おまえさんを殺そうとしたのはストダードじゃなかったんだな？」

「彼はわたしにそんなことしないわ」

「死刑を免れるためなら人は何だってするさ」ジムは冷たい声で言った。「おまえさんはマージェリーのことを知った。他の誰も知らなかった。おまえさんの話だと、コナーという女にしても、マージェリーがストダードと結婚したことは知らなかった」

「彼はわたしがあそこにいたことを知らないわ」

「どうしてそんなことが言える？　プールの周りには常緑樹がたくさんある。妻のあとをつけてきて、おまえさんの話を何もかも聞いたのかもしれん。まずいぞ、パット。連中はおまえさんに何があったのか知っている。だからストダードを逮捕したんだ」

「わたし、自分でも何があったのかわからないのに」

ジムが事の次第を説明してくれた。おまえさんが戻ってこないのでガスが心配して、ステーションワゴンで探しに出た。まず村に行った。が、十二時にはヒルに戻ってきた。おまえさんの車がまだ戻っていない。そこで母屋のレノルズに電話をかけて行き先を知っているか尋ねた。「ストダード家です」とレノルズが答えた。「お約束をしているのを耳にしました」

ガスは馬鹿らしくなってきた。ステーションワゴンをしまって成り行きに任せようと思った。だが、トニーから夜におまえさんを一人で外出させるなと言いつかっていた。で、農園まで車を走らせた。私道におまえさんの車が停まっていて、ストダード家の明かりが消えていた。

「ガスは変だと思った」ジムが続けた。「車を降りてあたりを調べた。かなり暗くて、おまえさんがあの白いコートを着てなかったら見逃すところだった。だがおまえさんはいた。水のないプールに投げ込まれていた。ガスはおまえさんが死んでると思った」

わたしが連れて帰られたときは、さぞかしてんやわんやの大騒ぎだったことだろう。ビル・スターリングは頭蓋骨骨折を心配し、トニーは市内の外科医をたたき起こして診察に来させた。外科医は病院へ連れていってレントゲン検査を受けさせたいと言ったが、トニーが反対した。「何かする必要があるのならここでやれ。この人をちゃんと目の届くところに置いておきたい。エヴァンズの二の舞はごめんだ」

骨折はしていなかった。脳震盪だったが、後頭部の髪の毛を少し剃って四針縫ったと聞いて、思わずうめき声を上げた。皮下注射のおかげで気持ちが落ち着き、わたしは大方の時間眠っていた。

「かなり疲れているようだな」立ち上がりながらジムが言った。「いまは休んでろ。おれたちがストダードのためにできることは何もない。連中はあいつの尻尾を摑んだと思っている」

摑んだようだった。摑んだのはもちろん、例の目立たない小男だ。わたしがミス・コナーの部屋を出たあと、彼は真っすぐ中に入って大家にバッジを見せた。「コナーという女性がいるだろ、会いたいんだがね」

「まあ驚いた、あの人、ぶっ倒れて死んじまうよ。警察ですって！」

「ちょっと話を聞きたいだけだ。悪いことじゃない」

男が部屋に行くと、ミス・コナーはお茶の後片づけをしながら鼻歌を歌っていた。小男は中に入ると大家の鼻先でバタンとドアを閉めた。「お邪魔しますよ、ミス・コナー。ちょっとお訊きしたいことがあるんですがね。マルグリート・ウェストンという名前の女性をご存知ですよね？」

ミス・コナーは手を拭くと男を見つめた。「あの人がどうかしたんですか？　まさか――亡くなったとか？」

「わたしの知る限り亡くなってませんよ」彼が陽気な声で言った。「どんなお顔の人だったか知りたいんです、それだけです。少し遺産を受け取れることになったので居所を探しているんです」

「本当に！　それはよかったこと。スナップ写真なら持っているけど、十五年も前のものですよ。でも参考になるかも」

彼女が写真を差し出しても小男は表情を変えなかった。「この写真をお借りしたいのですが、かまわないでしょうか。ちゃんとお返ししますので」

彼は写真を大事そうに財布にしまった。ミス・コナーはにこやかにほほ笑んで男を玄関に送り出した。大家が話を聞きたくてうずうずしながら待っていたが、ミス・コナーは説明しなかった。

「友だちのことを訊きにきただけよ、少し遺産を受け取れるんですって」そう言うと嬉しそうに笑みを浮かべて自分の部屋へと階段を上った。

警察は土曜日一日を費やして、わたしが襲われたことを含め、ある捜査を行った。そして日曜日の午後ジュリアン・ストダードを呼んだ。スチュアート地方検事がマージェリーの小さなスナップ写真を前にして机に座っていた。スチュアートが写真を手に取った。

「この写真の人がわかるかね、ミスター・ストダード?」

ジュリアンは写真を手にした。それがどういうことかわかっていたに違いないが、手が震えることはなかった。「はい。わたしの妻です」

部屋にいる者は誰も身じろぎ一つしなかった。六名ほどの男がいた。警察本部長、殺人捜査課長、ホッパー、他に二、三人。スチュアートだけがブタのような小さな目でジュリアンを見据えていた。

「この人はマルグリート・ウェストンでは?」

「はい。彼女がドナルド・モーガンと離婚したあとに結婚しました」

「そいつと結婚して捨てられたことを知っていたのかね?」

「はい、知っていました」

スチュアートは椅子の背にもたれた。「よろしい。では今回その男が戻ってきて、決していい心持ちではなかった。妻の昔の素性を隠していたとあってはなおのことだ。そうなのかね?」

「妻の昔の素性は妻の問題でもあったし、わたしの問題でもあった」

「おいおいストダード！　それだけじゃないだろ。あんたか、あんたの奥さんが口止め料を払っていたんだろ？」

それはあざとい質問だった。その質問を持ち出したホッパーですら確信はなかった。だがジュリアン本人は憤然として顔を上げた。「脅迫されて金を払った覚えはない」ジュリアンは断固とした口調で言った。

「誰かが払っていたと言ってるんですよ、ストダード。おそらく奥さんが」

ホッパーの一言で一人がうっかり口を滑らせたものの、彼らはそこでその質問を打ち切った。それでもまだジュリアンは自分の立場をはっきりと理解していなかったのではないか。が、次の質問で理解したに違いない。「モーガンが戻ってきてから会ったかね？」

「一度も会ってない」

「奥さんは会ったのかね？」

「いいえ」

「間違いないのか？」

「絶対に間違いない」

ついに彼の鉄の自制心が崩れた。彼が立ち上がって言った。「いったい何のつもりだ。わたしはドンを殺していない、そういう意味で言ってるのならな、スチュアート。どうして十何年も経ってそんなことをするんだ？　あいつはここに留まるつもりはなかった。そのうち消え失せる。わたしが何をおいても避けたいのは、何もかもが明るみに出ることだ。奴を殺せばまさにそうなるじゃないか」

地方検事は悦に入った様子で椅子に深くもたれた。

「座りたまえ、ミスター・ストダード」彼は愛想よく言った。「どういうことかすぐに説明するから。モーガンが殺された夜に話を戻そう。何時に回廊邸《クロイスターズ》を出たのかね？」

「午前零時ごろです」

「歩いてかね？」

「歩いてです。小径を通れば家まではほんの半マイルですから」

「家に着いたのは何時だね？」

「確かな時間はわかりません。いろいろ考え事をしていたもので。しばらく歩き回っていました」

「途中で、それとも家に帰ったときに誰かに会ったかね？」

「いいえ」

「奥さんはどうしてました？」

「寝ていました」

「ほっと安心してということですかな？　醜聞もない、何もない。それがすべて明るみに出た。なるほど」

「あんたの言うようなものは何も明るみに出ていない」ジュリアンが再び断固とした口調で言った。

もちろん彼らの誰もジュリアンを信じていなかった。話をモーガン殺害の夜に戻した。モーガンに電話をかけて、遊戯場で会う約束をしたのでは？　奴の奥さんによると、モーガンに電話があったそうだ。そこで彼に会って――。

「そんな馬鹿な。よりによってどうして遊戯場なんかで会うんだ？　場所なら他にいくらでもあるのだろうに」

スチュアートは容赦なく続けた。「あの夜奥さんはなぜ早く帰ったのかね、ストダード？　あんたと前もって示し合わせていたのかね？」

その質問にジュリアンは激怒した。真っ赤になって拳を握りしめた。「もう一回言ってみろ、スチュアート。その歯をへし折ってやる」

周りを仲間に固められたスチュアートは何事もなかったかのように笑みを浮かべた。「いいだろう。率直に言おう、ストダード。われわれは、あの夜あんたがドナルド・モーガンを殺したと考えている。奴の車を使って死体を発見場所に運んだ。で、その車をあんたの家の裏の谷間に隠した。丘を登りさえすれば家はすぐそこだ」

ストダードは顔色を変えたもののなおも反論を続けた。「わたしは馬鹿じゃない。わたしが殺したのなら車をあんなところに残しておくものか」

ホッパーはずっとメモを見ていた。「先週あんたは銀行で現金三千ドル引き出している。なぜ引き出したのか、説明してもらおうか」

「いや、あれはわたしの個人的なことだ」

「先週の金曜日の夜、奥さんと会っているパトリシア・アボットを見たかね？　おたくのプールのそばで」

「あとで妻が話してくれるまで、あの夜妻が誰かに会ったことは知らなかった」

ストダードは疲れてきた。疲れて混乱してきた。座って、こうしたことがどこに向かうのか見極めようとした。が、次から次へと質問が浴びせかけられた。考える暇がなかった。

やがて彼らが切り札を出した。

「いいかね、ストダード」地方検事が言った。「白状しろ。われわれはあんたをここに拘束している、それはわかっているだろ。モーガンが殺された夜、あんたは真っすぐ家に帰らなかった。あんたが何時に帰ったのか、それにどうやって帰ったのかもわかっている。病院でエヴァンズに会っていたこともわかっているし、彼がいなくなった夜、病室の窓の外にいたのもわかっている。それに、あんたが農園でミス・アボットを殺そうとしたことも察しがついている。彼女が知り得たことを奥さんに話した夜にだ。話すんだ、ストダード。どのみち、われわれにはわかっていることだが」

ストダードは疲れた目で室内を見回した。同情のかけらもなかった。男が六名、それに記録を取る速記者が一名。表には、通りを行き交う車の鈍い走行音。

「わたしは逮捕されているということか?」

「普通はそう考えるようだな」にやにやしながらスチュアートが言った。

第29章

事件は立件された。ホッパーから報告を受けたトニーは愕然とし、あわててドワイト・エリオットと相談した。土曜日から日曜日の午前中にかけて、検察はこの新たな角度から事件を検討し、農園《ファーム》の従業員、さらには病院の看護婦まで尋問した。

最初に崩したのはドンが殺された夜のジュリアンのアリバイだ。崩したのは、リディアの車が小道に入っていくのを目撃した園丁、ジョー・スミスの妻だ。

ところが彼女は口が重かった。両腕に赤ん坊を抱いて冷たい目でホッパーたちを睨みつけた。「何も知らないね。この子に乳を飲ませる時間なんだよ。わたしら大して問題を起こしてるわけでもないだろ？　ジョーが口をつぐんでいたら、あんたらがここに来ることもないだろうに」

「その赤ん坊が大きくなって、誰かに殺されたとしたらどうです？　殺人犯を守りたいですか？」

「ストダードさんは殺人犯なんかじゃないよ」彼女は憤然として言った。そう言った途端、自分の言葉に気づいた。怯えたふうだったが、子どもと引き離して市警に連れていくと脅されてついに折れた。

ドンが殺された夜、彼女は起きて夫の帰りを待っていた。夫はいつもより帰りが遅く、「一言、文句を垂れてやろう」と思っていた。暖かい夜で、コテージの暗いポーチに座っていた。谷間のはずれからそう遠くないところだ。一時を二、三分回ったころジュリアン・ストダードが通りかかった。谷間のほうからやってきて疲れた様子でゆっくりと歩いていた。

「めずらしいことだとは思わなかったのですか？」

「どうしてです？　ディナーパーティーに行ってたんですよ。遅くなることもよくあるし、歩くのがお好きなんですよ」

「彼はあなたを見ましたか？」

「見てないと思うけど」

いくつか食い違う点があった。例えば、彼女は小径でジュリアンの足音を聞いたあとに、谷間で車が停まる音がしたと主張した。その音にしても、誰かがジョーを車で送ってきてくれたと思った。だがジョーが戻ったのはそれよりも少しあとだ。

同じように不利なことは、ジュリアンの従者がしぶしぶ述べた証言だ。従者はきつく問い詰められたうえに、スミスの奥さんの証言を聞かされて、翌朝ジュリアンの晩餐用の服がひどい状態だったことを認めた。「暗い中を散歩されたらあんなものですよ」とけんか腰で答えた。「旦那様はよく散歩されます。ズボンに少し土がついて濡れていました」

「靴はどうだったのかね？」

「靴も少し土で汚れていました」彼はぶすっとして答えた。「いったい何ですか？　旦那様が回廊邸《クロイスターズ》で起きた厄介事に関係しているとお考えなら、それはみなさん方がストダード様のことがおわかりになってないからです」

ホッパーたちはわたしにも会おうとしたが、わたしは意識を失っていた。マージェリーもわたしが襲われたと聞いて、どうすればいいのかわからず、床についていた。にもかかわらずその日彼らは捜査を進展させた。エヴァンズの行方不明をジュリアンと結びつけることにも成功した。ジュリアンは何度も病院にエヴァンズを見舞っており、ジュリアンが逮捕された夜、逮捕のニュースが市中に流れると、看護実習生が名乗り出た。警察にではない。実習生はびくびくしながら養成所の所長室に行った。怯えてはいたが覚悟を決めていた。

「このために退学になるかと思います。残念です。わたしはここが好きでした。ずっといられたらと思うのですが、でも――」

そう言うと少し泣いたが、気丈に事情を説明した。エヴァンズがいなくなった夜は出かけていた。そう遅い時間ではなかったが閉院時間後だった。入る方法があることは知っていた。レントゲン検査部は日中ずっと締め切っているため、通常、夜は開け放して換気する。だから窓から入ることができる。

病院の敷地に入ったとき、幹線道路に一台の車が停まっているのに気づきました。車を見て驚きました。だって、病院には駐車スペースがたくさんあるのに。いえ、車に見覚えはありませんでした。でも建物の角を回りかけたとき、エヴァンズさんの窓の下に男がいるのを見ました。いいえ、エヴァンズさん本人は見てません。で、もと来たところに戻って建物の裏側からレントゲン検査部の棟に行きました。でもストダードさんは病院でよく見かけていました。いまにして思えばその男は彼だったと思います。

その情報が入ったのは日曜日の夜だ。地方検事はまだオフィスにいてホッパーも一緒だった。スチュアートはもみ手をした。「もうこれで片づいたも同じだ。今度は間違いないぞ、ホッパー。ようし、来週には起訴できるぞ」

だがホッパーは懐疑的な見方をした。「ちょっとできすぎだな。合点のいかない点も山ほどあるし」

スチュアートは不快の色を見せた。「何が気に入らんのだ?」彼は詰め寄った。「奴は絶対に有罪だ。どこが合点いかないんだ?」

「数え切れないほどありますよ」ホッパーがゆっくりと語った。「モード・ウェインライトを殺したのは誰ですか、それに動機は? ベッシー・ウェインライトの車を撃ったのは誰です? ビバリー墓地を荒らしたのは? ストダードがエヴァンズを誘拐したのなら彼はいまどこにいるんです? それに誘拐理由は?」

「おそらく殺されて埋められてるんだろう」

ホッパーはニヤリとした。「死体を埋めたことがありますか、地方検事? そんなに生易しくないですよ。まず死体がないことには。それに道具もいる。きちんと埋めるには時間も必要だ。エヴァンズが埋められたのなら、さぞかしそいつはいい仕事をしたんでしょうな。時間も大してなかった。あの朝は六時前には太陽が昇っていた」

「ストダードはエヴァンズ殺しで裁判にかけるんじゃない」スチュアートが渋い顔で言った。「この事件が気に入らんのなら――」

「いや、気に入ってますよ」ホッパーが立ち上がって伸びをした。「結構気に入ってますよ。誰かが妻を撃った日に、トニー・ウェインライトはなぜニューヨークの私立探偵事務所に電話をかけたのか。同じ夜なぜ公立図書館へ行ったのか。妻がストダードの女房を脅しているのを知ったのはいつか。誰が彼の部屋から拳銃を持ち出したのか。なぜウェインライト夫人は宝石を売ろうとしたのか。なぜ――」

「出ていけ」スチュアートが大声を上げた。「でないと仕舞いにはおまえが一人でやったと考えちまう」

「それはどうも」ホッパーはそう言うと帽子をつまんだ。「誰がやったにしろ、そいつは頭が切れる、それも並外れて」

あとでジムに聞いたところ、ジュリアンの逮捕は時期尚早だとホッパーは考えていたそうだ。ベッシーがマージェリーを脅迫して金を受け取っていたことはわかっている。絶望にうちのめされてマージェリー本人が認めた。それどころか彼女はさらにそれ以上のことも認めた。ドン殺害に対するベッシーの共犯容疑を半ば晴らしたのだ。

「あの夜は」農園のインド更紗で飾った居間で、蒼い顔をしてじっと座ってマージェリーは話した。「ベッシーにお金を渡す約束をしていました。彼女はクラブを出て、わたしは小径で彼女と会いました。千ドル要求されました。そのお金を用意するためにブレスレットを売らなくてはなりませんでした」

だがベッシーがシロになっても、ホッパーにはまだトニーのことが頭にあった。ジュリアンが逮捕された翌日、彼はトニーに対する容疑を大まかにまとめると、ビバリーへ行き、ジムと内々の会合を持った。

「ウェインライトはどうなんだ?」ホッパーが訊いた。「あいつの女房はパリでモーガンと親しかった。モーガンが戻ってきたときあいつは奴とけんかをした。原因は娘のことだったというが、おれたちはあいつの言葉しか聞いていない。その後、夜に女房がモーガンとドライブしている。女房のことは大して好きではなかったが、ドライブには我慢できなかったんだろう」

ホッパーはさらに、トニーにはドンが殺害された夜のアリバイがないと言った。「ふとした思いつきだったんだろう。が、事実を見ろ。あの夜あいつは車で女房をクラブへ送っている。二人は何かで言い争った。ともあれ女房は一人で戻ってきた。あいつは朝の一時半に戻ってきた。ゴルフ場を歩き回っていたと言ってな。このあたりじゃ実に大勢の人間が歩き回ってるんだな、コンウェイ」

「なるほど」ジムが険しい顔で言った。「トニーは女房のことなど屁とも思っていなかった。それなのにその恋人を殺した。じゃ、母親はどうなんだ？　それもうまく辻褄が合うんだろうな！」

ホッパーはちゃんと合わせていた。モードは、彼――ホッパー――が殺人事件の翌日に会ったときは、ショックを受けていたがそれだけだった。月曜日の朝もまだ大丈夫だった。それが何の前触れもなく、金槌で頭を殴られたかのように、心臓発作を起こして危うく死にかけた。

「あの朝トニーが話していたらどうだろ？　トニーの部屋は彼女の部屋に近い。トニーが『ごめんなさい、母さん、ぼくは悪い子でした。ぼく、コマドリを殺しちゃった』（マザーグースの作品、Who killed Cock Robin の歌詞の一部）と言って部屋を出る。母親はびっくりしてばったり倒れる。あの日彼女に何かが起きた。有り金全部賭けたっていい」

「だから自殺したってのか！　殺されたことを証明するのはずいぶんと骨が折れる。だから自殺だって言うのか」

「自殺だとは言ってない」そう言うと、ノッポで痩せっぽちのホッパーは市内へ帰っていった。

わたしはジュリアン逮捕後の騒ぎから免れていた。エイミーの話だと、まるで沸騰したやかんのようにシューシューと、村では怒りや不満の声が渦巻いているそうだ。ジュリアンを知っている者は誰一人有罪とは考えない。マージェリーの素性はまだ明らかにされてはおらず、ジュリアンにドン・モーガンを殺す動機はない。狩猟クラブでは抗議集会を開いて代表団を地方検事局へ送った。が、すごすごと引き上げてきた。スチュアートは机に肉付きのいい手を広げて代表団を睨みつけた。

「ストダードには動機があるんだよ、諸君。こちらの準備が整い次第その動機を発表する。いまは馬のところに戻って、小さなキツネやウサギやら、きみらが追いかけるものを追いかけるんだな。わたしは忙しい」

ジュリアンの拘留が公然となったほかは何もわからなかった。特ダネを狙う記者たちは抜かりなく農園の建物を写真に撮った。その中には、バージニア州ミドルバーグ近くの飼育場をモデルにした素晴らしい犬舎の写真も含まれていた。猟犬の餌を準備する調理室や給餌室、洗浄や消毒用の部屋、運動場、病舎、それに犬の飼育者用の住居まであるという事実は、格好の新聞ネタになった。時代が時代だし、いわゆる犬御殿に関する記事は、他の何よりも世間の人々に偏見を抱かせた。

何もかも信じられなかったが、それほど深刻には考えなかった。あれは間違いだ。自分のしでかしたことは百も承知していながらも、実際に被告席に立つジュリアンの姿は想像できなかった。わたしは一週間ベッドで過ごした。みんな息苦しいほど親切にしてくれた。アンディは温室から一番いい花を切って部屋に飾ってくれ、トニーは本を持ってきてくれた。ある日ジム・コンウェイから大衆百貨店で買った小さな水槽が届いた。中に四匹の金魚が入っていて、添えられたカードにこう書いてあった。「今回の件は何もかも魚臭《わしい》い」ピエールでさえ毎朝、部屋に来ては何が食べたいか尋ねてくれ、フランス語でお喋りした。そのたびにエイミーはむっとした。「もう少し太らないと。四、五か月でそんなにほっそりしちまうなんて信じられない。吹き飛びそうだよ。ふって吹けば、ほら、飛んでっちゃう」

「あのフランス人に部屋の中でニンニク臭い息を吐くのをやめろって、そして出ていけって言ってちょうだい」ある日エイミーが言った。「それにしても何て言ってるの？」

「わたしを美しい、わたしを愛してるって言ってるのよ」

「主人が主人なら、使用人も使用人ね！」とエイミーが言った。「あのでぶっちょ！」

ジュリアンとマージェリーのことがなかったら、その週は楽しかっただろう。こんなに大事にされるなんて久しくなかったことだ。だが体を起こせるようになるまでに、事件は大陪審へと送られていた。原告は州、二十三名の陪審員は臆することなく、スチュアートと数名の証人、それに起訴されたジュリアンの言葉に耳を傾けた。夜、青白い顔をしたトニーがその様子を知らせてくれた。

「ブランダー・ジョウンズに弁護を依頼したよ。エリオットは一介の会社の顧問弁護士だからね。ストダードは絶対にやっていないよ、パット」

「ええ、やってないわ」わたしはいたたまれなかった。「でも、わたしのせいで彼を死刑にしてしまう。自分が許せないわ」

その日トニーは窓辺に立って外を見ていた。とうとう冬になった。木々の葉がすっかり落ちて遊戯場がはっきり見える。背を向けたままトニーが言った。「誰が母さんを殺したんだろう、パット？母さんは生まれてこの方、何も悪いことしてないのに」

「このあたりに頭のおかしな人間が本当にうろついているのかしら」

「そいつはどうやってぼくの拳銃を手に入れたんだ？」

「あの夜、モードが持っていったのよ、きっと。遊戯場であんな事件が起きたあとだし――」

「母さんはあそこで誰かに会った」トニーが物憂げに言った。「誰かに会うためにあそこへ行って、その誰かが母さんを殺した」

わたしは枕で体を支えて暖炉の前の椅子に座っていた。トニーがそばにきてわたしを見下ろして言った。

「なあ、パット、ベッシーのことなんだが、あいつがマージェリーからいくら金を受け取ったのか調べてくれないか？　妻が恐喝金を受け取ったままにしておくわけにはいかない。どうこう言ったところであいつはまだぼくの妻だ」

ベッシーの居所を知っているのかと尋ねたが気にも留めていないようだった。「そのうちに現れるさ。いつだってそうだったし、この先もそうだよ。まあ、いつもとは限らないけど。少しわかったことがあるんだ。ベッシーはシロだ。そのことは知っててほしい」

火曜日、怪我をして十一日目のことだ。かわいいオードリーが――ジムはいつもオードリーのことをそう呼ぶ――再び事件に関わってきた。エヴァンズの遺体探しで、オードリーと若い仲間たちがいつまでもピクニックじみたことをしていたとき以来、リディアとは二人きりで会っていなかった。モードが死んだあとは、市内で何日もミス・コナーを追っていた。だがある日ビル・スターリングがわたしの頭の傷を診ながら、リディアの様子を話してくれた。

「リディアはどうかしてる」とビルは心配そうに言った。「確かにわたしたちの誰もいまはまともじゃない。だが彼女はずっと部屋にこもっている。きみが動けるようになったらすぐに会ってやってくれないか。何年もずっと彼女はわたしの支えだった。それがいまはすっかり変わってしまった。わたしと一緒にいてもまるで別人だ」

エイミーは診察後の後片づけで部屋を出ていたので、ビルと少し話す時間が持てた。ドンが殺されたせいではないとビルは言った。もちろんショックを受けていたが、ドンのことを嘆き悲しんだりはしていない。まさかモードの死に関係があるわけでもあるまい。

「モードの件以来、彼女は変わってしまった」そう言うビルの、ハンサムとは言い難いが親しみのある顔が不安に曇っている。「そもそも、リディアはモードのことをまるで知らない。なのになぜ変わるんだ?」

「ええ、知らないわ。心から嘆き悲しむほどにはモードのことを知らないはずよ、ビル。だけどそれがこの出来事の本当のところでしょ。ドン・モーガンが十五年ぶりに戻ってきて殺される。大抵の人はドンのことなどろくに憶えてもいなかった。エヴァンズは一人暮らしで、夜に働いて昼間はずっと寝ていた。それが姿を消す。ベッシーがやってきて、突然いなくなる。それにお気の毒なモード・ウェインライト、世間に敵はいなかったのに殺された」

ビルはわたしを見た。「じゃ、きみもそう思ってるのか?」

「間違いないわ。トニーもそう考えているわ。ジム・コンウェイも。館《やかた》の使用人もよ。こんなところで何かを知りたいと思ったら、使用人と話すのが一番よ」

「何て言ってるんだ?」

「ベッシー派とエヴァンズ派に分かれているわ、ベッシー派に勝算がありそうよ」とわたしは苦々しい思いで言った。「使用人たちは彼女のことが嫌いなのよ」

「だがそれだけなら――」

「もっとあるわ」わたしは認めた。「一つ例を挙げるなら、使用人たちは、トニー宛のモードの手紙を発見場所に置いたのはベッシーだと思ってるわ」

「よくわからないんだが、パット」

「いいこと、どんな手紙だって、死んだ後に読めば自殺の遺書めいてくるものよ。仮に自殺しようと思っていたとしたら、なぜトニーの拳銃を盗むの？　なぜ自殺するために遊戯場に行くの？　なぜプールに水を入れるの？　入れ方すら知らなかったでしょうに。それになぜ遺書を隠すの？　あれが遺書だったとして。誰かに時間を稼ぐ必要があったのなら別だけど」

「となると、やったのは館の誰かってことになるのでは？」

「そのとおりよ。だからベッシーに賭けてるのよ」

第30章

同じ日オードリーがまたもや事件に関わってきた。ビルが帰り、エイミーは村に用があった。ガスが涙を流さんばかりに見守るなか、ギアをギーギー言わせてエイミーが古い車を発進させる音が聞こえた。三十分後、オードリーが来ているとレノルズが告げにきた。断る間もなかった。なんとレノルズのすぐ後ろにオードリーがついてきている。反抗的で、それでいて怯えたような表情だ。

「ごめんなさい、パット」か細い声でオードリーが言った。「でもラリーが行けって」

あまりいい心持ちではなかった。「ずっと何をしていたの?」しかたなくそう尋ねた。「とにかく入っておかけなさい。シェリー酒を持ってこさせるわ。ひどく疲れてるみたいね」

「ええ、疲れてるの。でも飲み物はほしくないわ」

驚いたことにそう言うなりオードリーは泣き始めた。だが涙は自分のも含め、もう一生分見てしまった。しっかりしなさいと少しむっとした口調で言うと、オードリーはようやく涙を拭いた。「何も言うつもりはなかったんだけど、パット。だけどわたしが言わないと、ラリーがジム・コンウェイに話すって言うから。あなたなら説明できるはずだってラリーは思っているの」

「何の説明、オードリー?」

「初めに約束して。あなたが警察に話したら、わたし、川に飛び込むから」オードリーはむくれたように口を真一文字に結んでいる。わたしはもうお手上げとばかりに、おおげさに両腕を広げてみせた。ジムには話さないと約束したが、オードリーの最初の一言に心臓が飛び出しそうになった。「母さんのことなの」また涙があふれそうだ。「あのね、ウェインライト夫人が殺された夜、母さんはここの遊戯場にいたの」

オードリーを見た。彼女は厄介だし危険だ。危うくビル・スターリングが殺人罪で有罪になるところだった。思いどおりにするためなら平気で恥知らずなことをする。だがその日の彼女は、手で顔をなでて、生気も美しさもすっかり拭い去ってしまったようだった。

「信じられないわ。そんなことを言うなんて、お母さんに何の恨みがあるの？　お母さんが遊戯場で何をしてたって言うの？」

わたしがそう言うとまた泣きだしたが、なんとか彼女から話を聞きだした。モードが死んだ夜、彼女とラリーは市内で食事して映画を見た。車で戻る途中、十二時少し前にここの私道の入口を通りかかった。通りすぎたか、通る直前に、一台の車が中に入っていった。ラリーはリディアの車だと言い、オードリーはそんなはずはないと言い、言い争いながら谷を下った。それじゃ確かめようとラリーが言って引き返した。

入口近くまで来たとき、その車が私道からものすごいスピードで飛び出してきた。ターンするその車を二人の車のヘッドライトがはっきりとらえた。車はリディアので、乗っていたのはリディアだった。

「恐ろしい顔をしてたわ」まだ上ずったか細い声でオードリーが言った。「わたしたちのことは見てない。車がいたことすら気づいていなかったと思う」

二人はすぐには家に帰らなかった。その夜の二人はまだモードが死んだことを知らず、理解できないことに直面した子どものようだった。夏までリディアとモードは赤の他人も同然で、それからも親しくはしていなかった。もしかしたらトニーに会いに行ったのではとラリーが疑い、自分とではなくトニーと遊んでいるからだとオードリーを責めた。言い争いになり、ラリーはオードリーを家に送ると、機嫌を損ねたまま走り去った。

もちろん翌朝には状況が一変した。リディアはベッドにいて、頭痛がするので休んでいたいと言った。朝食後すぐ、モードが死んだことをラリーが知らせにきた。二人は外で冷たい秋風に吹かれ、冷たい川を眺めながらどうすればいいか考えた。ラリーはリディアに知っていることを話そうと言ったが、オードリーは怖かった。

「何が怖かったの？　まさか、お母さんがウェインライト夫人を撃ったなんて思ってないでしょ？」

「誰かが撃ったのよ」オードリーが言った。顎が震えている。「絶対に自殺じゃない、だけど母さんはその場にいた」

「よく聞いて、オードリー。落ち着いて考えましょう。第一、お母さんがなぜそんなことをするの？　理由なんてこれっぽっちもないわ。それに、お母さんはどうやってトニーの拳銃を手に入れたの？　ここの二階には一度だって上がってきたことがないのよ。くよくよ考えていて、周りが見えなくなっちゃったのね」

「そんなことわかってる。ラリーとわたしは何日もずっと考えたんだから。ラリーは誰かが殺すのを見たんだろうって。でも、そもそもなぜあそこにいたの？　それも真夜中に」

オードリーは母親には話さなかった。それどころか顔も合わせていなかった。ほとんどの時間、リディアは部屋に閉じこもっていて、ビル・スターリングにも話してないと思った。ビルはリディアを心配していたが、普段と変わりなかった。やっと、オードリーがラリーと彼女の望みを口にした。誰にとは言わずに、目撃されたことをわたしからリディアに伝えてほしいのだ。

「わたしは母さんにずいぶん厄介をかけたわ」いまさらながらにしおらしくオードリーが言った。

「母さんはあなたを信頼してるわ、パット。誰かに話すとしたらあなたに話すと思うの」

「会ってくれないんじゃないかしら」

「わたしが中に入れる。母さんはドアに鍵はかけてない。閉めているだけよ」オードリーの目にまた涙があふれた。「何も食べないの。眠ってもいないんじゃないかしら、パット」

頭がくらくらしたが、その場ですぐに決めた。リディアに会わないと。エイミーが出かけている今この時が、この一週間のあいだで唯一のチャンスかもしれない。

「車で来てるの？」

「ええ。ラリーが送ってくれたの」

「それじゃ、着替えを手伝ってちょうだい。立つとまだよろよろするから」

オードリーは手際がいいとは言えなかったが、わたしはどうにかこうにか着替えをし、使用人の目を逃れて外に出た。すぐさま二人に挟まれて座り、ラリー・ハミルトンの車で丘を下った。すぐにオードリーよりもラリーのほうが思慮分別を備えているとわかった。彼はリディアを疑っていなかった。

「ぼくが思うに」わけないといった調子で片手運転をしながらラリーが言った。お気楽なその運転ぶりには不快感を覚えた。「あの人は何かを目撃したんです。窓越しにウェインライト夫人が自殺するのを見たのかもしれないし、もっと可能性が高いのは、誰か別の人物を見たのでしょう。ぼくたちが理解できないのは、なぜあの人があそこに、それもあんな時間にいたかということです。ぼくたちが家を出たとき、あの人は本を読んでいて、早めに寝るつもりだと言っていました。ビル・スターリングは往診中でした」

十五分後、わたしはリディアの部屋のドアを押し開けて中に入った。リディアはベッドにいなかった。少しだけ着替えを済ませていて、その格好のまま川を見ていた。振り向いてわたしを見ると、驚きのあまりよろけて椅子に摑まって体を支えた。

「パット！」リディアが言った。「ああ、びっくりした」

そんなリディアを見て椅子に座らせた。わたしがキスをすると、リディアは深く息を吸い込んだ。

「警察かと思った」そう言って目を閉じた。

リディアが落ち着くまで他の話をして少し時間を置いた。顔色は戻ってきたが、表情がすっかり変わってしまっている。目がくぼんで生気がない。それに、わたしに猜疑心を抱いている。回廊邸《クロイスターズ》の話をしようとするたびにはぐらかした。ついにわたしは身を乗り出して言った。「何もかも話したらどうなのよ、リディア」

さらに言い逃れをするのかと思ったが、もうはぐらかしたりはしなかった。代わりに小さく参ったわという身振りをした。

「誰かに話さなくちゃね。わたしが逮捕されたら、オードリーが大変なことになるわ。それにビルだって――」

「逮捕なんかされないわ、リディア。表沙汰なんかにならないから。あの夜、あそこにいたんでしょ、わたし、偶然にそのことを知ったの。理由を話してくれない？」

「信じてくれないわ」

「どうして信じないって言うの、リディア。あなたのことはずっと信じてきたでしょ」

「わかったわ。わたしはあそこにいた。理由は彼女に呼ばれたからよ」

「あなたを呼んだですって！」

「そう、呼ばれたのよ。初めはお屋敷に伺うはずだったの。それなのに確かあの夜、七時ごろにまた電話があって、ベッシーがお客をディナーに招いてるから、館《やかた》ではなく遊戯場でもいいかって」

わたし、あそこには行きたくなかった。あの場所のことは考える気にもなれなかった。遊戯場ではなく、この家に来ていただけないかって頼んだ。だけどモードは内密の話だからと。それに、ここに来るとなれば誰かに送ってもらわないといけないし、外出についてあれこれ言われたくないと言った。

「申し訳ないけれど本当に大事な話なの。悪いお話じゃないのよ、モーガン夫人。居間の暖炉に火を入れておくわ。二人だけになれるし、誰にも知られずに済むわ」って。

驚いたことに、会う時間は深夜十一時半と言われたのですぐには応じられなかった。だけどモードは譲らなかった。その時間ならメイドを下がらせられるし、とにかくごくごく内密な話だからと。

「オードリーのことで何か言ってたわ。トニーとオードリーのことだと思ったけど、あれは何か月も前に終わったことだし。とにかく何もかもすごく変だった。それからビルのことが心配になって。もしかしてドンの殺害にビルを引き戻すような何か、それともビルとエヴァンズを結びつける何かを知っているのかもしれないと思って。わかるでしょ、いろんなことをあれこれ想像してしまったの」

ともあれリディアは承知した。

オードリーとラリーは市内に行っていた。十一時に車に向かった。だけどタイヤがパンクしていたの。わたし、その手のことはからきし駄目で、自動車修理工場に電話して夜勤の人を呼んで修理してもらった。釘が刺さっていた。やっとのことで家を出たときはもう十二時に近かった。大急ぎで車を走らせて、門を入ったところに停めて、噴水の横を通って遊戯場まで歩いた。

明かりがついていなかったので驚いたわ。驚いたし、不安にもなった。でも居間の窓に暖炉の火が揺れていたので中に入ったの。

ドアに鍵はかかってなくて、暖炉の明かりが漏れていて、ずっと奥にプールへの入口がある長いホールが見えた。居間に入ったけれど誰もいなくて、火だけが勢いよく燃えていた。だけどそのころにはもう怖くて怖くて。やっとのことでスイッチを見つけて明かりをつけた。少し気持ちが落ち着いた。だけどモードの姿はない。だからホールをずっと歩いてプールを覗いたの。

モードが横たわっていた。死んでいた。

「死んでいたと思う」リディアが悲しげに言った。「体は温かかったけど、ぜんぜん脈がなかったし、息もしてなかった。最初、体がすくんで動けなかった。髪の毛を持ち上げて恐ろしい傷を見たのを憶えているわ。わたし、少しのあいだ正気を失っていたと思う。それから電話——館内電話——に走って受話器を手にとった。だけど自分が窮地に陥っていることに気づいたの。ドンが殺されたのも同じ場所だし、わたしがあの遺体と一緒に発見されたら、彼女に呼ばれたって誰が証明してくれるのかって」

そのときはすっかり気が動転してしまって。手で触れたものといえば、モードの体は別にして、電話、ドアノブ、それと明かりのスイッチだけ。明かりを消して、それからハンカチでこの三つすべてを拭いた。震えていたので歩くこともままならなかった。ドアを閉める勇気すらなかった。

走って車に戻り、なんとか家にたどり着いたがベッドには入らなかった。一晩中、部屋を歩き回っていた。モードは死んでなかったのでは、もしかしたら助けられたのでは。雪に残った足跡を見られたら、誰が信じてくれるというの。それにプールには勢いよく水が注がれていた。冬が近いというのにどうして？　明け方近くになって、毛皮のスカーフをしていたのを思い出した。そのスカーフがどこにもない。部屋にも階下のホールにもない。最悪の事態を覚悟した。だけど夜明け前にふと車の中かもしれないと思って。スカーフは運転席近くの床に落ちていた。ほっとするあまり失神しそうになった。

「拳銃を見たの？」

「いいえ。撃たれてたことさえ知らなかったわ。殴り殺されて、誰かがプールに投げ込むつもりなんだと思ったの。ドンのように」

話しているうちにリディアの気持ちも落ち着いてきたようだ。ずっと震えていて、とりわけスカーフの話をするときは大きく震えたが、顔色はよくなってきた。

「これで全部よ、パット。この話をジム・コンウェイにしても何の役にも立たないと思う。彼に何ができて？　誰にも会わなかった。あそこに着いたとき彼女はもう死んでいた。それに、ビルは即死だと言ってる。銃声すら聞いてないのよ。それに」――リディアは微笑もうとした――「わたしはモードを殺していない。これまでに手に触れた拳銃はドンの部屋で見つけたものだけ。それがどうなったか憶えてるでしょ。それにしても、どうしてあなたにわかったの？」

リディアはいきなり感情を昂ぶらせた。事の重大さに気づいて椅子から腰を浮かせた。

「わたしたちが信頼できる人物が、あの夜、あなたの車が入っていくのを見たのよ。でも心配ないわ。絶対に口外したりしないから」

リディアはすぐに真実を悟った。「ラリーとオードリーね！　あの子たちったら。どうしたらいいの、パット？　どうしたら？」

「二人をここに呼んで、いまの話をするのよ。階下で待っているから。もちろん、二人ともあなたを疑ってるわけじゃなくて、ただものすごく心配してるだけ。話しなさい、リディア」

その日わたしたち三人と、わたしがようやく居所をつきとめたビル・スターリングを前に、リディアは話してくれた。ビルがリディアの手を取り、膝元の床にオードリーが座っている。その中で話を繰り返した。先ほどよりもさらに詳しく。モードの切羽詰まった声、家に戻ったときに気づいた手に付いた血。血を拭きとって、靴を乾かして、きれいにして。

話し終わったときにラリーが思いもよらないことを言った。「あの夜、タイヤの何が問題だったんですか？」

リディアは驚いたようだ。「釘が刺さっていたのよ。なぜ？」

「そのう、いいですか」若い顔を上気させてラリーが言った。「あの夜、誰かがあなたに遅れてほしかったか、そもそも来てほしくなかったとしたらどうでしょう。タイヤをパンクさせるのが一番手っ取り早いんじゃないかな」

「あそこで彼女と会うことは誰も知らなかったと思うけど」

「あなたとぼくの見解の違いはそこです」とラリーが得意げに言った。「誰かが知ってたんですよ。その誰かが、あなたを待っているモードを見つけて撃ったんです。わけないことです」

そのあとわたしたちは、ちょっとした話し合いを持った。ビルとわたしはジム・コンウェイには話すべきだが、市警の刑事たちには話さないと考えた。ジムはリディアを知っているし、きっと信じてくれる。オードリーは内密にしておきたかった。「話して何になるの？　母さんは誰が殺したか知らないのに」ラリーはというと、ビルとちょっとした共同戦線を張って二人で謎を解き、殺人犯をいわゆる電気椅子に送ろうと考えていた。

最終的にジムに話すことで落ち着いた。みんなでお茶を飲み、トーストしたイングリッシュマフィンを食べてお開きにした。この問題をジムの広い肩に背負わせることで、そこそこ片づいたような気分になった。

話を聞いたジムは当然のこと、体を震わせて怒り狂った。「おまえら全員、刑務所にぶち込んでやる。今回の件ではどいつもこいつもずっと警察に隠し事をしている。どうしてそのことを審問で話さなかったんだ、リディア？　そうすりゃ評決が違っていたのに」

「いま話してるじゃないか」とビルがけんか腰で言った。

「だからどうしろって言うんだ？　ここからどう進めればいいんだ？　おまえらのしたことは、殺人事件をもう一件おれに捜査させるってことだぞ、しかも何週間も前の手掛かりでな。あれは殺人だ。自殺できるようにって、モードはあんたに遊戯場へ来てくれって言ったわけじゃないんだぞ」

ようやくジムの怒りが収まり、質問ができるようになった。ジムがまず知りたかったのは、なくなった封筒をリディアが見たかどうかだ。リディアは見ていなかった。銃声を聞いたかと尋ねたが、またしても答えは否だ。だがジムの本当の関心は、タイヤとそれに対するラリーの見解だ。だが日中と、ときには夜間もガレージのドアに鍵をかけていないと知ったジムは、ラリーが言うには、まさに怒り心頭に発していた。一つだけジムが言い張ったことがある。

「トニー・ウェインライトにこのことを知らせないと。列車なのか、車か、パット？」

「列車よ。大抵は五時半の列車。いまごろはもう家に帰ってるわ」

ジムはトニーに電話をかけた。長い電話で、おそらくは激しくやり合っていたのだろう。わたしが回廊邸を離れたことにトニーはひどく腹を立てていた。ジムはいつものように冷静だ。

「彼女はちゃんと生き抜くよ、それからエイミーに大声を出すのはやめろと言ってくれ。わめき声がこっちまで聞こえる……とにかく連れ出したのはおれじゃない。パットが自らやってきたんだ」ジムは振り向いてわたしを見た。「それに元気そうだ……おい、黙れったら、トニー、こっちへ来てくれ」ジムは電話を切った。面白がっている。「どうやら向こうではおまえさんを歓迎していないようだ。それにしてもパット、とんでもない大騒ぎになってるぞ。先におれをトニーに会わせてくれ。いまにも暴力沙汰を起こしかねん様子だ」

一時間後、迎えに来てくれたトニーは落ち着いていた。わたしに対して腹を立て、リディアの話に当惑して、どうすればいいのかわからなくなっていた。丘を半分ほど登ったところで道路脇に車を停めると、わたしを抱きしめた。

「どうしようもなくきみを愛してる。こんなことを言うときでも場所でもないかもしれないが、今日きみがいなくなったと知って――パット、いつか結婚してくれないか、ぼくが自由になったら？」

「わたしの邪魔をするものなんて、何も思いつかないわ、トニー」

そこから先はあまり言葉を交わさなかった。トニーの表情がいつになく和らいだ。やっと平穏で満ち足りた気分になれたとでも言うように。かわいそうなトニー、その日のことを思うと彼への想いで胸が張り裂けそうになる。さらなる災難が待ち構えている前触れも前兆もなかった。が、わたしを支えてテラスの階段を上ってホールに入ったときのトニーの顔、あの顔はいつまでも忘れない。ホールに夕食のために着替えたベッシーが立っていた。

第31章

ベッシーが戻ってきたことについては詳しく書きたくない。どこか面白がっているようなベッシーの「こんばんは」、玄関で迎えた従僕たちやその後ろで控えているレノルズの顔。トニーがいきなり手を離したので、わたしは危うく倒れそうになった。

「なぜ戻ってきたんだ？」使用人たちにお構いなしにトニーが言った。

「なぜ戻ってきてはいけないの。ここはわたしの家でしょ」

「誰が連れてきたんだ、警察か？」

ベッシーはいつもの冷ややかで面白がるような笑みを浮かべた。「気になるなら言うわ、自分の自由意思で戻ってきたのよ」

その日のベッシーはどこか違っていた。髪は長めのボブではなく、カールさせて頭の上でピンで留めている。だが違ったのは、髪型ではなくもっと内面的なものだ。それほどピリピリしていない。煙草に火をつけるとまた笑みを浮かべた。

「結局はジュリアン・ストダードだったのね！」と言って、ベッシーは刺すような青い目でトニーを見た。「立派なジュリアンが、あの態度とあの自尊心でもって。まあ少なくともそれで事件は解決ってわけね」

「まだ何も解決していない」トニーが吐き捨てるように言った。「あとはただ、きみの気に入らないことが法廷でさらけ出されるだけだ」

「なんの話だかさっぱりわからないわ」

だがベッシーにはちゃんとわかっていた。笑みが消え、自信たっぷりの悠然とした態度も消え失せた。トニーがわたしを、見るからに振り離したい様子のエイミーに預けたときも、ベッシーはすぐに逃げ出せるような体勢でまだホールに立っていた。

ベッシーは逃げ出さなかった。夜ジム・コンウェイが来て釘をさした。「あんたは証人なんだ、それもかなり重要な証人だ。あんたが何をどうしたとしても、あんたはマージェリー・ストダードに素性を知っていると話した。州警では、ストダードがドン・モーガンを殺したあとの状況は公表しないことになっている」

「どうして彼はわたしを殺さなかったのかしら?」さりげなくベッシーが訊いた。「どうして哀れなドンなの? 誰も傷つけていないのに」

「州警の話をしてるんだ、おれの管轄じゃない」とジムは言った。「州警はあんたを探している、だから策を弄するんじゃない。連中に駆け引きは通用しない」

その夜ベッシーがぶすっとして部屋に戻ったあと、回廊邸《クロイスターズ》で会合が開かれた。ドワイト・エリオットが車でやってきて、エイミーが見ているとすぐに遊戯場に明かりが灯った。わたしたちは一、二時間ぎくしゃくしていたがすぐにまた元の仲良しに戻った。エイミーはもうどうにも好奇心が抑えきれないといった様子だ。

「何をしているのかしら?」窓の外を見ながら言った。「あれはジム・コンウェイだわ。それにトニーもいるみたい。どういうこと、パット。わたしの頭がおかしくなったのでなければ、あれはリディア・モーガンの車よ。そうよ、リディアだわ。一体全体、あそこで何をしているの？」

エイミーには話せなかった。わたし自身も知らなかったが、おそらくはリディアがモードを発見した夜を再現しているのだろう。もちろん再現していた。リディアを遊戯場の中に入れて、居間まで歩かせ、引き返させて遺体を見つけさせた。さらにモードが自分でプールへ注水できたのかどうか確かめるため、リディアに注水するよう頼んだ。リディアは力のあるほうだができなかった。注水装置は収納室の中の小さなハンドルで、エリオットは、その場所に詳しい者しかハンドルの在り処はわからないと言った。

「ストダードはどこにあるのか知らなかったのでは？」エリオットが尋ねた。

「絶対に知らない」トニーが言った。

その夜、彼らはあるものを見つけた。空のプールの床の拳銃があった場所に、ジムはチョークで印をつけていた。ジムは水のないプールに入ってその場所を虫眼鏡で調べている。プールには青い塗料が塗られているが、チョークで囲んだ内側は塗料が少し剝がれている。「こうしたものについてよくは知らんが、推測するに拳銃はプールに水が入っていないときに落ちたのだろう」ジムはリディアを見上げて訊いた。「見たとき、水はどれくらいまで入っていたんだ？」

「わからないわ。水の流れる音は聞いたけど、水は見なかったから」

トニーは厳しい顔で黙ってジムたちの作業を見ていた。ジムの見解では、それにエリオットも同意見だが、モードを撃ったあと、その拳銃にモードの指紋を付けようとしたのだろう。だがジムが言うように、そうした指紋は信頼性が低い。犯人が使う拳銃に、悲壮な覚悟で握る自殺者の指紋を付けるのは至難の業だ。

「その男が考えたのは――男と言っておく、もしかしたら女かもしれん――拳銃を落としてそこに水を流す。拳銃は水の注水口近くにあった。だから水流で指紋があらかた洗い流されるだろうと。まあ馬鹿な考えだが、その男だか女はそこで混乱したのだろう」

彼らは居間で会議を開いた。寒かったのでトニーが暖炉に火を入れた。モードが殺害されたことに誰も疑いは持たなかったが、議論はそこから先に進まなかった。リディアも青ざめて疲れているようで、なぜモードが自分に会いたかったのか、大事な話だと言われたこと以外、さっぱり見当がつかなかった。

「宝石のことは何も言わなかったのか？」

「何も」

最終的に二つの見方に絞られた。モードに先約があったか、それともモードがリディアに会うことを知った誰かが会わせまいとしたか。タイヤに刺した釘ではリディアが来るのを止められなかったが、遅らせることはできた。ガレージに鍵はかかっていなかった。誰でも入ることができた。

「他に誰か来るようなことを言ってなかったのか？」ジムが訊いた。

「いいえ。わたし一人に会いたいのだと思いました」

「電話はどうなんだ？　あそこの電話はほとんどすべて同じ回線を使っている。館《やかた》の中で電話の内容を聞かれたのでは？」

「そうだと思います。二度目の電話は夜の七時ごろでした。その電話で時間を十一時半に変更したんです」

彼らは七時に館内にいた人物をリストに書き出した。使用人はいたが、彼らのリストは作らなかった。七時といえばベッシーのカクテルパーティーがまさに宴もたけなわのころだ。パーティーは雑多な人たちの集まりだった。手伝いに呼ばれたレノルズですら、知った顔はほんの数名だった。ディナーに残った者たちも早めに、十一時には帰った。レノルズの知る限り、誰も館の馴染みの客ではなかった。彼らを別にすれば、パーティーが終わるとすぐにベッドに入ったベッシー、それにわたしだ。手詰まりだった。ビル・スターリングがリディアを迎えにきて、そこであきらめて散会した。「大してストダードの役には立たなかったな」外套を着ながらジムが言った。「連中は立件した。おれたちが二件目の殺人を証明しても、連中はそれも彼になすりつけるだけだ。マージェリーがウェインライト夫人に話したから、それで彼がその——モードを始末したと言い張るだろう。あいつはここのことも知っている。昨年の夏には子どもたちがここで泳いでいた。とにかくこのことはしばらく伏せておこう」

ところがジムはもう別の何かを追っていた。誰にも言わなかったが、帰りがけに署長室に寄り、財布から縦一インチ、横二インチほどの小さな新聞の切り抜きを取り出し、座ってしばらく見ていた。

「かすかな光が見え始めたんだ」のちにジムはそう言った。「大きな光ではない。誰が殺人を犯したのかはわからなかったが、事件の流れが少し摑めかけた。それもなんとも奇妙な流れが」

それはともかく翌日ジムはベッシーに会いにきた。

「ウェインライト夫人が死んだ日、何をされていましたか?」前置きなしにジムが訊いた。

「いつの夜ですって?」ベッシーは横柄に訊き返した。「日付には弱くて」

「いいですか、奥さん。おれには芝居を打たないでくれ。いつの夜かわかってるはずだ。その夜から話してください。あなたはカクテルパーティーとディナーパーティーを開いていた。ディナーパーティーが終わって客たちは十一時前に帰った。それから何を?」

「寝たわ。一人でね、ご興味がおありなら」

「それだけですか?」

「それだけで充分でしょ」

だがジムは静かに粘り強く質問を続けた。モードの遺言で遺産を受け取れると思っていたのでは。何も受け取れないと知ってがっかりしたのでは。だが考えてみると金に困るわけじゃない。トニーが全財産を受け取る、それにあんたはまだ彼の女房だ。ベッシーは聞いていた。それからぞっとするような大きな声で笑い始めた。

「だからわたしが殺したって言うの! まったく笑わせないでよ」

そう言った途端ベッシーはヒステリーを起こした。ジムはエイミーとヒルダを呼んだものの、それ以上ベッシーに質問するのは無理で、引き下がらざるを得なかった。だが出ていく前に一つだけはっきりさせた。ベッシーを絶対にビバリーから出すな。ジムはトニーに念を押した。ストダード裁判の証人というだけではない。ベッシーはまだ明かしてない多くのことを知っている、ジムはそう睨んでいた。

「どんなことだ?」疲れて真っ赤な目をしたトニーが訊いた。

「それがわかれば、すべての答えがわかるだろうよ」そう言ってジムはその場を離れ、財布に入れて持ち歩いている小さな切り抜きをもう一度じっと見た。

翌日ベッシーが連行された。不承不承、証人となった彼女は、銀ぎつねのコートを着て小さな黒い帽子をかぶり、地方検事のオフィスに座ってひっきりなしに煙草を吸っている。ええ、マージェリー・ストダードに彼女の素性を知ってるって言ったわ。いいえ、脅迫なんかしてません。下品な言い方ね、そんな言い方には我慢ならないわ。秘密を知ってると言ったとき、ストダード夫人の反応がどうだったかですって。もちろん、気に入るはずないじゃない。誰が気に入って。

「あんたが知ってることを彼女は旦那に話したのかね？」

「そんなこと、知るわけないでしょう」

「あんたは彼を恐れていたんだろう？」

「恐れる？　なぜ？」

「ジュリアン・ストダードでないなら、ではいったい何を恐れていたんだね？」地方検事が机に身を乗り出し、ベッシーを見据えて訊いた。「ある晩、誰かがあんたを撃った。あれは誰だったんだ？　それにどうしてドアに鍵をかけているんだ？」地方検事はベッシーから視線を外さなかった。「いいかね、われわれは多くのことを摑んでる。あんたが小型拳銃を持っている――あるいは、持っていたことも知っている。いまも持ってるのかね？」

「いいえ」ベッシーはぶすっとして答えた。

地方検事が勝ち誇ったように室内を見回した。

「ストダードが逮捕されてからは所持していないのかね？　なるほど。タイミングとしては実に面白いですな」

彼女を帰したとき、彼らは必ずしも満足していなかった。ドンが殺された夜、遊戯場近くにいたことを認めさせようとしたが、いなかったときっぱり否定された。

「知りたいんだったら言うわ。その夜はストダード夫人に会っていたの」ベッシーはそう言ってホッパーを睨みつけた。「あんた、わたしが落とした花の髪飾りを持ってるでしょ！　わたしがどこにいたかマージェリー・ストダードに訊いてちょうだい」

「またしてもささやかな金融取引ですかな？」ホッパーがゆっくりと言った。

「まったくのわたくし事よ」彼女が感情を爆発させた。

ベッシーはパリでドンと知り合い、彼からマージェリーの素性を聞いたことを認めた。だがドンとの共謀関係については断固として否定した。「彼がアメリカに帰ってきたことすら知らなかったんだから」

尋問が終わり、この近辺から離れないようにと念を押されたあと、ベッシーはオフィスを飛び出した。何よりも胸をなでおろしたに違いない。充分話しはしたが、話しすぎてはいない。ベッシーがジュリアンのことを思いやれば、彼のような男が死刑になることはまずないだろうに。が、そのままにしておいた。

いずれにしろベッシーは間違っていた。地方検事はジュリアンを死刑にするつもりだ。しかも本気だ。すでに裁判の冒頭陳述の準備を始めていて、オフィスの中を行ったり来たりして、忍耐強い速記者に口述していた。

「陪審員のみなさん、州検察では、本被告が、気の毒な男が命を失った犯罪の動機および機会の両方を有していたことを明らかにしてまいります。われわれはその動機を詳細に論じ、それが犯罪を犯す卑劣で恥ずべき動機であることを示す所存です。

被告は世間での地位を誇りにしている男です。それが脅かされると知ったとき、州検察の論点は

——そして、われわれが立証するのは——被告が恐ろしい手段でもって自らの地位を守り、秘密を隠そうとしたことであります。

被害者に対する被告の憎しみを証明するばかりでなく、問題の夜に被告は十二時ごろまでブリッジを楽しんでいたことを明らかにしてまいります。そうです、みなさん、被告はなんとブリッジを楽しんでいたのです。この楽しいパーティーのあと、晩餐用の服に身を包んだ被告は徒歩で自宅へ向かいました。他の客たちは車を使いましたが、被告は歩いて家に帰りました。

被告の自宅は半マイルかそこらのところにあります。徒歩でせいぜい十分です。しかし、被告は午前一時過ぎまで自宅に戻りませんでした。被告が戻ったのは谷間のほうからで、そこには犯行に使用された車が乗り捨てられていました。被告にはそのあいだのアリバイがありません。被告は歩き回っていたと供述しています。これは被告の供述書です。『考え事をしていました。しばらく歩き回っていました』これが無実の男の証言でしょうか。

みなさんにご提示しております本件の時間的要素には問題があります。すべてのことを成し遂げるには充分な時間がないとのご指摘がなされるかと思います。ですがわれわれは、被告には一時間以上あったことを証明してまいります。時間が経過しているため、この卑劣な殺人の正確な時間を述べることはできません。しかし、本被告が何らかの口実を設けてブリッジのテーブルを離れ、犯行現場へ行き、この犯罪を犯して戻ることが可能なことをお示しします。実際、被告はブリッジテーブルを離れており、数分間不在だったことを証明してまいります。しかもみなさん、この犯罪にはほんの一瞬しか要しないのです。病気のため弱っていた男は、殴られて意識を失い、プールに投げ込まれて溺死しました——それにどれだけの時間が必要でしょうか。

われわれは、被告がようやく自宅に戻ったとき、その衣服が悲惨な状態であったことを明らかにします。被告の男性従者を証人喚問します。そうです、被告とその衣服の世話には従者が必要なのです。そして、翌朝、被告の靴が泥だらけだったこと、被告の夜会服のズボンの裾が濡れて汚れていたことを証明します。さらに他の点も証明します。

被告には、秘密が暴露されるという脅威が迫っていました。そのことをもう一人の人物が知っておりました。その人物がどのような危険に陥っていたのか誰にもわかりません。この証人を喚問します。本被告が逮捕されるまで――その人物は女性です――彼女は命の危険にさらされて過ごし、ドアに鍵をかけ、ついにはその命を狙った殺人未遂事件まで起きたことを明らかにします」

スチュアートは、事件を事実に基づいてではなく、陪審員の感情に訴えかけるように構築していった。彼は巧みに冒頭陳述を進めた。ここにいるのは金持ちで、誇り高く冷淡な男です。みなさんやわたしなどは足元にも及びません。みなさん、彼は狩猟クラブの会長です。ここにおられるみなさんは写真で見るしか、それがどういうものかご存知ないと思います。狩猟クラブにはかなりの費用がかかります。子どもたちが腹を空かせている一方で、猟犬には餌を与えなければなりません。猟犬の世話をする飼育者や、猟犬の健康管理をする獣医もいます。馬も同様です。厩舎があり、馬丁がいます。

こちらが被告です。被告には従者がいます。田舎に土地を所有しています。ですが被告には秘密もあります。被告は過去があるばかりか出自の卑しい女性と結婚しました。これら二つの不運な事実を隠すためにどこまでやるのでしょうか。最後までやるのでしょうか。誰が疑うことができましょう。さらに罪を重ねるのでしょうか。自分に不利な目撃者を始末するのでしょうか。しないわけがありません。本件の目撃者と思われる人物が一名すでに行方不明になっており、もう一名が襲われて、命の危険にさらされています。いずれこの証人を喚問し、彼女が証言――。

ただ、当然ながら、そのとおりに事は運ばなかった。ベッシー・ウェインライトが証言台に立つことはなかった。

第32章

二日ほどして、わたしはミス・マッティの下宿に戻った。エイミーもいなくなり、ベッシーのせいで回廊邸《クロイスターズ》には居られなくなった。エイミーが去った夜、ベッシーはわたしの部屋にノックもせずに入ってきて、はっきりと出ていけと言った。笑みを浮かべ、部屋の中に立ってそう言った。

「トニーが浮気をしたいと言うのなら、させてやってちょうだい。わたしは嫉妬深い女じゃないわ。でもこの屋根の下ではよしてちょうだい」

斧を持っていたら、その場で彼女を殺しただろうに。ともあれ、どうにか自分を抑えた。「ご自分を基準にしてどの女性も判断されるんですか?」わたしは冷ややかに言った。「浮気なんてしていないし、そんなこと、わかってるでしょ」

「わたしからすれば、それはあんたの言い分よ。ずっとそう言い張ってるといいわ。わたしはただ、あんたはもうお仕舞い。用済みだって言ってるだけよ、パット・アボットさん」

ベッシーはドアのすぐ内側に立っていて、濃い色のベルベットの部屋着を着ていた――もうなんてよく憶えているんだろう!――女性の中に悪魔を見たとすれば、まさにあのときだ。

「それからもう一つ。トニーとは離婚しないわ、それに彼もわたしを離婚しない。しようともしないわ、パット・アボット。まあ、見ててごらんなさい!」

「興味ありませんから」わたしがそう言うと、ベッシーは笑って出ていった。

彼女がトニーに話したかどうかはわからない。わたしは絶対に話してない。何もかもが下劣すぎる。彼もきっとわたしと同様、何事も同じ状態がいつまでも続かないとわかっていたと思う。

「とにかく、もう数日いてくれ」出ていくと告げると、悲しそうな顔でトニーが言った。「寝るのはミス・マッティの下宿でもいいけど――我慢できるならここの整理をしてくれないか。ベッシーに会う必要はない。そっちはぼくがなんとかする。それに彼女はそのうちいなくなる」トニーが険しい顔で付け加えた。「それもぼくがなんとかする」

その夜、七か月ぶりにミス・マッティの下宿で横になって考えた。頭上にベッシーがどんな棍棒を振りかざすにしろ、もちろんトニーには知る由もない。

久しぶりにぐっすり眠った。恐怖の時代を乗り越え、その時代が終わったような気がした。暗くなり懐中電灯を手にオブライエンが、自動拳銃をベルトのホルスターに入れて巡回する静かで大きな館《やかた》にいると、どうしてもさまざまな事件を思い出してしまう。そのくせオブライエンが懐かしかった。彼とピエールのやり取りはわたしの数少ない慰みの一つだった。オブライエンはよく大きな冷蔵庫のそばに立って中を覗いていた。

「おい、フランス野郎！　あの冷製ロブスターはどうするんだい？」

「あれは明日の昼食用だ。サラダにする」

「おまえは度しがたいスコッチ野郎《しみったれ》だな、酒のことを言ってるんじゃないぞ」

オブライエンは手が早かった。一度、ピエールが彼を食堂まで追いかけているのを見かけた。オブライエンがローストチキンを一羽丸ごと抱え、ピエールがナイフを振りかざしていた。「おまえの耳をちょん切ってやる」ピエールが大声で叫んだ。「おまえの胃袋を切り裂いてやる。おまえは体中が胃袋だ。おまえのような奴は見たことがない。恐ろしい野郎《セテリーブル》だ！」

それでいながら二人は仲がよかった。オブライエンが撃たれた夜、病院まで付き添ったのはピエールだ。さらにピエールはオブライエンが回復してきたのを見て、回廊邸の家計費からフランス式節約でひねり出した金で、ひな鳥やスイートブレッドなどを届けた。もちろん自らの手で料理して。

「今日は何を持ってきたか当ててみろ」

「缶詰の鮭だろ。もう少し財布のひもを緩めたらどうなんだ、このしみったれじじい」

するとピエールがニヤリとしながら得意げに箱を開ける。

「ホロホロ鳥の胸肉だ」

「この鳥にはもう少しオイルを使ったほうがいいんじゃねえのか？　どういうつもりだ？　おれをからかってるのか？」

その夜、使い慣れたベッドに横になって、そんなオブライエンに会いたいと思った。ベッシーにひどい言葉を浴びせかけられたときよりもだいぶ気持ちが落ち着いてきた。一つには、わたしが戻ってきたことをミス・マッティが喜んでくれたからだ。それで気持ちが和らいだ。荷物を解いているそばで、彼女は村のちょっとした噂話をしてくれた。オードリーとラリー・ハミルトンが婚約するらしい。セオドア・アール夫妻がマイアミに家を構えて冬を過ごすそうだ。ジョー・ベリーはアリゾナに行っている。どれもこれも何ということのない話で、どれも落ち着いた郊外の暮らしの一部だ。

けれどそうしてベッドで横になっていたときですら、一連の出来事の中でもとりわけ奇妙な出来事が起きていた。しかもよりにもよってセオドア・アール夫妻が絡んでいて、当初はこの謎めいた物語とはなんの関係もないように思われた。

そのうえユーモラスな一面がないこともない。

土曜日のことだ。アール夫妻は深夜映画に行っていて、十一時に帰途についた。夫妻の住まいは村を少し上がったところで、私道は丘陵地に続く幹線道路からそれている。その私道に入った途端、車のライトが何かを照らしだし、アール夫人が大声を上げた。

「裸の男がいるわ」夫人が金切り声で叫んだ。

近視のうえ、門を見ていたセオドア・アールは車を停めて前方に目を凝らした。

「誰もいないぞ」

「植栽の中に逃げ込んだわ」

「そんなものを見たなんて信じられん。どうしてこんな夜中に裸でうろつくんだ?」

だがアール夫人には確信があった。二人はそのまま家まで車を走らせ、セオドアと執事が懐中電灯を持って歩いて調べに出た。二人が五分ほど探していると、常緑樹の茂みから誰かがセオドアの名前を呼んだ。

「ミスター・アール」

「ああ。誰だ?」

「わたしです。ヘインズです。毛布か何かお貸しいただけないでしょうか。いまにも凍えそうなんです」

二人は男を見た。川沿いの道路をパトロールしている白バイ警官だ。なんと生まれたままの姿、素っ裸だ。セオドアは激怒した。

「服も着ないで、ここでいったい何をしてるんだ？」

「強盗に襲われたんです。すみません」

執事が急いで屋敷に走り、毛布を持ってきた。ブランデーも少し持ってきていた。ほどなくして二人はこっそりヘインズを屋敷に連れていった。暖炉とブランデー――それに毛布――のおかげでヘインズは少し元気を取り戻し、事情を説明した。制限速度を超えている車を追っていたんです。車は丘陵地へと道路を登っていったのであとをつけました。ですが一マイル少しのところ、お宅のお屋敷の裏あたりで見失いました。で、川沿いの道路に戻ろうとしていたら、後ろからその車がきて道路脇に押しやられたんです。

「わたしはその車を追い越していてカーブで減速しているところでした。そいつはたぶん、わたしがあとを追ってきたと思ったのでしょう。スピードを上げて真っすぐ向かってきました。脇道に入ろうとしましたが、そいつが後輪にぶつかって、宙に飛ばされました」

気がついたときにヘインズが憶えていたのはそれだけだ。道路から草地の中へと数フィート引きずられていて、服がなくなっていた。「糸くず一本残ってませんでした」そう言って日焼けした顔を赤らめた。

「で、この体たらくです。どうしたらいいのかわからなくて。一時間ほどずっと隠れていて、誰かが来たら呼び止めようと思っていたんです。一人見かけたんですが、大声を上げて走って逃げてしまいました。きっとまだ走ってますよ」

ヒルの車ではなかったようだという以外、車についてヘインズが特に気づいた点はなかった。小型車でポンコツで、大してスピードは出そうにありませんでした。運転していたのは男。中年か、もっと年配のようでした。

アールはジム・コンウェイに電話した。ジムは、いまは執事の服を着たヘインズと道路沿いに戻って調べた。バイクはアール家の敷地からそう遠くない場所で見つかったが、ひどく壊れていた。ヘインズの制服と自動拳銃はどこにもなかったが、下着は見つかった。村に向かう道路を下ったあたりに投げ捨ててあった。

ジムは下着に目をやった。「そいつがほしかったのは制服だ。服をすっかり脱がして素っ裸にして、急報できないようにしたんだ」

「捕まえられると思ったんでしょう」ヘインズはそう言った。「だから逃げる時間を稼ぎたかったんですよ」

二人はアール邸に戻った。ヘインズの奥さんがパトカーに託した衣類が届いていて、ヘインズが着替えているあいだにジムは電話をかけた。まず地区の役所を呼び出し、乏しい情報ながらクラッカー・ブラウンに次のような検問情報を流させた。「古いセダン、おそらくダッジかシボレー。フェンダーにへこみ、あるいは衝突の痕跡がないか調べること。運転者は中年か年配者。白バイ警官の制服を着用し、規定の警察用自動拳銃を所持している模様。充分に警戒すること。危害を加えられる恐れあり」

それからジムはヘインズを家に帰らせ、セオドア・アールをベッドに入らせた。それから——もう午前一時になっていた——車に乗り込むと回廊邸に向かった。館《やかた》には行かず、マクドナルドのコテージの裏手に回ってベルを鳴らした。夫妻が目を覚ますまでに少し時間がかかった。ようやくアンディが起きてきたがひどく怒っている。

「今度はいったい何なんです、コンウェイ署長？　わしは休む間もなくせっせと働いてるんだ。だから睡眠が必要なんだよ」

ジムはあたりを見回した。コテージは暗くて静かだ。ジムは中に入った。

「ずっと家にいたのか、マクドナルド？」

「ああ、そうだ」

「誰か訪ねてきたか？」

「訪ねて？　いいや。誰が来るってんだ？」

「車を持っているな？」

「ああ、車がどうだってんだ？」

「ちょっと見せてくれ。どこにある？」

「小屋の中だ。ここ数日は乗っていない。車がどうしたんだ？」

「ちょっと見せてほしい」

聞こえよがしにブツブツ言いながら、アンディは着替えをしに家の奥に戻った。ジムはエヴァンズの部屋に行き、明かりをつけて調べた。疑わしいものは何もなかった。ジェシー・マクドナルドが掃除をしたときのままで、寒々しく、使われた形跡はまったくない。クローゼットを覗いたが、前に見たときと同じだ。エヴァンズの数少ない衣服がそのままかかっていて、床に靴が並んでいる。馬鹿らしく思えてきた。

アンディはコテージから少し歩いて、彼の言う小屋に案内した。鍵はかかっていなかった。彼が扉をさっと開けると古いシボレーが見えた。ジムは懐中電灯を出して車を調べた。小屋の中に火の気はなく、ラジエーターに手を当てたが冷たかった。だがジムが顔を上げるとアンディが車の前部を指さしていた。

「薄汚いコソ泥がこいつに乗ってやがる」アンディはそう言った。興奮のあまりスコットランド訛りになっている。「たまげたな、こいつを見てくれ。昨日はなかった」

その夜ジムに迷いはなかった。ヘインズにぶつかった車を見つけたのだ。フロントフェンダーの右部分が大きくへこんでいる。アンディを見ると、ひどく腹を立てていて、被害をこうむった善良なスコットランド人の怒りは疑うべくもない。ジムはアンディをその場に残し、懐中電灯を手にあたりの地面を調べた。ガレージと廏舎から小屋まで道が続いているが、もう一本、砂利道が丘の脇を下っている。車を押し出して乗り込み、ブレーキを外して坂を下ってからギアを入れる。そうすれば、アンディにもジェシーにもエンジン音は聞こえなかったはずだ。となると戻りは——。

「音は聞かなかったんだな、出ていくときも戻ってくるときも?」

「それはいつのことだ?」アンディがおそるおそる尋ねた。

「今夜だ。十時半から、そうだな、十二時のあいだだ」

「わしらは早くに寝る。九時かそのあたりだ。その薄汚い野郎が車を出す音を聞いていたら、出ていって追いかけたとは思わんかね?」

ジムはコテージを調べた。ジェシーが起きてきた。古いフランネルのキモノを着て、怒りのあまり口もきけないありさまだ。制服も、何ら疑わしいものも見つからなかった。二人は断固として、エヴァンズは行方が知れなくなってから戻っていないと言い張った。

「それまではなんとなく勘に頼っていたんだ」あとになってジムはそう言った。「だが古い車と年配の男というヘインズの説明でピンときた。一、二度エヴァンズがマクドナルドの車を運転しているのを見かけたことがあって、で、当たって砕けろって思ったんだ」

ところが、ヘインズの話をするとアンディとジェシーは二人とも怒って、もしかしたらエヴァンズではという説を退けた。「あいつは人殺しをするような馬鹿じゃない」とアンディは言った。「それに盗人でもない。わしはあいつに車を自由に使わせているし、あいつもそれは承知している。絶対にエヴァンズじゃない」

ジムは途方に暮れてしまった。母屋にトニーの部屋の明かりがついているのを見て、コテージから電話をかけた。二人で一緒にもう一度車を調べた。ハンドルはきれいに拭かれているようだ。指紋は付いていない。

トニーはへこんだフェンダーを調べてから顔を上げた。「この件で一つだけ確かなことがあるぞ、コンウェイ」トニーは苦笑いを浮かべて言った。「ストダードはやっていない」

「ああ、やってない」ジムも同感だ。「だとしたら、いったい誰だ?」

次の日の夕方には事件が新聞に掲載された。当然ながら、ニュースの少ない時期の新聞社にとって、素っ裸の警官はまたとない天からの贈り物になった。新聞社はその話題に飛びついてさまざまな見出しをつけ、ばつが悪そうな気の毒な若者の写真を載せた。〈精神障害者が再び逃亡〉〈警官、裸で発見〉、それに〈お巡りさんお召し物押収さる〉という頭韻を踏んだものまで登場した。ポケットにメモ用紙の束を突っ込んだ詮索好きな若い記者たちが再びヒルをうろうろし、あれこれ取り上げては人目を引く大きな記事に仕立て上げた。ベッシーの事故や車の弾痕を取り上げた。エヴァンズが襲われたことや、なくなったズボンのことも蒸し返された。墓地の写真も再度掲載された。若い記者の一人に至っては秘書室にまで押しかけてきて、斧で殴られてストダード家のプールに投げ込まれたのは本当ですかと訊きにくる始末だ。

地方検事は憤然としてホッパーを呼びつけた。「この新聞記事はどういうことだ？」と迫った。

「せっかくだから読んでみたらどうです？　読み物としてはなかなか面白いですよ。たぶん、一部は真実でしょう」

「精神障害者だと！　おまえも頭がおかしくなったのか。どういう意味だ、真実というのは？　制服を失くした警官が事件と何の関係があるんだ。それに恨みを抱く何者かが墓地で墓石をひっくり返したって言うのが」

「そうですね」ホッパーがまのびした口調で応えて煙草に火をつけた。「そんなようなことだと思いますよ。誰かの頭がおかしくなっているのか、そうでないのか。ただのちょっとした冗談ってこともあります」

「どんな冗談だ？　ふざけてるのか」

「まさか、とんでもない。ストダードのためのもみ消し工作かもしれません。奴は留置場にいるのにこうしたことが起き続けている。どういうことです？　残忍な精神障害者が逃げているとしたら、ストダードが有罪のはずがない。あるいは殺人者がまだうろついているのか、そのいずれかです。おそらくそいつは、ストダードが釈放されれば、われわれがズボン盗癖のある者を捜し始めるとでも思ってるんでしょう」

「くだらん」

「ひょっとして」そう言うとホッパーは立ち上がった。「むろん別の可能性だってあります」

「何だ、それは？」スチュアートが疑わしげに訊いた。

「まだ起きていない何かを準備しているのかもしれません」とホッパーは言い、大儀そうにオフィスを出ていった。その後ろ姿を見つめる地方検事を残して。

第33章

それからの数日、ともかくもわたしの生活は続いていた。ミス・マッティと一緒に演劇クラブが上演する「ウィンダミア卿夫人の扇」を見に行った。ときどきリディアに会った。天気は晩秋にお決まりのどんよりした物寂しい空気に変わり、製鋼所の煙が谷に流れて、夜には霧と混じり合う。朝になると車で丘を登って回廊邸《クロイスターズ》に行ったが、館《やかた》にいると次第に神経に障るようになってきた。

ずっと一人で過ごした。ベッシーが一人の時間に何をしているのか知らなかったし、顔を合わせることもなかった。昼食は秘書室に運んでもらった。ロジャーは別にして、それにベッシーが館を取り仕切ろうとすると家政婦長のパートリッジが愚痴をこぼしにくるのを別にすれば、ほとんど一人きりだった。

ときどき机にトニーからの差し障りのないメモが置いてあった。トニーは市内で夕食を済ませて遅くに帰ってきて、朝はわたしが着く前にもう出かけていた。

幸いにもやることはたくさんあった。ある午後早くにエリオットがやってきて、ある限りのモードの書類を一緒に調べた。書類はほんの少ししかなかった。モードは返事を書いたあとはいつも手紙を処分していた。しかしその日エリオットは合点がいかないようだった。

「私的なファイルはなかったのか？」

「何も」

「とにかくちょっと探してみてくれないか。何か見つかったら教えてくれ。それに内容についてわたしは口外しないよ、ミス・アボット。トニーはわたしがここにいることを知っている。探しているのはおそらく、なくなった封筒の中に入っていたのだろう」

翌日も鑑定人用にモードの個人財産のリストを作成しながらなおも探し続けた。ヒルダが手伝ってくれた。亡くなった夜にモードが着ていた上着の小さな内ポケットに、紙切れが一枚入っているのを見つけた。大したことは書いてない。モードが大きな字で書いていたのはリディアの電話番号だった。が、その下に見覚えのない店名が書いてあった。

「サマーズ・アンド・ブロッドヘッド」その店名を読み上げた。「このお店は何なの、ヒルダ？」

「ウェインライト奥様の宝石店です」ヒルダが目に涙をためて答えた。「奥様の宝石の修理や、ときどき作り直しもしていました」

「何かを修理に出すって、奥様は言ってた？」

「何もおっしゃってなかったと思います」

取るに足らないものに思えた。ひとまずその紙切れを預かり、さらに探し続けた。なんとも胸がつぶれるような作業だった。金とべっこうの化粧用具、クロテンのコートを始めとする美しい毛皮類、あでやかなネグリジェと部屋着。何着ものイブニングドレスとそれらに合わせた何足もの靴。スケッチブックまであって、一着一着のドレスが色鮮やかに、それに合うアクセサリーや宝石と併せて描かれている。初めて目にする宝石もあった。宝石は普段、市内の銀行に預けていて、特別な折にしか持ち出さなかった。だが、サマーズ・アンド・ブロッドヘッドの名前が妙に気になって、その日の午後四時にその店に電話をかけて自分の名前を告げた。

「ウェインライト様は亡くなる前日か二日前に、そちらさまにお電話をおかけしましたでしょうか？」

電話線の向こうでためらっている様子がうかがえる。

「どなた様とおっしゃいましたでしょうか？」

「夫人の秘書でミス・アボットと申します」

そう言うと相手はようやく少し心を開いてくれた。相手はブロッドヘッド氏だとわかり、何年も前だが母と面識があった。それでわたしの確認が取れ、電話での用件に戻った。彼は声を落とした。

「はい、おっしゃるとおりお電話がございました、ミス・アボット。内密のお話でした。そのことについてお話しすべきかどうかずっと考えあぐねておりました。奥様に関わりがある——その、奥様に起きたことに関わりがあるというわけではありません。共同経営者のサマーズにも申しましたように、どのみち奥様がお金を必要とされていたのであれば、お話しするべきではないかと思いました」

「ではわたしにお話しください。重要な場合を除いて口外いたしません。ですが夫人の息子さんにだけはお話しします」

そう言うと相手はほっとしたようだが、まだ内緒話をするように声を落としていた。「奥様はお持ちの宝石をお売りになりたかったのではないかと思います、ミス・アボット」

「宝石を売る？　宝石を全部？」

「お持ちのものをすべて」

夜トニーが帰るのを待ってその話をした。彼の顔ったらなかった。「なぜだ？　いったいなぜ宝石を売るんだ？　金なら唸るほど持っていたのに」と、彼の目に疑惑の色が浮かんだ。「ベッシーだ！」トニーが言った。「ベッシーだよ、もちろん。また金を払って追い出すつもりだったんだ。パット、自分がもう何をしでかすか、まるでわからないよ」

それ以上は居られないとわかっていた。机はほとんど片づけ終わった。が、その日、トニーからもうしばらくいてくれと頼まれた。トニーは離婚の手続きを進めていた。ベッシーに市内のホテルに移るように頼み、部屋まで予約していた。だがベッシーは回廊邸に留まると頑なに言い張った。

「理由は誰にもわからない。だがあいつがここに居座るからには――母さんの持ち物に近づかせないようにしてくれないか？　ヒルダの話では近づこうとしているらしい」

そこでモードの部屋を施錠し、わたしがその鍵を預かった。

見た限り警察は何もしていなかった。ジュリアンを逮捕したことで捜査を打ち切ったように思えた。もちろんわたしは間違っていた。ホッパーはまだ――あるいは再び――エヴァンズを捜していたし、ジム・コンウェイは署長室でときどきデスクの引き出しを開けていた。その中身を机に並べてはじっくりと調べた。

つい先日ジムがそのリストをくれた。

（a）遊戯場のプールで見つかった室内履きとボタン
（b）ドン・モーガンの胸の傷痕の大まかな図
（c）ロジャーが敷地内で見つけ、わたしがジムに渡した男物の靴下留め
（d）トニーの拳銃から発射された弾丸の写真

（e）遊戯場のプールの床の青い塗料片
（f）モードが亡くなった夜、暖炉前の椅子に残っていた宝石リスト
（g）開いているのがわかったあと、撮影されたモードの金庫の指紋。付いていたのはモードとわたしの指紋のみ
（h）ジムが財布に入れていた新聞の切り抜き
（i）ドンの上着から切り取ったロンドンの仕立屋のラベル。記入されていたのはモードの車のナンバー

「全部そこに書いてある。チェッカーをするみたいにそれらを動かしたり入れ替えたりしてみた。結果はいつも同じだ。一つ一つ推測した。例えば靴下留めだ。ドンをプールから引き揚げたのが誰であれ、どうやらそいつは着替えをしなかったらしい。そうすれば時間を少し短縮できる。傷痕はどうだ。それも推測してみた。たぶん推測どおりだ。だがいったい誰が殺したんだ？　そこで行き詰まる」

気の滅入るような時間が続いた。そうしたある日、突然、悲しみに襲われた。ロジャーが毒殺されたのだ。

そのことを書くのはつらい。ロジャーは何か月ものあいだ、とりわけモードが亡くなってからはずっとそばにいてくれた。夜はわたしの部屋のドアの外で眠り、わたしが忙しいときは秘書室で寝そべり、さわやかな空気のなか、プリンスに乗ってひと駆けするときは馬道を軽やかに走り回っていた。

ロジャーの死が故意によるものという根拠は何もなかった。わたしはロジャーをお気に入りの散歩道、農園《ファーム》に続く小径に連れていった。ロジャーは大喜びだった。が、帰り道でのろのろし始めた。館

に戻るまでにぐったりしてしまい、廏舎に走って助けを求めた。だが手当てを待たずにロジャーは死んでしまった。トニーが帰宅したとき、わたしは廏舎で膝をついて、動かないロジャーの上で身を屈めていた。トニーは顔色がよくなかったが、静かに腰を屈めてうなじにキスしてくれた。

「いいかい。あいつは幸せな生活を送ったんだ。いまはどこか心地いい犬の天国にいるよ。さあ館に戻ろう」

どうにもやりきれない気持ちを抱えて館に戻った。ベッシーがいようといまいと気にせずトニーが腕を回してくれた。夜になってようやく、死因は毒だと獣医から報告があったと、ミス・マッティの下宿にトニーが教えにきてくれた。

「肉団子に入ったストリキニーネだ。農夫が猟犬を狙って置いたんだろう。連中は狩りをひどく嫌っているから」

だが彼がそう考えているとは思わなかった。わたしもそうは考えない。

わたしは何日もロジャーの死を嘆き悲しんだ。その他のことでは、ともかくも物事はどうにか続いていた。リディアがようやく本腰を入れて結婚の準備を始めた。市内ではジュリアンの弁護士が弁護に取り組み、トニーとエリオットはいまその会議に出席している。モードが亡くなってから一か月あまりが過ぎ、評決はまだ自殺のままだ。ただただみじめな気持を振り払いたくて、ある日わたしは市内に行って毛皮のコートを買った。

十二月の初旬ジム・コンウェイが訪ねてきた。ジムは秘書室に入ってくるなり窓を開けて座り、パイプにタバコの葉を詰めて火をつけ、自動拳銃を取り出して目の前の机に置いた。その拳銃にわたしは警戒の目を向けた。

「こうしたものを使ったことがあるか？」

「ないわ」

「じゃあ、いまから使い方を覚えるんだ」ジムを見上げたが、彼は大真面目だった。「冗談で言ってるんじゃないぞ。おまえさんが一人で出歩くのはどうも気に食わん、特に暗くなってからは。夜に溝の中で裸で凍えているおまえさんなんて見たくないからな。外に出るんだ。初レッスンに恰好の場所を見つけておいたから」

外はさほど明るくもなかったが、その午後遅くわたしは初めての射撃レッスンを受けた。ジムが選んだ場所は遊戯場のそばの狭い谷間だった。わたしの射撃の腕前はといえば、記録を出すどころか惨憺たる結果に終わった。だが、引き金をぎゅっと絞るときに目を閉じないことだけはちゃんと覚えた。終わったとき、ジムは兄のようにわたしの腕をぎゅっと摑んだ。

「いいか、こいつはおまえさんに預けておく。車に載せておくんだ。いいな、物入れの中じゃ駄目だぞ。助手席に置いとくんだ」

「どうしてそんなものが必要なのかわからないわ、ジム」

「わかっているとわかっていないものがわかるかもな」ジムが判じ物めいたことを言った。

ところがそれで終わりというわけではなかった。その日ジムはわたしと一緒に館に戻った。図書室の暖炉に火が入っていて、ジムが手を温めているあいだにわたしはハイボールを頼んだ。ジムは飲み物を脇に置くと、煙草に火をつけて口を開いた。最初の質問にどきりとした。

「なあパット、モード・ウェインライトはドン・モーガンを知っていたんじゃないかって、そう思ったことはなかったか？」

「知らなかったと思うわ。ドンがいなくなったのは、ウェインライト夫妻がヒルに移ってきてから二、三年後のことよ。それに当時、谷の人はヒルの人たちのことをあまり知らなかったし。その、親しくはね。モードはリディアを知らなかったわ。わたしにリディアのことを尋ねたもの」

「ドンが殺された夜、奴が遊戯場に来たのはウェインライト夫人に会うためだって思ったことは？」

「パジャマ姿で？　どうして彼が？」

「そうだな」ジムが冷静に言った。「それしか着るものがなくて、しかも彼女に会わないといけないとしたら——まあ、いいだろ。エヴァンズの話に、おまえさんが遊戯場であいつを見つけた夜に話を戻そう。あいつは殴られて、持っていた鍵が何者かに奪われた。なぜだ？」

「誰だってこの館の鍵がほしいんじゃないかしら？　館内には百万ドルもする品物がごろごろしてるもの」

「よせよ、わかってるくせに。おれだってわかってる。鍵をほしがったのが誰にせよ、強盗目的ではない。モーガンが鍵を奪ったのなら、奪ったのはほぼ間違いないが、なぜ鍵がほしかったんだ？」ジムは煙草越しにわたしを見た。「ここでは誰が電話を受けるんだ？」

「わたしよ、もしくはレノルズ。誰でも近くにいる者が受けるわ」

「電話口に夫人を出させるのは簡単なのか？」

「出ないで済むならモードは電話には出なかったわ。かけてきた相手は名前か用件を告げて、普通はわたしがモードに取り次いで、指示を受けていた」

「わかった」ジムは思案気に言った。「モーガンが電話で話したかったとしても、まず話せなかったってことだな」

「かけてきたとは思えないわ。ジム、いったいどういうこと？　モーガンがなぜモードと話をしたいの？　ベッシーのこと？」

「ベッシーのことかもしれん。違うかもしれん。だが、奴はこの館に二度忍び込んだ。なぜだ？　モード・ウェインライトに連絡をとろうとしてできないとする。館の周りをうろついてみたものの、最初のころはモードは病気で、そのあともモードが一人になることはない。館にはベッシーがいる。おまえさんもいる。絶えず人が出入りしている。玄関のベルを鳴らせば用件を言わなくてはならない。しかも何よりも言いたくないのがその用件ときてる。そういう可能性はないか？」

「どうして彼は用件を言えなかったの？」

「かなり内密な用件だったのだろう」ジムが厳しい表情で言った。「あまりにも内密すぎて、それで命を落とす羽目になった」

一つ確かなのは、死んだ夜にドナルド・モーガンが家を抜け出したのは、二人の女性のいずれか、ベッシーかモードに会うためだ。ジムはモードだと見ていた。

「でもモードは絶対に行ってないわ。モードはディナーパーティーを開いていたのよ。忘れないで」

「それでも奴は彼女に会いにきた。奥さんの車を運転して。遊戯場の鍵を持っていたし、おそらく中で待っていたのだろう。そこでだ、思い出してくれ、パット。あの夜、モードはどんな様子だった？　特に変わりはなかったか？」

「なかったと思うけど」わたしはゆっくりと答えた。「わたしは例の足音のことがあったでしょ。階下に下りる前にモードは部屋に来てくれたわ。すてきなドレスだと言うと嬉しそうだった」

その日ジムは、山のように質問した。エヴァンズについてはどうだ？　旧家の使用人階級の人間か？　つまり身も心もその家族に捧げていたのか、とりわけモードに？　その質問には思わず笑みがこぼれた。「彼のことはよく知らない。何か激しい感情を抱いていたとしてもまず表には出さないわ」

「ウェインライト家の名誉を守るためなら、自分を犠牲にしても何かするといったタイプじゃないんだな。つまり忠誠心あふれる使用人ではない、と。ようし、続けてくれ」

知っていることすべてを話した。モードのエヴァンズに対する態度は気取りがなく優しかったけれど、愛情がこもっているとまでは言えなかった。彼が襲われたことも、モードはわたしたちと同様、腑に落ちない様子だった。病院にいろいろな品物、主に果物や花を届ける以外は、容体を尋ねるにすぎなかった。話し終えるとジムが頷いた。

「わかった。いまの話は誰にもするな、いいな」ジムは立ち上がると煙草を暖炉に投げ捨てた。「拳銃のことも忘れるな。笑い事じゃないぞ。おれは大真面目なんだから」

ジムの言うとおりにした。それからは車で行き来するときはいつも助手席に拳銃を載せた。ある夜、エイミーを乗せたとき、エイミーが拳銃を見た。

「ねえ。そいつをどけてくれない。その上に座ることはまずないと思うけど、万が一座って、銃弾でお尻に穴が空くなんてごめんだわ」

その夜エイミーは、二度あることは三度あると言ってわたしを憂鬱な気分にした。

「どういうこと、三度って？」むっとしてわたしは言った。「馬鹿げてるわ」

「そんなことないわ。気をつけなさいよ、二人死んでるってことはもう一人死ぬってことよ。本当に気をつけてね。回廊邸に警備員がいるそうね」

「ジムが送り込んだ保安官代理がいるわ。オブライエンて名前よ」

「あのおチビさんね」エイミーが苦々しげに言った。「どれだけ役に立つことやら。昔、彼の盲腸を取ってやったわ。あいつの肝っ玉もきっとあの程度よ」

だがエイミーのオブライエン評は間違っていた。わたしが彼の胸を撃ったあの恐ろしい夜、彼は本分を尽くしてくれた。撃たれていまにも死にそうだったのに。

第34章

その年のビバリーの秋と冬は例年とそう変わりなかった。社交界にデビューする娘たちもいて、若くて純真そうで、ときどき外に出てこっそり煙草を吸う。いつもの慈善興業があり、いつものブリッジパーティーやディナーパーティーがあって、当然ながらいつも以上に噂話も飛び交った。わたしもたくさん招待を受けたが行く気にはなれなかった。早晩ヒルのことが話題にのぼるだろうし、どうあっても受け止められそうになかった。

ましてや回廊邸《クロイスターズ》の話などとても受け止めきれない。仕事の合間に新聞の〈求人〉欄をチェックした。わたしの風変わりな能力、「フランス語はそこそこ、ゴルフはへたくそ、テニスは得意、乗馬の腕前は抜群、そして赤あざなし」など、どこも求めていなかった。だがそのころ、ある会社のオフィスでちょっとした騒ぎが起きていた。あとでマージェリーから事情を聞いて、わたしは悲嘆のどん底に突き落とされた。ジュリアンが逮捕されたあと、新聞にジュリアンとマージェリーの写真が掲載された。そのときオフィスにいたミス・コナーに誰かがその写真を見せた。

ミス・コナーはマージェリーの写真を一目見るなり、机に突っ伏して泣きだした。胸が締めつけられるような長いすすり泣きで、同僚たちが周りに集まってきたがどうすることもできなかった。「あの女だわ！」彼女がゆっくりと言った。「あの裏切り者！　なのにわたしったらお茶まで出して！」

いまとなれば書けるが、昨年わたしたちを巻き込んだ犯罪の思わぬ波紋に、エリザ・コナーと彼女の人に対する最後の信頼を打ち砕いたことも挙げなければならない。わたしは自分の裏切り行為を償おうとした。よりよい条件の仕事を間接的に世話したり、匿名でときどき品物を送ったりもした。あるときには寂しい部屋の慰めにとポータブルラジオを、また別のときはささやかな茶器一式と盆を送った。その品でわたしだとばれただろうが、わたしの身元は絶対に明かさないでくれとマージェリーに頼んでいたので、ミス・コナーは品物を送り返すこともできなかった。

当時はそんな騒ぎのことなど何も知らなかった。わたしはヒルに行ってベッシーと顔を合わせないように仕事をし、夜にはミス・マッティの下宿に戻るという物憂い毎日を送っていた。そうしたある日、ふと気づくと、ビバリーの店々が赤と緑と白にあふれ、ぱっと花が咲いたようになっていた。これはどう見てもクリスマスだ。花屋の窓には小さな白い羽のツリーが飾られ、セントマーク教会では、聖歌隊がクリスマスキャロルの練習を始め、クリスマスイブに窓にキャンドルが灯されて招かれれば、どこでも立ち止まって歌えるようにと準備を進めていた。

どうにも気が沈んで寂しかった。母さんはいつもベイベリーキャンドルを灯して聖歌隊を招き、わたしは夜、雪の中で顔を上げてひたむきに歌う男女の姿を眺めた。わたしたちはいつも聖歌隊にココアとケーキを振る舞った。そうしたときにお酒はふさわしくない、母さんはそう思い込んでいた。

回廊邸にクリスマス気分はなかった。ある日家政婦長のパートリッジから使用人専用ホールに飾る小さなツリーを買いたいと頼まれた――彼女はベッシーには絶対に何も頼まない――わたしはぜひ買ってくださいと答えた。「昔のようにはいかないでしょうね」とパートリッジが寂しげに言った。「舞踏室に明かりがこうこうと灯って、ツリーやプレゼントがあって。子どもたちは残念がるでしょうね」

「子どもたちって、どこの、パートリッジ？」

「気の毒な子どもたちです。あちこちからバスでやってきました。ウェインライト奥様はみんなにプレゼントを用意して、パンチとジュディの人形劇を招いていました。手品師のこともありました。みんな手品師が大好きでした」

モードのリストがパートリッジの居間にあるとわかり、夜、トニーにメモを残した。「今年の子どもたちのクリスマスパーティーはどうしましょうか？　ＰＡ」

翌朝、返事があった。レノルズが共謀者めいた雰囲気を漂わせて、メモを渡してくれた。「進めてくれ。制限なし。母さんは開きたがってると思うよ。トニー」

椅子に深く腰かけて考えた。ベッシーはどうしよう。顔を合わせたときには型どおりの挨拶していたが、館《やかた》を出ていけと言われた夜以来、ほんの一言二言しか言葉を交わしていない。だがクリスマスパーティーとなれば、いくら気の毒な子どもたちのためとは言え、少なくとも彼女に知らせないことには開けない。

その日わたしはレノルズに頼んで彼女に知らせてもらい、何か提案があるか尋ねてもらった。驚いたことにベッシーは秘書室にやってきた。後ろ手でドアを閉めるとその場に頼りなげに立った。「じゃあ、パーティーを開くのね。ともかく何であれ、神に感謝するわ」

ベッシーは変わった。身ぎれいな感じがなくなった。それどころか部屋の中に立つベッシーはどこかだらしなく見えた。髪のカールもセットしておらず、化粧もしていない。戻ってきてからずっと酒浸りだったように思うが、いまはしらふだ。わたしを追い出したあの夜も飲んでいたのかとふと思った。

できるだけ詳しく説明した。リストを渡すと、ベッシーはざっと目を通した。「よかったら買い出しをするわ。何かやることができるし。それにしても百五十人もの嫌な臭いがする子どもたちが集まるかと思うと――」

「嫌な臭いなんてしないわ。子どもたちにとっては本物のパーティーなのよ」

ベッシーはリストを手にして立ち上がった。束の間の興奮から醒めたベッシーは半病人のようだ。そんなベッシーを見て、初めて気の毒に思った。ところがベッシーはわたしに何も言わせず、ドアのそばで立ち止まった。「いつか話をしてあげるわ、パット・アボット。その話を聞くとずいぶんとものの見方が変わるわよ、トニー・ウェインライトのことも含めてね。だけど当て推量はしないで。このあたりで当て推量するのは危険だわ」ベッシーが笑みを浮かべて言った。「わたしがここ何年ぶりかにする公平無私な忠告よ。従いなさい」

もちろんベッシーがその話をしてくれることはなかった。数週間前のモードのように、その日ベッシーはふと何もかも正直に話そうという気になったに違いない。悪意と貪欲の狭間でどちらを選ぶべきか迷ったに違いない。だがそこはベッシーのこと、貪欲のほうが勝った。まだ火中の栗を拾おうとしていた。依然としてトニーから高額の慰謝料を手に入れ、離婚して自由になることを望んでいた。

次の数日間はとても忙しかった。徐々に本来の自分に戻ったような気がした。館内も明るくなった。舞踏室が開けられて掃除された。ベッシーは毎日市内に出かけては子どもたちへのプレゼントを買い込んだ。わたしは続けざまにあちこちに電話をかけ、夜にはほっとしてミス・マッティの下宿に帰り、彼女とゆっくり夕食を摂り、映画に行くこともあれば、そのままベッドに入ることもあった。トニーも、暇を見つけては会いに来てくれた。が、ミス・マッティは付添人としてけじめにはうるさかった。

「いいこと、トニーはまだ結婚しているのよ。必ず居間のドアは開けておきなさい」

結婚までの交際期間中は誰しもトニーとわたしのように、ほんの少しの愛の表現すらもないのだろうかとよく思った。だがトニーも本来のトニーに戻りつつあった。母親の死の当初のショックからは立ち直っていた。寒い外から大きな体で元気よく入ってきて、ミス・マッティに馬鹿でかいキャンディーの箱を渡し、少し離れて立ってわたしをしげしげと眺める。

「やあ、今夜のSBはどんな調子だい？」

「SB？　あまりいい響きじゃないわね、トニー」

「それはきみの心が卑しいからだよ、ミス・アボット。SBってのはサヤインゲン《背高のっぽ》(string bean)のことだよ、きみはそんなふうに見えるからね」

トニーはベッシーのことはめったに口にしなかった。ところがある夜、彼女のことを話してくれた。ミス・マッティのビクトリア朝の居間で、燭炭暖炉の近くにトニーが座り、わたしは暖炉の前の敷物の上で体を丸めていた。

「あの人のことが大好きだったの、トニー？　結婚したとき」

「もう夢中だった。三か月ほどはね。忘れよう、もう終わったことだ」

だがそう頻繁にはトニーに会えなかった。彼はものすごく忙しかった。夜、家に帰るときにはブリーフケースに書類をぎっしり詰めていた。ドワイト・エリオットと一緒のときもあれば、製鋼所の責任者を伴っているときもあった。少数株主を率いるウェインライト一族がいまなお面倒を起こしているのだろうと思った。ある夜トニーは暖炉の前の椅子で眠り込んでしまった。疲労困憊なのがわかる。

眠っている男というのはどこか頼りなげで、少しでも母性本能を持ちあわせている女性なら、誰しもそうした彼らを不憫に思うものだ。その夜のわたしもトニーを哀れに思い、愛おしく感じていた。あまりにも静かなので、訝ったミス・マッティが戸口に姿を見せ、トニーを起こした。

平穏なときは長くは続かなかった。ある夜リディアと食事をして少し帰りが遅くなった。モードの死はいまだに謎だ。ジュリアンは留置場で裁判を待っている。エヴァンズ、あるいは彼の遺体の捜索もまだ続いている。検察側は、エヴァンズはドンが殺害されるのを目撃した――生死を問わず――事件解決に役立つかもしれないと見ている。二人で真夜中近くまで話をし、ビル・スターリングがわたしを家まで送ってくれた。ディナードレスを脱ぎかけたとき、電話がかかってきた。電話はベッシーからで、彼女らしからぬ声だ。

「怖くて怖くてどうしようもないの。理由は訊かないで。心底怖いの。それだけなの」

「何かあったのですか？」

「まだ起こってないけど。こっちへ来てくれない？　馬鹿みたいだけど、いま一人なの。トニーは市内だし、オブライエンが敷地内で誰かを見かけたって言うし」

わたしは行くと答えた。寒い夜だったので車を発進させるのに少し時間がかかり、出発したときは十二時をかなり回っていた。ジムの自動拳銃を助手席に置いた。ぞっとするような不安感に襲われて全身に鳥肌が立った。私道に入ったとき拳銃を手に取ったが、何事もなく館に着いた。オブライエンがにやにやしながら中に入れてくれた。

「心配することは何もありません。使用人が抜け出したんですよ、きっと。それだけです。ですが、そのことを奥さんに知らせたものだから、どうにもとり乱して理性を失ってしまったんです」

ベッシーは図書室の火の消えかかった暖炉の前で身を縮めていた。そばにハイボールがあったが、両手がひどく震えてグラスを手にすることすらできないでいる。「わたし、本当に大馬鹿よね。だけど、どうにも怖くてたまらなくて、泣きわめきそうになったの」

ベッシーは一人になるのを拒み、三人で用心しながら、地下室を含め、館内を一回りして、すべてに鍵がかかっていることを確認した。ようやく彼女を説得してベッドに行かせた。ドアに錠を下ろす音が聞こえた。オブライエンを警備につかせて、以前の自分の部屋に行って着替えた。

疲れていたが眠れなかった。馴染みのある部屋に戻っているのが不思議に思えた。ときにとても幸せで、ときにとても惨めだった場所だ。横になってこの六か月のことを思い返した。あの夜のリディアの家でのお喋り、ドンの殺害、ジュリアンの逮捕、そして、殺された夜のモードとリディアの奇妙な待ち合わせ。「オードリーのことで何か言ってたわ」あいまいな口調でそう言っていたリディア。なぜオードリーのことを？　この謎のいったいどこにオードリーが関わっているの？

そのときエレベーターの音が聞こえたような気がした。シャフトはわたしの部屋に近い。かごが動いているようだ。エレベーターの音はとても静かだ。昼間のいろいろなざわめきの中だと音はまったく聞こえない。不安になった。起き上がってホールに出た。ベッシーの強い求めに応じて、オブライエンが拳銃を手に階段に陣取っていた。傍らの盆に夜食の残りが載っている。

「エレベーターの音がしたような気がして」わたしはそっと言った。

彼はニヤリとした。「あんたも聞いたのか？　夜中に聞くとなんだか薄気味悪いだろ。幸いなことに、おれは怖いものなしだ」

ほっとしてベッドに戻った。だが眠れなかった。ベッドに入るや頭上で何かが動く音がした。気になる。使用人の部屋のほとんどは東棟で、わたしの部屋の上は荷物部屋だ。トランクがいっぱい置いてある大きな部屋で、周りにスーツケースや小さな旅行カバンを載せる棚が並んでいる。音そのものも変だ。床の上でトランクをそっと滑らせるような密やかな動き。あるいは少しずつ動かすようにしているのか、動きは非常にゆっくりだ。じっと耳を澄ませた。音は、してはやみ、やんではまたするといった具合だ。が、確かに音がする。間違いない。オブライエンを呼んだ。姿がない。もう一度呼ぶと階下のホールに姿を見せたが、どう見ても面白がっている。

「また聞こえたのかい？」

「馬鹿を言わないでよ」わたしは金切り声を上げた。「上の荷物部屋に誰かいる。はっきり聞こえるわ」

オブライエンはまだまともに耳を貸そうとしない。「たぶん使用人が逃げ出そうとして荷造りしてるんでしょう。おれには責められんよ」

だがそのとき別の音がした。エレベーターが降りている。わたしはオブライエンを怒鳴りつけると階下へ急いだ。が、かごは一階には停まらなかった。そのまま地下室まで降りていく。明かりはついておらず、ほとんど音もなくすっと降りていく。なんとも無気味だ。わたしに続いて下りてきたオブライエンは驚いて呆気にとられている。

「なんてことだ。動いている！」

もう怖さを通り越していた。ワイン貯蔵室のドアの錠を外し、階段を駆け下りた。遅すぎた。誰もいない。

だがそこに誰かがいたのだ。先ほど調べたときには閉まっていて、鍵もチェーンもかかっていたドアがいまは開け放たれている。オブライエンがドアから走り出た。と、私道を走り去る車の音がし、オブライエンが車を狙って発砲した。が、車はそのまま走り去った。見えたのは赤いテールランプだけ。彼は恥ずかしそうに戻ってきた。「くそったれめ。奴はずっと館の中にいたんだ」

それはオブライエンの見方だったが、いまになってみれば正しかったと思う。地下室のドアのチェーンは意図的にか、あるいは偶然に外されていて、わたしたちが点検したとき侵入者はすでに館内にいたのだ。おそらくエレベーターの中に隠れていたのだろう。

地下室のドアを施錠し、チェーンをかけてようやく二階に上がると、ホールにベッシーがいた。死人のような青白い顔で廊下の手すりで体を支えている。口を開くのがやっとといった様子だ。

「銃声がしたわ！　何なの？」

ベッシーの様子からしてとても本当のことは言えなかった。オブライエンが敷地内でまた侵入者を見たと思ったのだと言って、それ以上は話さずにおいた。ベッシーはベッドに戻り、いつものようにドアに鍵をかけたが、わたしの説明を信じたとは思えない。ドアを閉める前にしばらくわたしを見つめていた。

荷物部屋にはいろいろなトランクやバッグがごた混ぜに置かれていて、特に調べるようなものはなかった。その夜オブライエンとわたしは荷物部屋を隅から隅まで調べた。見つかったものは一つだけ。ところが、翌日レノルズは見覚えがないと断言した。これはトランクの鍵を入れる箱です。あらゆる大きさと形状の鍵が百個は入っていたと思われます。

「でも館のものではございません。館の鍵はすべてタグをつけて壁のケースの中にかけております。ご自分でお確かめになってみてください」

第35章

その夜ジム・コンウェイに連絡をとろうとしたが、ジムの母親は、息子に睡眠が必要なときはいつも電話の着信音を消す習慣がある。そのため、ようやくジムと話ができたのは翌朝の村の署長室でだった。元気はつらつのジムを見ると腹が立った。「さぞや昨夜はぐっすり眠ったんでしょうね」わたしは皮肉たっぷりに言った。

「ああぐっすりとね。このところ睡眠不足だったからな」

「何が起きようともまずは睡眠ってわけね！　そうなんでしょ」

ジムは居住まいを正した。「わかったよ」ジムは観念して言った。「母さんがまた着信音を消したんだな。話を聞こう、パット。何があったんだ？　それにどこで？」

「回廊邸《クロイスターズ》でよ。誰かが忍び込んだの」

「どうして知ってるんだ？」

「わたしがその場にいたからよ」

今度はジムが腹を立てる番だ。ジムはわたしに警告していた。護身のための拳銃まで預けてくれていた。それなのに、馬鹿みたいに夜の夜中に館《やかた》に行くなんて。ジムはわたしとはもう絶交だと思ったが、次の瞬間わたしの言っていることに気づいた。

「誰かが侵入したのよ！　オブライエンもいたし、屋敷には銀行みたいにしっかり鍵がかかっていたのに！　信じられない」

　ともあれジムはわたしの話を信じてくれたが、鍵箱のことを話すと、うんざりしたように鼻を鳴らした。

「で、おまえさんがそれに触った。オブライエンもレノルズも触ったんだな！　その件じゃオブライエンはクビだな。この事件で唯一指紋が採取できるチャンスを、おまえさんたちが台無しにしちまったんだぞ！」

　そう言ったあとジムは落ち着きを取り戻してしばらく座り、見るというより探るような目でわたしを見た。「教えてくれ。おれは女じゃない、ありがたいことにな。だが女ってのは物を取って置いたりしないか？　つまり懐かしい思い出の品やなんかを。赤ん坊の服とか昔のラブレターとか、そんなような物を」

　にっこりしてジムを見た。「何年も前にあなたが学校で書いてくれたメモ、わたし、いまでも持ってるわよ、ジム」

「おれを脅迫するためにか？」

「スリップが見えてるって書いてあるのよ」

「いつだって感じやすいガキだったんだよ。なあ、パット、おまえさんが見つけた中に、夫人のそういった物はなかったか？　トニーの最初のおむつとか、死んだジョン・Cのラブレターとか。そういったものが大事なんだろ」

「何もなかったわ、ジム」

「荷物部屋は探してないんだろ？」

「ええ。ヒルダが何もなかったって」

そこに何かがあったのだ。ベッシーが市内へ買い物に行ったその日の午後、ジムが回廊邸にやってきた。ジムを西棟のドアから館に入れると、使用人たちの目をかわすためエレベーターで三階に上がった。部屋は鍵も何もかも前夜のままで、ジムとのこの最初の捜索では何も期待できそうになかった。ところが、しばらくしてジムは部屋の隅で使い古した小さなトランクを見つけ、どうにかその鍵も探し出してトランクを開けた。

そのトランクのことは決して忘れない。せつなくて胸が張り裂けそうになる。モードの白いサテンのウェディングドレスとヴェールが入っていた。ドレスを作ったとき、モードはとても若くてほっそりしていたに違いない。胸を大きく見せるための小さなレースのひだ飾りが付いている。ジムですらそのドレスをそっと優しく扱った。涙がこぼれそうになった。トニーのベビー服、出生時の体重を記録した美しい手帳、少しあとにインクで取った足型も入っていた。トニーの髪の房も。きれいな金髪で少しカールしている。

窓辺へ行って手帳をじっくり眺めた。戻るとジムがそのトランクを閉めて鍵をかけようとしていた。ジムはわたしを見上げて言った。

「すまない、パット。警察官というのはあちこち覗き回らなくてはならん。こんなことは断じて好きじゃない。おれがトランクの中身を見たって、トニーには言わないでくれるか」

「トニーはここにあることすら知らないと思うわ」

その日のジムはこれまでになく生真面目だった。いまではもう知っているが、その日ジムは署長室に戻ってドアを閉め、あれこれいろいろなことをした。ジムは、わたしが背を向けているあいだにトランクから数通の手紙を持ち出していて、それらを念入りに調べていた。数日前に作成した手掛かりリストを見直し、古い公文書をいくつか引っ張り出して目を通した。それから一本の電話をかけ、一通の外電と何通かの電報文を書いて、地元の電報局だと情報が漏れる恐れがあるため、市内から送信した。それから椅子に深く腰かけて、わかったことを綿密に検討した。

「そのころにはほぼ確信があった」改めてジムが言った。「少なくとも大筋が見えてきた。おまえさんもしっかりと考えていたら、おそらく見えていたはずだ。かなりはっきりと見えた。だがおれの立場を考えてくれよ！　おれには動機がわかっている——しかも明確な動機が——トニー・ウェインライトやベッシーからマージェリー・ストダード、ジュリアン、ビル、リディアに至るまで全員のだ。おまけに、ややこしい状況に加えて、ビル・スターリングとリディアが結婚しようとしていた。まあ、そいつはそれほど問題でもなかったけどな」

　その日、ジムは鍵箱を市警に送った。さぞやオブライエン、レノルズ、それにわたしの指紋がべったり付いていたことだろう。だが見つかったのはそれだけだった。同じ日の午後、刑事が一名やってきて荷物部屋を調べた。が、結果はほぼ同じか、ほんの少しましな程度。彼はいろいろな指紋を見つけた。メイド長の指紋からなんだかよくわからないかわいそうなロジャーの足跡まで。使用人の指紋はすでに採取していたので改めて調べなかった。しかしベッシーは刑事と向かい合った途端、食ってかかった。

「断固、拒否するわ。そんなものでこの手を汚したくないわ。どけてちょうだい。お断りよ」

「でしたら奥様のお部屋には指紋がたくさん付いているでしょうから、そちらで調べることにしましよう」刑事が表情を変えずに言った。「こちらのほうが簡単なんですがね」

ベッシーはようやく折れて、指をインクパッドに、次に用紙に転がすように押しつけた。

「これは何のためなの？　わたしがここで大量殺人を犯したみたいじゃないの！」

「まあ、お好きなようにおっしゃってください」刑事はそう言ってその場を離れた。

その日の午後、ジムは署長室で過ごした。外電には少し早い時間だったが、電報の返事があるのではと心待ちにしていた。そのときいわゆる容疑者リストなるものを作成した。わたしはいまも、ジムの小さな読みやすい字で書かれたそのリストを持っている。

（1）ジュリアン・ストダード。動機と機会あり。ただし時間的要素はいまだ不明。ベッシー・ウェインライト殺害の可能性は高い。モーガンは問題を起こしていないが、ベッシーは恐喝金を受け取っている。モード・ウェインライトを殺害する理由は？
（2）エヴァンズ。どちらの殺人にも明白な動機はない。まだ生きている可能性が高い。生きている場合、アンディ・マクドナルドの車でヘインズを襲ったか。年齢の割には力がある。館のことに詳しい。チェーンがかかっていなければ、地下室から荷物部屋に行ける可能性あり。合鍵か。だとすると、荷物部屋の何がほしかったのか。モード・ウェインライトに関連するものか。だとすると彼がモードを殺したのか。いったいどこにいるのだ。
（3）ベッシー・ウェインライト。モーガンに過去をばらすと脅されれば彼を殺害する理由になる。手助けなしには殺せない。モード・ウェインライトを殺した可能性がある。モード・ウェインライトがすべてを明らかにするのを恐れていたならなおさらだ。昨夜は荷物部屋にいなかった。

(4)モード・ウェインライト。モーガンを殺害し、自殺した可能性あり。強い女性。モーガンが死んだ日、遊戯場で待ち合わせた相手は彼女だったのか。その場合、死体の始末にトニーが手を貸したのか。
(5)ビル・スターリング。強い動機(トランクの手紙を参照)。時間的要素は不明だが遊戯場の鍵を保有。ビーバー・クリーク・ロードで目撃されたとき、リディアの車を捨てて自分の車に乗り換える時間はない。
(6)トニー・ウェインライト。事情を知っていた場合、可能性は非常に低い。それ以外の時間はたっぷりある。事実を知らなかった場合、動機はない。
(7)マージェリー・ストダード。モーガンを殺害し、あとでジュリアンが死体を捨てた可能性あり。昨夜は荷物部屋にいなかった。看護婦の証言では、眠れなかったようだが部屋からは出ていない。

次の項は、しばらく考えてから書いたに違いない。

(8)オードリー・モーガン。事実を知っていた可能性あり。誰かに罪を着せたいと思っている。それに反し父親には夢中。ハミルトンが手伝わない限り殺す力はない。モーガンが彼女に話したのか。非常に若いが、どうしようもなかったのかもしれない。

ホッパーが電話をかけてきたとき、ジムはまだリストを作成していた。「エヴァンズの情報を摑んだ。少なくともその可能性がある。そっちへ行く」

「どうやって摑んだんだ？」

「食料品店だ」とホッパー。「何はなくとも、食料なしに人は生きてゆけん」

その夜二人はビバリーホテルで食事をした。ジムは荷物部屋で見つけた物について話し、何通かの手紙をホッパーに見せた。ホッパーは驚いて大いに関心を示した。

「よくやったな。だが残念だが大して役には立たん。無論、新たな観点だがな」

「だがストダードの役には立つ、そうは思わないか？」

「スチュアートが事件を担当してるんじゃ、無理だな」缶詰のブルーベリーパイを食べながらホッパーが言った。

ところが、彼はエヴァンズを確保したわけではなかった。が、隠れ家は突き止めていた。言葉どおり食料品店を通じて。

「生きているなら食わなきゃならん。郡内の食料品店と肉屋を片っ端から調べたんだ。あいつは川向こうの空き家にいた。自転車に乗って、食料を買いに週に二回コベントリーという小さな町へ行っていた」ホッパーはパイを食べ終わり、爪楊枝を取り出して詰まった種をほじくった。「その隠れ家の所有者を聞いて驚くな、ストダードだ」

「そんな馬鹿な！　どういうことだ？」

「そこが肝要だとスチュアートは考えてる。彼によると、エヴァンズはモーガンが殺された夜に病院を抜け出した。何かを目撃し、ストダードが買収して抜け出させた。あいつが引き出した三千ドルがそれだ。何がなんでも説明しようとしない金だ。憶えてるか？」

「エヴァンズはいまどこにいるんだ？」

「それがだ、ここしばらく居所がつかめない。捕まえてやるさ。なんといってもまずは食わなきゃならん。急いで出ていったのは間違いない。コベントリーで川を十マイル下ったあたりで自転車を見つけた。ボートで川を渡って列車に乗った可能性もある。ボートが一艘なくなっている。それともかなり川下まで行って陸に上がったのかもしれん。食料品店の話だと、彼はほとんど口をきかなかったそうだ。店に来て、品物を積んで走り去ったという。だが新聞を買っていた。次に来るまで新聞を取り置きしておいてくれとの注文を受けていた」

何かに怯えてエヴァンズは逃げ出したとホッパーは見ていた。新聞に載っていることではない。あいつは新聞をチェックしていた。気づかれたと思ったのか、何かが起きたのか。ともあれここしばらく目撃されていない。だがジムはじっと考えていた。

「となると、ヘインズの件はどうなるんだ?」

「ヘインズだって?」

「おい、自分で考えろ。エヴァンズはおまえに追われていると思い始めた。おまえの言うその店ではもう買い物ができない、おまけに食料も底をついてきた。ボートを漕いで川を渡り、丘を登ってアンディ・マクドナルドの車に乗る。それなら顔を知られていない谷あいのどの町にだって行けるし、買いだめもできる。自分が指名手配されてるのは知っている。新聞を読んでるからな。うまくすり抜けた。ところがヘインズが彼を追い越して速度を落とす。で、見つかったと思った。ヘインズにぶつけたばかりか、制服まではぎ取った。そうすりゃ通報される前に車を戻して逃げられる」

「かなり遅い時間だっただろ?　夜のそんな時間に店が開いているのか?」

「製鋼所のある町じゃ、大方の買い物は土曜日の夜にするんだ」

ホッパーが爪楊枝を投げ捨てた。「ようし。どうやら裏付けがとれそうだな。新聞が騒いでる精神障害者がエヴァンズだとわかるかもしれん。だがあいつは狂っちゃいない。あいつが障害者だと決めつけるなよ。おれと同様、気は確かだ」

「だったら、いったいどうなる？」

「地方検事は、それに警察本部長も、エヴァンズを見つけ次第ストダードを死刑にするつもりだ。あいつらが是が非でも確保したいのはエヴァンズだ」

その日の大半、ベッシーはベッドにいた。前夜のわたしの説明に納得していないようだ。階下に下りてきたとき顔色が土気色だった。午後はずっと二人で作業した。届いたプレゼントの包みを解いて、白い紙と赤いリボンで包装し直す。ベッシーは丁寧に手際よく包みを作った。作業を続けることでいくぶん緊張が和らいだようだ。

ベッシーはすっかり計画を立てていた。ニューヨークに自分にぞっこんの男がいる。裁判が終わり次第、トニーから手切れ金を現金で受け取ってすぐに出ていく。

「ただしうんと高額でないとね。安売りはしないわ」

ベッシーがほしいのはなんと百万ドルだ！「必ず手に入れるわ」ベッシーは赤い蝶結びをスナップで留めながら言った。「彼は支払いに応じるわ、さもないと」

わたしたちは遅くまで作業を続けた。ベッシーはにわかに友好的な面を見せ、夕食を一緒にどうかと誘われた。トニーは帰ってきそうにもなく、彼女が寂しそうだったので誘いを受けることにした。食事がほぼ終わりかけたころトニーが姿を見せた。ひどく腹を立てている。使用人を部屋から追い出すとテーブルをはさんでベッシーと向かい合った。

「ずっと調べていたんだ。ぼくと結婚したとき、きみには身内が一人もいなかった。ぼくが会った人たちはどこから来たのか、あるいは、ぼくと会う前、きみがどんな暮らしをしてたのかは神のみぞ知るだ。他のことにしたって――なぜあんなことしたんだ、ベッシー？　あのときどうして正直に話してくれなかったんだ？　ぼくはきみと結婚したかった。素性なんかどうでもよかった。ぼくが求めていたのは普通の良識だ」

化粧の下のベッシーの顔が真っ青だ。それでもあわてなかった。「すぐにお里が知れると思ったのよ、トニー」いつもの皮肉っぽい笑みを浮かべてベッシーが答えた。

「ぼくのことが好きじゃなかったんだろ？　あのときだって」

「そのとおりよ。もっと好きな男の人たちがいて付き合ってたわ」

「しかも大勢」トニーが言った。声が大きくなった。「で、ここへきて騒動を引き起こした。ぼくたちみんなを利用した。きみの薄汚い目的のために母を利用した。ぼくを利用した。マージェリー・ストダードまで利用した。あれはれっきとした脅迫だ、自分でもわかってるだろ」

が、ベッシーは少し落ち着きを取り戻した。「あの人、少し払ってくれたわ」ベッシーはこともなげに言った。「払ってくれたっていいじゃないの。わたしは投資に失敗して請求書がたくさん溜まってたのよ。あの人はお金をたっぷり持っていたわ」

「なるほど。マージェリーはたっぷり持っていた。それできちんと説明できるんだな？　続いているあいだは、さぞかしいい金づるだったんだろうな。だがもう終わりだ。終わればきみもお仕舞いだ。ちゃんと考えてきちんとケリをつけろ。きみはお仕舞いだ」

トニーはいきなり立ち上がった。椅子をひっくり返し、ドアをバタンと閉めて食堂を出ていった。

食器室で皿を投げ合っているような音だったに違いない。案の定、翌日、警察に尋問されたレノルズはまさにそのように答えた。

「二人がけんかをしていたというのかね？」

「そのように聞こえました。トニー様は神経が昂ぶっておいでのようでした」

「彼が何と言ったか聞いたかね？」

「トニー様は終わりだとおっしゃっていました。ウェインライト奥様はお仕舞いだとおっしゃっていました。わたくしが憶えているのはそれだけでございます」

「で、彼女を残して出ていったのだな？　食堂に残して」

「さようでございます。お立ちになる際に椅子を倒されました。ドアがバタンと閉まる音がしましたので、わたくしは食堂に入りました」

「奥さんはまだそこにいたのか？」

「はい。煙草に火をおつけになってらっしゃいました」

第36章

翌朝早く、ベッシーが死んでいるのが発見された。車で町へ行こうとしたアンディ・マクドナルドが、西棟のドアのすぐ外側に何やら華やかな色合いのものを目にした。車を降りて調べてみると、なんとベッシーだった。前夜に着ていた緋色のディナードレスのままうつ伏せに倒れていた。そばに銃把に螺鈿を施した小型拳銃が落ちている。使う間もなかったようだ。ベッシーの上に屈み込んで見ると、後頭部が血だらけでつぶれていた。

だがアンディは機転のきくスコットランド人だ。玄関のベルを鳴らし、レノルズに警察を呼ぶように言い、そのあと見張りに立った。遺体のそばには誰も近づけず、自分も遺体には触れなかった。「下がれ」使用人たちが走り出てきたときも大声で怒鳴った。「下がっていろ、でないとおまえらの頭をぶん殴るぞ」

眠れない夜を過ごしてその朝早く車で館《やかた》に着いたとき、わたしが目にしたのはそうした光景だった。アンディが見張りに立ち、地面にベッシーが倒れていて、通用口が開いて、レノルズが使用人たちを押し留めている。アンディはわたしの車も通してくれず、車から降りられなかった。「そこから動かないで。このあたりにタイヤ痕があるかもしれません」

「いったい何があったの?」うろたえてわたしは訊いた。「まさか、あの人――」

「はい、お亡くなりになっています。わしはあの人が好きではありませんでした、神様、お許しを。ですが殺されてるんです。ですから法律が最優先なんです」

ひどく気分が悪かった。アンディと同じでわたしもベッシーは好きではなかったが、彼女は生きることが大好きだった。彼女のそもそもの過ちの根源はそれ、人生から得られるものすべてを手に入れようとする貪欲さだ。いまやその彼女は西棟の階段下の緋色の塊にすぎない。覆いすらもかけられていない。ただそこに横たわっている。

こういったことすべてを考えていたわけではない。考える時間などなかった。背後で車の音がしたので見ると、無線装備のパトカーの警官たちが通りすぎていった。レノルズがベッシーを覆うひざ掛けを差し出したが、アンディが手を振って下がらせている。ジムが到着して彼女の上に屈み込んだが、どれも現実のこととは思えない。茫然としている使用人たちをドアの内側に押しやってトニーが出てきたとき、初めて現実のものとなった。

ひどく寒かった。トニーを始め、男たちがベッシーのそばに立って見下ろしている。ジムがさっと指示し、レノルズがひざ掛けを渡した。アンディを含めそこに立っている五人の男たちを残して、館のドアが閉じられた。トニーの顔は見えない。ジムが地面を見ながら歩き回っている。トーマスが外套を持ってきてトニーに着せかけた。外套を着ながら半身になったトニーがわたしのほうに目を向けた。彼はジムに声をかけ、二人してわたしのほうにやってきた。トニーもわたしと同じように気分が悪そうだ。口を開いたのはジムだ。「家に帰るんだ、パット。おまえさんにできることはない。邪魔になるだけだ」

「中に運べないの？　こんなに寒いのに」

「ビル・スターリングを待っているんだ」

わたしは震えた。トニーが車内に手を伸ばしてヒーターのスイッチを入れてくれた。押し黙っていたトニーがぽつりと言った。「きみが肺炎になってはどうしようもないよ。戻って熱いコーヒーを飲むといい。ブランデーを少し入れて」

彼らはわたしにその場にいてほしくなかったのだ。男の世界を前にして喪失感を覚えた。こうした問題を処理できる男たち、女に車の中から見ていてほしくない男たち、平然と冷静に別の男を待っている男たち。そのあいだベッシーは凍てついた地面に横たわっている。

車をUターンさせた。私道にはさらに大勢の男たちがいた――馬丁、運転手、庭師も何人か。アンディが彼らを近寄らせないようにしていたが、私道には男たちがいた、二十人以上もの男たちが。殺人を処理するのは男の仕事だ。エイミーは何て言ってたっけ？　すべての出来事は三度ある。だが男たちは三人ずつではない。男たちは――。

「ガス！」トニーが鋭い声で呼んだ。「ミス・アボットを村まで送ってくれ。ミス・マッティ・スピローグに言って、ベッドに寝かせてくれ」

わたしは、意識ははっきりしていたが体じゅうが震えていた。助手席に移るとガスが運転席に乗り込んで車を発進させた。門のそばでビルとすれ違った。ビルはわたしたちに気づきもしなかった。ガスがわたしを見た。「気分がお悪いのでしたら、膝のあいだに頭を埋めるといいですよ」

頭を低く垂れるとガスが片方の手で押さえてくれた。「そうそう、それでいいです。すぐにお家にお送りします。今朝はどの車も積み荷が満載のようです」

「クリスマスツリーの飾りものよ」とガスに言った。そう言ったあとわたしは急に泣きだした。おそらくそうするのが一番よかったのだろう。ガスは大きな手で背中を軽く叩いてくれていた。

「落ち着いて。大変なショックなのですから。ミス・マッティの下宿にお酒はありますか?」

「ないと思うわ。お酒はほしくない」

「ネルソンの店から何か届けさせましょう」と、有能な人、ガスが言った。「飲んだほうがよろしいですよ。ほしくないでしょうけど。とにかくお飲みなさい」

男の人の万能薬だ、と涙を拭いながら思った。地面で死んでいるベッシー、お酒を勧めるトニーとガス。わたしは笑い始めた、と、途端に背中を叩いていたガスの手が思い切りぴしゃりと背中を打った。わたしはびっくりして笑うのをやめ、ガスを見つめた。

「申し訳ありません、ですが、叩かざるを得ませんでした」ガスが言った。顔が真っ赤だ。「あなたにヒステリーを起こさせるわけにはまいりません。どうぞお忘れになってください。わたくし自身も少し神経が昂ぶっているようです」

「ありがとう、ガス。そうしてくれてよかったわ」

その朝のことでわかっているのはそれだけだ。ミス・マッティがベッドに寝かせてくれた。ガスがブランデーの瓶を持ってくるまで、わたしは横になったまま震えていた。ミス・マッティは立ったまま、わたしがお酒を飲むのをじっと見ていた。少しずつ緊張が解けてきて、そのまま眠りに逃れたと思う。とにかくどこかに逃れないことには。

その朝の顚末を聞いたのは何週間も経ってからだ。ベッシーは死後、数時間が経過していたとビル・スターリングは言った。遺体は動かされていなかったが、見たところ頭蓋骨が砕けているようだった。おそらく即死か、意識を失った状態だったのだろう。撃たれた形跡はなかった。

それからジムが銃口に鉛筆を差し込んで拳銃を拾い上げ、きれいなハンカチに丁寧に包んだのだろう。そして遺体に再び覆いをかけて検死官を待った。レノルズが熱いコーヒーを運んできた。何人かはコーヒーを飲んだがトニーは飲まなかった。若い検死官代理が到着したとき、現場にはまだ先ほどの男たちが残っていた。他の者たちはジムの命令に従って、分かれて凶器の捜索に当たっていた。

検死官代理の検死は短時間で終わった。彼は遺体を仰向けにした。トニーは顔を背けた。朝のまぶしい光の中、血の気のない蒼白な顔に塗られた頬紅と口紅がおぞましいが、ベッシーの表情はとても穏やかで安らかだ。「おそらく誰に殴られたのかもわからなかったでしょう」検死官代理はそう言い、立ち上がってズボンのほこりを払った。「お話しする前にもう少し詳しく調べたいと思います」

やがて殺人課の人たちが到着し、車からさまざまな機器を降ろした。あたりを片づけ、写真を撮り、何もかも調べ終えるのにかなりの時間を要した。ようやく遺体を館内に運び入れる許可が出た。

そのころにはオブライエンが姿を見せていた。いつもの自信過剰気味なところは見られなかったが、取り立てて報告するようなこともなかった。彼はいつものように朝の七時に台所のドアを出て帰っていた。車を持っていないのでカントリークラブを抜けて近道をして村に出た。そのため遺体は見ていなかった。建物の裏側からだと常緑樹の陰になって遺体は見えない。

前夜については、館が静かになったあと西棟のドアを調べたが、チェーンはちゃんとかかっていたと断言した。物音も聞いておらず、彼の知る限り、何も怪しげなことはなかった。

「ただウェインライトさんと奥さんが夕食時にけんかをしました。使用人がそんな話をしていました」

「どんなけんかだ?」とホッパー。

「わかりません」オブライエンが気まずそうにトニーを見ながら答えた。「椅子が倒れただけのようです」

検死官代理がベッシーの遺体のあとについて二階へ上がった。下りてきたとき、どうやら殺人のようだと言い、朝食をいただけないだろうかと言った。夜明けからずっと働きづめだと。ガス中毒事件があったのだ。「よくあるゴム管を使ったストーブです。殺人機器ですよ、まったく。ゴム管が抜けて、それで――」彼は肩をすぼめた。「まったく嫌な仕事ですよ」

検死官代理の朝食の盆は図書室に運ばれた。図書室にはホッパーがいた。ジムにトニー、それにビル・スターリングもいた。検死官代理がベーコンエッグを食べている横でホッパーがトニーに質問した。

「はい、けんかをしました。パット・アボットも同席していました。彼女に訊いてみてください」

トニーは口ごもった。「いまは死んでるんです。妻の話はしたくありません。かなり卑劣なことを企てていたのでけんかになりました。ですが、ぼくは殺していません」

「けんかの原因は何です?」

ホッパーは何も言わなかった。使用人専用ホールに行って使用人たちに質問した。レノルズは当たり障りのない受け答えをしたが、他の使用人たち、トーマスとスティーブンズはいともに簡単に口を割った。椅子がひっくり返って、ウェインライト様は食堂を出るときにドアをバタンと閉められました。

いいえ、お二人は仲はよくありませんでした。お部屋は別々ですし、お顔を合わされてもめったにお話しなさいませんでした。スティーブンズはさらに、ドアをバタンと閉めて食堂を出るトニーの最後の言葉を耳にしていた。こう言われました。「終わればば、きみもお仕舞いだ。ちゃんと考えてきちんとケリをつけろ。きみはお仕舞いだ」

　ホッパーはそれこそ目の色を変えて使用人たちを問い詰めていた。心地よい使用人専用ホールに陣取ってしつこく質問を続けた。かわいそうに、茫然としているパートリッジを呼んだ。それにヒルダやノーラも。それからベッシーの部屋を担当していたメイドのエセルを呼び、愛想よく微笑みかけた。

「なあ、教えてくれないかエセル、ウェインライト奥様は自分の拳銃を持っていたのかい？」

「ええ、もちろんお持ちでした。枕の下に置いてお休みでした」

「妙だとは思わないか？　他の家族もそうするのかね？」

「いいえ、されません」

「どうして奥さんはそんなことをしたと思う、エセル？　きみはなかなか観察力が鋭そうだ。ひどく怖がっているふうには見えなかったんだね」

「いいえ、ひどく怖がっておられました」ついに屈服してエセルが答えた。「奥様は本当に何かをとても怖がっておいででした。館の中でも。でなかったら、どうしてお部屋にずっと鍵をかけておられたのでしょうか」

「鍵をかけていたんだね？」

「はい。昼も夜も何週間もずっと」

　ホッパーは図書室に戻った。「もう一度昨夜の話を聞かせてくれ、ウェインライト。夕食のあとは何をしていたんだ？」

「少し仕事があって十一時まで書斎にいました。十時半にレノルズがウィスキーを持ってきてくれました」

「奥方はどちらに?」

「レノルズの話では図書室で本を読んでいたそうだ。レノルズに、妻が寝たら戸締りをするように言いました。わたしは妻を見ていない」

「ミス・アボットは何時に帰ったのかね?」

「夕食後すぐだと思います」

「あなたは十一時にベッドに入った」

「だいたいそのころです。オブライエンに訊いてみてください。二階で彼に会いましたから」

「二階に上がってからは部屋を出なかったのか?」

「ああ、絶対に出ていない」

ホッパーは黙って座っている。再び口を開いたときは素っ気ない口調に変わっていた。「つまりだ、ウェインライト。あんたは奥さんを憎んでいた。奥さんを殺したかった。奥さんの過去を調べていたとわたしは考えている。実際、調べていた。しかも調査結果が気に入らなかったんだろ」

「気に入らなかった。だからといって、ぼくが殺したことにはならん」

「殺したとは言っていない。こう言ってるんだ。あんたは別の女性を好きになった、が、奥さんが離婚に応じようとしない。うんと高額の慰謝料を要求してたんだろう。まあ彼女にすりゃ、たまたま都合のいい状況だったんだろう。どうにもまずいな、ウェインライト。あんたは奥さんを脅した、そして――」

「絶対に脅してない。ましてや体に危害を加えるなど」

「まあいい。ここは正直に答えろ。ここで三件の殺人事件が起きている。そのどれもが暴行によるものだ。確かに大勢の人間がドン・モーガンを殺したいと思っていた。あんたの母親を殺したかったのは誰だ？　すまない、だがそこに戻らざるを得ないんだ。彼女の遺言書を見ろ。あれで誰が得をする？　使用人はほんの少し。エリオットは二万ドル、あいつにとっちゃ、そんなのははした金だ。パット・アボットは五千ドルとブレスレットだ。だが彼女は受け取れることすら知らなかった。慈善事業にはたくさん寄付されるが、セントマーク教会の牧師が、教会に新しいオルガンがほしいからといって犯罪を犯すとは思えん。ふざけてるんじゃないぞ。

いいだろう。あんたの奥さんには一ドルだが、奥さんはあんたを当てにしている。そのあんたは全財産を手にする」

「だから母を殺したっていうのか」トニーはくぐもった声で言った。「母親も妻もだと！　断じて殺していない――」

トニーはホッパー刑事に飛びかかったが、寸前でジムが抑えた。「やめろ、トニー。そんなことをして何になる？　状況が悪くなるだけだ、おまえ自身を含めてな」

ホッパーは平然としている。「わたしは質問してるだけです。本当のことを話してくれればあとの面倒がうんと省けるんです。奥さんは、殺されるかもしれないと恐れるような何かを知っていたのですか？」ホッパーはニヤリとした。「よし、少しのあいだ、あんたがやったって見方を捨てるよ」彼はそう言った。冷たい口調ではなかった。「奥さんが怖がっていたのがあんたでなくて、他の誰かだとしたらどうだ。そいつが誰だか見当がつくか、あるいはその理由が？」

「いや。ただ、この館ですでに二件の犯罪が起きている。女なら誰だって怖がるはずだ」

彼らはトニーへの質問を打ち切った。ジム・コンウェイは署長室に戻ってまだ届かない外電を待ち、ホッパーは怒り狂っている地方検事と向き合った。

「ストダードに対する裁判にまた一つ穴が見つかったようですよ、検事」ホッパーは事実を詳しく説明してそう言った。「途中で被告側の弁護士たちとすれ違いましたよ。猛スピードでビバリーに向かっていました。連中が起訴を無効にしたらどうするおつもりなんです?」

「今度の殺人事件がストダードと何の関係があるんだ? トニー・ウェインライトは妻を殺したかった、だから殺した。簡単なことだ」

「殺すにはなんともまずい場所ですよ、検事。自宅の玄関口なんて。もっとよさそうな場所が他にもたくさんあるでしょうに」

「墓地とか」スチュアートが鼻で笑った。

第37章

その日何が起きていたのか、まったく知らなかった。トニーが二度電話をかけてきてミス・マッティに具合を尋ねてくれた。だが、回廊邸《クロイスターズ》でドワイト・エリオット、ブランダー・ジョーンズ、そしてトニーが開いた会議のことも、検死解剖のことも知らなかった。推測どおり、ベッシーの死因は頭部への殴打によるものだった。小型拳銃から指紋が採取されたが、ベッシー以外の指紋はなく、発砲もされていなかった。西棟のドアノブには彼女の指紋が付いていたが、レノルズのも付いていた。何げなく外に出たところをいきなり襲われたようだ。

夕方六時までに得た情報はもっぱら新聞からだ。当然ながらでかでかと書き立てていた。〈回廊邸で第三の殺人〉〈若き富豪の妻、殺害される〉が主だったところだ。どれも声高にトニーを非難していないものの、夫婦仲が悪かったとほぼ全紙が書いている。あとで知ったのだが、ジム・コンウェイは記者たちを署長室に呼びつけて率直に手の内を明かした。

「正直に言う。誰がやったのかわからない。誓って言う、わからないんだ。地方検事局の連中にしても同じだ。凶器が見つかっていない。逮捕は近いとあんたらは言うが、誰が犯人なのかおれには見当もつかない。こんなことは書く必要ない。もっともビバリーに新しい警察署長を迎えたいのなら話は別だ。ともあれ、それが現状だ」

ジムは記者たちをホテルに連れていき、ジンジャーエールを注文した。それには記者たちの誰もががっかりしたが、ジムがボトルを出すと機嫌を直した。

「本当のことを言ってくれ、署長。手掛かりはないんですか？」

「ない。あんたらが凶器を探したらどうだ？　誰がやったにしろ、遠くまで持っていかないだろう」

ジムのその言葉で、騒々しい若い新聞記者たちが一団となって森や溝、さらにはカントリークラブの敷地までも探し回った。日暮れ前に一団の一人が署長室に戻ってきた。黄色い紙に何かを丁寧に包んで抱えている。記者は包みを広げると、どうです、と言わんばかりに一歩後ろに下がった。

「遊戯場事件の現場裏の溝で見つけました。凶器じゃないですか？」

凶器のようだがきれいに拭き取られている。ジムはそいつに視線を向けた。ブロンズの仏像でとても重いものだ。出どころにピンときたが顔には出さなかった。

「以前に見たことは？」ジムをじっと見ながら記者が訊いた。

ジムはニヤリとした。「こんなものはそこらじゅうにある。最近じゃ、でっぷり太った仏像なんてどこの家にでもあるだろ」

「これは回廊邸のものじゃないんですか？　中国の間がありますよね？」

「中国の間がなくてもこんな仏像はあるさ。おれだって二体持ってるぞ。ブックエンドだ」相手がニヤリとするのを見ながらジムが付け加えた。「なんなら行って見てみろ。二体ともまだ棚に載ってる」

ジムは一人になるとレノルズに電話をかけ、レノルズは部屋付きのメイドを呼んだ。再び電話口に出たレノルズの声から緊張感が伝わってくる。

「一体なくなっています。メイドはどこにあるのか知りません。ここ数週間ほど見ていないと言っています。部屋は物でいっぱいですので、それにときどきあちこち動かしたりもして」

その夜ジムはかなり意気消沈していた。彼には彼なりの推理があった。なかなかいい線いってると思っていたのに、ベッシーの殺害はどこにもピタリと収まらない。抱えているのは二つのタイプの事件で、一件、いやおそらく二件は冷酷に計画された殺人だ。ベッシーのは激しい怒りや恨みによる衝動的な殺人という気がした。だがいまとなっては仏像のことを隠しておくわけにはいかない。若い記者が目を輝かせてすでに記事を書き始めている。

ジムはホッパーに電話をかけて状況を知らせた。「出どころは間違いない。執事とメイドをここに呼んで物を見せた。二人は仏像を確認した」

「何か付いていていたか?」

「いや。きれいなもんだ、すべて消されている」

ホッパーはしばらく誰かと相談していた。ほどなく電話口に戻った。「ウェインライトを連れてこい。地方検事が話をしたがってる。とにかくその何とかいう男を連れてこい。ただし、本人には何も言うな」

また同じことの繰り返しだ。最初にビル、次にジュリアン、そして今度はトニー。ぎらぎらする強烈な同じ照明、煙がもうもうと立ち込める同じ部屋、交代で質問する同じ連中。トニーは疲れていた。弁護士の同席を望んだが、何点かはっきりさせたいだけだと言われた。ついに連中がトニーの前に仏像を出して見せたが、トニーはろくに見ていなかった。

「これを見たことがあるかね、ミスター・ウェインライト?」

そう言われてトニーは像を見た。「館《やかた》のもののようだが。わからない」

「館のどこのだ?」

「中国の間のじゃないかな。どこにでもあるものだ」

「昨夜きみがそいつを手にしていたんじゃないのか、奥さんがドアから発見場所に出たときに?」

トニーは体を硬くした。「そいつが凶器なのか?」

「われわれはそれをお尋ねしているんですよ、ウェインライトさん」

トニーがそこで崩れる、連中がそう期待していたとしたら、さぞやがっかりしたことだろう。連中はトニーに結婚は間違いだったと認めさせた。トニーはさらに、ニューヨークの私立探偵事務所にベッシーの経歴を調査させたことも認めた。そんなことはしたくなかったが、ベッシーが母親の信用を傷つけるようなことを知っていると言い張ったからだ。毒をもって毒を制す必要があった。

「きみの母上について奥さんが知っていることは何だったのかね?」

「あいつが何を知っていたっていうんだ? 母を知っていた者なら誰も、母が一度たりとも悪いことなどしていないことを知っている」

連中はトニーを重要参考人としても拘束しなかった。短期間にせよ、トニーを拘束することはできないとわかっていた。その夜トニーを帰宅させた。正確にはもう朝で、トニーとジムは車でビバリーに向かった。珍しくよく晴れた冬の夜明けで、空気がさわやかですがすがしかった。疲労困憊のあまりトニーは途中で眠ってしまった。ジムが回廊邸の私道に入って速度を緩めると目を覚ました。

「着いたぞ、トニー。ベッシーが知っていたことが何かわかってるんだろ?」

「いや、わからない。あいつはぼくが知っていると思い込んでいたのかもしれん」

「だから部屋に鍵をかけて閉じこもったのか?」

「だから部屋に鍵をかけて閉じこもった」とトニーはそう言うとぐったりした様子で車から降りた。

その朝回廊邸へ行った。トニーとドワイト・エリオットがいたが二人には会わなかった。だが、行ってよかった。使用人全員の士気がひどく下がっていたのだ。パートリッジはベッドに入ったままだし、厨房ではピエールがキッチンメイドたちをナイフで脅し、メイドたちは悲鳴を上げながら逃げ回っている。銀器は磨かれておらず、火床の灰はそのままで、漠然とした不安とやる気のなさが館全体に蔓延していた。

すぐさま全員を集めて率直に話しかけた。仕事を続けるのか、それとも荷物をまとめて出ていくのか、それが話の要旨だ。驚いたことにそれが功を奏した。彼らには指示が必要で、わたしがそれを与えたのだ。だが何の権限もないのに、面と向かって二十人余りの使用人を厳しく叱りつけた者ならわかるだろうが、終わると同時にわたしは力が抜けてふらふらになってしまった。

その日の昼食の盆に、ピエールがまるまるとした小さなウズラをなんと一羽丸ごと載せてくれた。ピエールの気持ちを汲み、和平の申し入れと受け取って、そのウズラをいただいた。とは言え、しばらくは食べ物のことを考えるだけで吐き気がした。

誰もわたしたちのこの謎の物語が終わりに近づいていること、あるいはその日ジム・コンウェイが外電を受け取って罠を仕掛けたことを教えてくれなかった。市の死体安置所の死体が事件解決に一役買ったこと、その夜かなり遅い時間にわたしがマージェリー・ストダードと話をすること、そしてその一時間か二時間後にわたしがオブライエンを撃って、すんでのところで彼を死なせるところだったことも。

その日は忙しかった。クリスマスパーティーを中止するよりはと思い、リーランド牧師に電話してパーティー会場を牧師館に変更してくれるよう頼んだ。となれば、プレゼントやツリーの飾り物をステーションワゴンで運ばなければならない。館と牧師館とを何度も往復してようやく舞踏室が片づいた。帰る前に化粧室に行って手を洗った。化粧室を出ると西ホールにエリオットがいた。相変わらずこぎれいにしているが疲労の色がにじんでいる。飲み物を頼みましょうかと声をかけた。

「そうだな、一杯もらおうか。今回のこの騒ぎだ——きみも飲みたまえ、ミス・アボット。かなり疲れているようだ」

「わたしたちみんなそうなんじゃないですか？」

二人で図書室の暖炉の前に座り、エリオットがトニーの立場について少し話してくれた。心配そうだったが口調はいつものように素っ気なかった。トニーは分が悪そうだと言った。けんかがまずかった。仏像のこともある、それに——。

「仏像って？」

彼の説明を聞いて胸が締めつけられた。その仏像ならよく知っている。中国の間の戸棚の一番上に置いてあったやつだ。腹を立てた男がすぐ手で摑めるところに置いてあった。わたしはなおも言いつのった。

「いったいなぜベッシーは拳銃を持って外に出て、トニーに会ったのでしょう？　彼はあの晩ずっと館の中にいたのに」

「警察では、殴られたときに外にいたのかどうか、まだはっきりとわかっていない」

恐ろしかった。妙な耳鳴りがした。警察は、トニーがベッシーを待ち構えていて、殴り倒したあと運び出して冬空に放置したと見ていた。外にベッシーを残して遊戯場のほうへ行き、仏像をきれいに拭って、仮に発見されるにしても、春まではまず見つからない場所に隠した。

「でもなぜ？」わたしは尋ねた。「どんな理由でトニーが？　トニーは離婚するつもりだった。殺す必要なんてなかったわ」

エリオットは言い淀んだ。「トニーはもちろん腹を立てていた。それは別として――まあそのうち耳に入ることだ。ベッシーはわたしに言ったんだ、それにトニーにも言ったと思うが、母親についてあることを知っていると。トニーはずいぶんと我慢してきた。そう簡単には受け止められまい」

自分もトニーもそのあることが何かは知らないとエリオットは言った。それはベッシーの秘密で、最後まで明かさなかった。「おそらくは彼女の病んだ心の産物だったのだろう」そう言うとエリオットは帰ろうとして立ち上がった。「ベッシーときみは秘密を打ち明けるような仲じゃなかったと思うが」

「ええ。怖いとは言ってたけど、理由は教えてくれなかったわ」

「彼女の書類を調べたんだがね。請求書はたくさん残っていたが、重要なものは何一つなかった。秘密が何にしろ、仮にあったにしろ、彼女とともに消えてしまった」

エリオットと一緒に外に出た。少し元気になったようだ。ウィスキーのおかげと、たぶん話をしたからだろう。ところがアクセルを踏む前に彼は、いまのはあくまでも内々の話だからと念を押した。

「言うまでもないが、警察が飛びつくだろうからね」

わたしは頷いた。きちんとして気品があり、もったいぶっている彼の姿がいまも目に浮かぶ。あの大きな車を発進させて、車が走り出すとゆうゆうと手を振っていた。

生きている彼に再び会うことはなかった。

それが十二月二十二日、金曜日のことだ。ベッシーは水曜日の夜に殺された。警察の求めで死因審問が一日延期され、土曜日の朝に設定された。ビバリーの署長室でジム・コンウェイはまだ海外からの電報を待っていた。しかし何もしてなかったわけではない。ジムは市警の刑事部のホッパーに連絡をとった。その結果、目立たない男がクリスマスツリーの小さな積み荷をリディアの家の向かいの空き地に降ろし、ビル・スターリングにつきまとっていた例の小柄な刑事がまた戻ってきて、ワトキンズ夫人の怒りを買っていた。

「ここで何をしてるんだい？」

「先生を待っているんだ。風邪を引いてね。元気だったかい？」

「あんたがいなくなってからすこぶる調子がいいね。あんたの汚い仕事でここに戻ってきたんなら、出てっておくれ。あんたにはいてほしくないんだよ」

だが彼は帰らなかった。一度台所に入ってきて、「いい匂いだね、ミンスパイじゃないのかい？」と物欲しそうに尋ねた。

「そうだがね」ワトキンズ夫人がぴしゃりと言った。「匂いならたっぷりお嗅ぎ。あんたには匂いだけしかやらないよ」

その日の夕方六時ごろ会議が開かれた。署長室ではなくジムの自宅で。男たちは離れた場所に車を停めて、次々と家の中に入った。ジムがいて、トニーやオブライエンもいた。ホッパーまで来て、しばらく参加して荷物部屋で見つかった鍵箱を置いて出ていった。七時に散会したが、家を出るときも男たちは、人目を盗んでカチカチに凍った地面をそっと歩いて、それぞれの車でヒル街道を登っていった。トニーだけは真っすぐ回廊邸に向かった。他の者たちは、一、二台はカントリークラブの敷地に、数台はストダード家の屋敷から離れたところに、さらにはアール邸の敷地にも車を停めた。

こんなことは何も知らなかった。知っていたらおそらくは人一人の命が助かっていただろうに。それにきっと、冬のあいだ小柄なオブライエンが病院で過ごすこともなかったろうに。

第38章

その夕方わたしは帰るところだった。エリオットを見送って上着と帽子を取りに戻ったとき、図書室の電話が鳴った。驚いたことにマージェリー・ストダードからだ。「あなたなの、パット？　よかった、まだいてくれて。少ししか時間がないの。看護婦は階下でお茶を飲んでるわ。パット、どうしても会いたいの」

「いつ？　いまなら行けるわよ」

「いまじゃなくて。誰にも知られたくないの。今夜来てちょうだい。頭がおかしくなりそうなの。それと車は使わないで。歩いてきて。誰にも知られたくないから」

「夜勤の看護婦はどうするの？」

「いないわ。解雇したの。あまり早い時間には来ないで。家の中が静かになるまで待ってくれる？十一時より早くは駄目。できればもっと遅くに」

「この前そうしたときは、とんでもない貧乏くじを引いたわよ！」

「今度は大丈夫。約束するわ。あれは間違いだったの」

「まさか、あなた――」

「今夜すべて説明するわ」マージェリーが早口で言った。「看護婦が来るわ。サンルームにいるから。

ドアは開けておく」そう言うなり電話を切った。

不安で落ち着かなくて電話のそばに立ち尽くしていたのを憶えている。ベッシーのことがあってからは夜に一人車でヒルに来たくなかった。この前の農園《ファーム》での出来事もあり、気が進まなかった。マージェリーはあの出来事を知っていて間違いだと言った！　だが知っていたのなら、他のことも、知るべき何かを知っているのかもしれない。第一、彼女はこの事件に深く関わっている。ジュリアンが裁判を待っている。ジュリアンは市の留置場にいて弁護士と面談し、地方検事局が彼の周りに張り巡らした状況証拠のクモの巣を引き裂こうとしている。

ふと妙案が浮かんだ。今夜は帰らないでおこう、マージェリーに会う時間まで二階の以前のわたしの部屋にいよう。できないことはない。部屋は閉まっているがいつでも使える状態に整えられている。となると夕食は抜きとなるが、このところあまり食欲がなかった。ただ、車のことはガスに伝えておかないと。

西棟のドアの鍵を開けてガレージに行った。夜勤の運転手が一人いたがガスの姿はない。その運転手に今夜は回廊邸《クロイスターズ》に残ると伝え、見られないようにそっと車から自動拳銃を取り出した。上着の下に拳銃を隠し持つと安堵感が広がった。ガレージからの戻り道はなんとなく気分が軽かった。館内の使用人はわたしは帰ったと、ガレージでは残っていると思うだろう。

誰にも見られずに戻れた。使用人専用ホールは食事の時間で館《やかた》に人けはない。難なく二階に上がって自分の居間に入った。ところが十一時までの長い時間にまで考えが及ばなかった。そのうえ厄介なことに、そこらじゅうで聞き慣れない小さな物音がするような気がした。一度そうした音がはっきりと聞こえたのでドアを開けて廊下を覗いたが、オブライエンが階段のほうへと歩いているだけだ。わたしには気づかなかった。

十時には煙草が切れた。煙草を、あるいは本か何かを取りに階下にいく勇気はない。怖くてとても座ってなんかいられない。最後の一時間はもうどうしようもなくて、爪を噛みながら部屋の中を歩き回った。

ところが一旦館の外に出ると少し気持ちが落ち着いた。懐中電灯は必要なかった。かすかな星明かりの中、葉の落ちた樹木の下を小径が細い黄色い糸のように続いている。上着のポケットに拳銃を入れていたが何も起こらなかった。農園の家は真っ暗だ。マージェリーがサンルームで待っていた。ドアを開けてくれ、わたしが中に入ると腕を回してきて、この地上での最後の頼みの綱と言わんばかりにわたしを抱きしめた。

「泣いてないわよ。もう涙は枯れてしまったわ、パット」

「座って。震えてるじゃないの。いったい何事なの、マージェリー?」

「父のことなの。正確には継父なんだけど。パット、どうしたらいいかわからないの」

「あなたのお父様ですって?」わたしは愕然として尋ねた。「その人がどうかしたの? その人は誰なの?」

「エヴァンズよ。エヴァン・エヴァンズ。継父《ちち》は正気を失っていると思うの」

身じろぎすらできなかった。驚きのあまり言葉が出ない。つまりはエヴァンズが殺人者だったのか。マージェリーは間違いなくそう思っている。寝室から持ってきた毛布にくるまり、暗闇の中に座ってマージェリーは話してくれた。緊張のせいか声がかすれている。

「継父はドンを憎んでいたわ。わたしが彼と駆け落ちしたあと、もう一度見かけたら殺してやると言ってた」

「だけどモードは？　それに今度はベッシーもよ？　自分の言ってることがわかってないわ、マージェリー」

「いいえ、わかってるわ」彼女は頑として言い張った。「継父はドンが死んでからずっと変だった。最初はジュリアンが殺したと思い込んでいるからだと思った。でもいまは――」

エヴァンズは、わたしがドンから受けた仕打ちを絶対に許していなかった。わたしが戻ってきてジュリアンとめでたく結婚してもずっと恨みを抱いていた。だけど、わたしのことはいまでも大事に思ってくれている。わたしとジュリアンが回廊邸を辞めさせようとしたけど拒否した。以来ずっと、ジュリアンは継父に毎月百五十ドル渡している。だけど継父にはお金なんてどうでもよかった。そのお金を娘たちのために銀行に預けてくれている。

「継父のことを恥ずかしいとは思ってないわ。母が亡くなってからも継父はずっとわたしによくしてくれた。わたしは家を離れていたのに。でも継父だとわかったら昔のドンとわたしのことが蒸し返されるかもしれない。継父は幸せだったわ――継父なりにね――それに満足そうだった。だから一人にしておいたの」

継父は娘たちが好きだった。ときどき会いに来てくれた。娘たちは彼が誰なのか知らない。だけど継父はちょっとしたプレゼントを用意して屋敷のあちこちに隠しておいた。娘たちは妖精からの贈り物って呼んでる。誰からのプレゼントなのかまるで知らない。

「それなのに夏の始めに継父は変わったわ、パット。どこかでドンを見かけたのだと思う。あいつが姿を見せたら殺すってまた言ったわ。ドンと話をしたのかもしれない。わたしにはわからない。二人は顔見知りよ。何年も前、わたしがドンと付き合ってると知ったとき、継父はドンのところに行って脅した。それもあってわたしたちは外国へ行ったの」

だがドンがビバリーに戻ってきて状況が深刻になった。ジュリアンは眠れなくなった。夜に歩き回ってどうすればいいか思い悩んだ。そんなとき殺人事件が起きて、ジュリアンはエヴァンズがやったと思い込んだ。

「継父は否定したわ。逆にジュリアンがドンを殺したんだろうとまで言った、いい厄介払いができてせいせいしたって！　恐ろしかったわ」

それはともかく、ドンが殺されたからには継父を逃がさないと。ジュリアンは夜、彼を病院から抜け出させて、所有する川向こうの家へ連れていった。銀行から預金を引き出して——現金で三千ドル——逃げるように勧めた。だけど継父は逃げなかった。ときどきわたしに電話をかけてきたけどまるで別人だった。あるときなんか、精神障害者がうろうろしてるという噂を聞いても心配するなと言った。

「それがあの墓地の出来事よ、パット」マージェリーはそう言って体を震わせた。「あれはジュリアンの嫌疑をそらそうとして継父がやったことなの」

二人はエヴァンズのためにできる限りのことをした。彼は車はいらない、自転車がいい、人目に付きにくいからと言い、ジュリアンが一台用意した。そのときはマージェリーもジュリアンも、ドンを殺したのはエヴァンズだと信じ込んでいた。だが警察へは突き出さなかった。ところがモードが死んで二人は混乱した。「継父は継父なりにモードが好きだった。殺したりするはずないわ、パット。そして今度はベッシーだなんて！」

最初のうちはどうにかエヴァンズのことを隠しおおせた。墓地の件から、彼が精神的に不安定になっていると思った。「継父を逮捕して何になるの？　逮捕なんかされたらきっと死んでたわ。それにわたしにはよくしてくれた」

　だけどついに捜査の手が迫ってきた。ある日食料品を買っている店の主人が自分をじっと見ているのに気づいた。その夜、彼は逃げた。もういい歳よ。怖かったと思うわ。ここ、ヒルに来てアンディ・マクドナルドの車を借りた。そして州の警官に追いかけられた。警官のバイクにぶつけて制服を奪って時間を稼いだ。

「あの夜、継父がその制服をここに持ってきたの、パット。犬小屋の裏に埋めてあるわ」

　だがマージェリーは、エヴァンズは少なくともいまは安全な所にいると言った。ドンを殺したことは頑として認めないが、裁判でジュリアンが不利になるようなら認めるかもしれない。反対に、遊戯場で自分を殴って鍵を奪ったのはドンだと断言した。

「エヴァンズとはいざというときにすぐ連絡がつくの？」

「ええ。あのコナーに連絡して洗いざらい話したの。あの人がいる下宿屋で部屋を借りてるわ。彼女の兄だということにして」

　マージェリーと空のプール近くに座っていた夜に襲われたときの説明を聞いて、わたしはなかなか立ち直れなかった。あの夜、エヴァンズは敷地内にいて、わたしの話を聞いていたのだ。

「あのとき継父は正気を失っているって思い始めた。継父がいたことは知らなかった。だけどあとで認めたわ。だって、あなたがわたしのことを話せば、ジュリアンか継父のどちらかが死刑になるもの。本気であなたを殺すつもりだったと思う」

　ところがベッシーが死んで、マージェリーはわたしを呼ばざるを得なくなった。

エヴァンズは夜にやってきていた。暗くなってから自転車で川に行き、ボートを漕いで、農園までは歩いて登ってきた。裏道は知っている。マージェリーが恐れたのは、エヴァンズが来たときに一度、ベッシーの恐喝について話してしまったことだ。

「いまにも発作を起こすんじゃないかと思ったわ。額の血管がふくれあがって、顔が紫色になって。『あのあま。あいつがおまえに面倒を起こしたらただでは済まさん』って言ってた」

「エヴァンズに殺せるはずないわ、マージェリー。館の中に入らない限り」

仏像のことも話したがマージェリーは納得しなかった。エヴァンズは回廊邸のことなら隅から隅まで知っている。彼だけが知る、中に入る方法があったのかもしれない。

わたしたちは暗闇の中で座っていた。一度マージェリーが煙草に火をつけ、その明かりで彼女の顔が見えた。やつれていて、追い詰められてこの世に何の望みもないといった顔だ。

「主人か継父か、パット、どうしたらいいの？」

「ジュリアンは絶対に殺していない。それは間違いないわ」

「何も証明できないのよ。もし継父の頭がおかしいのなら——きっとおかしいわ——自白しても、そんなの役に立たないでしょ？」

ただ一つ思いついたのは、ジム・コンウェイに何もかも打ち明けることだ。ジムはジュリアンが有罪とは絶対に思っていない。ジムなら何か解決策を見つけられるかもしれない。マージェリーは考えてみると約束してくれた。

館へ戻るときは自動拳銃の安全装置を外して手に持った。戻る途中で半分正気を失ったエヴァンズになんて会いたくない。帰り道は恐ろしかった。空がどんよりしてきて懐中電灯を使わざるを得なかった。まるで懐中電灯の光で小さな黄色い穴を開けながら暗闇のトンネルを歩いているみたいだった。その半マイルばかりの小径は本当に怖くて苦しかった。というのも、三分の一も行かないうちに誰かがあとをついてくるのに気づいたからだ。後ろに誰かいる。

もう疑いの余地はなかった。誰かが――たぶんゴム底の靴を履いている――わたしを尾行している。凍った地面を踏む革靴のあの鋭い衝撃音ではない。柔らかな規則正しい音だ。追い詰められたネズミよろしく、わたしはくるりと向きを変えて懐中電灯の光を小径に向けた。何者かが素早く木立のあいだに隠れた。が、それさえわかれば充分だ。残りの道をいまだかつてないスピードで突っ走った。尾行されていることにかすかな疑問があったが、小径を離れて回廊邸の芝生に飛び込んだときには確信に変わった。尾行者が誰にしろ、そいつはまだ小径を走っている、それも猛スピードで。

が、尾行者はそこで止まったようだ。わたしはすぐさま前もってチェーンを外しておいた東棟のドアに向かった。どうにかドアの鍵を開けて中に滑り込んだ。息をはずませ、震えながらチェーンをかけるとホールの椅子に座り込んではあはあと喘いだ。どこもかしこも静まり返っている。静寂を破っているのは自分の激しい息遣いだけ。メインホールにはいつもの薄暗い明かりが灯っている。どうにか勇気を奮い起こして立ち上がった。まだ震えていた。寒いうえに気も動転していた。

ふと思い出した。夜にはオブライエン用に魔法瓶に温かいコーヒーが入っているはず。懐中電灯を使って厨房に入った。厨房はいつものようにきれいに片づいている。ホテルでも使えそうな長いピカピカのコンロ、壁近くに並んで光っているピエールの真鍮のやかん。オブライエンの軽食の盆があった。コーヒーを注いで魔法瓶を手にしてふと見ると、使用人専用ホールのドアが開いていて明かりがついている。ドアまで行って中を覗いた。なんとオブライエンがカウチで寝ているではないか。

熱いコーヒーを振りかけてオブライエンの目を覚まさせ、仕事に戻らせて、わたしをつけてきた者を探しに行かせよう。が、違う。オブライエンではない。毛布を丸めたものに別の毛布をかぶせ、頭に当たる部分を枕に埋め、もう一方の端に靴を突っ込んだ人形だ。その人形を見て怒りのあまり体が震えた。私用で外出しているに違いない。朝にはいつものあの横柄な態度でわたしの前に現れるつもりだ。

「ええ、確かにほんの少し仮眠を取っていました。あなたもやってみたらどうです。この屋敷にいるとどうにも気が滅入るので」

「ここにいなかったじゃないの、オブライエン」

「ちょうど外を見回っていたんですよ。毛布を丸めた人形は昔からよくある手です。泥棒が覗いて、おれがいると知って逃げ出すんだ」

いずれにせよオブライエンがどこかにいるかもしれない。懐中電灯を手に一階の部屋を一つずつ見て回った。オブライエンはいなかったが小さな物音がして飛び上がった。寒い夜だから館そのものが軋んだり音を立てたりしている、そう考えようとしたがどうにも耐えられなかった。息を切らして階段を駆け上がって自分の部屋に戻った。大声を上げてトニーを起こして警察を呼びたい、それとも館を飛び出して丘を下り、ミス・マッティと一緒にベッドに潜り込みたい、その二つの思いに気持ちが揺れた。周りで恐ろしい物音がする部屋でじっと立っている以外、それに巻いた毛布と靴だけのオブライエン以外なら何でもする。

ポケットからジムの自動拳銃を出したのを憶えている。上着を脱いで、拳銃を手にしてベッドの縁に座ったのも。わけがわからなくて、ただただ怖くて怯えている子どものような心持ちだったのも憶えている。と、また音がした。間違いない。ためらうような小さな音。まだ聞こえる。頭上の荷物部屋だ。

もうどうにも耐えられなかった。できるだけ足音を立てないようにホールに出て、トニーの居間のドアを開けた。部屋は暗かった。寝室も暗かった。トニーを起こそうと真っすぐベッドに向かった。トニーはベッドの中だと思ったが、人の体だと思ったものは寝具をかぶせた枕だった。オブライエンみたいなことをして、と馬鹿なことを考えた。オブライエンみたいなことをして。

しばらくその場に突っ立っていたと思う。膝がガクガクして心臓がどくんどくんと跳ねた。そのときいくらか理性が戻ってきた。荷物部屋にいるのはトニーだ、おそらくトニーとオブライエンの二人だ。ホールに戻って耳を澄ませた。上の階はしんとしている。緊張がほんの少し和らいだ。と、聞こえた。エレベーターが昇ってくる。

たちまちパニックに陥った。トニーが荷物部屋にいるなら危険を知らせないと。誰かが暗いかごの中にいる、またしても死をもたらしにくる。

憶えている。三階への階段を駆け上がって荷物部屋のドアに走ったこと。誰かに摑まれて、口に手を押し当てられたこと。大きな銃声がして、わたしを摑んでいた両腕が離れたこと。わたしは床に倒れたが、倒れたのはわたしだけではなかった。一瞬にして館中が混乱状態に陥った。誰かが一階で叫んでいる。十人あまりの男たちが荷物部屋からどっと飛び出してきて、ホールをエレベーターに向かって走った。どこかで強烈な明かりが放たれた。立ち上がろうとした。が、立ち上がれなかった。そばで男が倒れてうめいている。

男はオブライエンで、しかもその胸を撃ち抜いたのはこのわたしだった。

第39章

ジムが会いにきてくれるまでの三日間、わたしはミス・マッティの下宿で床についていた。トニーの話と新聞紙面から、あの夜、ジムたちが追っていた殺人犯が罠にかかり、エレベーター内で自殺したことを知った。だがトニーは詳しく話してくれなかった。

「あれはジムの説だ。ぼくにはまだよくわからない。少し待っててくれ」

トニーは長い時間わたしと一緒にいてくれた。重病だからというわけではない。わたしは神経性ショックを受けて弱っていたし、ショックを受ける前は何週間もずっと緊張状態が続いていた。エイミー・リチャーズはそばに立って、ネズミなんていやしないのに、利口な猫なら穴の前で待ち構えたりしないと言った。

「鎖骨と肋骨が透けて見えそうよ」と小馬鹿にしたように言った。「トニー・ウェインライトはあんたの何を見てのぼせ上がっちまったのかしらね。さあ、クリームシェリーよ、お飲みなさい」

エイミーは回廊邸《クロイスターズ》での最後の夜のことを聞きたくてうずうずしている。というのも、このわたしも新聞ネタになっていたのだ。〈警察官、重傷を負う〉〈動転した女性、警備員に発砲〉トニーがやめさせるまでエイミーは新聞の見出しを読み上げ続けた。

「いいかげんにしろ、エイミー」彼はにこやかに言った。「ぼくのガールフレンドを一人にしてやってくれよ」

「あなたのガールフレンドなの？」

「ぼくのだよ、赤あざも何もかも全部」

「赤あざですって！　この人にそんなものないわ、教えてあげる。この人の肌は誰よりもきれいよ」

「おいおい」とトニーが言った。「少しは慎みってものがないのかい。あれやこれやお喋りして。散歩にでも行ったらどうだ」

以前のトニーが戻ってきている。笑みを浮かべて、わたしを喜ばそうとしていろいろな品を持ってくる。曲を奏でる煙草入れ、ビルとクーと名づけたボタンインコのつがい。二人とも、いまだにどっちがどっちだか憶えられないでいる。それに部屋を花でいっぱいにしてくれた。回廊邸の温室の花ではない。館《やかた》のことが気になったが、ようやくジムが説明してくれた。

その日、どことなく満足げな顔のジムが一人でやってきて、オブライエンは快方に向かっていると教えてくれた。

「完治までには時間がかかるな。あれは大きな銃だ、パット。だがあいつはおまえさんを恨んじゃいない。あいつにはわかっている。それでもだ、もしおまえさんがあと十分早く撃っていたら、いやそれより遅くても、何もかもぶち壊しになってたんだぞ」

あらましを話すのにそう時間はかからなかった。二人でモードの古いトランクを開けたあと、ジムは多くのことを知った。それより前、モードの正式な死亡通知を見たときから疑いを持ち始めた。通知を切り取って調べた。「ジェシカ・モード・ウェインライト、故ジョン・C・ウェインライトの未亡人」そう、モードの名前はジェシカだった。そしてドン・モーガンの胸には皮膚をはぎ取った傷痕があった。

「疑問に思い始めたんだ。ドンはずいぶん前に刺青をはぎ取っていた。が、なんの意味もなかったのかもしれん。Ｊで始まる女の名前なんていくらでもある。ある日トニーにあいつの父親の話をしてもらった。あいつは父親のことを憶えていなかった。戦死だ、早くにカナダ軍と戦地に行って帰ってこなかったと言った。本当に戦死だったのか。五年後モードはジョン・Ｃ・ウェインライトと結婚した。ドンがまだ生きているのなら、それはモードが犯した過ちだ。七年待つべきだったのに待たなかった。ほんのわずかな可能性でしかなかったが、考えてみろ、ドンがエヴァンズを気絶させて鍵を奪ったのは明らかだ。彼は何度も回廊邸に侵入した。挙げ句にそこの遊戯場で殺された。何か理由があったはずだ。もちろん理由はあった。それがまさに物語なんだよ。

ドン・モーガンはモード・ウェインライトの最初の夫だった。そこへ持ってきてモードの二度目の結婚は合法ではなかった。

もちろんおれは知らなかった。荷物部屋で彼女宛のドンの手紙を見つけるまではまだ推測の域を出なかった。そこで、保管されている納税証明書の一部と照合してみた。同じ筆跡だった。すぐさまある図式が浮かんだ。

少し話を戻そう。八月のある日モードが市内に行く。ジョン・Ｃは死んでしまったが、それを別にすればモードはぬくぬくと暮らしている。トニーもいる、金もたんまりある、友だちもいるし何でも持っている。車に乗っているとそばの通りにモーガンがいた。モーガンがモードを見る。モードがモーガンを見る。モードは車内で身を屈めるが、モーガンは車のナンバープレートの番号をメモし、車両登録局に問い合わせて彼女がどこの何某か知る。

モーガンは頭に血がのぼったに違いない。哀れな奴だ。六月におまえさんが見た遊戯場の窓にいた男が奴なら、おそらく一目オードリーを見ようとしてたんだろう。だが元女房はいまやジョン・C・ウェインライト夫人で、スキャンダル雑誌がトニーとオードリーは互いにうんぬんと書き立てている。二人は腹違いの兄と妹だ。二人はそのことを知らない。

おまえさんはモーガンを知っていただろ。女のことを別にすれば奴は悪い男ではなかった。が、とんでもない窮地に陥っていた。モードの暮らしを台無しにしたくはないが、どうしても会う必要がある。会おうとするものの、最初は病気で寝ていたし、電話では話せないうえ、秘書がいて手紙を開封してしまう。

彼は市内に滞在してレンタカーを借りた。夜に回廊邸の周辺をうろつくがどうしても会えない。ついにエヴァンズを殴り倒して鍵を奪う。あとは知ってのとおりだ。もちろんエヴァンズの仕事のことは知っていた。なにしろエヴァンズの娘と駆け落ちしたんだからな！

ようし。仮にそうだとしてもだ。じゃ誰が奴を殺したんだ？　こういった事情だったとしても、まず間違いなくトニーはそうした事情を知らない。知っていたとしても、あいつは自分の父親を殺すような男じゃない。だとしたらどうなる。モード・ウェインライトが殺したのか？　殺したのかもしれん。そのモードはといえばウェインライトの金で何不自由なく暮らしている。おれの推理が正しければ、彼女にそんな権利はない。トニーにもない。彼女が殺して、それから自殺したとしても無理からぬことだ。だがモードの死因は間違いなく殺人によるものだ、自殺ではない。

どうなったかわかるだろ。次はベッシーだ。彼女には何にも増して金が大事だ。自分の心よりも何よりも金が大事だ。その彼女がこの話を知ったら。彼女はフランスでモーガンとかなり親しくしていた。間違いなくあの傷痕を見ている。『それ、どうしたの？』『女房のイニシャルだよ。名前はジェシカ・モードだ』それがどんな結果を招いたかわかるだろ。ジェシカ・モードが何人いると思う？童顔ながら腹黒いベッシーは――すまない、パット、だが童顔だった――すぐさま策を練り始めた。『その人、どんな顔？　いまどこにいるの？』ドンは知らなかった。もう何年もモードに会っていないし音沙汰もない。だが彼女の容貌とあの髪の毛について話したら、ベッシーには誰だかすぐにピンときたはずだ。

ドンはマージェリーのことも話した。ベッシーにしてみればマージェリーは脅迫して臨時収入を得られる相手にすぎない。だがモードがまだドンの妻だとすれば大変な問題だ。なんとウェインライトの財産を失ってしまう！　トニーに金がなくなれば自分はどうなる。そうなる前にベッシーはモーガンとモードの二人を殺したに違いない。

あとは知ってるだろ。おれはトランクからモードの昔のラブレターを持ち出した。一、二通はフランスから届いていた。アンソニーという署名があったが、封筒の裏にはアンソニー・ドナルドソン・モーガンと、奴のフルネームが書いてあった。最後の手紙には前線に出るので戻っては来られまいとあった。

もちろん戻ってこなかった。まんまと生き延び、名前の一部を捨ててフランスに留まった。アメリカではモードがドンの手紙を大事に取っていて彼のことを嘆いていた。モードはそういう女だ。反対にドンはそんなこと気にもかけない。パリで仕事を見つけ、そして――ここが思わぬ盲点だ――なんとモードを離婚する！　モードはそのことを知らない。誰も知らない。そのことをフランスの警察から知らせてもらうまでずいぶんと時間がかかった。モーガンが何よりもモードに伝えたかったのはおそらくそれだ。ドンはモードに通知を出したが、モードは何度も引っ越しをしていた。通知書がドンの許に送り返されてきたが、ドンはそのまま放っておいた。

ほら大筋が見えてきただろ。ドンはモードに会うのをあきらめてニューヨークに帰った。だがどうにもオードリーとトニーのことが気になる。リディアに手紙を書いたが、彼女は封も切らずに送り返してきた。そのころには精神的にかなり追い詰められていたに違いない。ついには病気を装って戻ってくるよりなかったが、リディアは冷めた目で彼を見ていた。モードとの最初の結婚についてリディアに話すこともできたはずだ。が、なるべく秘密は漏らすまいと心に決めていたんだろう。賢明なやり方だ。彼はトニーを呼び、トニーはオードリーと結婚するつもりはないと言った。自分にはすでに妻がいると。

息子の女房と遊んでいたと知ってモーガンはぎょっとしたに違いない。どうにかして一度はベッシーに会うことができた。夜に出かけてベッシーの車でドライブした。ベッシーが何と言ったのかはわからない。モードとトニーには、ウェインライトの財産を受け取る権利がないことを知ってる、とでも言ったのだろう。しかもドンはベッシーにそう思わせておいた！　なぜか。考えてもみろ、彼女は腹黒い女だ。ドンにはわかっていた。おそらくはトニーと別れてほしかったのだろう。別れなかったら、こてんぱんにしてやると脅したのかも。

そこまで考えたとき、ベッシーがかなり濃厚な容疑者として浮かび上がってきた。が、一つだけぴたりとこない。彼女はトニーを怖がっていた。

さあ、そこがなんとも奇妙な点だ。ねじけた邪悪な心でベッシーが最終的に思いついたのは――またしてもすまん――トニーも事情を知っていて、彼女が知っていると疑ってるということだ。怪我をした夜、自分を撃ったのはトニーだと思い込んでいた。

それを別にすれば、ベッシーはかなり不利な状況にいた。そうした状況から逃れるためなら、躊躇なくモーガンを殺しただろう。ただ一人で殺したとはどうしても思えない。では誰が手を貸したのか。それにモード・ウェインライトが殺されたときも、彼女はあの夜、人を招いて食事をしていた。ガスの話だとガレージを出た車は一台もなかった。村に下りてリディアのタイヤに釘を打ちこむことはできない。

それまでおれはベッシーの共犯者だと考えていた。

が、エヴァンズが怪しいと思い始めた。ヘインズがアンディの車で襲われて、エヴァンズが近くにいるのがわかった。だがエヴァンズは見つからず、しかもモーガンの死によって得をする者がいた。落ち着け、パット。これは殺人だ。トニーはやっていないが、無論、リストには挙がっていた。

そこまで考えると実に多くのことがわかってきた。殺された夜、なぜモード・ウェインライトはリディアと遊戯場で会おうとしたのか、かなり詳しく推測できた。いいか、ジョン・Cとの結婚が合法でなかったら、リディアとドンの結婚も合法ではなくなる。つまりオードリーには、その、言わば父親がいないことになる。

全体像が見えてきただろ。モード・ウェインライト個人が所有していたものは何だ？　もしジョン・Cの正妻でないとすれば土地は彼女のものではない。そのことで法律上の助言を受けていたのかもしれん。わからない。だがモードはオードリー・モーガンをひどく傷つけたと思った。

いいか、モードはドンが自分を離婚したことを知らなかった。殺されたのはドン・モーガンで、自分を見捨てた夫と同一人物だということすら知らなかった。知ったのはドンが殺されて一日か二日してからだ。彼女が心臓発作を起こした日を憶えているか？　それまでまったく何の変わりもなかった。朝食を摂り郵便物を見た。殺人について新聞の一面記事も読んだ。だがヒルダが何かを持ってくるのを待っているあいだに新聞のページをめくった。と、ドンの写真が目に入った。

息が止まりそうになった。

何週間もベッドで横になってどうするか考えていたに違いない。ある日、ある考えを思いついた。宝石を売ってオードリーにその金を渡そう。宝石は自分のものだ。ジョン・Cの妻であろうとなかろうと彼が自分に贈ってくれたものだ。回廊邸もだ。

他に何ができた？　心からの誠意を示して真実を話してオードリーを打ちのめすのか。あの夜、遊戯場でリディアに包み隠さず事実を話し、彼女の判断に委ねるつもりだった。もちろんその機会は訪れなかった。他の誰かがものの見事に結着をつけたってわけだ。

そいつは誰だ？　モードが遊技場に行くのを知っていたのは誰だ？　あるいはあの茶色のマニラ封筒を持っていくことを知っていたのは？　なぜならモードは持っていったのだから。中身は、彼女とアンソニー・ドナルドソン・モーガンとの結婚証明書、それにトニーの出生証明書、それと何枚かのモーガンの昔の写真か何か。だがあの夜、館を出る前に彼女は一つ、至極当然なことをした。これらの証明書は自分の死後にトニーに渡すつもりで、彼に宛てて事情を説明した添え状みたいなものを一緒に入れておいた。

ただあの夜に死ぬつもりはなかった、というか死ぬとは思っていなかった。だからトニー宛の添え状を取り出して、とりあえずマットレスの下に隠した。その添え状には誰もがしばらく惑わされた。

よし、次はこの犯人について考えてみよう。奴は遊戯場でドンに会って彼をプールに放り込んだ夜、思わぬものを見つけた。なんとドンがエヴァンズの鍵を持っていた！　それからは地下に下りてチェーンを外せばいつでも好きなときに館に入ることができた。もちろん中に入りたかった。女のことはわからない。モードは過去の何を取っておいたのか？　取っておいたとすれば、いったいどこにあるのだ？

ついに荷物部屋に思い至るが、あの夜はおまえさんが追い払った。それでもどうしても荷物部屋に入らないと。どうやって犯人を捕まえたかって。その何かは荷物部屋にある、そいつを調べると匂わせたんだ。

それが物語の大筋だ。おれはかなり鈍いのだろうな、荷物部屋から書類を持ち出してからも、まだドン・モーガンがモードと離婚していたことがわからなかった。だが離婚していなかったら、モーガンとモードが死んで得する唯一の人物はベッシーだ。

ベッシーは片脚を失いたくないのと同じくらいその話を知られたくなかった。

そしてそのベッシーが殺された。

その話を繰り返すつもりはない。答えはすべて知ってるだろ。彼女は知りすぎたために殺された。それに口止め料が高すぎた。だが一つだけ彼女が知らなかったこと、あるいは知っていたら間違いなく手に入れたものがある。荷物部屋にあった手紙だ。言ったように、それが最後の夜におれたちが罠に仕掛けたチーズってわけだ」

ジムが立ち上がって帽子をつまんだ。それからわたしを見下ろして笑顔で言った。

「あの夜は小径でおまえさんを怖がらせてすまなかった、パット。部下の一人が館を抜け出るおまえさんを見てマージェリーの家まであとをつけた。おまえさんは拳銃を持っていたし、そいつはおまえさんをものすごく疑っていた。そいつの話だと戻るときにはなんと世界記録を塗り替えたそうじゃないか」

ベッドから体を起こした。「小径のあの男は警察官だったたって言うの？」

「ああ、紛れもなく警察官だ」

「汚いやり方ね」わたしは怒り狂って言った。「あんたなんか大嫌いよ、ジム・コンウェイ。もうこれで警察とのお付き合いはお仕舞いよ。もう一生分付き合ったもの」

ジムが笑った。「まったくもう、本当になんにもわかってないな。あの夜は敷地のあちこちに人員を配置してたんだぞ。おまえさんが回廊邸の一階を見回り始めたときには、誰も彼も急いで隠れ場所に逃げ込んだ。どのソファの後ろにも連中が隠れていたんだぞ、それこそ悪態の限りをつきながらな」

第40章

それがジムの言う物語だ。今回の一連の事件以来、この物語についてトニーとは話していないが、最近になってトニーは、わたしが物語を書き進めるごとに一章ずつ読んでくれている。読みながらあやふやな箇所を指摘し、そうすることでトニー自身もわからなかった部分が少しずつはっきりしてきたようだ。トニーがいきなり顔を上げて言う。「これじゃエヴァンズに何があったのかちっともわからないよ。ねえ、そこを抜かしてるんじゃないのかい？」

「ちゃんと書いてあると思うけど」わたしはあいまいに答える。「エヴァンズがミス・コナーの所にいて、ガスストーブで窒息死したって書いてない？　ベッシーがその――検死官代理が来て、今朝はこれで二件目だって言ったところよ、そこに書いてあるわ」

しばらく黄色い原稿用紙をぱらぱらめくる音がして、トニーが鼻で笑う。「ああ、ここだ。きみはこう書いている。『よくあるゴム管を使ったストーブです。殺人機器ですよ、まったく。ゴム管が抜けて、それで――』彼は肩をすぼめた。『まったく嫌な仕事ですよ』って。これでよくわかるよ」

「そう、検死官の言っていた一件目はエヴァンズのことだったのね」わたしは小声で言った。「エヴァンズって書くのを忘れてたわ」

「で、彼は殺されたのかい？　公明正大なミス・コナーが彼を始末したのかい？」

「殺してないと思うわ」わたしが不安げに言う。「あの人はきちんとしたいい人よ、トニー」

「当然、殺してるさ。中途半端なままにしてはいけないってこと知らないのかい。ある日あいつがお茶のことで文句を言って、彼女が怒ってストーブのゴム管を蹴とばしたんだ。どうして新聞に載らなかったんだろう。その、彼が死んだって」

「あそこでは、エヴァンズはミス・コナーの兄ということになってたわ。そのことは話したでしょ。だから名前もコナーになっていたはずよ。だから何の問題もないわ」

「きみがそう言うんならそうなんだろ。マージェリーのことはどうなんだ？　コナー女史は父親が死んだことをマージェリーに伝えなかったのかな」

「すぐにわね。マージェリーは病気だったし、問題も抱えていた。ミス・コナーはエヴァンズの埋葬もしてくれたと思うわ、トニー」

「で、結局、墓地を荒らしたのはエヴァンズだったのかい？」

「それは書いてあるでしょ」わたしは憤慨して言った。「彼はジュリアンを助けようとして、精神障害者がうろついてるように見せかけたのよ」

トニーはときどき原稿を置いてじっと考える。たとえ三年かそこらであっても、モーガンと自分の母親が目と鼻の先で暮らしていたことが納得できなかった。「そんなのあり得ないよ、パット」

「でもね、モードはここに十八年間住んでいた。だけどその間にわたしがモードを見かけたのはたったの一度か二度よ」

トニーは他にも難点を挙げる。わたしはまるで馬鹿と統合失調症、それに鼻持ちならない恋人が入り混じったようだったと、そう言って譲らない。だが、そうやってわたしをからかうのは、心の奥の深い感情を隠したいからだ。それは彼も承知しているし、わたしもわかっている。何も言わずに真剣な顔をして読む章もたくさんある。ロジャーが死んだくだりは何度も読み返した。その一節はいつだって彼の泣き所だ。あの犬が大好きだったのだ。

「あいつに何があったんだ、パット？」

「ごめんなさい、トニー。そこはわざと書かないでおいたの。ほら、ベッシーが――」

「大丈夫だ。続けて」

「ベッシーは夜にマージェリー・ストダードに会いに行ってた。ロジャーが吠えたか何かしたんだと思う。ベッシーは肉団子をそのあたりに置きっ放しにしてたのかもしれない。そこはよくはわからないわ」

「わかった」そう言ってトニーは黙り込む。

トニーはときどき少し憤慨する。とりわけ父親が殺された夜のくだりでは。

「きみがすぐさまぼくに疑いの目を向けるのはやむを得ないとしてもだ、一つだけ気に入らないのは、なんとなくきみが面白がっているように思えることだ。ぼくにあの夜のアリバイがないって、どうしてこんなにあれこれ書くんだ？」

「だってなかったでしょ」とわたしは優しく言う。「あなたのこと、ちょっぴり疑ったんだから。ねえ、それにしてもあの夜は何をしていたの、トニー？」

トニーはニヤッとして起き上がるとわたしにキスをする。「あちこち歩き回って考えてたんだ、きみなしで、ぼくはどのくらいやっていけるんだろうって」

ややあってトニーは原稿を置いて暖炉の火を見る。モードについて書いた部分を読んでいたのか、口元が優しく緩んでいる。「素晴らしい女性だったよ――母さんは。事情を話してくれてさえいたら。だけど話してはくれなかった。母さんは――」

具体的な手掛かりを示すジムのリストの箇所で、トニーは長いあいだ頭をひねっている。「この靴下留めはどうなんだ？　ロジャーが敷地で見つけて、それをきみがジムに渡した。なのにきみは書いていない。まずいんじゃないか」

「そんなに重要なことじゃなかったもの。ジムによると、彼とホッパーがかかった時間を測ったとき――その、遊戯場であなたのお父様の命を奪ったときの何やかやを。そうしたら着替えるのに時間がかかった。いまじゃ、着替えはしなかったとジムは考えてる。着たのはおそらく長い薄手の外套だけ。わかるでしょ」――わたしはここで言い淀む――「ジムは溺れるのが先だったと考えてる、パーティーがお開きになるよりもね。真っ先にしなきゃならないのは、急いで裸になって死体を引き揚げて片づけることよ」

母親が遊戯場でリディアと待ち合わせたことでも彼は頭を悩ましている。「どういうことだ？　母さんはあいつに夜にリディアに会うって話したのかな？」

「でなければどうして彼にわかったの、トニー？」

「なぜ会いたいのか、母さんはリディアに理由を言わなかったのかい？」

「ええ。リディアはオードリーのことではないかって思ってた」

わたしの声が少し冷たく響いたのか、トニーが顔を上げて微笑む。「まだかわいいオードリーに焼きもちを焼いているのかい？」

「そんなことはもうしないわ。あの子の目をこの爪で引っ掻いてやりたいって、そう思ったこともあったけど」

トニーはまた真面目な顔に戻る。「ベッシーが話したと思うな。ベッシーはあいつに自分が知っていること、あるいは知っていると思っていたことを話した。だから死ぬ羽目になった」

トニーはそれ以上深くは追求しないが、当時、彼が忙しすぎたり、気持ちが乱れたりして気づかなかった多くの点についてここで説明しておかないと。地下室への階段をこっそり下りて、舞踏室の地下のワイン貯蔵室に行ってドアのチェーンを外す可能性。ベッシーが殺される少し前に仏像が持ち出され、館の外に隠された蓋然性。あの最後の夜、わたしが回廊邸の自分の部屋に隠れた理由までも。説明を聞いてトニーが面白がる。椅子の背にもたれてわたしを見る。わたしたちはミス・マッティの応接間にいて、トニーのそばのテーブルに原稿が載っている。その同じテーブルに、わたしが昔住んでいた家の間取り図も載っている。トニーの手元にその間取り図がある。結婚したら二人でその家に住むつもりだ。回廊邸は気の毒な子どもたちの夏の別荘にする。

「きみと結婚すると危険なのは承知のうえだよ。きみは警察官を撃つし、エレベーターシャフトには落ちるし、それにセメントのプールで頭をひどく打つときてる。乗馬では危ない柵を飛び越える。そのうえ焼きもち焼きだ。体じゅうにその匂いがまとわりついてる。おまけに夜には拳銃を持ってうろうろする。ぼくが怖くて震えるのも無理ないだろ。さあ、ぼくを見て。だけど少なくとも」彼は考えながら言う。「きみは確かに頭がいい」

「昨夜言ったわよね、わたしの頭はスクランブルエッグみたいだって」

「卵じゃないよ。スクランブルド、頭の中がごちゃごちゃだってこと。それで気づいたんだけど、物語に登場する善良な人たちのことをなぜ書かないんだ？　それが常道だろ？　ジュリアンが留置場を出たとかなんとか」

「おとぎ話を書いてるんじゃないのよ」わたしはからかって言う。「そしてみんなはしあわせに暮らしました、なんて。誰もそんなふうには暮らせないわ、トニー」

「そうだな、ぼくたちは精いっぱいのことをやっていこう」トニーが真顔になって言う。「生きることについてたくさん学んだよ、パット、きみもね」

トニーはこの物語も手伝ってくれた。噂があれこれ飛び交っていたので、二人ともきちんと誤解を解いておきたかったのだ。一日か二日前、トニーが回廊邸に仕掛けた罠について詳しく話してくれた。

「あの夜は警察官が十数人いたんだ。連中はあちこちに潜んでいた。ぼくは回廊邸に入ってそっと地下室に下りた。ドアのチェーンが外れていた。だからエレベーターだとにらんだ。

まさにその瞬間きみが現れた！　犯罪者中の犯罪者ってのがいたなら、そいつはまさしくきみだ。きみは拳銃を持って、階段を滑るように下りて館の外に出た。まるで誰かを殺しにいくみたいに。ホッパーがぼくの腕を摑んだ。『まさか秘書だったとは！　彼女も共犯だったのか！』

ホッパーは部下にきみを尾行させた。きみが人を殺しに出かけたものと思い込み、それから一時間、銃声がしないかとずっと耳を澄ませていた。きみが戻ってきたとき、彼がきみを絞め殺さないようにずいぶんと骨を折ったんだぜ。きみは懐中電灯を手にうろうろし始めた。これで万事休すって思ったよ。

だが、もうすでに地下室には狙う犯人がいた。奴がきみの足音を聞いても、オブライエンが巡回してると思ったはずだ。地下へとエレベーターが降りる音がして、首尾よくいっていると思った。もうこっちのものだ。シャフトのドアは上から下まで六名の警察官が見張っていて、絶対に奴に勝ち目はなかった。

きみが拳銃を発射したとき、奴は捕まったと思った。それで震えあがった。もう一度かごを下げ始めたがかごから出られない。かごを動かし続けるしかなかった。そのとき気づいたんだ、電源を切ればいいんだと。かごが階の中間に停止した。奴は万策尽きたことを悟った」

ドワイト・エリオットが拳銃で自殺したのはそのときだ。

事実を知れば動機は明々白々だと、トニーはずっと言っている。エリオットはゼロから出発してウェインライト社で強力な地位を築き上げた。富ばかりか名声までも。それがある日、モードがわたしに彼をこっそり館に入れるように頼み、彼女が率直に手の内を明かした。

モードはジョン・C・ウェインライトの法律上の妻ではなかった。彼女は前の夫を見かけた。まだ生きていた。あの日の彼女の望みは、身の回りをきれいに整理し、真実を明らかにして、製鋼所と回廊邸を本来の所有者だと思ったウェインライト一族に渡して、姿を消すことだった。

エリオットは、少なくともしばらくはどうにか彼女を説き伏せていた。「ゆっくり時間をかけて考えるんだ」そう言ったのだろう。「急ぐことはない」

あの日、彼は相当追い込まれていたに違いない。彼は結婚していなかった。仕事が妻であり子どもだ。それに顧問料として年に五万ドルの収入もある。ところがさらに危機的な状況に追い込まれた。彼は何年もウェインライト一族と戦ってきた。戦ううちに彼らを憎んでいた。それなのに、モードは彼らにすべてを渡そうとしている。

それでもまだいくばくかの望みを抱いていた。彼はモードに働きかけることができた。時間さえあれば彼女を説得できるかもしれない。だがそのときニューヨークのドン・モーガンから手紙を受け取った。「たったいまモードの身分と住まいを知りました。彼女に会いたいと思います。どうしても会う必要があります。早急に処理すべき問題があります」

その手紙はエリオットの死後、彼の金庫の中で見つかった。決定的な一撃はドンがビバリーに戻ってきたことだ。ドンに対して、ドンの誠意とか何かを信じる根拠は何もなかった。最初はモードとドンのために何らかのお膳立てができると考えた。二人を会わせて何らかの取り決めができると。まさかその二人を殺すことになろうとは夢にも思わなかった。エリオットはその夜、モードに会わせるからと言ってドンに電話をかけ、ドンがやってきた。

それから何が起きたのか。言い争いになったのか。エリオットはブリッジのゲームを抜け出して遊戯場にそっと入った。思わずかっとなってドンを殴り、プールに投げ入れたのか。あるいはそれよりもっと冷酷な殺人だったのか。エリオットが一分の隙もない上品な夜会服に身を包んでドンのところに歩いていく。ドンはプールの水を見ている。

「いいプールだね。モードは一人で立派にやってるようだな」

そして一撃と溺死。照明を消し、プールに死体を残したまま、ビル・スターリングの鍵リングに鍵を通し、五分ほど席を空けただけで、ブリッジのテーブルに戻る。「調子はどうだい、パートナー？」

「フォースペードだ」

声にも態度にも微塵も出さず、手が震えることもなく、素知らぬ顔をしている。カードを切り、配り、ビッドしてプレイする。だが頭は高速で回転している。死体をあそこに置いてはおけない。引き揚げてどこかに運ばないと、できるだけ遠くに。

ジム・コンウェイはずっと考えていた。あの夜エリオットは館を出たあと、どこか近くに隠しておいた車の中で服を脱いだのだと。上着とシャツ、ズボンを大急ぎで脱いで、代わりに薄手の外套を着た。靴下留めはおそらくプールに戻る途中で失くしたのだろう。だがそのときにはすでに、ドンがもう服が着られないことを計算に入れた具体的な計画ができていたと、ジムはそう主張する。計画では死体を川に捨てて自殺に見せかけるつもりだった。計画どおりに運ばなかったのはおそらく、リディアの車のガソリンの残量が少なかったからだ。もう一度丘を登って自分の車まで戻らないといけない。

結局、川まで行くのは無理で、かろうじて行けたところには人家が多かった。で、死体をあの発見場所に捨てて急いで丘を登った。だが不測の事態が起きた。ビル・スターリングが車を見てあとをつけてきたのだ。

エリオットは運転しながら必死になって小道を、ビルをまいて車を乗り捨てられる場所を探した。もうわかっているが、車は農園《ファーム》の裏の谷間に乗り捨てられていた。どうやって自分の車に戻って着替え、市内に向かったのかは推測するしかない。

まずいことにそれはほんの序曲にすぎなかった。殺されたのがドンと知ったモードは打ちひしがれた。エリオットはモードに会おうとした。彼はずっと、モードと結婚して自分の地位を確固たるものにしたいと思っていた。ようやくモードに会えたとき、またもや結婚を迫った。だがモードの頭にはリディアとオードリーのことしかなかった。「このままにしてはおけないわ。なんとかしなければ」

行く手に待ち受ける困難が見えた。モードだけではない。ベッシーも妙な口ぶりだし、秘密を知っていることをトニーに匂わせている。トニーがやってきた。「秘密だって？　きみの母親について？　馬鹿馬鹿しい、トニー。少しは分別をわきまえろ」

だが心配だった。ベッシーと話をしようとしたが、ベッシーは冷たい笑みを浮かべるだけだ。「ちゃんと準備ができたら話すわ。それまでは話せないわ、それにあなたには」

こんな言い方ではなかったかもしれないが、そんなようなことだろう。車で市内から戻るベッシーを殺そうと決めたのはそのときだ。

そして、ついにとどめの一撃に見舞われた。モードが電話をかけてきてリディアを呼んだと言った。夜に遊戯場で会うと。例の封筒と宝石のリストを持っていくと。「リディアにひどいことをしたわ。どうするかは彼女の判断に任せるつもり」

もうどうにも収拾がつかなくなった。ベッシーが事務所に座り込んで、化粧を直すあいだも脅してくる。「わたしの知ってることをトニーに話せばいいわ。彼が当然のことをしてくれたら口外しない。してくれなかったら、すべてをさらけだすわ。トニーにウェインライトの財産を受け取る法的権利はない。あなただってわかってるでしょ」彼女が百万ドルを要求したのはおそらくその日だ。

ベッシーの死について詳しく知る術はもうない。そのころにはベッシーはエリオットを疑っていたに違いない。だがトニーとけんかをした。トニーとはお仕舞いだとわかっていた。ベッシーの唯一の希望は、あの夜ドワイト・エリオットに会って、彼に圧力をかけることだった。おそらくはベッシーがエリオットを呼んだのだろう。彼女の話を聞いてエリオットは飛んできた。「追い出されそうなの、だけどまだ黙っていられるわ――額によってはね」

エリオットに会ったとき、ベッシーは拳銃を持っていた。彼を信用していなかった。オブライエンを避けて西棟のドアの外で会うことにしたのだろう。遺体の位置からみて、殴られたときは階段に座って彼と話をしていたと、ジムはそう見ている。冷静でいかにも思慮分別があるといった様子のエリオット。「時間をくれ、ベッシー。すぐには金を用意できない」

するとベッシーが銃をいじりながらあの冷たい青い目で彼を見て言う。「いざとなれば工面できるわ。トニーもね」

その直後にベッシーを殺したに違いない。そうするつもりで前もって仏像を外に隠しておいたのだろう。あるいは口実を作ってそっと館に入って持ち出したのか。いずれにせよ、おそらくはそれでベッシーを殺した。

それがベッシーについてわかっていること、あるいは推測できることのすべてだ。あの朝に見た彼女は、凍てついた地面に倒れていて、まぶしい朝日が淡い色の髪と緋色のドレスに当たっていた。アンディがそばに立っていた。

一つだけトニーとわたしが話題にしなかったことがある。トニーの母親が亡くなった夜の遊戯場での出来事だ。なぜドワイトはモードを殺したのか。彼はまだ希望を持っていたに違いない。オードリーのためにリディアは決して本当のことを言わないと。秘密を明かさなくても賠償はできると、そのうちにモードが気づいてくれると。だけどわたしにははっきりわかる。

ドンを殺したのはドワイトだとモードはうすうす感づいていた。すぐにではない。おそらくあの最後の夜、遊戯場に入ってきた彼を見て確信したのだろう。彼女は一筋縄では行かない人物だった。自分から彼をプールへ誘い込んだのだろう。彼女は怖がらなかった。トニーが言うように何事も恐れなかった。晩餐用の服を着てきちんとして気品がある彼と並んで立ち、ドンが横たわっていたところを見下ろした。「ここでドンを殺したのね、ドワイト。ドンはあなたがこの世でほしいものすべて、権力と地位を脅かした。それで殺したのね」

そのようなことだったに違いない。ドワイトは否定しただろうが、モードは信じなかった。モードの知る限り真実を知っているのは三人だけ。その三人のうち、ドンが死に、自分は潔白。残るはドワイトだ。

ドワイトは彼なりにモードを愛していたのだと思う。だがそのモードが横に立って、まさに命を脅かしてくる。いまでも思うのだが、ドワイトの所業の根底には、尋常ならざる怒りも嫉妬もなかったのではないか。長いあいだ愛していたモード。そのモードを見捨てて顧みなかった男のせいで死ぬことになろうとは。こう言ったのかもしれない。「きみはずっと彼を愛していたんだろ？　忘れていなかったのか」

「ええ、忘れたことはなかった」

それがこの物語だ。トニーはここまで読み終えた。いまは原稿を置いている。しばらく静かに座って暖炉の火を見ている。それから深く息を吸い込む。「忘れよう。終わったことだ、ありがたいことにね。思い出すのはやめて少し計画を立てよう」

トニーが家の間取り図を広げる。わたしは原稿を片づけて、配管や料理用コンロ、将来もしかしたら子供部屋になるかもしれない部屋のガラス窓に取りかかる。奥のほうからココアを沸かす香りが漂ってくる。ほどなくミス・マッティが軽くドアを叩く。わたしはトニーの膝からすっと離れる。

「そろそろ小腹が空くころじゃないかと思って」ミス・マッティが言う。「これを飲むとよく眠れるわよ」

紛うことなき正真正銘のビバリーの声。わたしたちはその声に素直に従う。

訳者あとがき

本書『大いなる過失』は、メアリー・ロバーツ・ラインハートの *The Great Mistake* の全訳です。ラインハート（一八七六～一九五八）は二十世紀前半に活躍し、数多くの著作を残した米国の作家で、没後数十年になりますが、その作品の魅力は薄れることなく、いまも読む者を魅了しています。著者の詳細については解説に譲るとして、ここでは本書の魅力についてお話しします。

本書は、主人公が初夏から冬までの半年間に起きた一連の事件を、のちに回想して物語として表すという形式で語られます。そのため、過去と現在が入り混じり、「～していたら」というラインハート特有の表現も多く、語りがやや複雑で、読み始めは少し戸惑いを覚えるかもしれません。

本書の舞台は郊外の小さな村で、ここには昔からの谷あいの地域と、豪邸が並ぶ新興の高級住宅地、ヒルがあります。この二つの地域があることがストーリー設定の重要な要素になっています。

主人公のパット・アボットは谷あいの村の出身で二十五歳。ヒルに住む富豪の未亡人、モード・ウェインライトの私設秘書になり、住まいも下宿からモードの館へと移り、息子のトニーとも親しくなります。

ヒルにはモードとマージェリー、村にはパットの友人のリディアが暮らしています。三人は互いの過去など知る由もなく、リディアはヒルの二人とは親交がありません。そこに離れて暮らしていたトニーの妻、ベッシーが戻ってきます。ある日リディアのもとに、かつての夫、ドンが余命幾ばくもない病を装って十五年ぶりに戻ってきます。そして静かな村に次々と不可解な出来事が起きます。なぜドンは戻ってきたのか、そして四人の女性との関係は？

館でパーティーが開かれた夜、そのドンが溺死体で発見されます。次々と容疑者が浮かび、トニーにも容疑がかけられます。パットはその容疑を晴らそうとするのですが……。

本書のタイトルからも想像されるように、登場人物たちの過失や思い違いから、誤解が誤解を生み、そこに嘘と欲がからんでますます謎が深まり、犯人の見当がまったくつきません。大きな過失とは？いったい誰の、どのような過失なのか？

パットの幼馴染みの警察署長、ジムは捜査を展開するものの、事件相互の関係性も決定的な動機も見えず、暗中模索の状態が続き、頭を悩まします。捜査は行き詰まったかに見えますが、苦心の末、ジムはついにある事実にたどり着きます。そして犯人に罠を仕掛けるのですが……。果たして犯人は？

アメリカのクリスティーと呼ばれるラインハートだけに、随所に伏線が張られ、あちこちに手掛かりが散りばめられています。読み進めるにつれ、読者は謎に絡めとられ、次第に作品世界に引き込まれていきます。手掛かりのピースはたくさんあるのに、最後のピースがぴたりとはまらない、そうしたジグソーパズルのもどかしさが最後まで読ませる原動力になっているようです。

本書はまたロマンス・ミステリー的な側面もあり、謎解きと並行して、主人公の恋の行方も気になるところです。また、莫大な財産や宝石、駆け落ち、憎たらしい恋敵、さらには主人公のスパイもどきの冒険ありと、エンターテインメントの要素も盛り込まれています。またメイドや執事が仕える豪邸での生活、パーティー、ダンス、乗馬、ブリッジなど、当時の有閑階級の暮らしぶりも垣間見ることができます。

本書が出版されたのは一九四〇年、テレビも普及しておらず、インターネットや携帯電話もなく、情報源と言えば手紙や新聞が中心だった時代です。本書の時代設定はまさにそのころ、情報過多の現代にはない、この時代ならではの謎解きの面白さがあります。

科学捜査が発達した現在からみると、捜査手法がまどろこしく感じるかも知れません。それゆえにかえって、「なぜ」と問いかけ、犯人は誰かとゆっくりと推理する謎解きの醍醐味を味わうことができます。ただ、登場人物たちがやたらと煙草を吸い、車を運転するとわかっていながら酒を飲むことには少し違和感を覚えますが、さすがにこれは時代の違いと言わざるをえません。また、精神障害者への偏見の強い表現が多用されていますが、まだ障害への理解や研究がすすんでいなかった時代のこと、どうかお許しいただきたいと思います。それから今日では看護師とすべき看護婦など、職業の名称についても時代に合わせております。

ラインハートは著作数が多いにもかかわらず、日本では一部しか紹介されていません。彼女の作品をゆっくりと味わい、謎解きに挑む楽しみが増えることを願ってやみません。

最後になりますが、本書を翻訳する機会を与えてくださり、訳出にあたっては数々のご助言をいただいた出版社の皆様、編集者の皆様、そしてご指導いただいた諸先生方に深く感謝申し上げますとともに、心よりお礼申し上げます。

解説

亜駆良人（探偵小説愛好会「畸人郷」代表）

本書の作者であるメアリ・ロバーツ・ラインハートは、一八七六年に米国ピッツバーグで生まれた。彼女は経済的な理由で執筆活動を開始することになったのだが、最初に刊行された作品は、一九〇八年発表の彼女の代表作として知られている『螺旋階段』（The Circular Staircase）である。

ここで注目して欲しいのは、この『螺旋階段』の刊行年である。一九〇八年といえば、アガサ・クリスティが処女作『スタイルズの怪事件』を発表した十二年も前にあたるのだ。では彼女が登場した時の米国における女性ミステリ作家の状況はどんなものであったのであろうか。このことについては、小学館文庫から刊行された『帰ってこない女』の解説で、ミステリ研究家の加瀬義雄氏が書かれている。加瀬氏はアメリカのミステリ作家として十九世紀後半になって、『リーヴェンワース事件』（一八七八）を執筆したアンナ・キャサリン・グリーンが登場したことを述べた後、ミステリの本場の英国では見るべき女性作家はいなかったと指摘して、次のように続けている。

これに対して、アメリカでは男性作家よりも先に、グリーンに続いてさらに二人のベストセラー級の女性作家が登場しました。その一人が本書の作者メアリ・ロバーツ・ラインハート、もう一人がキャロライン・ウェルズ（一八六九―一九四二）です。

このことからもわかるように、ラインハートの最初の著作である『螺旋階段』は非常に評判が良く、名作としての地位を獲得していたのである。その証拠に、江戸川乱歩の『幻影城』にハワード・ヘイクラフトによる「ポーより現代までの路標的名作九〇冊」のリストが収録されているが、そこにもこの『螺旋階段』の題名を見ることができる。

ここでラインハートの翻訳作品について書いておこう。彼女の名前は戦前から知られていたと見え、ラインハートの翻訳は第二次世界大戦前にもあるが、残念ながらそれは『螺旋階段』ではなかった。『螺旋階段』の翻訳はその戦争の後まで待たねばならなかったのである。『螺旋階段』は第二次大戦後にハヤカワ・ポケット・ミステリの一冊としてようやく昭和三〇年に刊行された。またハヤカワ・ポケット・ミステリ初期刊行作品の巻末広告に刊行予定作品が掲載されていたことは良く知られているが、その予定作品の中のラインハートの作品としては『ドア』の題名がある。その広告掲載時には、既に『螺旋階段』は刊行されていたので、当然省かれたのであろう。ちなみにこの『ドア』という作品は、昭和三六年に同ポケット・ミステリから刊行された『ドアは語る』のことである。

ラインハートは数多くの作品を残して、一九五八年に死去した。

翻訳された作品を翻訳書刊行順にリストを作成すると次のようになる。

The Case of Jennie Brice（1913）『ジェニー・ブライス事件』松本恵子訳　春陽堂世界探偵小説全集16巻　昭和五年、論創海外ミステリ16　平成十七年

The Bat（1926）『バット』松本恵子訳　春陽堂世界探偵小説全集16巻　昭和五年
The Circular Staircase（1908）『螺旋階段』延原謙訳　ハヤカワ・ポケット・ミステリ138　昭和三〇年、沢村灌訳　ハヤカワミステリ文庫　昭和五六年
Haunted Lady（1942）『おびえる女』妹尾韶夫訳　別冊宝石一一二号
The Door（1930）『ドアは語る』村崎敏郎訳　ハヤカワ・ポケット・ミステリ644　昭和三六年
The Wall（1938）『帰ってこない女』高橋由紀子訳　小学館文庫　平成十二年
The Yellow Room（1945）『黄色い間』阿部里美訳　ハヤカワ・ポケット・ミステリ1717　平成十四年
The Great Mistake（1940）『大いなる過失』服部寿美子訳　論創海外ミステリ181　平成三十年　※本書

最近の（といっても平成十七年のことだが）ラインハートの翻訳は、本書と同じ論創海外ミステリから刊行された『ジェニー・ブライス事件』である。ところが残念ながら『ジェニー・ブライス事件』は、戦前に刊行された作品の改訳・全訳であった。そういったことから考えると、本書『大いなる過失』の刊行は、平成十四年にハヤカワ・ポケット・ミステリから刊行された『黄色の間』から実に十四年ぶりの翻訳ということになる。この翻訳の刊行ペースを考えると、ラインハートの翻訳を語る時にいつも言われることだが、戦前から名前を知られていたにもかかわらず、不遇な作家と言えるだろう。

その不遇な扱いとなってしまっている理由はいろいろと考えられるのだが、その一つとして彼女の

作風があるのかもしれない。彼女の作風は作品紹介の全てと言って過言ではないほど出てくる言葉としてH・I・B・K（Had-I-But-Known）派という言葉に代表される。

すなわち、これも何度も指摘されているように「もし知ってさえいたら」派のことである。実際に本書でも第三七章の末尾に次のような言葉がある。

> わたしはこんなことは何にも知らなかった。もし知っていたら、おそらく一人の命が助かったろうに。

まさにH・I・B・K派と呼ばれる著者の、面目躍如の言葉である。

春陽堂世界探偵小説全集16巻　扉

では、他の翻訳作品ではどうなのであろうか。作者の翻訳作品をすべて読んだわけではないので、完全に当てはまるとは言えないのだが、彼女の小説はおおよそ次のように要約できるであろう。

主人公の女性が境遇の変化により、周辺にいろいろと不可解な事件が起こる。その結果殺人事件が起こり、その事件を原因としてますます対応が不可能な状況に追い込まれる。ここでH・I・B・Kの状況が設定されるのである。複数の殺人事件が起こったあと、真相に到達し犯人の名前が明かされるというものである。

しかも犯人の名前が明かされると、それは十二分に意外な名前なのである。実際に作品を読み進めると良くわかるのだが、犯人の名前を聞かされると本当に驚くだろう。しかし、その犯人が明かされるのが実に遅い。本書では四〇章の半ばである。しかも四〇章というのは、本書の最終章である。また『ドアは語る』に至っては、物語の最後から二行目で犯人の名前が明かされるのである。このような魅力的な作品構成にもかかわらず、不遇な地域に甘んじているのは、その結末の意外性を支える部分が迫力不足ともとれるのだが、その原因はH・I・B・Kという設定にあると言っても良いのではないだろうか。ただ良く知られている本格ミステリとしての組み立てとは全く異なっているため、この組み立てに戸惑いを覚える読者が多いことがその原因であると考える。

主人公の設定、物語の展開等に類型的なところがあるが、サスペンスは十分にある。さらに意外な犯人の設定も全くと言って良いほど申し分ない。未訳の作品が数多くあるので、これからの翻訳に期待したい。

〔著者〕
M・R・ラインハート
本名メアリー・ロバーツ・ラインハート。アメリカ、ペンシルベニア州ピッツバーグ生まれ。1896年に医師と結婚。1903年に株式市場不況の影響で生活が苦しくなり、家計を助けようと短編小説を書き始める。迫りくる恐怖を読者に予感させるサスペンスの技法には定評があり、〈HIBK（もしも知ってさえいたら）〉派の創始者とも称された。晩年まで創作意欲は衰えず、The Swimming Pool（52）はベストセラーとなり、短編集 The Frightened Wife（53）でアメリカ探偵作家クラブ特別賞を受賞。代表作の『螺旋階段』（08）は『バット』（31）のタイトルで戯曲化されている。

〔訳者〕
服部寿美子（はっとり・すみこ）
大阪外国語大学卒業。関西学院大学大学院、言語コミュニケーション文化研究科卒業。2000年より実務翻訳を開始する。

大《おお》いなる過失《かしつ》
——論創海外ミステリ 223

2018年12月25日　初版第1刷印刷
2018年12月30日　初版第1刷発行

著　者　M・R・ラインハート
訳　者　服部寿美子
装　丁　奥定泰之
発行人　森下紀夫
発行所　論 創 社
〒101-0051　東京都千代田区神田神保町 2-23　北井ビル
TEL:03-3264-5254　FAX:03-3264-5254　振替口座 00160-1-155266
WEB:http://www.ronso.co.jp

印刷・製本　中央精版印刷
組版　フレックスアート

ISBN978-4-8460-1782-8